LA FILLE DU TEMPLIER

DU MÊME AUTEUR

Les Ames brûlantes, O. Orban, 1983
Les Cités barbares, O. Orban, 1984
Programme MZ, J.-C. Lattès, 1985
Les Tentations de l'abbé Saunière, O. Orban, 1986
L'Or du diable, O. Orban, 1987
Le Bal des banquiers, R. Laffont, 1988
Psywar, O. Orban, 1989
La Cantatrice, O. Orban, 1990
Les Sept Esprits de la révolte, Editions n° 1, 1992
L'Enfant qui venait du froid, Presses de la Cité, 1993 (écrit avec Claude Veillot)
Vercingétorix, Plon, 1994
La Bastide blanche, Presses de la Cité, 1995
Le Secret de Magali, Presses de la Cité, 1995
La Cour d'amour, Ramsay, 1996
La Fille de la garrigue, Presses de la Cité, 1997
Pour comprendre l'Egypte ancienne, Pocket, 1997
La Sainte-Baume au fil des eaux, Edisud, 1997
Les Maîtres du jeu, Ramsay, 1997 (écrit avec Claude Veillot)
Le Roman de Cléopâtre, Presses de la Cité, 1998
La Colère du mistral, Presses de la Cité, 1998 (prix de la ville de Sainte-Maxime)
Provence inspirée, Edisud, 1998
Pour comprendre les Celtes et les Gaulois, Pocket, 1999
Le Mondial bleu, Autres temps, 1999
L'Homme qui habillait les mariées, Presses de la Cité, 1999
L'Effet mer, Conseil général du Var, 2000
La Gasparine, Presses de la Cité, 2000
Pour comprendre la Rome antique, Pocket, 2001
L'Or des collines, Presses de la Cité, 2001
La Princesse de lumière – L'Esclave de la Porte, Anne Carrière, 2002
La Fille de Panamá, Presses de la Cité, 2002
La Princesse de lumière – La Sultane vénitienne, Anne Carrière, 2003
Tempête sur Panamá, Presses de la Cité, 2003
Imperator, Plon, 2004
Le Chanteur de sérénades, Presses de la Cité, 2004
Le Secret de l'abbé Saunière, Plon, 2004
La Pyramide perdue, Presses de la Cité, 2005
La Pénitente, Presses de la Cité, 2005
L'Enfant du mistral, Presses de la Cité, 2006
Sous la griffe de Bouddha, Plon, 2007
La Cinquième Courtisane, Presses de la Cité, 2007
La Dernière Prophétie, Plon, 2008
La Danseuse sacrée, Presses de la Cité, 2008
L'Or du forgeron, Presses de la Cité, 2009
La Malédiction de l'Ankou (coécrit avec Jean-Pierre Paumier)
Tome 1 : *Les Terres désertées*, Anne Carrière, 2010
Tome 2 : *Le Doigt du Diable*, Anne Carrière, 2010
Le Trésor de la Nore, Presses de la Cité, 2010 (coécrit avec Martine Alix Coppier)

Sites : www.jean-michel-thibaux.com/
www.tresorslegendaires.com
www.peuplesantiques.com

Jean-Michel Thibaux

LA FILLE DU TEMPLIER

Roman

Terres de France

PRESSES DE LA CITÉ

Production Jeannine Balland

ISBN 978-2-258-07896-3

1

Une fois de plus, Aubeline d'Aups avait fui la vieille bâtisse fortifiée de Meynarguette, si vide depuis le départ de son père pour la Terre sainte. Mais c'était surtout ce siècle qu'elle aurait voulu fuir, où les puissants opprimaient les faibles et où les hommes étaient pareils aux poissons de la mer qui, pêle-mêle, s'entre-dévoraient.

Aubeline avait ceint l'épée, pris l'arc et les flèches. Elle avait refusé que Bérarde sa servante et amie l'accompagne sur les dangereux chemins qui serpentaient dans la garrigue. Bérarde la muette, femme colossale dotée d'une force herculéenne, avait continué à fendre du bois, marmonnant dans sa tête de mule des malédictions contre Dieu et la Vierge Marie.

Pour tenter d'apaiser sa colère, faisant des vœux et réfléchissant à son avenir, Aubeline avait marché longtemps dans les collines, jusqu'aux limites du pagus de Signes. Son père n'était plus là pour la faire rechercher et la punir. Othon d'Aups, dans un excès de mysticisme, après s'être flagellé publiquement dans l'église Saint-Pierre de Signes, avait révélé qu'il rejoignait les rangs des templiers car il avait fait don des quatre cinquièmes de ses terres et de la quasi-totalité de son or au Temple.

Pauvre père, songea Aubeline en donnant un grand coup d'épée à un arbuste. Elle l'imagina en train de réciter des patenôtres, treize en l'honneur de Notre Dame, treize pour le jour. Il avait choisi la voie difficile des moines guerriers. Elle connaissait bien son père, il suivrait bellement cette voie jusqu'au bout. Il ne commettrait pas la faute de simonie ; ne tuerait pas de chrétiens ; ne pratiquerait pas la sodomie entre frères ; ne fuirait pas le champ de bataille de peur des Sarrasins ; n'irait pas à l'encontre des articles de la foi enseignés par l'Eglise de Rome ; ne quitterait pas le Temple pour rejoindre les infidèles. Othon d'Aups mourrait à coup sûr lors d'un assaut. En cela, Aubeline l'enviait. Elle avait été élevée comme un garçon, formée au métier des armes, mais elle n'en demeurait pas moins une femme aux yeux des gens. Elle avait même quelques admirateurs qui cherchaient à la séduire. Brune aux yeux noisette, elle possédait un visage agréable malgré un nez un peu épais. Sa poitrine ronde et son fessier généreux attiraient bien des regards de convoitise.

Elle se fichait de tous les mâles en rut du pays. Elle était libre pour le restant de ses jours car elle ne comptait pas se marier. A vingt ans, elle avait passé l'âge d'unir ses pauvres terres à celles d'un nobliau du coin. Son père ne l'avait jamais promise à quiconque. Il l'avait toujours gardée jalousement après l'assassinat de son épouse. Aubeline ne se souvenait plus de sa mère ; elle n'avait que deux ans lorsque celle-ci avait été tuée au pont du Diable.

Elle se tourna dans cette direction et frissonna. Puis elle reprit sa marche, libre de faire bonne figure au vent et de traiter en égale avec le soleil. Insensiblement, ses pas la portèrent jusqu'à la mare aux merles, dans ce creux d'ombre perdu sous une haute table de roches blanches où venait autrefois se reposer son père après une longue chevauchée. Ici tout était mélancolie et mystère. Elle s'agenouilla au bord de ce miroir sans rides et regarda pensivement sa trop belle image. Ses longs cheveux noirs effleuraient à peine la surface sombre où apparaissait un visage d'une étrange beauté... Son visage ! Cet ovale de porcelaine brunie, ces yeux doux, son nez animal, sa bouche renflée... Non ! Non ! se dit-elle, et ses doigts rageurs brouillèrent l'eau pour effacer le reflet de sa féminité, sa faiblesse. En elle tempêtait sa nature de garçon. Elle aurait tant voulu partir avec la deuxième croisade et prouver sa valeur au combat. Elle était le meilleur archer de tout le comté. A Signes, elle avait battu les soldats et les chevaliers les plus adroits, remportant le coq d'argent remis par les dames de la cour d'amour. L'an passé, elle avait fait scandale en défiant le seigneur d'Ollioules et en le blessant à la cuisse d'un adroit coup d'épée.

A quoi bon rêver de gloire sur les routes poudreuses de Palestine ? Etant femme, elle perdait régulièrement son sang impur, elle était faite pour mettre au monde des enfants avec des rustres plus propres à saillir leurs brebis qu'à baiser ses cheveux. Il n'était pas né celui qui lui ferait verser le sang pur.

Au loin, un chasseur souffla dans son olifant. Il était bien, lui, dans sa peau, l'épieu au poing, la barbe au vent et l'œil rivé sur les buissons d'où surgirait le sanglier. Elle imagina cet inconnu avalant l'air à pleines goulées, fier de son sexe, fier de ses muscles, fier de ses droits. Pourtant les dames de la cour d'amour avaient bouleversé les règles qui régissaient les rapports entre les hommes et les femmes depuis le début des croisades. Certaines affichaient publiquement leur indépendance. Qu'en serait-il quand les vaillants défenseurs de Jérusalem reviendraient ? Quand les religieux débarrassés du problème de l'islam chercheraient de nouveaux coupables ? Les femmes – ces pécheresses – en subiraient les conséquences. On dresserait des bûchers, on brûlerait des femmes accusées d'adultère ou de sorcellerie.

Bouleversée par ce noir avenir qu'elle voyait poindre dans l'eau troublée par ses doigts, elle se releva et s'élança sous les oliviers, poursuivie par une voix qui lui criait : Tu n'échapperas pas à toi-même ! Tu es Aubeline d'Aups, fille noble, fille à dot, femelle bonne à écarter les cuisses... La sueur perlant aux tempes, elle courut sur les coustclincs qui poussaient entre les rocs fissurés et alla se perdre dans les genêts.

— Père ! Où es-tu ? J'ai besoin de toi...

Son père, le seul qui aurait pu la comprendre et l'imposer dans une troupe. On racontait que les Normandes de Sicile avaient été admises dans les rangs des combattants, qu'à Saint-Jean-d'Acre des écuyères avaient réalisé des prodiges en repoussant les Turcs.

— Père ! lança-t-elle encore.

Il n'y avait que le mistral pour lui répondre : un mugissement lourd, un convoi d'odeurs et de poussière, quelque chose de puissant qui lui mettait les nerfs à vif. Le vent lui parlait de guerre et d'amour, de légendes et de contes, de Dieu et du diable ; il articulait des paroles fatales et charriait la misère de tous les âges, celle des premiers temps et celle à venir. Aubeline se mit face à lui, l'épée dans l'axe de son corps. Il siffla sur la lame, plaqua sa robe entre ses jambes, caressa ses seins, fit voler ses cheveux. Cet arrogant l'obligea à cligner des yeux. Il était fort. Mistral ! Mistral ! Dis-moi où est mon père ! Montre-moi un chemin ! Conduis-moi jusqu'à un homme digne de la cour d'amour !

Mais le vent ne voulait ni lui répondre ni l'aider. Ses rafales étaient de plus en plus fortes, il se racontait lui-même. Un égoïste bien trop occupé à prendre son plaisir sur les courbes des montagnes et à faire peur aux enfants qui se serraient dans les jupes de leur mère. Aubeline en eut assez de lui. Elle lui tourna le dos en haussant les épaules et remonta vers les roches penchées où elle avait l'habitude de placer des tendelles. Elle savait qu'elle n'attraperait plus de grives car le printemps était là, et il n'était pas bon de piéger les animaux à la saison des accouplements. Ses pieds agiles se jouant des pierres coupantes, elle gravit la montagne Agnis où les bergers se livraient à des rituels interdits lors de la mort de l'un des leurs. Derrière elle, la Sainte-Baume griffait le ciel pur.

Soudain un galop attira son attention et elle eut juste le temps de se couler derrière les ronces qui bordaient le chemin.

Ils étaient cinq. Quatre hommes de Signes qui encadraient un cinquième attaché sur sa monture. Aubeline les observa attentivement alors qu'ils s'arrêtaient pour écouter l'olifant. Elle reconnut le capitaine qui les commandait : Jean Brise-Epée, le terrible bras droit du dévot seigneur de Signes, Bertrand, et protecteur de dame Bertrane de la cour d'amour.

— Les chasseurs ne sont pas loin, murmura un homme.

— Hum, hum, fit Brise-Epée. Je dirais les chasseuses. Dame Bertrane et ses vierges guerrières se sont mis en tête de tuer la Bête.

La Bête était un vieux loup solitaire qui semait la terreur depuis trois ans.

— Le comte donne dix marcs d'or pour sa dépouille ! dit un autre cavalier. Je me mettrais bien en chasse, moi !

— Et toi, tu vaux combien ? demanda Brise-Epée à l'homme ligoté. Rien sans doute. Les espions catalans de ton espèce ne sont jamais réclamés par leurs maîtres. Tu ne nous rapporteras rien, mais nous au moins ce soir nous dormirons à Signes, au chaud et le ventre plein. Ce qui ne sera pas ton cas.

Les soudards s'esclaffèrent. Aubeline examina plus attentivement le prisonnier. C'était un moine engoncé dans une fourrure mitée d'où dépassaient des morceaux d'étoupe dont il s'était entortillé le corps. La vermine grouillait sur cet homme de Dieu qui avait pris le parti d'espionner le territoire pour le compte du plus terrible ennemi de Signes : Raymond Bérenger, maître de l'Occitanie et de la Catalogne. Aubeline songea à l'incroyable écheveau d'intrigues tissé dans le but de s'emparer de la Provence. Stéphanie des Baux, amie de Bertrane de Signes, y était mêlée jusqu'au cou. La guerre était inévitable. Elle serra son épée avec force. Si la guerre était déclarée, elle y participerait. Elle jura tout bas de se battre sous la bannière de Signes.

— C'est ici que finit ton voyage, moine du diable ! gronda Brise-Epée.

En entendant ces mots, le religieux laboura les flancs de sa monture. Même pris dans ses liens, il savait qu'il avait une chance de rejoindre l'abbaye de Montrieux toute proche où l'attendaient des fidèles à la cause de Raymond. Une lieue le séparait du salut. Il n'en couvrit pas la millième partie. Le capitaine fut plus rapide, et le moine ne put éviter le plat de la lourde épée qui percuta son front.

Aubeline ferma les yeux et se recroquevilla sur elle-même. Le prisonnier désarçonné avait roulé tout près d'elle, sept pieds de ronces les séparaient. Elle se fit toute petite et continua à observer entre les épines.

2

Une sensation de froid, la rugosité des pierres cachées sous les herbes, l'appel d'un merle, la réponse d'une bécasse, la gifle du vent, la plainte de l'olifant, tout se bousculait jusqu'à son crâne endolori. L'homme ouvrit un œil, le bon ; l'autre était gonflé et rempli de sang.

— Il revient à lui, chuchota une voix.

— Enfin !

Une énorme silhouette se profila sur son horizon laiteux.

— Alors, moine, susurra Brise-Epée, on voulait nous quitter ?

— Non...

— Tais-toi, oiseau de malheur ! Tu n'as que trop dit de mensonges.

— Mais vous savez tout ! Mon seigneur Raymond vous donnera une bonne rançon. Dépêchez un messager à la tour de guet Noire sur le Rhône et d'ici peu vous m'échangerez contre des espèces sonnantes et trébuchantes.

— Raymond de Barcelone ! Nous donner une bonne rançon pour ta carcasse ! Tu ne vaux même pas le prix d'une chèvre. Ha ! Ha ! Ha ! Laisse-moi rire. Cet avare ne rachèterait pas même ses propres enfants.

Aubeline blêmit... Ce butor disait la vérité. L'avarice du maître de l'Occitanie était légendaire. Pour cette seule raison, il ne s'était pas engagé dans la croisade. Il préférait tailler en pièces le sud de la France et piller les fiefs qui refusaient d'être asservis à ses ambitions.

— Attendez ! s'écria le moine. Je vous écrirai une missive pour le supérieur de Saint-Victor à Marseille.

— Saint-Victor ! Ne me parle pas de cette abbaye de rats qui s'enrichit sur le dos de nos nobles en leur octroyant des indulgences contre un testament... D'ailleurs je ne sais pas lire. Vous savez lirc, vous autres ?

Les trois soldats esquissèrent un non de la tête, un sourire goguenard zébrant leurs faces hâves. Ils n'exprimaient aucune pitié sous leurs casques à nasal. Le moine roula des yeux de terreur. Il sut dès cet instant qu'il ne parviendrait pas à convaincre ces démons, ces brutes issues de la fange, de ces villages pouilleux où l'on tuait par habitude, et il se demanda comment les dames de la cour d'amour pouvaient supporter leur présence.

Aubeline frissonna, le poing crispé sur la poignée de son épée. S'ils la découvraient, et bien qu'elle fût féale de Bertrane de Signes, elle serait obligée de se battre. Elle était le témoin gênant par excellence. Ces hommes avaient le devoir de ramener le prisonnier à Signes ; ils n'en feraient rien.

Le capitaine s'était avancé tout en dégrafant son ceinturon où pendaient trois amulettes en cuivre. Par reptations maladroites, sa victime reculait sous les ronces. Aubeline se fit plus petite encore ; elle entendait le souffle court du moine mais ne distinguait plus rien. Une douleur aiguë comprimait sa poitrine, elle avait peur. Elle tenta de se mettre à la place de son père qui ne craignait ni la mort ni le diable, mais elle n'avait pas l'âme d'acier trempé ni la foi d'un templier. Les pas de Brise-Epée se rapprochaient, écrasaient les ronces. Le moine priait. Au-dessus de sa tête, les toiles d'araignée qui constellaient les épines brillaient de mille feux sous l'effet d'un rayon de soleil. Il crut voir le buisson ardent par lequel Dieu s'était manifesté à Moïse et ne sentit pas le cuir qui lentement lui ceignait le cou.

Brise-Epée eut un rire sardonique, prenant son temps.

— Alors, où vas-tu espionner maintenant ?

Il serra un peu, juste pour marquer les chairs.

— C'est bien à l'abbaye de Montrieux que tous les jours tu allais renseigner l'envoyé du comte des Baux ?... Pauvre fou ! Dès ton apparition à Aubagne, nous t'avons fait suivre par nos bergers. Tu avais perdu d'avance.

Les muscles de son visage s'étaient légèrement contractés. Etrangler quelqu'un, ce n'était jamais facile, surtout avec un cuir aussi large. L'effort colorait ses joues creuses, le plaisir aussi. La jouissance diffusait ses ondes, l'acte devenait charnel. C'était meilleur que de prendre une pucelle... Il serra... Il serra...

— Ton prochain compte rendu, tu le feras devant ton maître Satan !

Aubeline était pétrifiée, sous ses longs cils noirs perlaient des larmes, quelque chose d'affreux coulait dans ses veines. Elle avait pourtant déjà assisté à des pendaisons, à des décapitations, vu des cadavres tourner au gré du vent au bout de leur corde, des pestiférés dévorés par les mouches et les asticots. Là, ce n'était pas pareil : elle entendait râler la victime, imaginait sa face écarlate.

Brise-Epée en avait terminé. Le regard du condamné se révulsa et son corps se cabra. Il sombra.

Le capitaine resta un moment penché sur le cadavre, puis se releva, en sueur, le souffle court. Une vague sensation de dégoût l'envahit peu à peu et il pensa soudain à soulager son âme. Il irait dès ce soir à confesse. Peut-être aurait-il dû accepter quelques lignes sur un parchemin ? S'en remettre à la justice du comte Bertrand ou à celle des dames de la cour d'amour, qui vouaient une haine sans égale à Raymond Bérenger ? Les dames n'étaient pas tendres avec les traîtres et les espions. Sur leur ordre, bon nombre de renégats avaient été exécutés et leurs têtes pourrissantes étaient exposées à la croisée des chemins.

Il détacha son regard des orbites bleues du moine, releva la tête, déglutit avec effort et rajusta sa ceinture. Ses hommes n'avaient pas bougé. Durs et froids, ils avaient respecté le rituel de la vengeance et attendaient les ordres de leur chef.

— Allez, dit ce dernier, prenez ce chien et jetez-le dans le gouffre des bergers. Il ne faut pas qu'on sache que nous avons procédé à une exécution sans jugement.

Aubeline les vit grimper vers la ferme abandonnée qui servait de refuge aux bêtes et aux fleurs sauvages. Il y avait là un trou sans fond, un puits que les bergers s'étaient approprié lors de l'arrivée des Grecs. Les bergers y enfermaient leurs morts selon des rites païens. Le trou était obturé par une lourde pierre plate ; les quatre hommes la déplacèrent à l'aide de leurs chevaux. Quand le gouffre apparut, ils y firent glisser la dépouille de l'espion, puis s'empressèrent de refermer cette bouche s'ouvrant sur l'enfer.

Longtemps Aubeline regarda cette dalle caressée par le soleil. Ainsi, voilà ce que savaient faire les guerriers provençaux : assassiner lâchement. Un homme avait été victime de la lutte fratricide entre les maisons de Barcelone et de la Sainte-Baume. La jeune fille n'ignorait pas qu'elle avait été le témoin d'un meurtre mille fois répété dans tout l'Occident et l'Orient.

L'Europe était sur le déclin. Les guerres intestines ravageaient la chrétienté et le jeune royaume de Jérusalem. Mais comment pouvait-on inverser cette tendance quand on avait vingt ans et qu'on était une femme ?

Bérarde, si l'on tenait compte de sa généreuse poitrine et de sa longue tresse fauve, était une femme. Mais dans le comté tous, unanimement, disaient que la Bérarde était un homme travesti. Colosse aux muscles noueux, elle avait un visage ingrat au nez cassé. Née en Savoie, dans la vallée sauvage de la Bérarde, descendante des redoutables Burgondes, elle avait suivi ses parents lors d'un périlleux pèlerinage à Jérusalem. A quinze ans, elle avait été violée sur les bords du lac Tibériade par des Bédouins qui avaient massacré le pauvre troupeau de chrétiens à la recherche du Jourdain. Lors de cet atroce supplice, les monstres lui avaient tranché la langue pour ne plus entendre ses cris. Laissée pour morte, elle avait été sauvée par des chevaliers. Il lui avait fallu trois ans pour retourner chez elle, mendiant, s'offrant à des misérables pour quelques piécettes de cuivre, volant. Parvenue en Provence, elle avait frappé à la porte du castelet de Meynarguette où Othon d'Aups, pris de pitié, l'avait engagée comme journalière. A cette époque, Aubeline venait de fêter ses neuf ans ; elle se prit très rapidement d'affection pour cette muette qu'elle appelait sa « femme lige ». Bérarde était devenue une amie, une grande sœur, presque une mère.

Bérarde s'inquiétait pour Aubeline. Elle n'aimait pas les longues escapades de la jeune femme. Aujourd'hui, Aubeline n'avait pas enfourché son destrier. Ce détail avait de l'importance. Bérarde avait au moins l'assurance qu'elle n'avait pas franchi les frontières du fief. La région n'était pas sûre en ces temps de troubles, les braves chevaliers et les meilleurs soldats s'étant croisés pour chasser les mécréants qui cernaient Jérusalem et éviter l'apocalypse. La Provence était la proie des prédateurs catalans, des Barbaresques écumant la côte, des brigands pillant les hameaux isolés. L'automne précédent, des Maures s'étaient aventurés jusque sur le plateau de Siou-Blanc, on avait dû livrer bataille. Aubeline et elle faisaient partie de la compagnie levée par les belles dames de Signes. Le combat avait été rude, il s'était poursuivi durant deux jours et une nuit. Les Maures avaient reculé. Dans leur débandade, ils avaient perdu la moitié de leurs hommes avant de rembarquer sur leurs bateaux à Bandol.

Bérarde cassait du bois. Elle fendait d'un seul coup les grosses bûches comme elle avait fendu la tête des Maures avec sa francisque. Les « han » qui s'élevaient de sa gorge – les seuls sons qu'elle pût produire – se répercutaient sur les collines. De temps à autre, elle soufflait en s'épongeant le front du revers du bras et écoutait la complainte de l'olifant.

Qui chassait sur les hauteurs et que chassait-on ?

Elle n'avait plus de voix mais elle avait l'ouïe fine. Des brindilles craquèrent. Elle se retourna d'un bloc, la hache en l'air. Puis un sourire illumina ses traits disgracieux. Aubeline franchissait les houssaies qui entouraient l'ancien fossé de défense du castelet.

— Tout va bien, dit Aubeline en joignant des signes à ses paroles.

Les deux amies avaient mis au point un langage à l'aide de leurs doigts, ce qui ne manquait pas d'intriguer leurs connaissances. Dame Bertrane s'était même mis en tête d'utiliser ce langage rudimentaire pour déjouer la curiosité des espions, mais ce projet était resté lettre morte. Les dames de la cour d'amour avaient d'autres préoccupations, dont la première était de rassembler des fonds pour lever une armée de secours demandée par Stéphanie des Baux.

— L'olifant n'a pas cessé de sonner, fit Bérarde.

— Les dames ont décidé d'occire la Bête, répondit Aubeline.

Bérarde fronça les sourcils. La Bête rôdait parfois autour de Meynarguette où elle égorgeait des moutons. Des loups, elle en avait déjà vu et des gros, mais celui-ci, d'après les descriptions qu'on en avait, était d'une taille monstrueuse. Le chapelain de Château-Vieux affirmait que c'était Cerbère en personne et qu'il fallait prier très fort sainte Marie Madeleine pour le renvoyer sous terre.

— La Bête ne peut être tuée, dit Bérarde par signes. Pas même avec ça ! ajouta-t-elle en abaissant sa hache, fendant une bûche d'un coup magistral.

— Ce n'est qu'un loup. Et il vaut dix marcs d'or.

Les yeux de Bérarde se plissèrent. Avec une somme pareille, on pouvait réparer la grosse tour du castelet et l'aménager douillettement, acheter deux vaches et des semailles de blé dur, du bon blé de Trets et de Fuveau... Peut-être aussi des robes pour la fête de la Vierge et les tournois de l'été.

— Qu'est-ce que tu en dis ? demanda Aubeline.

— J'en dis que la Bête est vorace et qu'elle s'est repue des bravaches qui voulaient la dépecer. J'en dis aussi que pour dix marcs d'or, je te mènerai jusqu'à sa tanière.

Elle s'était exprimée très rapidement, traçant des arabesques de ses doigts calleux couturés de cicatrices.

— Tu sais où est son repaire ? s'étonna Aubeline.

— Je suis une Burgonde, j'ai vécu avec les loups dans les Alpes. Les hommes sont plus cruels, je te l'accorde.

Aubeline acquiesça. Les hommes étaient pires que les loups et les ours, plus venimeux que les vipères.

Elle en avait fait l'expérience une heure plus tôt ; elle lui parlerait plus tard du meurtre commis par Brise-Epée. Rapporter la peau de la Bête primait sur ses confessions. Dix marcs d'or. Elle les voyait briller, ces pièces vénitiennes qui avaient cours sur la côte. Seul le solidus byzantin était plus recherché. Les autres monnaies se dévaluaient au gré des défaites, des famines et des prises de pouvoir.

— Tu vas me conduire à cette tanière. Prépare les épieux. On va débusquer ce monstre et lui percer le cœur.

3

Longtemps l'olifant avait vibré, mugissement qui inquiétait le gibier, alertant les lièvres, les renards, les sangliers, les loups et toute la gent des bois et des forêts. Puis il s'était tu du côté du col de Taillane. Les dames, leurs traqueurs et leurs écuyers avaient renoncé à déloger la Bête invisible. La troupe rentrait à présent à Signes en deux groupes distincts, l'un se rendant à Château-Vieux, l'autre galopant vers l'étincelant castel de la cour d'amour dont les tours élancées dominaient le plan couvert de blé vert et de jeunes vignes.

La voie était libre. Deux petits tourbillons de poussière grise salirent la panse de la montagne, deux femmes dévalant la pente à toutes jambes et se laissant parfois glisser sur les pierres.

Visiblement, elles étaient poursuivies ou poursuivaient quelqu'un. Leur course folle leur fit traverser des ronces agressives, sauter les rochers et bondir par-dessus les ravines. Après une grimpette de quatre cents pas, elles se mirent à courir sur la crête couronnée de buissons fleuris.

— Arrêtons-nous ! cria Aubeline. Mes jambes ne me soutiennent plus.

A cet appel, Bérarde s'immobilisa, sourit et la couva d'un regard maternel.

— C'est bon, reposons-nous, fille de templier, fit-elle.

Il y avait de l'ironie dans son attitude. Elle, la Burgonde, ne ressentait aucune fatigue. Elle demeura debout, jambes légèrement écartées, épieu à la main. Les tranchants de sa hache liée sur son dos étincelaient au soleil. Elle garda l'œil rivé dans une seule direction, humant les effluves animaux soulevés par le mistral qui faiblissait. Toujours se tenir dans le vent. Ne pas tourner le dos au prédateur. Elle le savait là, tapi dans l'amoncellement cyclopéen des roches de la Sainte-Baume.

Aubeline fut soulagée. Respirant par saccades, elle s'accroupit au bord de la petite falaise en s'essuyant le front et les yeux du revers de la main. L'acidité de la sueur lui brûlait les pupilles, le soleil se complaisait à attiser ce feu qui brouillait sa vision. Un bourdonnement absurde allait et venait dans son crâne, une douleur aiguë la lançait au genou gauche, une forge grondait dans sa poitrine… Je ne suis pas digne des chevaliers du Temple, pensa-t-elle en enviant la Bérarde aussi imperturbable que la statue de l'archange Gabriel.

Peu à peu, elle recouvra ses sens. La joie s'empara d'elle, elle sentait à nouveau l'odeur des thyms et des marjolaines. La tête pleine de plats préparés par Bérarde, elle affronta de toute sa taille la masse inquiétante de la Sainte-Baume.

— Elle nous a échappé, je ne la sens plus. Je ne la sens plus.

Elle ne l'avait jamais sentie ; elle essayait de le faire croire à la Burgonde qui pourtant n'était pas dupe.

— Le nez ne suffit pas ! asséna-t-elle en frottant son appendice cassé. C'est l'instinct qui doit te guider ! Tu ne dois faire qu'un avec la Bête, penser comme elle, aimer le sang frais.

Bérarde la rejoignit, planta sa carrure face au panorama grandiose qui déroulait ses verts, ses bleus et ses gris jusqu'à la mer miroitant à dix lieues. D'un geste brusque, elle releva la mèche rousse qui pendait sur son œil gauche. Elle avait une très bonne vue ; à Saint-Jean-d'Acre, elle avait été guetteuse sur la plus haute tour. Peut-être apercevrait-elle ce loup de malheur.

Le vent cessa brusquement, tout s'immobilisa, et les deux femmes retinrent leur souffle, essayant de ne faire qu'un avec cette terre provençale pétrifiée par la volonté d'une fée ou d'une sorcière.

Le vol diagonal d'une passerinette qui disparut sous une cépée les tira de leur contemplation. Aubeline, peut-être pour se rassurer, commença à siffler un air gai en évaluant l'épaisseur des houssaies qui masquaient la rivière en contrebas. Le Latay ne coulait guère en cette saison, mais assez toutefois pour faire tourner les aubes des deux moulins tenus par des moines. Elle le connaissait par cœur, ce paysage, cela faisait vingt ans qu'elle le parcourait en tous sens. Les centres en étaient Château-Vieux où s'étaient succédé des seigneurs plus durs et plus dévots les uns que les autres, et le nouveau village de Signes dominé par le castel de la cour d'amour dans lequel les dames de Provence rendaient justice et préparaient une ère nouvelle pour les femmes. Le comte Bertrand, féal des vicomtes et évêques de Marseille, avait acquis tant de puissance qu'on le craignait jusque sur les marches de Sisteron, de Nice et d'Arles. Il tirait ses bénéfices d'un territoire qui s'étendait sur quatre arrière-fiefs – La Lauzière, Meynarguette, Beaupré et La Jaconnière – et de tributs remis chaque année par une vingtaine de seigneuries avoisinant la sienne.

C'était une région difficile. Se rendre de Marseille à Toulon et de Toulon à Antibes demandait du temps et du courage. Par manque de voies de communication, elle avait toujours été épargnée par les invasions barbares du Nord. Les Ligures y avaient régné en maîtres durant des siècles et résisté très longtemps aux Romains. Les incursions sarrasines se faisaient plus rares depuis que les Espagnols reprenaient leurs pays aux Arabes et que les flottes de guerre génoise, pisane et vénitienne sillonnaient la Méditerranée septentrionale. La conquête du sol vierge avait été retardée pendant des siècles, mais la Trinité éternelle s'étant décidée à délivrer le peuple chrétien de l'oppression des païens, les plaines se couvraient de carrés réguliers, sur les collines façonnées par les restanques poussaient les oliviers et les amandiers... Un entrelacs de cultures aux couleurs tendres.

La fille du templier regarda la basse plaine, comptant les bandes d'orge, celles de froment, et estima la composition du futur méteil. Oui, pensa-t-elle, cette année les Signois mangeront un pain meilleur, moins lourd et plus digeste... Il était fort dommage que ses terres de Meynarguette fussent en friche. Ce n'était qu'une question de temps et de moyens. Avec l'argent de la prime, elle participerait bientôt à l'essor collectif en engageant des journaliers. Le servage n'existait pas à Signes. Elle se vit convoyant des chariots remplis de grains vers les marchés de Toulon et Marseille.

Bérarde avait une autre approche de la prospérité des cultures : comme d'habitude le froment irait gonfler le pain blanc des seigneurs tandis que l'orge épaissirait la polenta des paysans. La Burgonde cajola du regard les vignes de Riboux en pensant aux futures beuveries des longues soirées d'hiver. Bérarde aimait fréquenter les tavernes, jouer aux dés et aux cartes. A l'occasion, elle se mesurait aux gaillards du terroir au bras de fer et les battait régulièrement. Une fois, elle avait brisé les os d'un charbonnier qui lui résistait. Sa force alimentait sa légende et provoquait des désirs. La géante muette au visage ingrat avait sa cour de soupirants, mais il était rare qu'elle consentît à s'ébattre dans une meule de foin ou sur un lit de trèfles.

La reprise du vent les tira de leurs rêveries. Le bougre avait tourné au sud.

— C'est le moment, fit Bérarde. Retournons aux chevaux, nous allons au Pilon.

En ce 1er mai 1147, des bouffées d'air chaud soufflaient sur la garrigue endormie. Au ras du sol, vers l'horizon, le paysage tremblait et ondulait, faussant la vision des deux cavalières. Leurs yeux, à demi fermés, filtraient la bande de lumière aveuglante du sentier caillouteux qui sinuait entre deux rangées de buissons argentés. On appelait ce chemin « la route des Rois » qui, de Saint-Maximin à La Ciotat, passait sous la grotte de sainte Marie Madeleine où d'illustres princes et de misérables inconnus venaient racheter leurs fautes.

Les images brasillaient et s'incrustaient ardentes dans leurs crânes alors que leurs corps s'amollissaient : des envies d'immobilité, des désirs de lézard, ne rien faire, se figer dans l'embrasement, attendre le crépuscule et l'haleine fraîche de la nuit...

Attendre.

Le temps s'écoulait, rythmé par les sonnailles d'un troupeau de chèvres paissant les herbes odorantes du Pas-de-l'Ane. La Bête n'était pas de sortie. Les deux chasseuses musardaient. Une agréable torpeur s'insinuait entre leurs épaules, aidée par le balancement des chevaux au pas, les odeurs anisées et sucrées, le grésillement lancinant des insectes et une cloche qui tintait dans le lointain : une invite à la sieste à l'ombre d'un arbre centenaire.

Aussi parlèrent-elles pour ne pas s'endormir. La Bête ne s'alanguissait pas quand elle flairait de la chair fraîche. La Bête les guettait sûrement. Elles parlèrent d'hommes, autant dire de quelque chose de banal qui, dans la hiérarchie des biens terrestres, se situait après l'épée, le destrier, la terre et la guerre ; quant à elles, les femmes, elles se positionnaient bien plus bas, après les chiens, les bœufs et les mulets.

— Bérarde, qui préfères-tu, Ancelin le tonnelier ou Geoffroy le forgeron ?

Bérarde en lâcha ses rênes. Ses mains voletèrent. Elle dessina un cul et des cornes de bouc. C'était son juron favori.

— Par le cul du diable ! Ni l'un ni l'autre. L'Ancelin a des yeux de cochon et une bedaine plus grosse que ses tonneaux ; il est mangé par la vérole et pue à cent toises. Quant au forgeron, c'est un impuissant.

— Tu as déjà couché avec lui ?

— C'est ce qui se dit, répondit la Burgonde en rougissant.

— Tu es une coquine ! lança Aubeline en partant d'un rire clair. Tu devrais jeter ton dévolu sur des mâles dignes de soutenir tes chevauchées. Il y a tant de beaux hommes à Signes. Quand je me rends sur les courtines du castel des dames et que je vois les soldats se baigner dans le Figaret, ils n'ont pas l'air de vilains gueux. La plupart sont bien formés et possèdent de splendides attributs.

— La fille du templier ne serait plus pucelle ? ironisa Bérarde.

— Elle l'est toujours.

— Alors qu'elle sache que ce ne sont pas les dimensions des attributs qui comptent mais la façon dont on s'en sert.

— Tu devrais être conseillère à la cour d'amour.

— Conseillère des dames ? Les nobles ne se réfrènent en rien et j'ai tout à apprendre de ces championnes de l'amour. Elles n'ont aucune indulgence pour les paysannes. Tu le sais. Dans nos villages, les femmes sont ce qu'elles sont ; des drôlesses qu'on trousse entre deux portes d'étable ou sur un tas de fumier.

Aubeline s'assombrit. Noble elle-même, elle se sentait offensée. Elle répliqua avec courroux :

— Cela ne vaut pas pour toutes les dames. Surtout pas pour notre douce Bertrane.

Bérarde sut qu'elle était allée trop loin. Surtout pas la douce et vertueuse Bertrane, elle en convenait ; la comtesse de Signes était une femme irréprochable, une sainte, une réincarnation de la Vierge Marie. Bérarde regretta de l'avoir mêlée aux intrigantes du castel. Les infidèles lui avaient tranché la langue ; il lui arrivait d'enrager de ne pouvoir s'en servir lorsque Aubeline et elle se rendaient aux assemblées et aux fêtes de la cour d'amour. Elle aurait volontiers rabaissé le caquet de ces belles qui ne comprenaient pas son langage des signes et se targuaient de composer des poésies en grec et en latin.

Aubeline n'en pensait pas moins. Malgré l'insistance de Bertrane, elle avait refusé d'entrer dans le cercle privilégié des dames. D'ailleurs, elle n'aurait pu rivaliser avec ces riches créatures, du moins en apparence. Elle ne voulait pas se montrer tous les jours avec la robe d'apparat offerte par son père à l'occasion de ses seize ans. La rancœur fit remonter la bile dans sa gorge ; son égoïste de père, vêtu de blanc et le manteau marqué de la croix du Temple, s'était embarqué à Marseille une semaine après son anniversaire. Sa jolie robe cramoisie agrémentée de rubans était une robe de deuil.

Elle chassa ses pensées corrosives au moment d'aborder les flancs ravinés par les pluies torrentielles du mois de mars. Les sabots des chevaux dérapèrent sur les cailloux de la forte pente. Les cavalières forcèrent le train sur plusieurs centaines de toises, un effort qui, allié à la chaleur, fit qu'elles arrivèrent épuisées sous les contreforts du Pilon de la Sainte-Baume. Sur cette partie sud de la montagne poussaient d'inextricables taillis.

— Elle se terre où, cette Bête ? demanda Aubeline.

Bérarde désigna un endroit à droite du Pilon.

— Dans la grotte aux Œufs.

— Dans la grotte du Dragon ! s'exclama sa jeune amie.

— Oui, confirma la Burgonde.

Aubeline comprenait pourquoi personne ne l'avait débusquée. Aucun être humain, depuis la disparition de sainte Marie Madeleine, ne s'était aventuré dans cet antre profond qu'on disait habité par un monstre ailé, par un sphinx, par un messager du diable, par une dévoreuse d'âmes. Les versions sur l'existence légendaire de la Bête variaient d'un village à l'autre, d'une veillée à la suivante. Le loup solitaire était donc sous la protection des forces du mal.

Bérarde était descendue de cheval ; elle détacha sa hache et se campa face au rideau d'épineux qui circonscrivait un bois de chênes kermès. Ses narines palpitaient.

— Que sens-tu ? lui demanda Aubeline en la rejoignant.

A cet instant, elle étouffa un cri : la Bête. Son cri se mua en plainte :

— Sainte Mère de Dieu, venez à notre aide ! C'est lui, c'est le Belzébuth !

Bérarde lui fit signe de se taire. Elle-même n'avait jamais vu d'animal pareil dans ses Alpes natales ou ici. Régulièrement, l'hiver, les chasseurs rapportaient des dépouilles de loups. Les meutes infestaient la Provence. Certaines s'aventuraient jusqu'aux portes des grandes villes. Ce loup méritait d'être appelé « la Bête » ; il paraissait surgir des flammes de l'enfer.

Aubeline reprit son sang-froid, fit face à son amie et lui intima l'ordre de rester en retrait.

— Tu me le laisses !

— Non, tu n'es pas de taille.

— Je suis issue d'une lignée qui s'est illustrée au combat au temps de Charlemagne, mon grand-père est mort sous les murs de Jérusalem en sauvant la vie de Godefroy de Bouillon, son frère a tenu tête aux Turcs en Arménie, mon père affirme qu'on descend du général Aetius qui écrasa les Huns... Et tu me refuses le droit de prouver la valeur de mon sang ? Tiens-toi derrière moi et n'interviens que si ce monstre prend le dessus.

Bérarde acquiesça en grinçant des dents. Aubeline se prenait pour un soldat de Dieu. Fille de templier. La belle affaire. Elle connaissait la science des armes, elle avait affronté des hommes, occis un Barbaresque, mais elle ne subissait pas le rigoureux entraînement du Temple, ne s'endurcissait pas par les jeûnes et les prières. L'adversaire était de taille, rusé, féroce et il ne connaissait pas la peur.

Le loup ne bougeait pas. Aubeline pouvait l'observer à loisir ; cent trente livres de nerfs et de muscles, un long corps de carnassier aux poils gris tachés de touffes brunes et une gueule menaçante où se concentraient des relents de mort.

Lentement, elle ôta l'arc et le carquois qui la gênaient. Le tuer d'une flèche dans l'œil tiendrait du miracle. Aubeline avança de cinq pas, assurant dans la main droite le lourd épieu ferré et tâtant la gaine du coutelas pendant à sa hanche gauche. Marcher vers l'animal sans trembler et atteindre une position avantageuse. Ne jamais quitter son regard et respirer calmement, voilà ce que lui avait enseigné son père le jour où elle avait eu l'autorisation de participer à une chasse au sanglier. Elle avait alors onze ans et un épieu à la mesure de ses petits bras frêles.

D'acier... Je suis d'acier.

Ce n'est qu'un loup, pas la Bête de l'Apocalypse.

Je ne connais pas la peur. Je suis la fille d'Othon d'Aups !

Elle progressa encore...

Le loup ne bougeait toujours pas, la soupesant à son juste poids, à sa juste valeur de femelle. L'humaine, étrangement, ignorait la peur. Au contraire, il se dégageait d'elle des effluves agressifs. L'autre femelle, plus grande, s'était aussi avancée. De cette dernière, rien ne transpirait. Elle était tel un roc en mouvement. Laquelle des deux était la plus dangereuse ?

Encore dix pas et je m'arrête à dextre de cette grosse pierre.

Les loups attaquaient de biais. En protégeant son flanc gauche, Aubeline obligerait celui-ci à charger sur sa droite. Et puis il y avait Bérarde derrière elle. La géante la couvrait à moins d'une toise. Sa hache accrocha un rayon de soleil dont le reflet flamboya sous le museau de l'animal.

Dix pas. Vingt secondes qui s'égrenèrent comme des siècles. Une goutte froide de sueur perla à son front. C'était une tentative de la peur. Elle demeura ferme. La peur viendrait après. Elle s'autoriserait alors à trembler, à crier. Au dixième pas, près de la haute pierre aux angles aigus, elle s'arrêta, le regard fixe, tandis qu'elle répétait mentalement le geste idéal qui mettrait fin à la vie de la Bête. L'attente corrodait ses nerfs. Elle ne sentait plus ses muscles tendus. Elle était prête. Bérarde aussi.

Les deux adversaires se faisaient face ; quatre toises les séparaient ; deux volontés qui s'évaluaient, qui se heurtaient, deux énergies qui puisaient leurs forces à l'origine des temps. Le loup décida de rompre cet équilibre. Il inclina le museau et, sans quitter la femme des yeux, ramena son corps puissant vers l'arrière.

Aubeline sentit son estomac se nouer. L'animal allait lui bondir à la gorge. Dans un instant, il lui faudrait mettre un genou à terre pour ajuster la pointe de son arme sur le poitrail gris. Aubeline aiguisa dans une immobilité de statue son instinct meurtrier. Elle effaça ses ultimes faiblesses, se fit sauvage.

Le poil du loup se hérissa ; il attaqua. Dans un dégagement de poussière, yeux écarlates et crocs jaunes en avant, le fauve bondit. L'haleine fétide de la gueule baveuse et l'odeur de l'urine séchée n'eurent pas le temps d'écœurer Aubeline. Accrochée à la hampe de son arme, bandant tous ses muscles, elle poussa le pieu entre les côtes et ressentit les spasmes de mort qui se répandaient dans le corps empalé.

Aubeline se releva, tremblante, tandis que l'ombre de la Burgonde s'étendait sur elle. Elles contemplèrent avec une infinie tristesse ce loup qui, pendant tant d'années, avait fait courir les guerriers de toutes les maisnies seigneuriales de la Sainte-Baume.

Enfants, n'ayez plus peur, allez garder les brebis dans les champs. La fille du templier, Aubeline d'Aups, a vaincu la Bête du diable. Voilà ce que diraient les braves gens à leurs petits, pensa Aubeline en étouffant ses regrets d'avoir mis fin à l'existence de son loyal et libre adversaire.

— Dix marcs d'or, tu les as bien mérités. Ton père aurait été fier de toi, fit Bérarde en soulevant la dépouille sanglante.

Tout le long du Figaret aux eaux claires et chantantes, elles rencontrèrent des paysans qui achevaient de sarcler les lopins en terrasses. Sur plus d'une lieue, de petits troupeaux d'hommes et de femmes fouissaient, le dos courbé, ramenant les mauvaises herbes entre leurs jambes. Les uns maniaient la houe au long manche coudé et travaillaient l'argile de la lame dentée, les autres plantaient dans le sol leur louchet échancré comme un bigot et arrachaient la garance envahissante. Aubeline les encouragea de la voix ; ils lui répondirent et poussèrent des cris de joie en voyant la Bête qui gisait sur le cheval de Bérarde.

La Burgonde retroussait ses lèvres et un sourire animal découvrait ses dents longues et blanches. Fière de son amie qui avait abattu le loup. Fière d'appartenir à la maison d'Aups.

Aubeline se félicitait d'avoir mis un terme à la terreur qui tenaillait ces humbles gens luttant au jour le jour pour survivre. Elle prit plaisir à voir s'agiter les blés verts, à entendre crépiter le feu dans les tas de ronces et d'orties. Les collines, les vallées et la plaine besognaient, et c'était un plaisir de les découvrir prospères. Plus de faim, plus de souffrance, le terroir vivait au rythme des chansons des tailleurs d'oliviers, des jurons des charbonniers, des cris des tailleurs de pierre et des rires des lavandières.

Aubeline éclata de rire et cria :

— La Bête est morte ! Que vive en paix le fief !

La nouvelle allait se répandre au moment où le fief faisait peau neuve, où l'espoir renaissait avec le printemps. Oui, le fief faisait peau neuve en perdant les rejetons et les chicots de bois mort. Le fief de Signes tirait sa puissance de ses sources et de ses mines, de ses forêts profondes et de sa terre féconde. Le fief revivait depuis que la capture de saint Mayeul, abbé de Cluny, avait engendré la guerre de libération contre les Sarrasins de Fraxinet plus d'un siècle et demi plus tôt. En trois campagnes, l'armée des volontaires provençaux avait extirpé le mal barbaresque. Les villages s'étaient repeuplés, tout comme la ville de Toulon qui portait depuis 1021 le titre d'évêché. Mais cette prospérité demeurait fragile. La belle Provence était convoitée de tous côtés. Et la richesse était loin d'être répartie en parts égales.

Aubeline se rapprochait de Château-Vieux. Il y avait encore beaucoup de masures le long du chemin et le nouveau village bâti de maisons précaires se peuplait d'artisans et de marchands qui avaient fui la misère des grandes villes. Signes était faite d'enchevêtrements de poutres, de pierres et de torchis qui grimpaient à la diable vers le ciel. Seuls les châteaux, les églises et les chapelles avaient été construits pour défier le temps.

Aubeline contempla le puissant donjon de Château-Vieux. Dans peu de temps, elle saurait si le comte Bertrand était un homme de parole. Il avait promis dix marcs d'or à celui qui rapporterait la dépouille du grand loup solitaire.

4

Dix marcs d'or ! Dix grosses pièces ! Dix soleils ! Avec un lion et une galiote pour emblèmes. Aubeline et Bérarde s'ébahissaient en contemplant les pièces alignées sur la grosse table au bois rugueux entaillé par les couteaux de quatre générations de chevaliers et de soudards batailleurs. Elles leur semblaient irréelles.

Pourtant les deux femmes les avaient soupesées, caressées, examinées. La Burgonde en avait même mordu une pour éprouver sa consistance. C'était bien du bon or battu dans les ateliers de Venise, de l'or qui ne se dévalorisait jamais et que les puissants entassaient dans leurs coffres.

Le comte Bertrand n'avait pas hésité un seul instant lorsqu'elles avaient fièrement déposé leur trophée à ses pieds après avoir ameuté tous les gens du château. Le noble et triste seigneur, qui souffrait d'insuffisance respiratoire et s'obstinait à ne pas prendre de bains – au point que sa jeune épouse Bertrane refusait de l'approcher et préférait vivre dans le castel des dames –, avait fait appeler maître Thorius, son trésorier, à qui il avait ordonné de verser la prime.

Les chevaliers, les écuyers et les archers présents dans la grande salle où pendaient les bannières mitées prises à l'ennemi et où les têtes empaillées de trois émirs sarrasins pourrissaient dans leurs alvéoles, avaient murmuré des propos désobligeants dans leurs barbes.

Qu'il était dommage que la Bête ait été tuée par des femmes. Que cet exploit n'honorait pas la maison de Signes. Qu'il était temps de revenir aux règles instituées par la loi salique et de remettre au pas toutes les écervelées qui usaient des armes. Qu'il y avait là probablement une diablerie. Qu'elles avaient eu la chance de trouver le loup blessé et qu'elles s'étaient contentées de l'achever...

Aubeline et Bérarde n'avaient cure de ces jaloux, de ces pleutres qui n'avaient pas répondu à l'appel de la croisade et préféraient se quereller pour des parcelles de pois chiches et de lentilles.

Le comte, dont la seule obsession était de plaire à Dieu, à la Vierge et aux saints, n'avait fait aucun commentaire fâcheux. Il ne s'était pas non plus extasié devant la fille du templier et la femme lige. Au grand étonnement de ses courtisans, il avait simplement annoncé qu'une messe solennelle sous le patronage de sainte Marie Madeleine serait dite en l'église Saint-Pierre pour fêter la délivrance du pays.

Aubeline posa deux doigts sur deux pièces et les fit glisser sur la table.

— Voilà pour la charpente, expliqua-t-elle à Bérarde en levant les yeux vers le plafond de la grosse tour qui dominait le bâtiment carré de Meynarguette.

Les poutres pourrissantes s'émiettaient. Des crevasses s'ouvraient dans les planchers. La pièce supérieure, pendant un temps la chambre de son grand-père, n'était plus habitable. On ne s'y aventurait plus depuis une vingtaine d'années. Elle servait de refuge aux pigeons et aux souris.

— Deux autres pour le bétail et les semences... Ah, j'en oubliais une pour les tuiles du toit. Nous en garderons une pour les temps difficiles. Reste quatre que nous allons partager.

Aubeline plaça deux marcs devant son amie. Bérarde suffoqua à la vue d'un pareil trésor. Elle fit plusieurs « non ! » qu'elle appuya par de vifs mouvements négatifs de la tête.

— Arrête de faire ta bêtasse. Cet argent, tu le mérites autant que moi. Sans toi, je n'aurais jamais trouvé ce loup. Tu t'achèteras une robe et tu garderas le reste pour ta dot.

La Burgonde rougit de honte et de plaisir. Les hommes cherchaient bien à s'attirer ses faveurs mais de là à se marier avec une muette au nez cassé... Elle n'en connaissait aucun désireux de se mettre en ménage avec elle.

Aubeline la laissa à ses pensées. Elle prenait conscience des changements qu'elle pouvait apporter au château, surtout si elle parvenait à engranger de bonnes récoltes et à entretenir des troupeaux. Il y avait des bois à exploiter, de la chaux à produire, des olives à presser, du marbre à extraire. Meynarguette avait vocation à devenir une grande forteresse. Bien que cela l'ennuyât, elle écrirait au maître du Temple à Toulon afin d'obtenir le droit d'exploiter les terres que son père avait cédées à l'Ordre lors de son engagement, terres que le Temple, faute de paysans pour les travailler, laissait à l'abandon.

Elle soupira. Il y avait tant de tâches à accomplir. Le château moribond criait grâce. Elle était entourée de meubles vermoulus, d'écus et d'armes rouillés, de pierres bancales, de portes qui ne fermaient plus, de créneaux où veillaient de sinistres corneilles. Seule la herse fonctionnait encore dans un crissement à vous faire grincer des dents et vous boucher les oreilles. Meynarguette, dans son état actuel, même avec cent hommes pour le défendre, ne résisterait pas une heure face à une troupe aguerrie.

La logique aurait voulu qu'elle abandonnât la maison de ses ancêtres et qu'elle rejoignît l'opulente cour des dames où Bérarde et elle n'auraient plus à se soucier du lendemain. Mais cette idée la révulsait ; elle refusait de quitter le domaine que tant de preux chevaliers avaient défendu au péril de leur vie.

— On va mettre l'argent à l'abri des convoitises, dit-elle.

Les caches ne manquaient pas. Elle se rendit dans le souterrain où un puits avait été creusé. A cet endroit, on entendait gronder le torrent qui courait dans les profondeurs. Elle se dirigea vers un mur, descella deux grosses pierres avec son poignard et mit au jour une cavité dans laquelle se trouvait un petit coffre de bronze. Il contenait des titres de propriétés et de noblesse, un rouleau très abîmé écrit en araméen, manuscrit rapporté par Guigo de Signes, héros de la première croisade, et remis à son grand-père. Il relatait, selon le chevalier, un futur combat entre le peuple de la Lumière et celui des Ténèbres à l'issue duquel réapparaîtrait le Messie. Aubeline, bien qu'incapable de déchiffrer un seul mot de cette écriture hermétique, croyait à cette prophétie. Elle déposa les marcs dans le coffre et referma soigneusement la cache.

Quand elle remonta à la surface, elle découvrit un homme penaud face à une Bérarde menaçante qui brandissait une masse d'armes.

— Ah ! Dieu soit loué ! s'exclama-t-il en voyant Aubeline. Te voilà enfin.

— Messire du Paumier, quelle mauvaise nouvelle nous apportes-tu ?... Bérarde, n'as-tu donc pas reconnu notre bon Jean du Paumier, l'écuyer et messager de notre comtesse ? Pose donc ton arme et va tirer du vin. Je suis sûre que sire Paumier meurt de soif.

Bérarde abandonna sa masse à contrecœur. Elle se méfiait de tout le monde depuis l'instant où maître Thorius leur avait donné la bourse contenant les dix pièces d'or.

Soulagé, l'écuyer regarda la géante s'en aller vers la cave.

— Je ne crois pas que je pourrais parer ses coups, dit-il en se forçant à sourire.

— Tu ne le pourrais pas. Même avec un bouclier. Que viens-tu m'annoncer ?

— La guerre, demoiselle d'Aups. Voilà l'objet de ma venue. La comtesse Bertrane, Stéphanie des Baux et les dames de la cour ont décidé de prendre la tête d'une expédition contre le parti catalan. La comtesse te demande instamment de rejoindre le ban.

— Les femmes vont donc se battre ?

— Oui, au grand désespoir du comte qui se sent trop vieux pour mener la lutte contre nos ennemis. Ce soir, toute la noblesse se réunira à Signes. Tu te dois de rejoindre l'assemblée.

A ce moment, Bérarde déposa des gobelets d'argile sur la table et versa le vin aigre.

— A la guerre ! lança Aubeline.

— A la guerre ! répondit Jean du Paumier.

La Burgonde modela les signes belliqueux de la guerre et de ses conséquences dans les airs.

— Que dit-elle ? demanda l'écuyer Paumier.

— Que la guerre a du bon, qu'elle commençait à s'ennuyer et qu'il lui tarde de ferrailler avec ces canailles de Toulouse et de Barcelone et de rapporter les couilles de Raymond Bérenger.

— Charmante, elle est charmante, conclut le jeune soldat avant de prendre congé.

Aubeline et Bérarde avaient sorti leurs plus belles robes du coffre à vêtements. Des habits qui dataient et ne feraient pas illusion parmi les femmes les plus riches de Provence. Elles ne pouvaient cependant les enfiler sans se décrasser et se débarrasser de la vermine.

— Au trou du Latay, dit Aubeline.

— Au trou du Latay, pour quoi faire ? demanda Bérarde faussement innocente.

— Tu le sais très bien. Ça grouille dans ta tignasse. Bientôt les cafards te sortiront des oreilles et des trous du nez.

— Mais je suis propre ! se récria la Burgonde.

— T'es propre comme le cul d'une truie. Veux-tu que les gardes de la cour d'amour se chargent de nous plonger dans les lavoirs du village ? Allez, zou, espèce de grande Barbare mal décrottée ! On selle les chevaux et on va au Latay.

Elles franchirent le pont du Diable au galop car il n'était pas bon de s'attarder sur cet entablement de bois et de pierre. Une légende courait à son sujet. Elle racontait qu'un chevalier noir, serviteur de Satan, le gardait. Quand il apparaissait, c'était pour jeter un défi et ravir l'âme du perdant car il était impossible de battre le chevalier noir dont les armes étaient forgées dans les ateliers de l'enfer.

Les moines des moulins les virent passer tels deux tourbillons de poussière. Aubeline et Bérarde aimaient faire la course, couper à travers les buissons, franchir les fossés. Plus adroite cavalière et possédant une meilleure monture, Aubeline arriva la première dans le creux de Chibron où cascadaient les eaux du Latay. Dans le trou d'un vert émeraude laiteux brillaient les truites. Sur les bords les grenouilles se gavaient de libellules et de moucherons. Aubeline enleva ses sandales aux lanières épaisses, détacha sa ceinture garnie de deux poignards, puis dégrafa sa robe de toile rêche qui forma une corolle à ses pieds. Elle ne portait rien en dessous. Nue, elle offrit son corps svelte et nerveux au soleil. Pendant un instant, elle ressembla à une déesse antique, une Diane chasseresse qu'il était interdit de surprendre au bain sous peine de perdre la vie. Elle ramassa sa robe et s'avança dans l'eau fraîche. Nue également, la puissante Burgonde aux mamelles larges et généreuses la rejoignit en tenant son vêtement contre son ventre.

L'immersion devait être lente. Elles frissonnèrent et se sourirent. Soudain le regard bleu de Bérarde se durcit.

— Il y a un berger qui nous observe.

— Et alors, il n'en mourra pas, répondit Aubeline. Laisse-le s'exciter. Ce sera peut-être le plus beau souvenir de sa vie.

Bérarde maugréa. Parfois, elle ne comprenait pas les réactions de son amie qui pouvait se montrer intransigeante, voire cruelle. Elle dressa le poing hors de l'eau. Ce qui fit fuir le pauvre bougre qui avait entrepris de se toucher l'entrejambe.

Elles continuèrent à s'enfoncer. La vermine remontait le long de leurs corps. Elle se mêla aux poux des chevelures. Retenant leur respiration, les deux femmes disparurent sous l'eau et firent quelques pas sur le fond vaseux. Quand elles réapparurent à la surface, les deux auréoles des poux et de leurs frères dérivaient à une toise. Elles gagnèrent la rive où elles s'étendirent sur l'herbe. Là, Bérarde commença à traquer les lentes dans les cheveux soyeux de sa compagne. Aubeline lui rendit le même service.

— Nous voilà dignes de partir en guerre, dit Aubeline.

— Et de mourir pour cette orgueilleuse Stéphanie des Baux, répondit Bérarde.

5

Les exploits d'Aubeline d'Aups et de Bérarde la Burgonde n'étaient pas parvenus jusqu'à ses oreilles. Il avait bien des soucis en tête et des problèmes à régler en ce bas monde. Le chapelain Guillaume se retira sur la pointe des pieds. Stéphanie – que dieu lui pardonne ! – avait refusé de se confesser. Elle n'espérait plus rien. Ni de Dieu ni des hommes. Elle avait prié, usé ses genoux sur les dalles froides des églises, peiné dans de difficiles processions en portant de lourdes croix, dépensé son or des années durant pour que cesse cette guerre stupide entre son époux Raymond des Baux et le comte de Barcelone, Raymond Bérenger. Elle les avait suppliés de se liguer contre les Turcs et les Arabes. En vain. Durant l'année qui venait de s'écouler, elle avait grimpé à cinq reprises pieds nus et en robe de bure au sommet de la Sainte-Baume, s'était allongée les bras en croix des nuits entières dans la grotte de sainte Marie Madeleine, avait sommé les anges de mettre fin au conflit. Rien ne s'était passé. Alors, elle avait fait appel au pape Eugène III et à l'empereur Conrad qui étaient demeurés sourds. Elle les soupçonnait aujourd'hui de guetter le moment de sa défaite afin de se partager les restes de son fief. Les hommes continuaient à s'entre-tuer sur les terres de Provence. Sa belle Provence, avec ses milliers d'oliviers, ses innombrables vignes, ses mers de blé mêlant leurs vagues blondes sous les castels et les villages ocre, était toute baignée du sang des chevaliers.

Une grande honte doublée d'un désespoir sans nom s'empara d'elle. Elle aurait voulu se trouver à mille lieues de la Provence, aux côtés des guerriers de la deuxième croisade, et mourir pour la bonne cause en défendant le Saint-Sépulcre et le royaume de Jérusalem. Au licu de cela, elle se damnait pour une question d'héritage. Elle prit le seul objet de luxe qu'elle avait emporté dans son périlleux voyage, un miroir byzantin orné de croix et de pampres, et se contempla.

Dur était le visage. Taillé comme la face d'un heaume d'acier. Durs étaient les yeux bleus rougis par les nuits d'insomnies et les pleurs de rage. Nombreuses étaient les rides, fines autour des lèvres, profondes sur le front où luisait une cicatrice gagnée à une bataille. Une pierre lancée par un frondeur espagnol, se souvint-elle. A quarante-six ans, elle ressemblait de plus en plus à sa mère Gerberge, cette louve qui, de son vivant, jouissait de voir les siens s'entre-déchirer.

Elle jeta brutalement le miroir avec l'espoir qu'il se brise, mais il s'enfonça dans l'épaisseur des peaux d'ours qui recouvraient la terre battue.

— O Douce ! Douce, où es-tu ? se lamenta-t-elle en pensant à sa sœur aînée.

Elle tourna sur elle-même comme pour chercher cette sœur morte dix-huit ans plus tôt. Elle la chercha au-delà des plis sombres de la tente, fermant les yeux. Elle se souvint des Baux, des robes blanches, des couronnes de roses, des bouquets de lavande, des rires et des amours d'enfance. En ce temps-là, elle parlait aux oiseaux, aux fées dans les buissons. On l'entendait piailler dans le vallon d'Entreconque où elle jouait avec les filles et les garçons du village sans penser à mal, croyant que le monde était pareil à leur riche Provence où il n'y avait ni mendiants ni brigands. Les adultes de ce temps-là parlaient de la délivrance de Jérusalem et du retour annoncé de Jésus. L'humanité entrait dans une ère de félicité.

Mais il y eut un temps, contrairement aux espoirs enfantins, où le mal s'ourdissait dans le donjon. Gerberge préparait le noir avenir de Douce. Un jour de décembre 1109, alors que les Provençaux de Bertrand de Toulouse venaient de prendre Tripoli quelques mois plus tôt et que tous les yeux de la chrétienté étaient tournés vers la Terre sainte, elle jugea le moment opportun. Elle fit appeler sa fille pendant le conseil et lui avoua son intention de la marier. On exigea aussi la présence de la petite Stéphanie.

C'était la première fois qu'on les convoquait au conseil. Elles entrèrent dans la salle basse et enfumée en se serrant l'une contre l'autre. Une tension régnait sous les voûtes noirâtres. Les féaux de Saint-Rémy, de Tarascon, d'Arles, de Saint-Gilles et trente autres seigneurs de moindre importance, engoncés dans leurs peaux de bête et leurs broignes matelassées renforcées de plaques de fer, dardèrent leurs regards sur les fillettes. Certains portaient la croix rouge des croisés et la fierté sur leurs visages en disait long sur leur gloire : ils avaient écrasé les Turcs seldjoukides, les Arabes du Caire, les nomades d'Arabie, mais la plupart arboraient les insignes de leur fief. Des animaux fantastiques, dragons et lions ailés, des étoiles, des tours, des clefs et des feuilles s'étalaient sur les poitrines et les longs écus posés contre les murs et les piliers.

L'émotion les gagna. Elles pensèrent qu'on allait les punir bien qu'elles n'eussent rien à se reprocher. Elles cherchèrent des yeux le chapelain, témoin de leur bonne conduite et garant de leur foi dans le Christ. Le bonhomme se tenait dans l'ombre d'un coin reculé et semblait réduit au rang de valet. Il les encouragea d'un sourire. Sa mimique ne les aida en rien. Ces hommes terribles couverts de crasse et de vermine, appuyés sur leurs grandes épées, les effrayaient. Elles se tournèrent alors vers leur père, espérant un secours. Le pauvre comte des Baux se tenait derrière sa femme ; il y avait longtemps qu'il avait cessé d'exercer son pouvoir. Gerberge commandait. La maîtresse femme trônait sur un fauteuil aux accoudoirs dorés, reléguant son époux Gilbert avec les dames de compagnie de sa suite. Elle eut un profond soupir de satisfaction en voyant ses filles apeurées et proprettes. Les oisillons tremblaient sur leurs petites jambes grêles. L'affaire serait réglée au plus vite.

Douce et Stéphanie se figèrent à deux pas de leur mère, baissant les yeux. Il y eut un moment de silence troublé par le seul crépitement des flammes dans la vaste cheminée. Chacun retenait sa toux et son souffle. Gilbert, mû par une soudaine volonté de s'imposer, s'avança vers ses filles et leur souhaita la bienvenue en leur baisant le front. Le regard réprobateur de son épouse lui fit rejoindre sa place. Puis Gerberge commença sur un ton enjôleur :

— *Chato*[1], nous avons pris une grande décision vous concernant. S'il plaît à Dieu, nous vous marierons l'an prochain.

Les deux sœurs crurent que le sol allait se dérober sous elles. Leurs cœurs battirent la chamade à l'unisson. Douce s'empara de la main de Stéphanie et s'y accrocha, chancelante. On disait tant de choses incroyables sur le mariage. Par ce lien sacré, les femmes devenaient grosses et enfantaient ; on

1. « Damoiselles ».

racontait des abominations sur le péché de chair, les prêtres parlaient souvent de perdition et d'enfer.

Stéphanie défia sa mère du regard. Un instant à peine. Juste le temps de sentir la froideur de cette femme qui souriait malicieusement en ajoutant :

— Douce, tu associeras notre nom à celui du comte de Barcelone : Raymond Bérenger ; nos terres de Provence te reviendront à notre mort. Quant à toi, Stéphanie, tu épouseras notre cousin Raymond des Baux et tu garderas ce fief. Nous prendrons toutes les dispositions à ce sujet. Qu'on en informe officiellement Sa Sainteté Pascal II sur-le-champ !

Il y eut un claquement de ferraille. Les grands chevaliers frappèrent le sol avec leurs épées, marquant ainsi leur approbation à cette décision et leur soumission à la comtesse.

— Père ! cria Stéphanie.

Cela ne pouvait être. C'était un épouvantable cauchemar. Elle ne voulait pas du cousin Raymond des Baux. C'était un batailleur de vingt ans, un rustre qui bousculait les paysannes dans les foins et faisait pendre ceux qui lui tenaient tête. Il passait son temps à festoyer, à tournoyer en rêvant d'anéantir les infidèles, mais il ne se croisait jamais.

Gilbert tenta d'intervenir, mais Gerberge l'empêcha de s'exprimer.

— Mon ami ! Il y va de l'intérêt de la Provence. Qu'avez-vous donc à vous agiter ainsi ? Il en serait autrement si nous avions une lignée de mâles... Dieu ne l'a pas voulu. Iriez-vous à l'encontre des desseins du Tout-Puissant ?

Douce et Stéphanie contemplèrent leur père penaud, vaincu une nouvelle fois par cette diablesse. Il n'y eut personne pour les consoler ; personne pour essuyer leurs larmes, personne pour froisser la susceptibilité de la comtesse. Ce qui devait arriver arriva. Les deux Raymond ne tardèrent pas à se disputer les héritages de leurs femmes quand Gerberge eut quitté ce monde. Raymond des Baux le batailleur perdit la vie devant Barcelone, laissant Stéphanie à la tête d'un pagus dévasté avec ses quatre fils.

Stéphanie se reprit. Les bruits du camp se firent plus forts dès que le soleil pointa son museau orangé à l'horizon. Les catins avaient discrètement quitté les tentes. Pendant la journée, elles suivaient à distance la colonne, à pied pour les plus modestes, à bord de chariots quand elles appartenaient à une maquerelle. Stéphanie tolérait leur présence et les plaignait sincèrement. Elles mouraient si jeunes, atteintes de maladies honteuses, honnies de tous. Stéphanie leur envoyait son médecin personnel quand on lui signalait des femmes affectées de suintements, de chancres ou de tout autre symptôme susceptible de contaminer les hommes, ces pauvres insensés plus rapides à dégainer leur verge que leur épée. Les malades étaient mises en quarantaine et soignées aux frais de l'armée. Il faudrait prévoir un jour un statut pour ces drôlesses, à tout le moins créer des orphelinats pour les enfants qu'elles mettaient au monde quand elles ne parvenaient pas à avorter. Stéphanie soumettrait cette question aux dames de la cour d'amour.

Les prostituées comptaient leur petite monnaie et s'endormaient épuisées. Les marteaux des forgerons tintaient sur les enclumes, les chevaux hennissaient, les sergents hurlaient des ordres. Stéphanie entendit rire Hugon, son fils aîné. Il entra soudain dans la tente et vint l'embrasser sur le front.

— C'est un grand jour ! s'exclama-t-il.

— Pour qui, mon fils ? Pour ce chien de Raymond Bérenger et ses féaux catalans et roussillonnais, pour nous et nos alliés provençaux ou pour le diable ?

— Mère ! Comment peux-tu parler ainsi ? Notre cause est juste ! Tous nos commandés ont répondu à ton appel et Dieu est avec nous. Nous gagnerons !

Elle le regarda. Il était pareil à son père. Même visage carré aux yeux marron, même nez épais, mêmes emportements. Hugon mangeait sa vie par tous les bouts. Maîtresses, dettes, blessures du corps et de l'âme ne l'affaiblissaient pas. Il n'était pas bon stratège, mais son enthousiasme sans faille jouait sur le moral des hommes. A trente ans, il se comportait toujours comme un adolescent écervelé. Stéphanie soupira ; l'avenir des Baux était bien compromis.

— Dieu jugera, répondit-elle. Aide-moi, veux-tu ?

Hugon s'empressa d'obéir. Entre eux, c'était devenu un rituel de guerre ; il était en quelque sorte son écuyer. Elle portait des culottes longues d'homme et un bliaud noir qui descendait sous la taille. En campagne, elle dormait vêtue de la sorte, prête à se montrer aux soldats en cas d'alerte, négligeant les merveilleuses chemises orientales que lui avait offertes son époux en des temps meilleurs.

— Endurons la torture, souffla-t-elle en tendant les bras.

Hugon lui enfila le gambison rembourré de filasse. Elle eut chaud aussitôt. On était au mois d'août. Le soleil frappait dur en bordure de la Camargue d'où s'échappaient des odeurs pestilentielles et des nuées de moustiques. Les combattants ne tiendraient pas longtemps dans cette fournaise ; elle l'espérait. Plus courte serait la bataille, plus seraient épargnées des vies. Après le gambison, son fils lui présenta le haubert fait de trente mille mailles entrelacées. Vingt livres... Cette tunique de fer était bien trop lourde pour elle, mais Stéphanie tenait à ressembler à ses chevaliers. Ils la respectaient depuis le jour où elle avait pris les armes aux côtés de son époux, depuis la première charge héroïque face à la cavalerie lourde du Languedoc.

Restait la tunique aux armes des Baux. Hugon ouvrit le coffre posé près de la paillasse et y prit le vêtement symbolique. Lorsqu'il le déplia, la gorge de Stéphanie se serra. Il appartenait à Raymond des Baux, son cher époux disparu, et on l'avait retaillé à ses mesures. L'étoile aux seize rais d'argent, symbole des Baux, s'étalait sur toute la largeur de la poitrine. Quand elle l'eut enfilé et que l'épée damasquinée au quillon contenant une relique de saint Simon fut entre ses mains, elle eut l'impression qu'une force se glissait en elle, se répandait dans son corps et lui chauffait le cœur.

Elle était prête. Hugon rabattit la toile de tente et s'écarta pour la laisser sortir. Dès qu'elle apparut dans les premiers rayons de l'aube, un seul cri retentit, formidable, annonciateur de la grande tempête d'acier et de feu que les hommes appelaient de toute leur énergie :

— *A l'asard Bautezar !*

« Au hasard, Balthazar ! » Des milliers de soldats l'avaient crié avant eux. La devise des Baux rappelait au monde que Stéphanie et ses fils descendaient du roi mage Balthazar venu en Provence avec les saintes Marie.

Stéphanie leva l'épée vers le ciel. Ses trois autres fils, Guillaume, Bertrand et Gilbert, s'agenouillèrent et baisèrent le bas de sa tunique. Des hommes jurèrent de mourir pour les Baux, de la défendre jusqu'à la dernière goutte de leur sang.

Stéphanie n'en demandait pas tant. Elle leur rappela sa volonté d'épargner des vies.

— Donnons une leçon au comte de Barcelone ! Que le Seigneur nous accorde la grâce de le prendre rapidement vivant. Il plairait à Jésus de voir s'établir enfin la paix entre nos deux maisons. Je vous le rappelle, mes amis : c'est une guerre entre bons chrétiens, une guerre fratricide, les Baux ne sont pas Jérusalem et je préférerais être aux côtés du roi Louis, du comte de Toulouse et de l'empereur Conrad en partance pour la Terre sainte que sur les bords du Rhône, face à mon beau-frère. Prions, mes amis, mes frères, mes fils, prions et recevons la bénédiction de Dieu.

Ils se recueillirent pendant que prêtres et moines passaient entre leurs rangs pour les bénir. Durant de longues minutes, leurs chuchotements se mêlèrent pour la gloire du Christ et la sauvegarde de leurs âmes, puis le chapelain Guillaume, à l'aide d'un rameau d'olivier, aspergea Stéphanie, ses fils et les seigneurs. Leur destin était scellé. Les chevaliers déployèrent les bannières, les soldats défilèrent devant la comtesse. Un cor lança un appel lugubre dans le lointain.

Bérarde soufflait de toutes ses forces dans l'instrument de cuivre au large pavillon. Aubeline lui fit signe d'arrêter. L'olifant avait dû être entendu par Bertrane de Signes, les dames et leurs alliés. Il signifiait que les armées de Stéphanie et de Raymond Bérenger de Barcelone avaient été repérées et qu'elles se trouvaient bien sur la frange de la Camargue comme l'avait prévu le plan initial.

— Nom de Dieu ! jura Aubeline en contemplant les milliers de guerriers qui se préparaient à l'affrontement.

— Beaucoup d'âmes vont rôtir en enfer, commenta la Burgonde qui considérait cette guerre comme un péché.

Il y avait tant de créatures de Satan à massacrer en Judée et en Palestine. Pourquoi s'entre-tuer entre gens qui avaient été baptisés, entre êtres qui communiaient à la messe et recevaient le corps du Christ en récompense. La faute de cette guerre fratricide incombait à ce traître de Raymond Bérenger dont elle entrevit la bannière, puis l'écu étincelant au milieu d'une cavalerie bardée de fer. Elle s'en tint à sa première idée : « Lui couper les couilles ! »

Elle se tourna vers Aubeline, fière et droite sur son destrier de bataille. La jeune femme avait ramené ses cheveux bruns sous un casque à nasal surmonté d'une pointe. Sur la cotte de mailles et le haubert de cuir clouté, elle portait la tunique aux armes d'Aups : la tour noire et les trois feuilles de laurier, sur laquelle elle avait fait coudre la croix des Templiers.

La croix rouge pattée apparaissait aussi sur son écu. Ce qui rappelait à tous qu'elle était la fille du templier et que son sang était celui du courageux Othon d'Aups qui – on venait de l'apprendre – avait sauvé la vie du roi Louis VII en Palestine.

De la pointe de sa longue lance, Aubeline désigna Raymond Bérenger.

— Il me le faut !

— Non, celui-ci est à moi ! Je t'ai laissé la Bête de la Sainte-Baume, laisse-moi le monstre de Catalogne.

Aubeline ne se récria pas. On improviserait sur le champ de bataille. Approcher le loup s'était révélé facile. Atteindre le comte de Barcelone tiendrait du miracle.

— Retournons auprès de Bertrane ! commanda Aubeline en éperonnant sa monture.

6

Stéphanie poussa son cheval en avant de ses troupes. Il y eut un frémissement dans les rangs. Tous se seraient fait tuer pour elle. L'ennemi n'était pas en vue, il ne s'était pas présenté à l'heure. Raymond Bérenger avait sa propre stratégie. L'aube ne lui était pas favorable ; il avait le soleil en face. Il ne bougerait pas avant que ce dernier tourne et monte haut dans le ciel.

L'attente durait. Stéphanie craignait l'ardeur de ses chevaliers, mais conformément aux ordres et à la discipline, ils restaient figés sur leurs destriers, le petit Rhône dans leur dos, le soleil découpant leurs silhouettes massives hérissées de lances, de fanions et d'oriflammes. Un vol de flamants roses passa au-dessus d'eux ; ils y virent un signe de la Vierge qui avait débarqué onze siècles plus tôt avec les saints et les saintes à l'endroit où ils se tenaient.

La comtesse se retourna et scruta les visages de ses commandés. Rien ne trahissait leur émotion. Seule manifestation d'impatience, quelques yeux brillaient sous les rebords d'acier des casques. Hugon s'appuyait négligemment sur le manche de sa hache posée en travers du col de son cheval blanc ; Rostang de Tarascon aux prunelles fauves, un trait de lave en place d'âme, laissait traîner sa lourde lance sur le sol ; Arnal de Gers, dit le Gaucher, caressait le fil de son épée, le regard perdu sur l'étang de Scamandre embrumé. Ses fils sagement rangés sous la bannière des Baux lui sourirent.

Ce spectacle lui chauffa le cœur ; elle aurait voulu être comme eux, avoir des incendies plein la tête, des images de châteaux démantelés, d'or coulant à flots et tout un cortège de rêves pourpres où le pillage aurait été la loi et l'exploit guerrier le désir le plus cher.

Le soleil monta d'un cran au-dessus du pêle-mêle de cette armée hétéroclite. Il y eut un mouvement. Du sein des brumes, fendant les roseaux, une femme suivie d'une meute de chevaliers émergea.

— Bertrane ! s'écria Stéphanie.

Elle n'en croyait pas ses yeux. Bertrane... La douce Bertrane de Signes qui présidait la cour d'amour de Provence galopait vers elle, entourée de plusieurs guerrières farouches rappelant les fières amazones des temps antiques. Aucune arme n'étincelait entre ses mains d'ivoire. Elle ne portait pas de cuirasse. Toute de blanc vêtue, ses cheveux noirs volant au vent de la course, la jeune femme précédait son époux Bertrand le dévot et les troupes de Toulon, Marseille, Méounes et Evenos. La présence du vieux seigneur était un événement. Bertrane avait réussi à l'entraîner dans cette aventure incertaine et dangereuse. Au centre de la cavalerie, la bannière d'or frappée du cygne blanc claquait.

— Me voici, cousine ! Ainsi que je te l'avais promis.

Elles mirent pied à terre et s'embrassèrent. Les fils de Stéphanie et leurs écuyers furent gagnés par l'émotion. Ils étaient cependant intrigués par la présence des femmes chevaliers dont deux attiraient particulièrement leurs regards : une captivante jeune femme à l'écu portant une croix templière et une impressionnante géante qui tenait une hache que peu d'entre eux auraient été en mesure de manier.

Bérarde cala la hache sous sa cuisse et exprima sa mauvaise humeur.

— Ces drôles nous pèsent comme si on était des pièces de viande à l'étal du boucher.

— Ils doivent nous trouver à leur goût, plaisanta tout bas Aubeline.

La Burgonde grogna et reprit sa hache. Pendant ce temps, Stéphanie retenait ses larmes de joie.

— Ma Bertrane, balbutia-t-elle. Tu es l'envoyée du Seigneur, je n'en espérais pas tant. Je ne doute plus de l'issue de la guerre à présent. Si tu es de mon côté, Dieu l'est !

Bertrane eut un regard navré. Son beau visage marqué par la longue cavalcade devint triste. Du fond de sa mémoire surgirent les mille recommandations qu'elle s'était promis de faire à sa cousine afin d'éviter cette bataille, mais Bertrand, qui avait poussé son cheval en première ligne, l'empêcha d'exprimer son ressentiment. Le vieux seigneur descendit de son cheval caparaçonné et vint embrasser sa parente.

— Cousine ! clama-t-il. J'ai avec moi cinquante braves chevaliers et trois cents archers et fantassins. Prends-les sous ta bannière et qu'il plaise à Dieu de les accueillir dans Son paradis s'ils viennent à trépasser.

— Nous les prenons, mon beau cousin. Que leurs cœurs soient vaillants, leurs bras solides et que leur foi en notre cause reste inébranlable. A chacun, il sera compté bon or et bonne terre le moment venu.

Aubeline tiqua aux propos de la comtesse. Elle connaissait les sentiments de Stéphanie et des dames de la cour d'amour à l'égard du comte de Signes. « Beau cousin » était de trop. Ni Aubeline ni Bérarde, pas plus que Stéphanie, n'aimaient le gros Bertrand suant. Agé de cinquante ans, marié depuis dix ans, il ne pensait qu'à manger et à prier. Les femmes le soupçonnaient de n'avoir jamais vu son épouse nue.

Il n'avait pas fait d'enfants à Bertrane et on ne lui connaissait pas de bâtard. Quel étrange couple ils formaient.

Bertrane était assurément l'une des plus belles femmes d'Occident et Bertrand, sans aucun doute, le plus laid des seigneurs de la chrétienté.

— Cousine, ajouta Stéphanie en couvant Bertrane d'un regard compatissant, je crains que tu ne sois pas venue de ton plein gré. Il me déplairait de te voir à la merci du comte de Barcelone. Tiens-toi en retrait de la mêlée.

— Jamais ! Si je suis ici, c'est au nom des femmes de la cour d'amour qui ont pour vocation de faire respecter la justice et d'œuvrer pour la paix. Si je suis ici, c'est parce que je vais au gré de mes désirs. Et mon désir de ce jour est de sauver des vies. Il y a fort longtemps que je te conjure d'accepter des conditions de paix avec ce butor de Bérenger et de venir vivre à Signes. Notre cour a besoin de ton expérience, Stéphanie.

— S'il ne tenait qu'à ma volonté... ah oui, soupira la comtesse des Baux, je te soutiendrais mais regarde-les ! Regarde-les ! lança-t-elle en montrant ses hommes et ses fils. *Dins un temps counfisavoum ensen, mai aro counfiso plus*[1]. Ils ne jurent plus que par leurs épées ; ils aiment leurs chevaux de guerre plus que leurs promises ou leurs épouses ; ils tueraient leurs frères pour un muid de blé et je suis obligée de souscrire à cette soif. L'heure approche. Je te le demande une dernière fois : tiens-toi avec la réserve.

— Non !

— Elle sera sous notre protection !

Stéphanie tourna vivement la tête pour contempler celle qui venait de s'imposer d'une voix claire et forte.

---

1. « Il y eut un temps où ils vivaient et agissaient en confiance, mais aujourd'hui ce n'est plus ainsi. »

Son œil remarqua la croix templière peinte sur l'écu et cousue sur la tunique. Une géante couvrait son flanc gauche ; elle jugea cette dernière apte à tuer un ours à mains nues.

— A qui ai-je l'honneur ? demanda-t-elle.

— A Aubeline d'Aups et à Bérarde de Savoie, sa femme lige, répondit Bertrane. Elles font partie de ma garde personnelle. Le père d'Aubeline a rejoint l'ordre du Temple et sauvé la vie du roi Louis VII.

— J'ai en effet entendu parler des exploits du chevalier Othon d'Aups, dit Stéphanie. Espérons que sa fille sera à sa hauteur. Seigneur Bertrand, vous vous tiendrez sur mon flanc droit. Excusez-moi à présent, je vais m'enquérir de la position de mon cher beau-frère.

Bertrane remonta sur son cheval noir et s'empara de la bannière de Signes avant de rejoindre le flanc droit de l'armée au côté de son époux qui s'était mis à prier. Aubeline et Bérarde l'encadrèrent.

Les chevaliers les saluèrent. L'emblème de Signes leur était familier. Il représentait la célèbre cour d'amour dont la renommée s'étendait jusqu'à Byzance. La cour, née au lendemain de la première croisade, était le contrepoids des guerres qu'ils aimaient tant, la bête noire de l'Eglise bien-pensante ; on y parlait d'amour, d'amour et encore et toujours d'amour depuis plus de trente ans, avec l'espoir de changer la mentalité des féodaux. Le même amour portait Bertrane en cet instant.

Elle songeait que ce serait une joie dépassant toutes les joies terrestres que de les voir jeter leurs armes et se réconcilier avec les Catalans, mais cette pensée fut troublée par une sourde rumeur montant des rangs de l'armée.

— Je les sens ! Les chiens montrent les crocs ! dit Bérarde en se servant d'une seule main pour s'exprimer.

Aubeline se dressa sur ses étriers et observa l'horizon. Sur les bords de l'étang de Scamandre, un cavalier venait d'apparaître.

7

Le cavalier rôda entre les roseaux, provoquant l'envol d'un échassier aux ailes cendrées, puis s'avança hardiment vers les troupes des Baux dont l'arc de cercle menaçant occupait tout le levant. Il tenait la lance à l'épaule et son écu était frappé de l'effigie d'un saint. Il se rapprocha en prenant garde de rester hors de portée des flèches.

— Raymond Bérenger ! hurla Hugon. Mère, je t'en conjure, laisse-moi te rapporter sa tête !

— Tu n'en feras rien ! répliqua Stéphanie. Vois toi-même, il peut tourner bride à tout instant et je parie que l'une de ses compagnies d'archers est dissimulée dans les roseaux. C'est un piège, mon fils. Mesure-toi... Par saint Rémy ! Vais-je devoir t'enterrer comme ton père ?

Malgré la distance qui la séparait d'eux, Bertrane entendit l'altercation. Le danger venait du jeune seigneur des Baux ; il n'y avait qu'un pas de l'intrépidité à l'emportement et Hugon l'avait franchi depuis longtemps. Cependant ce ne fut pas le bouillant rejeton de la comtesse des Baux qui rompit la ligne.

— Tu te souviens de ma promesse ? fit Bérarde à Aubeline.

— Non. De quoi parles-tu ?

— D'une certaine paire de couilles que je vais déposer en offrande sur l'autel de sainte Marie Madeleine.

— Non ! cria Aubeline.

Il était trop tard. La Burgonde avait talonné son énorme cheval. Elle fonçait sur le comte de Barcelone. Des murmures montèrent de l'armée. Hugon jura :

— Par le diable !

Stéphanie gronda :

— Qui a osé ?

— C'est la grande Barbare de Signes, souffla le chapelain Guillaume.

Stéphanie n'avait nul besoin des explications de son confesseur. Elle avait reconnu la géante.

— Que Dieu l'assiste dans sa folie, dit-elle.

Tous les regards suivaient la progression de Bérarde. Celui de Raymond Bérenger évalua l'adversaire. Ces lâches lui envoyaient une femme. Colossale certes mais une femme tout de même. Il n'y avait pas d'honneur à vaincre un tel ennemi.

Bérarde plaqua son écu rouge sur lequel elle avait peint une ramure de cerf et la tour des Aups. Sa hache fendait l'air ; elle la fit jouer le long du flanc de sa monture. Ce balancier d'acier inquiéta Raymond ; la gueuse avait réellement l'intention de lui fendre la tête. Il remonta son écu, éperonna son fringant coursier et après quelques dizaines de toises ajusta la cibla avec sa lance. Raymond était un combattant hors pair ; sa science des armes égalait celle des plus grands champions. Cette femme comparaîtrait bientôt devant le tribunal de Dieu.

Il libéra sa monture, donna toute la vitesse. Sa lance traverserait l'écu et la poitrine de l'écervelée qui ne ralentissait pas. Le choc était imminent.

Aubeline se mordit les lèvres. Elle vit Bérarde se coucher sur l'encolure de son cheval, la lance passer au-dessus d'elle, puis la hache foudroyante briser la hampe de l'arme.

Raymond Bérenger n'en revenait pas. Cette affreuse catin venait de sectionner sa lance et elle le chargeait à nouveau. Il dégaina son épée et para la francisque avec difficulté. Ils tournoyèrent tous deux en se donnant de formidables coups jusqu'au moment où le comte de Barcelone comprit qu'il ne vaincrait pas. Alors, il se dégagea du combat et galopa vers l'étang, poursuivi par la guerrière. Bérarde vit soudain des archers et des chevaliers parmi les roseaux. Elle ne dut son salut qu'à la maladresse des soldats ou à la protection divine. Ce fut sous une nuée de flèches et les vivats des Provençaux qu'elle parvint à se réfugier sous la bannière de Signes.

— Beau combat, admit le seigneur Bertrand. Avec un peu de chance, tu aurais pu mettre fin à cette guerre.

La Burgonde haussa les épaules ; elle était en colère. Elle avait échoué. Elle rejoignit Aubeline qui fulminait en silence. Les remontrances viendraient plus tard.

Le calme revint. Le grand silence frissonnant du cliquetis des armes enveloppa la douce Bertrane qui avait prié pour la Burgonde. La tiédeur de l'air et la quiétude du paysage se prêtaient à la rêverie. Elle aimait cette platitude du paysage parsemé d'étendues d'eau et couvert d'une riche végétation. Cette vision était trompeuse. La tempête n'allait pas tarder à bouleverser cet éden.

A la lisière de son regard, les lignes des roseaux se courbèrent sous la brise marine. A ses côtés, masquées par leurs casques à nasal, Aubeline d'Aups, la Burgonde et cinq autres guerrières issues des nobles maisons de Provence rivalisaient avec Bertrand de Signes, Jehan d'Evenos et Rostang d'Ollioules qui fixaient les yeux avec une énergie farouche sur le même point à l'horizon. Bertrane ne lut aucune peur sur ces visages figés. Un cheval s'ébroua, fit un écart. Avait-il senti ce que les hommes ne percevaient pas encore ?

— Ils se sont mis en marche, fit Bérarde à Aubeline.

D'instinct, la Burgonde décelait les vagues de fantassins, les forêts de lances, la piétaille et les hommes montés en mouvement. Le chapelain Guillaume cala sur sa hanche la grande croix de bois de l'église de Saint-Rémy et leva vers le ciel la lourde masse qu'il tenait de l'autre main. Comme tous les hommes d'Eglise, il n'avait pas le droit de verser le sang avec des armes tranchantes, mais il était autorisé à briser les os et fracasser les crânes. Tuer de cette façon n'était pas considéré comme un péché.

Aubeline serra les dents. Un bruit confus monta, s'amplifia. Quelque chose approchait. Quelque chose allait surgir entre l'étang du Charnier et celui de Scamandre. Aux murmures venant de la direction de Lunel, s'ajouta un roulement de tambours.

— Ils viennent à nous ! cria un éclaireur qui rejoignait les rangs à bride abattue.

Il y eut un léger mouvement de panique dans les troupes vite apaisé par la main levée de Stéphanie. Chacun assura sa lance sous son bras et plaqua le grand écu contre son cœur. Stéphanie baisa la garde de son épée tandis que le murmure devenait chant. Aubeline et Bérarde écoutèrent cette mélopée rythmée par les tambours et les milliers de pas. Elles se regardèrent sans mot dire. Le jugement de Dieu était proche. Il n'y aurait aucune pitié, aucun répit. Chacune était le prolongement de l'autre ; elles se battraient à l'unisson tout en protégeant Bertrane.

— Ces chiens chantent la messe ! s'exclama Hugon.

En effet, c'étaient bien les paroles du *Te Deum* qui parvenaient à leurs oreilles. Les gens du comte de Barcelone voulaient mettre Dieu de leur côté.

Au-dessus de la brume qui s'accrochait à l'eau dormante des étangs malgré la légère brise, une oriflamme apparut, puis ce furent les bannières ennemies tenues par des mains invisibles. Elles précédaient les forêts de lances brandies par des fantômes.

Aubeline attendit sans respirer l'irruption de l'armée de Barcelone. Elle s'imagina son père à sa place. Othon dans sa tenue de templier, insensible à la peur, fier de servir le Christ et de mourir pour la gloire de Dieu. Elle n'avait pas encore sa trempe, sa foi. Elle craignait la blessure qui la défigurerait, le coup qui l'amputerait, la lance qui la transpercerait.

Je suis la fille du templier ! s'asséna-t-elle mentalement.

La Burgonde n'avait pas le même état d'esprit. Elle restait stoïque. Aucune souffrance à venir ne dépasserait celles qu'elle avait subies en Palestine. La mort ne l'effrayait pas. Elle avait cependant l'intention de vivre encore quelques belles années. Sa double hache était la meilleure garantie de sa survie dans ce monde.

Venez m'embrasser, se dit-elle en esquissant un sourire cruel.

Les premiers émergèrent d'un bosquet qui s'étirait de la rivière Virdoule à l'étang du Charnier. Toute la chevalerie des terres allant de Forcalquier à Barcelone était réunie ; elle était entourée d'une masse hétérogène de combattants à pied. Catalans, Languedociens, mercenaires espagnols, paysans armés de tout ce qui pouvait trancher, couper, perforer, déchirer, scier, désosser crièrent le nom de Dieu et ceux des saints de leurs paroisses en découvrant les Provençaux.

— Sainte mère de Dieu ! s'exclama l'époux de Bertrane. Ils sont trois fois plus nombreux que nous.

— Courage ! Le bon droit est de notre côté ! dit la dame de Signes. Défendons nos terres !

Les deux camps criaient maintenant leur haine. Stéphanie avait du mal à contenir ses féaux. Elle aussi mesurait avec effroi l'immensité de cette mer de fer que rien ne semblait pouvoir contenir. La Camargue était devenue soudain trop petite pour être le théâtre de cette bataille décisive. Au centre d'une cavalerie forte de cinq cents chevaliers réapparut Raymond Bérenger. Il était précédé de Basques vêtus de peaux de bête retenant une meute de chiens féroces à longs poils. Puis ce fut la stupeur. Même Hugon cessa de jurer et d'insulter. Des rangs compacts des Catalans, un petit groupe se détacha.

— Comment ont-ils pu oser ? balbutia Stéphanie.

Le chapelain Guillaume s'approcha d'elle. Son visage rond et suant était bouleversé.

— Refusons le combat !

Le petit groupe se déploya. C'étaient des arbalétriers génois. Des experts que les riches marchands engageaient pour protéger leurs naves transportant les épices et la soie. Au nombre d'une trentaine, ils prirent position à trois cent cinquante pas des lignes provençales. L'arbalète, arme redoutable et diabolique interdite entre chrétiens en 1139 par le deuxième concile de Latran dans son canon XXIX, était bien réelle entre les mains de ces mercenaires aux casques ogivaux. Le chapelain reçut le renfort de Bertrane. La jeune comtesse de Signes flanquée de sa garde féminine arriva au galop. Elle avait à présent le bon droit de son côté.

— Je vais parler à Raymond Bérenger. M'autorises-tu à demander une trêve honorable ?

Stéphanie contempla avec perplexité sa cousine qui tenait fermement la bannière au cygne. Elle était la seule à pouvoir raisonner le comte de Barcelone. Toute la chevalerie chrétienne de l'Atlantique à la mer Noire la respectait depuis qu'elle patronnait la cour d'amour. Des quatre coins d'Europe, on venait la consulter avant les demandes en mariage et pour les questions délicates de succession. Elle allait acquiescer lorsque Hugon, que cette suggestion rendait fou de rage, intervint :

— Jamais nous ne traiterons avec ces porcs !

— Hugon, mon ami, dit calmement Bertrane, ne comprends-tu pas que l'issue de cette bataille va nous être fatale ? Vois toi-même : ils sont plus de six mille et nous alignons le tiers de ces forces. A quoi bon sacrifier la fleur de la jeunesse provençale ? La plupart de nos chevaliers se sont croisés pour suivre le comte de Toulouse, ils nous font cruellement défaut. Attendons le retour de ces braves et nous verrons alors si nous pouvons forcer notre cousin à renoncer au comté des Baux. Je t'en conjure, Stéphanie, donne-moi le quart d'une heure et je me fais fort de trouver un chemin jusqu'au cœur de Raymond Bérenger.

— Cousine ! gronda Hugon en coupant la parole à sa mère. Moi je me fais fort de le lui arracher. Tu peux repartir à Signes si tu le veux ; nous n'avons que faire de lâches alliés. Enroule ta bannière et prends la route de Marseille.

— Ma bannière flottera jusqu'au crépuscule.

— Alors donne-moi ces deux-là, fit Hugon en désignant Aubeline et Bérarde, car à voir leur regard je doute qu'elles refusent de charger cette racaille.

— Nous appartenons au ban de Bertrane, répliqua Aubeline. Je n'ai nulle envie de me battre aux côtés d'un fanfaron, fût-il comte des Baux ou roi d'Angleterre.

— Ravale tes paroles, femelle !

Hugon avait dégainé son épée. Aubeline pointa sa lance sur lui. La Burgonde frappa son bouclier avec sa hache.

— Suffit, vous deux ! ordonna Stéphanie en poussant son cheval entre les belligérants.

Aubeline et Bérarde reculèrent. Vexé, Hugon rengaina son arme et fit signe à son écuyer de lui remettre sa lance. Après avoir fixé la hampe à sa hanche droite et s'être couvert de l'écu, il cria :

— *A l'asard Bautezar !*

C'était la devise des Baux, des mots que l'on apprenait dès la petite enfance et qui étaient aussi sacrés que « Je vous salue Marie » ou « Au nom du Père, du Fils et du Saint-Esprit ». Ils furent repris par des centaines de gorges. Stéphanie pâlit. Son fils lançait la bataille en dépit de tous les handicaps. Les chevaliers ajustèrent leurs armes. Ils s'ébranlèrent derrière Hugon ; les archers et la piétaille les suivirent dans un grand ferraillement. Hugon houspilla sa monture qui s'appelait Ravage. C'était un cheval terrifiant, formé aux chocs brutaux, mordant sur ordre, increvable. Hugon jeta un regard de mépris à la fille du templier et à la Barbare, puis il prit rapidement de l'avance.

La cavalerie des Baux se déploya. Face à elle, l'armée ennemie grossissait dans un vacarme effroyable, poussée par les tambours, les trompettes et les cors. Le soleil flamboyant multipliait les éclats des casques, élargissait à l'infini les herses brillantes des javelots ; et c'était, tout autour des étangs de Scamandre et du Charnier, un monstrueux épanouissement de mort couvert par la légèreté des oriflammes qui se tordaient et serpentaient dans la brise capricieuse.

Aubeline et Bérarde trépignaient, attendant un ordre de Bertrane. Elles brûlaient de s'illustrer dans cet affrontement titanesque que de mémoire de Provençaux on n'avait plus connu depuis les guerres burgondes, wisigothes et franques. Il y avait des bannières à prendre, des écus ennemis à accrocher aux murs de Meynarguette, des exploits à transmettre à ses descendants. Mais Bertrane n'esquissait aucun geste, laissant l'initiative aux Baux, et il ne fallait pas compter sur son époux pour sonner la charge. Le dévot seigneur de Signes tentait de communiquer avec Dieu par l'intermédiaire d'incantations mystiques connues de lui seul. Aubeline et Bérarde le maudirent. Le miracle ne viendrait pas du ciel. Dieu, d'après ce que l'on savait, n'avait pas envoyé un seul ange lors de la prise de Jérusalem en 1099.

— C'est tout de même un valeureux chevalier, fit la Burgonde à Aubeline.

Hugon fonçait vers la ligne des arbalétriers. Il n'entendait pas les clameurs. Son cœur battait au rythme du galop de Ravage ; le monde perdait ses contours ; la peur n'existait plus. Seules comptaient la bataille et la présence de Raymond Bérenger au centre de l'élite catalane.

Quelque chose vrombit à ses oreilles. Il ne s'aperçut même pas que les arbalétriers venaient de décocher leurs carreaux. Les traits filèrent de part et d'autre de son cheval, traversèrent les boucliers des chevaliers, leurs cuirasses, pénétrèrent les poitrines. Une quinzaine de braves tombèrent ; leurs montures roulèrent sur eux ; d'autres se cassèrent les jarrets sur cet amoncellement d'hommes et de bêtes.

— Pitié pour eux ! s'écria Bertrane en voyant se creuser le trou au sein de la cavalerie menée par l'impétueux Hugon.

Elle chercha du regard Stéphanie, croisa les yeux bouillants d'impatience d'Aubeline et de Bérarde. La comtesse des Baux entraînait derrière elle son chapelain et quelques guerriers sur le chemin d'Arles. Elle allait tenter de déborder l'ennemi avant de l'encercler. Bertrane vit également son époux et les Signois de Château-Vieux pataugeant dans la boue d'un marécage et elle pressentit la catastrophe.

— Nous devons porter secours aux chevaliers des Baux ! dit Aubeline.

— Attendez ! lui ordonna Bertrane.

— Mais il sera bientôt trop tard !

— Attendez ! La première de vous deux qui attaquera sans mon ordre devra en répondre devant les juges de la cour.

Aubeline se renfrogna. Il n'y aurait pas de jugement terrestre. Ce soir, ils iraient presque tous en enfer. Bienheureux les justes qui franchiraient les portes du paradis. Aubeline reporta son attention sur la bataille.

Derrière Hugon, la troupe se reformait.

— *A l'asard Bautezar !*

Il hurla sa devise quand Ravage renversa un arbalétrier. La tête de l'homme éclata sous les sabots. Les mercenaires italiens essayaient de tendre à nouveau les cordes de leurs armes ; ils furent très vite écrasés par les destriers écumants lancés au galop. Hugon poursuivit son chemin et parvint sur le gros des forces ennemies, où derrière un grouillement de paysans et de soldats se tenait le noyau dur des Catalans protégeant Raymond Bérenger.

— Je vais te tuer ! cria-t-il.

Le comte de Barcelone ne l'entendit pas. Le bruit était assourdissant. La terre tremblait, les hommes beuglaient, les fers tintaient et les chevaux hennissaient de douleur quand flèches et javelines se fichaient dans leur poitrail.

A cinq cents pas de l'effroyable mêlée, Stéphanie et ses fidèles abordèrent l'étang de Scamandre. Des Carcassonnais s'y étaient concentrés à l'abri des roselières ; ils surgirent de toutes parts.

— La dame ! La dame des Baux ! Prenez-la vivante !

Ils en bavaient, louaient leur chance : elle valait son pesant d'or. Stéphanie remit tout haut son âme à Dieu. On ne la prendrait jamais vivante ; elle ne pourrirait pas dans un cachot de la forteresse de Barcelone.

— A moi les Baux ! appela-t-elle.

Aussitôt, ses chevaliers l'entourèrent. Deux de ses fils la serrèrent de si près qu'elle ne pouvait plus manœuvrer. Son chapelain se rua en avant, renversant les téméraires ; il faisait tourner sa masse et fracassait des têtes. Une joie féroce l'animait. Cependant, d'autres guerriers, toujours plus nombreux, apparaissaient et se regroupaient. Les roseaux les lâchaient par grappes. Ils se servaient de crochets pour désarçonner les cavaliers, puis se jetaient sur eux avec des coutelas de boucher. A un moment, alors que plusieurs des siens venaient de tomber sous les coups des Carcassonnais, la comtesse comprit qu'elle allait être submergée. Son épée fendit l'air, puis le casque d'un jeune soldat. Elle hurla comme au plus profond d'un cauchemar, tailla en pièces ceux qui s'accrochaient à sa bride et à ses étriers, perçant les boucliers et les cuirasses, égorgeant un chien féroce qui s'attaquait au flanc de son cheval. Par poignées, les guerriers s'effondraient, aussitôt remplacés par d'autres. Par centaines, aussi loin que portait la vue, les chevaliers s'embrochaient, puis s'achevaient à l'épée, à la hache, au fléau, à mains nues. Ils s'embrassaient dans la mort, disparaissaient dans la vase des étangs.

Stéphanie croyait que le carnage ne finirait jamais, quand le miracle se produisit. Alors que, bousculant les escouades serrées des Carcassonnais, elle encourageait sa monture à se frayer un chemin vers les eaux profondes et glauques de l'étang, et que son bras armé frappait à toute volée sur les écus et les rondaches, l'ennemi reflua et baissa les armes.

— Sainte Mère de Dieu, merci ! lâcha Guillaume en se signant. Seule l'envoyée de la Vierge pouvait nous sauver. Voyez-la ! Voyez Bertrane et rendez-lui grâce !

Que disait-il ? Pourquoi Bertrane ? Stéphanie ôta le casque qui lui meurtrissait le crâne et la faisait suer. Elle se dressa sur ses étriers. Elle vit Aubeline d'Aups et Bérarde la Burgonde qui fendaient les rangs ennemis en creusant deux sillons de sang. Elles précédaient une douzaine de cavalières et de cavaliers dont le triangle repoussait les fantassins désemparés. Derrière eux, la bannière au cygne d'or flottait et claquait. C'était un emblème de pureté et de paix brandi par la plus méritante des chrétiennes de ce monde, la plus admirable des femmes d'Occident. Bertrane avait le port d'une impératrice, le charisme d'une grande prêtresse de l'Antiquité. Elle rappela près d'elle les deux forcenées qui lui avaient ouvert le chemin vers le cœur de la bataille. Aubeline et Bérarde ramenèrent la petite troupe.

Bertrane se déplaçait en toute impunité entre les lignes des combattants. Au fur et à mesure que les chevaliers et les sergents l'apercevaient si sereine, nimbée d'une aura divine, ils baissaient leurs armes, cessaient de s'étreindre et se soumettaient, conscients que les cieux étaient de son côté, que l'Esprit-Saint l'habitait. L'amour passait et la grâce les touchait. On vit des hommes pleurer, d'autres secourir ceux qu'ils venaient de blesser. A cet instant, beaucoup firent le vœu de prendre la croix et de s'en aller défendre le royaume de Jérusalem. Ils étaient nés pour prendre les vies des musulmans, pas celles de leurs frères chrétiens.

Bertrane coupa à travers les roselières et se dirigea droit vers le comte de Barcelone. Ce dernier la salua de l'épée, montrant ainsi à chacun le respect qui était dû à la dame de Signes. Cependant, il y avait quelqu'un qui refusait la trêve. Hugon, furieux, se battait encore.

— Tue ! Tue ! répétait-il avec frénésie en traçant autour de lui un cercle de sang.

Il était devenu fou, inconscient du changement qui venait de se produire.

— Permets-moi de le ramener à la raison, demanda Aubeline à Bertrane.

— Il va te massacrer. Ne vois-tu pas que dans son état il frapperait même le Christ ?

— S'il est aveugle à ce point, j'ai ma chance, répondit la fille du templier en éperonnant son destrier.

Les soldats retinrent leur souffle. La demoiselle Aubeline d'Aups, suivie par sa fidèle géante, fonça vers l'aîné des Baux. Hugon fit face à ce nouvel adversaire qu'il comptait faucher telle une mauvaise herbe. Il maniait une lourde épée forgée à Milan, plusieurs fois trempée, propre à découper les aciers de moindre qualité. Il avait la certitude de fendre le bouclier, le bras qui le tenait et le tronc de l'impudente qui le défiait pour la seconde fois. Il rencontra le vide. Souple, vive, adroite, cavalière hors pair, Aubeline s'était couchée sur le flanc de son cheval. En se redressant, elle se retourna et, du bouclier, avec une violence inouïe, frappa l'arrière de la tête d'Hugon. Un coup de maître. Le jeune comte assommé chancela et se retrouva à terre. Les hommes en demeurèrent cois. Qui était réellement cette Aubeline d'Aups ? Une réincarnation des preux de la Table Ronde ? Assurément, elle tenait sa science des armes de son père Othon. Mais de là à abattre un chevalier de la qualité de l'aîné des Baux... Il y avait de la sorcellerie là-dessous. Peut-être sa compagne burgonde y était-elle pour quelque chose. Bérarde jubilait. Son sourire dévoilait ses grandes dents. Elle frappa son écu avec sa hache et son geste fut repris par les Signois. Le fracas s'acheva sur une ovation à laquelle Bertrane mit un terme en levant la main. Le silence retomba.

Hugon se releva. La tête lui tournait. Sa fureur l'avait quitté. Il s'aperçut qu'on ne se battait plus. Bertrane poussa son cheval vers lui. Il la replaça dans le contexte ; elle était à la source de son humiliation. Elle le dominait du haut de sa monture. Toute blanche sous sa bannière blanc et or. Hugon grinça des dents. Ses envies de batailler le reprirent. Il aurait même croisé le fer avec ses frères si ces derniers avaient eu l'intention de le maîtriscr.

— Bertrane ! Je te maudis ! Que le diable t'emporte avec les dames de ta cour et les catins qui te servent, ajouta-t-il en coulant un regard meurtrier vers Aubeline et Bérarde.

La comtesse continua à le toiser malgré la menace de la grande épée levée. Elle ne quittait pas le regard fauve de son gentil cousin qui, de sa main libre, ramena violemment son destrier. La bête lâcha un hennissement effrayant ; elle était pareille à son maître, l'écume maculait ses naseaux, ses sabots s'étaient teintés de sang en piétinant le bourbier des cadavres. Ils formaient un couple échappé d'une boîte de Pandore.

Avec une rapidité de magicienne, Bertrane abaissa la hampe de sa bannière. Touché à la poitrine, Hugon partit à la renverse. Elle, si fragile, si peu préparée au métier des armes, venait de surprendre l'un des meilleurs chevaliers de Provence. Il n'avait pas pu parer le coup. Si la bannière avait été ferrée, il serait mort sur-le-champ. Tous les hommes le contemplaient. La honte le gagna. Aujourd'hui, deux femmes avaient eu raison de lui. Deux traîtresses. Toutes deux méritaient leur part d'acier dans le ventre. Il ne voulait pas en rester là. Il fit siffler sa lame rougie. La chair de cette jouvencelle devait être tendre à souhait. Sa robe blanche lui allait comme un linceul. Il visait le cœur quand la pointe de l'épée qui avait appartenu à son père se posa sur sa gorge.

— Tiens-tu à perdre ta vie et ton honneur ? Tiens-tu à être dévoré par les corbeaux comme les mécréants à qui l'enterrement est refusé ?

Stéphanie le tenait en respect. Elle avait pressenti le drame et elle remercia saint Rémy d'être intervenue à temps. Ce fils qu'elle aimait trop finirait par la dégoûter.

— Mère...

— Suffit ! Il y a des corps à ensevelir chrétiennement. Déposons les armes, prions pour le repos des âmes et que tout ce qui peut l'être soit sauvé. Je t'ordonne de creuser la première tombe. Et que tous ici présents suivent son exemple !

Ces mots, comme des paroles prononcées dans un songe, tirèrent Hugon de sa folie. Il prit conscience de l'affreux tableau qui attristait sa mère et sa cousine.

La plaine et les marais étaient jonchés de mourants qui gisaient les uns sur les autres, innombrables. Ils mêlaient leurs écus bosselés, leurs armes brisées, leurs chevaux étripés. Par endroits, là où les bannières, objet de leurs convoitises, avaient été brandies, ils s'entassaient, cassés, écartelés, poisseux et couverts de mouches. La mort aidée par la chaleur et les charognards de toute espèce parachevait son œuvre.

— Je veux la paix ! clama Stéphanie. Qu'on le fasse savoir à mon cousin de Barcelone. Bertrane, tu seras notre médiatrice. Nous traiterons en Arles.

Bertrane acquiesça et lorsque la bannière au cygne se déploya à nouveau dans l'azur de la Camargue, les hommes se mirent à sauver les corps et les âmes.

8

La puissante ville d'Arles n'était pas en fête. Le deuil était entré par la porte fortifiée de la mer. Il se lisait dans les regards des habitants qui avaient vu passer ces colonnes de soldats attristés et tous ces chariots transportant des blessés par centaines. Aubeline et Bérarde avaient pansé des hommes des deux camps, réconforté de pauvres bougres que la gangrène dévorait déjà. La Burgonde avait maintenu des braves que les chirurgiens recousaient ; Aubeline n'avait pas pu supporter la vue de ceux qui avaient perdu des membres et qu'on remettait entre les mains des prêtres après les avoir cautérisés au fer rouge ou au feu des torches. Mandée par Bertrane, elle avait fui les lieux de souffrances qu'étaient devenues les places publiques et les écuries.

Les seigneurs d'Aubagne, de La Ciotat, de Ceyreste, de La Cadière, d'Ollioules et de tous les fiefs dépendant des Baux n'avaient-ils pas démérité depuis de nombreuses années ? L'idéal de Roland et de Godefroi de Bouillon, qu'ils confondaient avec celui de leurs ancêtres, guidait leurs actes. Nombreux avaient été les exploits des lignées remontant à Charlemagne. Cette fois pourtant, l'ardeur d'en découdre les avait entraînés au bord de la catastrophe. Ils se sentaient indignes ; ils s'en étaient confiés à leurs confesseurs et plus intimement à Dieu. Ils avaient perdu et mis en danger l'intégrité de leur territoire au risque de provoquer un bouleversement politique sans précédent. Leurs têtes étaient encore pleines des gémissements de leurs compagnons à terre, du son victorieux des olifants ennemis. Raymond Bérenger avait proclamé son triomphe dès que Bertrane de Signes s'était présentée à lui.

Aubeline pénétra dans la nef où les grands se rassemblaient pour l'élaboration du traité. Les pourparlers n'étaient pas entamés. Les participants n'étaient pas au complet. Elle eut l'impression d'avancer dans un vaste tombeau. Elle avait des dons ; les pensées morbides des nobles l'assaillirent ; la présence des saints statufiés ne la rassura pas. Ils étaient en colère contre les hommes et les femmes agenouillés qui quémandaient pardon. Le Christ en croix au-dessus de l'autel souffrait et elle eut la vision du soldat romain plantant sa lance dans le flanc du Seigneur. Pantelante, inquiète, elle s'adossa à un pilier.

Le chant des moines, monotone, et l'odeur entêtante de l'encens les maintenaient dans une sorte de mauvais rêve éveillé. Cela faisait plus de deux heures qu'ils attendaient dans la vieille église d'Arles. Sous les voûtes basses des travées éclairées par les torches et les cierges qui ne parvenaient pas à repousser les ténèbres, ils gardaient le silence, s'accrochant à la garde de leurs épées pendues à leurs ceintures ou serrant les grains des chapelets.

Le chant des moines monta d'un ton et s'amplifia. Une cloche tinta. La lourde porte de l'église s'ouvrit sur un flot de soleil et sur les rumeurs de la ville.

Aubeline s'éveilla à cette lumière et aux bruits de la vie.

— Enfin ! soupira un vieux chevalier de Marseille à l'armure bosselée et rouillée.

Le chant se fit divin. Les moines appelaient les anges. Statufiés par cette mélodie, nobles et chevaliers fixaient un regard hypnotisé sur la découpe romane de l'entrée ; et comme la foule des manants s'écartait et s'agenouillait en signe de soumission, ils aperçurent, s'avançant avec la lenteur d'un revenant mitré, l'évêque d'Arles resplendissant dans sa chasuble brodée d'or. Il marchait courbé, frappant le sol de sa crosse sur laquelle il s'appuyait en soufflant. Sa peau molle et terreuse pendait sur son visage décharné. Aubeline n'avait pas une bonne opinion de cet homme dont la duplicité et l'amour pour l'or n'étaient plus à prouver. Depuis le début de cette histoire d'héritage, il menait un double jeu et peut-être même était-il un agent du pape et de l'empereur d'Allemagne. Aubeline se demanda pourquoi Dieu prolongeait la vie de ce mauvais chrétien. Elle ne se faisait pas d'illusions. Aucun éclair jaillissant du doigt accusateur du Tout-Puissant ne réduirait en cendres ce prélat perclus de douleurs et empli de péchés.

Pendant un court instant, l'évêque cligna des yeux pour les habituer à l'obscurité de l'église, puis il montra son mépris pour la soldatesque rassemblée sous les pierres séculaires.

Des perdants, voilà ce qu'étaient ces hommes. Ils ne valaient pas mieux que les gueux des quartiers bas de la ville. Ils ne méritaient pas sa bénédiction. Par Jésus Tout-Puissant, cette affaire allait lui coûter ; il n'avait pas eu le temps d'en dénouer les fils et d'exploiter la générosité de ces imbéciles. La défaite des Baux écornait sérieusement ses profits. Il aurait préféré les savoir prisonniers des infidèles au Caire ou à Damas. Il n'aurait pas versé la moindre rançon pour les délivrer.

Les seigneurs l'ignorèrent ; ils le détestaient. Ce chien était capable des pires bassesses. Et dans le cas présent, il se préparait à les trahir d'une manière ou d'une autre. L'assemblée n'eut d'yeux que pour la suite du saint homme.

Stéphanie et ses fils, sanglés dans leurs cottes de fer, pénétrèrent dans la nef. La comtesse des Baux était livide. Hugon, le visage haineux et durci, ne quittait pas du regard le Christ sur sa croix. Il le défiait, l'accablait tout bas, le tenant pour le grand responsable du désastre. Ses frères étaient au bord des larmes. Contrairement à lui, ils attendaient le réconfort venu d'en haut. Le Christ au visage émacié, au corps torturé était mort pour racheter leurs fautes. Ses souffrances dépassaient de loin les leurs. Derrière eux, la cohue des amis proches de la famille et des conseillers en robes ou en armures poussait, désireuse d'en finir au plus vite. Mais l'évêque égrotant à la carcasse usée ne se pressait pas. Il avait reçu des ordres de Raymond Bérenger en personne et il s'y tenait, accentuant volontairement ses faiblesses physiques. Le nouveau maître de la Provence voulait humilier ceux des Baux et leurs alliés. La cérémonie devait se prolonger.

A son tour, le comte de Barcelone entra, tel un futur marié suivant sa promise. Il avait revêtu ses plus beaux atours. La soie de son bliaud brodé était passée entre les mains de son maître couturier juif, un artiste qui savait mettre sa carrure en valeur. Les pierreries brillaient à son ceinturon d'apparat où pendait un magnifique poignard byzantin au manche incrusté de rubis. L'arrogant personnage avait la main posée sur le quillon de sa célèbre épée, Méduse. On disait que cette arme était magique, pourtant il ne l'utilisait jamais sur les champs de bataille.

Voilà l'épée qu'il me faudrait, pensa Aubeline.

Une retentissante sonnerie de trompettes et des roulements de tambours ébranlèrent les fondations de l'église. Les hourras des soldats catalans résonnèrent sous les voûtes. Quand il plongea sa main dans le bénitier et que son chapelain clama : « Prosternez-vous ! Le Christ est avec lui ! », il y eut un froissement de métal. La moitié des gens des Baux tirèrent épées et couteaux de leurs fourreaux, aussitôt imités par leurs ennemis. Les regards se tournèrent vers le fils aîné de Stéphanie.

Hugon n'eut aucune réaction. Il mit simplement un genou à terre et se signa. Quand ils le virent si humble et serein, ce fut la désillusion. Des orgueils furent rabaissés et des vengeances ravalées. Les armes retournèrent à leur place. Stéphanie, qui avait craint le pire, s'avança vers Raymond Bérenger et lui donna l'accolade.

— Bérenger, nous vivons dans un temps maudit. L'Antéchrist dont la venue est proche les éprouve déjà. Ce ne sont pas des parjures et des profanateurs, ils respecteront la trêve en ces lieux. Mais ne joue pas avec leur impatience. Finissons-en, qu'il soit fait lecture du traité de paix que tes juristes ont préparé.

— Je te crois, Stéphanie, mais en est-il de même pour tes fils ? Respecteront-ils le choix de leur mère ?

— Je suis d'abord leur comtesse, la représentante de la maison des Baux en ce monde. Ils se plieront à ma volonté.

Bérenger jeta un œil sur les trois plus jeunes avant d'examiner longuement Hugon. Il ne fut pas dupe de l'attitude humble du bouillant garçon. Le fils aîné de Stéphanie se mesurait à Jésus et lui demandait des comptes ; il n'avait pas l'air de remarquer la présence du Catalan. Il y avait de la dureté sur ses traits. On aurait pu croire qu'il pleurait, mais ce n'était que de la sueur qui coulait le long de ses joues creuses, se mêlait à sa barbe noire et à la crasse de son cou.

Sur le côté, presque invisible, Bertrane contemplait la scène. Elle avait passé une robe de bure, rassemblé ses cheveux en une longue tresse et portait le bâton des pèlerins. Elle avait fait le vœu de retourner à pied à Signes en passant par Saint-Rémy, Saint-Zacharie, Saint-Maximin et la grotte de sainte Marie Madeleine après la signature du traité. Aubeline qui avait du mal à la reconnaître la rejoignit ; elle remarqua l'extrême pâleur de la dame.

— Puis-je te venir en aide ? Souffres-tu ?

— Oui, mais ce n'est pas d'un mal des marais, ni d'une fièvre quelconque. Sois vigilante. J'ai besoin de ton épée.

— Elle t'est acquise.

Bertrane souffrait d'un mal profond. Hugon la terrifiait. Il émanait une aura noire de toute sa personne et elle paraissait la seule à s'en apercevoir.

— Je prierai pour toi, mon cousin, murmura-t-elle.

— Tes prières seules ne suffiront pas à délier les serments qu'il passe avec les démons, fit Aubeline qui avait l'ouïe fine.

— Que vois-tu ?

— Je vois l'ombre s'étendre autour de lui. Il nous entraînera tous en enfer si nous ne réagissons pas... Il ne doit pas vivre.

— Tais-toi, malheureuse. Il existe d'autres moyens que le fer et le poison pour mettre un terme à la haine qui le ronge.

Aubeline garda le silence. Elle imaginait mal Hugon se soumettant aux pratiques d'un exorciste envoyé par le pape. Songeuse et désabusée, elle fixa son regard sur l'évêque qui déroulait un long parchemin. Le prélat se gonfla d'importance. Il entrait dans l'Histoire et cette petite compensation suffisait à son bonheur du moment. Il se disait qu'après tout il y avait de l'argent à gagner s'il flattait le nouveau maître de la Provence tout en cherchant à saper l'influence de Barcelone auprès du pape. Et tout à ses nouvelles pensées, il laissa couler un regard mielleux sur Raymond Bérenger.

L'auditoire attendait. Les seigneurs ne connaissaient pas le contenu du document élaboré en comité restreint. Les tractations étaient demeurées secrètes. La voix éraillée de l'évêque s'éleva et, à partir de cet instant, la chevalerie provençale fut au supplice.

— ... Au nom de Dieu, moi Stéphanie, déjà nommée, et mes fils Hugon, Guillaume, Bertrand et Gilbert, abandonnons entièrement, délaissons et cédons tous les droits auxquels nous prétendions sur le comté de Provence, et nous imposons là-dessus un éternel silence, de sorte que ni nous ni aucun de nos successeurs n'inquiéterons plus à l'avenir, à ce sujet, Raymond Bérenger, comte de Barcelone...

C'était dit. La hache venait de tomber. Il y eut un frémissement et des larmes. De sa voix étudiée, le prélat poursuivait sa torture ; il y prenait un malin plaisir. Aubeline se mit à le maudire. Elle serra la poignée de son épée avec laquelle elle aurait pu lui faire ravaler ses paroles. La douce main de Bertrane se posa sur la sienne, apaisante. La comtesse de Signes écoutait sans ciller, sans s'émouvoir, sans rancœur, la longue litanie.

— ... Nous leur abandonnons le château de Meyrargues, le château de Trans, le château de Gordolos, le château de Lédina, le château d'Aix... Nous faisons la paix, sans aucune ruse, avec tous les adhérents et amis du comte que nous avons eus pour ennemis dans cette guerre, tant avec les vivants qu'avec les morts, militaires ou fantassins, et avec tous ceux que pourra désigner la mémoire dudit comte ; et si quelque chose du susdit plaid et de la fin ci-dessus écrite était enfreint ou transgressé par nous ou par les nôtres, si dans les quarante jours de l'avertissement qui nous aurait été donné par vous ou les vôtres, nous n'avions pas réparé ou rétabli le dommage, moi, Stéphanie des Baux déjà nommée, et mon fils aîné Hugon, nous nous mettrions en votre pouvoir et n'en sortirions d'aucune façon jusqu'à ce que nous ayons tout réparé à votre jugement...

Tous les regards se portèrent sur Hugon. Le fils de Stéphanie, le sang aux joues, se tourna vers l'évêque et parut se perdre dans les petites éponges humides de ses yeux torves. Ce sentiment de vertige et de détresse, qu'il avait déjà éprouvé lors de sa reddition à Bertrane de Signes, l'envahissait de nouveau. L'odeur de la traîtrise était partout. Craignant de défaillir au milieu de cette assemblée massée sous les basses croisées de l'église, il grimpa les trois marches qui le séparaient de l'autel et posa ses mains tremblantes sur le marbre froid de la table, le regard planté dans celui du Christ. Cette confrontation eut un effet bénéfique ; il se reprit immédiatement et apostropha le représentant de Dieu :

— Dépêche-toi donc ! Avant que je ne te fasse mettre en croix.

Il tira son épée et balaya l'autel de sa lame, brisant les fioles et renversant le calice, mais il n'eut pas l'audace de fendre le tabernacle.

— Sacrilège ! lança l'évêque en se précipitant vers le comte de Barcelone.

Ce dernier demeurait serein. Il souriait, énigmatique, une main nonchalamment appuyée sur le pommeau d'or de son épée Méduse. Il avait pris ses précautions. Quatre arbalétriers tenaient en joue Hugon l'impétueux. Hugon qui crachait sa haine à la terre entière.

— Ah ! Dire qu'on gagnerait son paradis rien qu'en tuant les évêques et les cardinaux ! Ce sont tous des traîtres à la cause chrétienne. Ils ont tous vendu leur âme au diable ! Voilà la vérité, frères de Provence. Et toi, mère, comment peux-tu accepter les termes de ce traité ? C'est la ruine de notre maison ; la déchéance de notre lignée. C'est un suicide qu'on nous propose là.

— Tu signeras et tu apposeras ton sceau, beau cousin, ou tu disparaîtras !

La voix avait claqué. Hugon parut décontenancé. Qui osait lui tenir tête ? Il la découvrit dans sa robe de bure, humble mais déterminée, fendant les rangs des soldats avec cette fille de templier.

Bertrane, consciente de son aura et de l'ascendant qu'elle avait sur tous ces barbares, sûre de son bon droit, s'arma de son courage. Elle prit à témoin les nobles.

— Vous le savez bien, la terre de Provence m'est chère comme elle l'est à vos cœurs. Ce traité pourrait m'affliger, pourtant je m'en réjouis. Les pays s'étendant de l'Espagne à l'Italie sont désormais à l'abri de la destruction, de la famine et des épidémies engendrées par la guerre, et j'en suis heureuse pour vos femmes et vos enfants, pour nos paysans qui ont tant à se battre contre les fléaux de la nature. Rejoignez vos foyers et si malgré tout le démon vous tente, alors croisez-vous ! Choisissez de défendre le royaume de Jérusalem. Ce conseil vaut pour toi, Hugon. Tes rêves de batailles sont là-bas, au-delà de l'Oronte et de la vallée de Josaphat. Cent mille Turcs et cent mille Arabes t'attendent dans les déserts de Judée. Couds une croix rouge sur ton manteau et embarque-toi à Marseille.

— Jamais !

Hugon était au bord de l'apoplexie. Il se rua hors du cercle des grands chevaliers, hors de l'église. Des idées de meurtre plein le crâne lui firent oublier qu'il portait le nom prestigieux des Baux. Il bouscula les mendiants et les badauds, frappa des moines en prière, renversa une femme enceinte sur son chemin. Il n'entendait point les cris, les lamentations, ni sa mère sur le parvis qui lui ordonnait de revenir. Quand il enfourcha son cheval de guerre, il ricanait comme un dément.

— Seigneur, protégez-le, souffla Stéphanie en retenant ses larmes.

Elle sentit la poigne ferme de Bertrane sur son épaule.

— Il s'est grisé de haine, tu ne peux rien pour lui. Pense à toi désormais. Accompagne-moi en pèlerinage jusqu'à la Sainte-Baume. De là nous nous rendrons à Signes. Ta place est à mes côtés avec les dames de la cour d'amour. Nous avons besoin de toutes les bonnes volontés pour changer ce monde... Nous avons tant à faire... Tant à faire... dit-elle avant de se tourner vers Aubeline : Toi et Bérarde, suivez Hugon et informez-nous de ses faits et gestes. Nous vous attendrons à Fuveau.

9

Il était bien plus difficile à traquer que la Bête, bien plus dangereux. Aubeline et Bérarde le suivaient à distance depuis qu'il avait franchi les portes de la cité. Il était d'abord retourné sur les lieux de la bataille où il avait erré une journée entière en se lamentant. A la nuit tombée, il s'était réfugié dans une tour de guet abandonnée avant de filer vers le nord-est sans raison apparente. Le second jour, il avait encore changé de direction après avoir dormi dans une bergerie. Maintenant, les deux femmes se confondaient avec les pierres, se dissimulaient derrière les maigres rideaux d'arbres, dans les moindres plis du terrain.

Son cheval volait au-dessus des buissons. Hugon lui labourait les flancs, le frappait. La plaine de la Crau brûlée par le soleil lui apparaissait comme l'antichambre de l'enfer. Il ne craignait plus rien ni personne. Sa bouche écumante proférait des jurons, son regard narguait l'horizon plat de cette terre qui lui appartiendrait à jamais. Il se fichait du traité auquel sa mère s'était soumise.

Soudain, son cheval épuisé se cabra et se coucha dans la poussière rouge de la plaine déshéritée. Le cœur d'Hugon cognait contre la cuirasse ; il le laissa battre, trouvant du plaisir à rester étendu sur la terre de son fief de Salon. Puis ses lèvres se tordirent de haine à l'idée de tous les châteaux passant sous la domination de son ennemi.

— O Bérenger, je n'ai pas voulu de ton marché. Et si tu me proposais tous les trésors d'Espagne avec ton amitié en prime, j'essaierais encore de t'arracher le cœur. Tu as tué mon père. Tu as humilié ma mère. Mieux vaut la mort que de voir flotter ta bannière sur le donjon des Baux.

Il griffa le sol, pourchassant en vain l'image du comte de Barcelone. Puis le visage de Bertrane s'imposa à lui et il se souvint de l'affront. Sans cette Aubeline d'Aups, elle ne serait plus de ce monde. Il avait manqué de courage et de lucidité. Il aurait dû clouer l'une d'un coup de lance sur le champ de bataille et égorger l'autre sur l'autel de l'église. A cause de l'amour démesuré de sa cousine pour la paix, il avait perdu son honneur, la confiance de ses hommes, le respect de sa mère et l'appui des saints. Cette gueuse de Signes allait payer ; il saurait lui prendre la vie, la lui retirer goutte à goutte ; la faire dévorer par les rats dans le plus profond des cachots. Mais avant, il la donnerait en pâture à ses soldats. Il mesura l'immensité de cette tâche en constatant combien il était seul. Se redressant, il siffla Ravage. Le cheval dressa l'oreille, s'ébroua, puis vint caresser son maître de ses naseaux.

— T'en fais pas, mon beau ; tu auras ta part de Bertrane. Cette dame est très fluette, ses os se briseront sous tes sabots.

Ce fut alors qu'il repéra les deux cavaliers dans le lointain. On le suivait. Bien ! Il n'avait pas l'intention de se cacher. Le contenu du traité n'était pas encore parvenu au capitaine des gardes des Baux et aux chefs des différentes places fortes léguées à Bérenger. Il avait le temps de rassembler une belle troupe et d'entrer en rébellion.

— Allez, Ravage ! Va plus vite que le vent ! Il y a des braves qui nous attendent aux Baux.

Quand Aubeline et Bérarde virent Hugon pénétrer dans l'imprenable forteresse et le pont-levis se relever derrière lui, elles décidèrent de prendre la route du levant.

Avec ces nombreuses troupes en ses murs, la bonne ville d'Arles drainait à elle tous les paysans du pays. Ils n'étaient pas les seuls à accourir avec paniers, tonneaux, poules, lapins, dindons, moutons et marmaille. Par charrettes entières, les prostituées d'Avignon et de Marseille avaient rejoint leurs consœurs dans le quartier des Arènes cerné par les marchands et la canaille. Après deux jours de deuil, ce fut semaine de fêtes, semaine de ripailles et de bombances, semaine d'amours faciles. On oublia vite la guerre. Stéphanie avait réglé toutes les affaires urgentes et ses dettes. Les seigneurs épargnés par le traité étaient repartis vers leurs fiefs ; les autres attendaient le bon vouloir de Raymond Bérenger. Le comte de Barcelone avait l'intention de faire le tour de ses nouvelles possessions. Pour l'heure, on s'entassait toujours dans les maisons fortifiées des chevaliers urbains, ces seigneurs belliqueux qui se partageaient la ville, et les dépendances de l'archevêché. Les tours de défense avaient été réquisitionnées et les aubergistes ne savaient plus où loger ce beau monde. Les petits chevaliers dormaient dans les greniers, les sergents dans les étables et les soldats où ils pouvaient. Dans la tour sud des Saintes-Marie, Bertrane, Stéphanie et quelques proches prenaient leurs aises depuis le départ de Bertrand de Signes et de ses chevaliers. Le comte n'avait guère insisté pour emmener son épouse avec lui. Il avait projeté de se rendre à l'abbaye Saint-Victor à Marseille afin de se laver de ses péchés en s'enfermant quelques semaines dans une cellule.

— Ce n'est pas sage, Etiennette, se plaignit Guillaume, il est encore temps de renoncer à ce pèlerinage. Tu dois réorganiser tes forces au sein des fiefs qu'on a daigné te laisser.

Etiennette, il l'avait appelée Etiennette, de son prénom de naissance, comme pour lui rappeler qui elle était véritablement. Cela faisait plus de trente ans que personne ne l'avait appelée ainsi. Stéphanie se rappela sa mère Gerberge qui grondait du « Etiennette » du matin au soir. Elle préférait oublier ce prénom. Pour toute réponse, le bon frère eut droit aux sourires des deux femmes. Bertrane et Stéphanie, il le savait, ne fléchiraient pas. Face à la statue de bois de saint Trophime, elles avaient fait vœu de rejoindre à pied la Sainte-Baume. A présent, elles étaient pareilles aux pèlerins qui sillonnaient les rues encombrées. Les plus courageux se rendaient à Jérusalem, les autres se contentaient d'aller prier dans les nombreux sanctuaires éparpillés en Provence.

— Mon bon abbé, mes fils sauront prendre en main nos maigres possessions. J'ai fait envoyer une lettre à l'empereur Conrad III pour assurer notre protection. En ce qui nous concerne, nous ressemblons à des pauvresses. Qui voudrait nous faire du mal ? répondit Stéphanie.

— Les routes sont sûres, ajouta Bertrane. Les Sarrasins n'abordent plus nos côtes. Les brigands se terrent dans les gorges et dans les anciens oppidums des Ligures, loin des châteaux et des villages où nous ferons étape. Dois-je te rappeler que Signes n'a pas été citée dans le traité, que mon époux demeure l'homme le plus puissant à l'est de Marseille et que la cour d'amour rassemble des dames dont les fiefs sont riches et indépendants ?

Le chapelain se renfrogna. Les femmes, surtout Bertrane, avaient une vision idyllique de la Provence ; la faute en incombait à ces fainéants de troubadours qui infestaient l'Occident. Il les haïssait. Les chantres de la poésie, Marcabrun en tête, détournaient les hommes de la voie tracée par les Saintes Ecritures. Le rêve courtois le dégoûtait. Il se souvenait encore du passage de Marcabrun aux Baux et de ses vers. Diablerie, tous ces mots chantés pour séduire dames et damoiselles. Et cette diablerie, il l'avait toujours à l'esprit quand il sentait que ses ouailles lui échappaient. Il aurait pu réciter ces saletés tant il les entendait souvent dans la bouche des femmes qui s'adonnaient à la broderie ou à la couture : « Les songes d'amour volage sont la proie d'une folle rêverie, car sur un millier de ces amours songeuses je n'en trouve pas un qui parte du cœur ; cependant, je ne dois pas blâmer entièrement le penser, car Jeunesse serait honnie : si pensée d'amour était mise en oubli, Joie tomberait dans le canal. »

Ils quittèrent la tour avec armes et baluchons. Guillaume jeta un œil mauvais sur la foule. Des soudards catalans, collés aux hanches des gueuses, excités et ivres, barbus et pouilleux faisaient grand tapage dans les rues étroites et puantes.

— Des bêtes ! grommela-t-il.

Et il avait de quoi calmer les bêtes. Sa masse d'armes était cachée dans l'un des sacs de toile accrochés aux flancs de la mule qu'il tirait par la bride. L'épée de dame Stéphanie s'y trouvait aussi. Il regretta l'absence d'Aubeline d'Aups et de Bérarde. Avec ces deux-là, il n'y avait aucun risque d'être ennuyé par la canaille. Ils s'enfoncèrent dans une rue plus large et furent engloutis par l'énorme ripaille de l'armée victorieuse.

Stéphanie s'avança, frissonnante et haletante, marquée par ces semaines d'épreuves et de haine.

Jusqu'au lever du soleil, elle avait rêvé de sa sœur Douce qui la mettait en garde et de sa mère qui ricanait méchamment en se moquant de son infortune. Douce était morte par la faute de Raymond Bérenger. Elle regretta que Dieu n'ait pas voulu prendre la vie de cet homme quand la Burgonde l'avait affronté.

— Ah, si Douce était encore vivante, nous n'en serions pas là, laissa-t-elle échapper.

Bertrane se troubla. Son amie devait oublier Douce. Les deux sœurs étaient séparées à jamais. Stéphanie ne pourrait jamais se rendre sur le tombeau de Douce. L'interdiction absolue de renouer avec le passé n'avait pas été formulée ouvertement, mais Bertrane l'avait lue dans le regard du comte de Barcelone, perçue dans la voix de l'évêque. Tout au long de la cérémonie de paix, la menace avait plané, pendant que le peuple priait avec recueillement et que les chants austères des moines couvraient avec peine le cliquetis des armes traînant sur les dalles de l'église.

— C'est une joie qui te sera donnée dans l'autre monde. Au paradis, il n'y aura point de méchants hommes pour vous séparer, dit Bertrane en prenant Stéphanie par la main.

Quand elles franchirent la porte d'Arles, la dame des Baux se tourna vers la Camargue. Son cœur se déchira à la vue des oiseaux roses s'abattant à l'horizon. Le rappel du passé perdu et de la terrible défaite était si fort qu'elle eut envie de se jeter sous les roues des chariots en route vers la Crau.

Cependant, il y avait la main de Bertrane dans la sienne. Cette main chaude qui la serrait et l'entraînait. Et elle reprit goût brutalement à la vie. Au loin, derrière les montagnes blanc et ocre du levant, de nouvelles aventures l'attendaient.

— Tu seras la reine de notre cour d'amour, lui confia Bertrane au moment où Stéphanie s'abandonnait à sa destinée. Les troubadours chanteront ta gloire et ta beauté, et nous composerons un long poème sur l'histoire des Baux.

Ces dernières paroles n'étaient pas du goût de frère Guillaume. Le chapelain se dit qu'il était temps de reprendre l'initiative et de remettre ces dames dans le droit chemin. Il entama une louange que les deux femmes connaissaient :

— En union avec Marie, Mère de Dieu, et avec tous les saints, nous supplions le Seigneur...

Les deux comtesses relevèrent la tête ; elles n'avaient par d'autre choix, elles devaient intercéder auprès du Seigneur en unissant leurs voix à celle de Guillaume.

Délivre-nous, Seigneur,
Par le mystère de la sainte incarnation,
Par ta venue en ce monde,
Par ta naissance et ton épiphanie,
Par ton baptême et ton jeûne au désert,
Par ta croix et ta passion,
Par ta mort et ta mise au tombeau,
Par ta résurrection du séjour des morts,
Par ton admirable ascension,
Par la venue du Saint-Esprit consolateur,
Au jour du jugement.

Quatre jours plus tard, harassées, couvertes de poussière, dévorées par la faim, Aubeline et Bérarde intercédaient également à leur façon auprès de Dieu. Elles n'avaient jamais manqué de s'arrêter dans les chapelles et les églises. Celle de Trets était pleine d'ombres et de chuchotements. Le village épargné par le traité félon appartenait toujours à la comtesse des Baux et au premier de ses fils Hugon. Il abritait une nombreuse et pieuse population de charbonniers et de paysans. On y piochait de quoi alimenter toutes les forges de la région et on y récoltait le meilleur blé de Provence. Aussi venait-on à tout bout de champ remercier les saints de tant de largesses et demander plus encore. Aubeline et Bérarde se contentèrent de demander protection au Christ, l'une d'une voix ferme et sans faille, l'autre de ses mains habiles à tracer les mots dans l'espace.

— Dieu éternel et tout-puissant, Tu es la lumière de toutes les lumières, et le jour qui ne finit pas ; dès le matin de ce jour nouveau, nous Te prions : que la clarté de Ta présence, en chassant la nuit du péché, illumine nos cœurs. Maintiens-nous en vie jusqu'à Signes afin que nous puissions faire triompher Ton droit et Ta juste cause auprès des dames de la cour d'amour. A Toi, le règne. A Toi, la puissance et la gloire. Pour les siècles des siècles ! Amen.

Ce n'était pas le matin, mais plus d'une heure de l'après-midi. Bérarde n'attendit pas de quitter la maison du Seigneur pour manifester sa fringale.

— On y va, répondit Aubeline.

Elles avaient laissé leurs chevaux à l'écurie de l'auberge du Cochon-d'Argent. Trets possédait plusieurs auberges et tavernes, mais celle du Cochon-d'Argent était de loin la plus renommée. Le cochon peint en gris brillant pendait entre ses deux chaînes au-dessus de l'entrée d'où s'échappaient de suaves odeurs de cuisine.

Elles entrèrent en faisant un boucan du diable. Ecus, épées, lances, haches et sacs empêtraient leurs mouvements. Leur apparition provoqua la stupeur des hommes attablés, pour la plupart des marchands en route pour la grande foire de Saint-Maximin. Il y avait aussi quelques soldats du cru et des notables. Il était rare de voir des femmes en tenue de chevalier. Ils n'aimaient guère cela. Les femmes devaient porter robes et jupons, être faciles à trousser.

Elles s'installèrent à l'écart avec leur barda. Une jeune servante à la poitrine mise en valeur par un corsage délacé les aborda aussitôt.

— Bonjour, demoiselles, dit-elle en les détaillant.

— Bonjour, répondit Aubeline en posant son épée sur la table.

— Vous voilà bien armées. De mauvais garçons en voudraient-ils à votre honneur ?

— Non, nous revenons de Camargue où la guerre des Baux vient de s'achever.

Les oreilles se tendirent. La défaite de Stéphanie des Baux et de ses alliés était déjà parvenue dans la région, mais c'était la première fois que des témoins de la bataille arrivaient à Trets.

— Il paraît que ce fut un grand massacre, dit la servante.

— Ce le fut, en effet, mais sainte Marie Madeleine nous a aidées à survivre.

Au nom de la sainte de la montagne sacrée, tous comprirent que ces deux femmes appartenaient au fief de Signes et défendaient les intérêts de Bertrane et de la cour d'amour.

— Voulez-vous une bonne portion de porc aux lentilles et du vin d'Aix ? demanda la servante.

— Ce sera parfait.

Quelques minutes plus tard, Bérarde trempait ses doigts dans la sauce grasse, tranchait la viande de ses longues dents, lampait le vin épais. Aubeline mangeait plus lentement, enfournant la cuillère de bois dans sa bouche et mâchant longuement les lentilles épicées. De l'autre main, elle tenait son morceau de viande qui s'égouttait sur la demi-miche de pain blanc. La cuisine était bonne, pas l'ambiance. Il se murmurait des choses à leur encontre ; on leur décochait des sourires fielleux. A un moment, quatre hommes bardés de cuir se décidèrent à leur tenir compagnie.

Jouant des épaules, goguenards de gueule, ils s'installèrent à leur table.

Aubeline dressa un sourcil.

— Bonjour, mes belles, dit un grand escogriffe à la face balafrée.

Il eut un sourire à dégoûter une lépreuse. Ses dents cariées se chevauchaient, son haleine empestait le vin et l'aigreur de son estomac.

— On vous a invités ? demanda Aubeline d'un air innocent.

— Manquerait plus que ça ! Sacredieu ! On est chez nous ici ! s'exclama le meneur à la cicatrice.

Les trois autres rigolèrent. Ils n'avaient pas meilleure dentition que leur chef, et au concours de celui qui avait le plus de poux dans sa barbe et ses cheveux, on aurait eu du mal à désigner un gagnant.

— Comme vous pouvez le constater, messeigneurs, nous prenons tranquillement notre repas et nous ne comptons pas nous attarder dans votre bonne ville de Trets.

— C'est joliment dit... Que signifie cette croix templière sur ton écu ? s'enquit le bonhomme qui prenait ses aises et se rapprochait de plus en plus d'Aubeline.

Cette dernière ignora la question et mordit dans la viande.

— Et celle-là, pourquoi elle parle pas ? demanda un autre homme en caressant les cheveux de la Burgonde.

Tout alors se déroula très vite. La géante se saisit de la tête de deux soudards et les fracassa l'une contre l'autre. Aubeline planta sa cuillère de bois dans la bouche de l'escogriffe, lui cassa quatre dents, puis se saisit de son épée avec laquelle elle entailla légèrement le cou du quatrième homme.

Les gaillards étaient hors d'état de nuire. Les deux guerrières achevèrent tranquillement leur repas, rotèrent et tirèrent leur révérence aux spectateurs éberlués.

— Vous vous paierez sur ces hommes, dit Aubeline à l'aubergiste en désignant les quatre pleutres qui reculaient en rampant. Nous avons cru comprendre que nous étions leurs invitées.

Au troisième coup de cloche, les deux cavalières se retournèrent sur la ville de Trets et s'esclaffèrent. C'est alors qu'elles aperçurent le nuage qui s'élevait à l'ouest. Il n'était pas de bon augure. Elles éperonnèrent leurs montures et filèrent comme le vent vers Fuveau.

10

La bave luisait sur les naseaux de Ravage. Par moments, Hugon encourageait son cheval par des cris effrayants. Trente hommes à l'esprit aussi dérangé que le sien le suivaient. Tous pensaient à la revanche et à la poursuite de la guerre. Hugon avait fait la même démarche que sa mère, il avait dépêché un messager en Allemagne pour demander de l'aide à l'empereur Conrad III. Il ne s'en était pas tenu à cette seule initiative. Deux moines munis de lettres d'introduction étaient partis en Angleterre afin de convaincre le roi de soutenir les Baux. Le comte de Barcelone n'avait pu faire main basse sur le trésor des Provençaux. Stéphanie l'avait fait secrètement transporter à Signes. Hugon comptait bien récupérer ce pactole. L'or était le nerf de la guerre. Dans les coffres évacués, il y avait de quoi entretenir une armée de dix mille hommes pendant cinq ans !

La meute galopait sur la route, soulevant un nuage de poussière. Ceux qui la voyaient passer se signaient. Jamais chevaliers et destriers n'avaient paru aussi inquiétants. Le soleil entamait son déclin quand l'aîné des Baux atteignit Trets.

Les sentinelles du château aperçurent la bannière qui se détachait sur le front bleuâtre de la Sainte-Victoire. Elles reconnurent l'armure d'Hugon. Sur son écu, l'étoile des Baux leur renvoya un rayon de soleil. Leur seigneur arrivait, se frayait un chemin à travers les ténèbres de leur conscience en proie à l'appréhension. L'une d'elles se rua sur la trompe de cuivre et sonna l'alerte. Les soldats s'écrièrent :

— C'est le comte ! C'est Hugon des Baux !

Un sergent dévala les marches de la tour d'angle, traversa la cour intérieure, avala deux par deux les degrés du donjon, poussa une lourde porte cloutée et beugla :

— Hugon nous vient !

— Par le cul du diable ! Quel Hugon ?

— Hugon, l'aîné des Baux.

Il y eut un juron étouffé. Dans la pénombre de la salle basse et voûtée, quelque chose remua. Le sergent prit l'initiative d'écarter les peaux qui masquaient l'entrée et vit le Bâtard allongé sur sa vaste paillasse.

Odet d'Alègre, dit le Bâtard de Trets, était nu. Nues aussi, les deux jeunes femmes et l'adolescente à ses côtés. Le Bâtard avait d'énormes appétits sexuels ; il consommait femmes, fillettes et garçons sans distinction, les livrant à son grand corps et à ses vices. Les prêtres tentaient en vain de le refréner en lui décrivant les supplices en enfer de ceux qui se livraient aux débordements de la chair, il leur riait au nez et leur proposait de participer à ses orgies. Il affichait cependant une certaine réserve à Pâques et à la Noël ou lorsque l'évêque lui rendait visite. La venue d'Hugon lui coupa ses envies. Il le craignait plus que Stéphanie et s'attendait à être vertement tancé, voire jeté au cachot. Il ne s'était pas rendu avec sa compagnie en Camargue.

Alors qu'il jetait un regard mauvais sur son sergent, ses compagnes frissonnantes essayaient de dissimuler leurs appas comme elles le pouvaient. Il se pencha sur la plus jeune et grommela :

— Tu n'as rien à cacher, ta fente est sans poils et ta poitrine est plate. Qui démon hante, démon devient.

File d'ici, petite, Hugon ne ferait qu'une bouchée de toi ! Allez, zou, vous autres ! Mon bliaud, mes chausses et mes bottes, le maître des Baux et de Trets va arriver d'un instant à l'autre ! Couvrez-vous, chiennes !

Les femmes bondirent hors de la couche et enfilèrent des robes de laine avant de tendre ses vêtements au Bâtard qui eut tout juste le temps de se couvrir. On entendit un bruit d'éperons, des pas pesants et rapides. Précédant deux chevaliers de sa suite et deux autres de Trets, Hugon parut sur le seuil de l'antre du Bâtard. Sa cagoule de mailles à demi rejetée en arrière laissait voir ses cheveux clairs emmêlés et poisseux de sang séché. Ses yeux pareils à des écailles d'argent se posèrent sur Odet d'Alègre. Il renifla, fit la grimace. L'endroit sentait la vinasse, l'urine et le stupre.

— Salut à toi, Hugon, bégaya Odet.

— Tu as bien fait de ne pas te présenter à la bataille, le Bâtard, nous aurions subi de plus lourdes pertes, gronda le comte.

— Je n'étais... pas prêt... Et il... Enfin, tu comprends. Quelqu'un devait assurer les arrières... On ne sait jamais avec les Niçois et les Génois.

— Tais-toi, sale porc.

Le Bâtard s'avança à pas comptés. Sa couardise légendaire sourdait à travers les pores de sa peau. Les arguments qu'il tenait en réserve se désagrégèrent en un embrouillamini de peurs. Son ventre gargouilla quand il s'évertua à ne pas fuir le regard de son maître.

Hugon contempla la couche, secoua la tête puis arracha les tentures qui bouchaient les ouvertures.

— Ça pue !

— Qu'on nous apporte du vin ! ordonna le Bâtard.

Hugon se laissa lourdement choir sur un coffre.

— Tu sais pour le traité ? demanda-t-il.

— Les nouvelles se répandent vite, répondit prudemment Odet. On dit que le traité n'a pas été à notre avantage... Enfin, c'est la paix et...

— Il n'y aura pas de paix tant que je serai vivant. Ce traité ne vaut rien. Nous avons été trahis.

Hugon se mit à raconter la bataille sans omettre l'étrange épisode au cours duquel la Burgonde de Signes avait failli occire Raymond Bérenger, l'intervention catastrophique de Bertrane, le manque de troupes, la couardise et la duplicité de l'évêque d'Arles, la résignation de sa mère et l'abdication de ses frères. Le Bâtard se tenait roide. Il était nerveux. Le jeune comte des Baux voulait du sang, et très vite ; il le sentait. Il crut à un moment que ce dernier allait l'embrocher quand il répéta que plusieurs lâches avaient préféré rester à l'abri derrière les murs de leurs châteaux. Il avait sorti son épée et la pointait vers un ennemi imaginaire. Au contraire, il le félicita :

— Ta décision a été la bonne. En assurant la sécurité de la vallée de l'Arc, tu as sauvé la garnison de Trets. Trois cents hommes, ce n'est pas négligeable dans ma position... Ah, Odet ! Sur qui puis-je compter ? Où sont mes amis ? hurla Hugon.

Un page fit son entrée. Il portait un plateau de cuivre sur lequel étaient posés un cruchon et des gobelets. Ce fut la victime toute désignée. Hugon se rua sur lui, le prit au collet et le rudoya.

— Je suis entouré de traîtres !

Le page lâcha son plateau. Le cruchon se brisa. Le vin se répandit par terre. La fureur d'Hugon sembla décupler ; il avait l'épée levée et serrait la gorge du garçon incapable de se défendre. Les chevaliers qui avaient accompagné Hugon ne bronchaient pas. Ils tenaient trop à leur propre vie. Le Bâtard prit le parti d'intervenir ; un meurtre n'aurait pas arrangé les affaires du comte, ni les siennes.

— Hugon ! Hugon ! Laisse-le ! Par Jésus ! Il est innocent. Il appartient à une famille de Fuveau qui t'est fidèle. Les gens d'ici sont de ton côté. J'en suis ! Qui parle catalan dans nos fiefs ? Dis-le-moi. Ne te trompe pas d'ennemis, argumenta Odet tout en essayant de séparer les deux hommes. Demande-nous ce que tu veux ! Recrutons des troupes, nomme-moi capitaine, mon bras attend tes ordres.

Ces paroles calmèrent le seigneur des Baux. Il lâcha le page, rengaina son épée et posa une main sur l'épaule du Bâtard.

— Ami, pardonne-moi.

« Ami » pesa comme un sac de plomb sur le dos d'Odet.

— Ami, répéta Hugon, j'ai quelques confidences à te faire. Sortez, vous autres, ordonna-t-il aux chevaliers et au page.

Tous s'éclipsèrent sur la pointe des pieds. Hugon et Odet étaient enfin seuls dans cette porcherie, à l'abri des oreilles indiscrètes. Le donjon ne possédait pas de passages secrets ; il était bâti d'un seul tenant de pierres grises et s'élevait solitaire au-dessus de ses défenses et des remparts du village, tel un surgeon de la Sainte-Victoire. Hugon se détendit, emmena son féal vers l'une des étroites ouvertures percées dans la muraille. Il prit son temps avant de parler, cherchant des signes dans le ciel. De la vaste plaine de l'Arc, qui avait vu autrefois déferler les hordes des Cimbres et des Teutons, marcher en carrés parfaits les légions de Rome, s'affronter les Burgondes et les Wisigoths, refluer les armées de Clovis, un long murmure monta, se mua en sifflements dans les cordes maintenant les oriflammes sur les chemins de ronde. Les bandes de tissu se déployèrent et ondulèrent tels des serpents. Ce son continu annonçait la levée du mistral. Hugon s'emplit les poumons de cet air qui fleurait bon le thym et la lavande. Aux Baux, il devait déjà souffler dur. Il aimait ce vent furieux et batailleur. La Provence se manifestait dans toute sa gloire et sa force quand il prenait possession d'elle. Le mistral lui rappela son père luttant contre les feux que le roi des vents attisait. Il se revit enfant avec ses frères et des centaines d'hommes et de femmes luttant pour sauver les cultures. Il en eut les larmes aux yeux. Le mistral faisait désormais claquer les drapeaux catalans sur ses chères terres.

— Tu as raison, commença-t-il d'une voix émue, beaucoup me sont fidèles, mais il y a tous les autres, ceux qui hier louaient la sagesse de ma mère et aujourd'hui courtisent Bérenger, ceux qui veulent la disparition du nom des Baux, ceux à qui il faudrait crever les yeux et qu'on devrait conduire au bûcher. C'est de ces derniers que je veux te parler. D'une en particulier...

A cet instant, il se fit matois. Ses yeux se plissèrent. D'une main de voleur, il fit surgir une bourse pleine sous le nez du Bâtard. Il la secoua ; les marcs tintèrent.

— Il y en a cinquante... d'or.

Cinquante marcs d'or ! Hugon voulait-il faire tuer l'impératrice d'Allemagne ou celle de Byzance ? A son tour, le Bâtard se fit madré. Son visage mafflu s'éclaira d'un sourire qui découvrit ses dents carnassières. Pour une somme pareille, il était prêt à assassiner l'évêque d'Arles... Hugon avait cependant parlé « d'une ». La bourse se balançait entre les doigts bagués du seigneur des Baux et les pièces chantaient de plus en plus fort dans l'imagination d'Odet.

— C'est une somme, articula-t-il la gorge sèche.

— C'est que la tâche à accomplir n'est pas facile...

— La mort avec sa faux ne fait grâce à personne, ainsi que les sujets, les rois elle moissonne ! Et des rois ont été empoisonnés ou égorgés pour moins que cela. Dis-moi qui je dois faucher avec cette épée ! fit le

Bâtard en se précipitant sur son arme pendue au-dessus de la couche.

Il la dégaina et fendit le vide.

— Bertrane de Signes.

A ce nom, la hardiesse d'Odet s'émoussa. La peur l'empala comme s'il tournait déjà le dos à la cible. Bertrane de Signes... La femme la plus protégée et la plus aimée de Provence, la reine de la Sainte-Baume, l'amie de sainte Marie Madeleine et des anges. Personne n'avait jamais porté la main sur une dame de la cour d'amour. Cela allait à l'encontre de toutes les règles de la chevalerie. Il s'agissait d'éliminer un symbole fort de la chrétienté, plusieurs chevaliers avaient fait vœu de défendre Jérusalem sur sa demande et on ne comptait plus les preux qui avaient porté ses couleurs dans les tournois. De plus, elle était l'épouse du comte Bertrand dont les espions pullulaient dans toute la région. Approcher la dame sans éveiller les soupçons était plus difficile que d'entrer dans la chambre du pape.

— C'est que... balbutia Odet.

— Eh bien, quoi ? L'entreprise te paraît-elle vouée à l'échec ? Mon ami, il faut prendre à cœur les intérêts de la Provence. Il est clair que si nous n'avions pas été amollis par ces femelles qui de Toulouse à Pierrefeu rendent des sentences amoureuses et nous taxent de dépravés, de menteurs et de sacrilèges, nous serions les hommes les plus heureux de ce pays. N'es-tu pas mon vassal ? Ne t'ai-je pas comblé d'honneurs, nommé officiellement gouverneur dans l'église de Notre-Dame-de-Nazareth devant la population quand les vicomtes descendant du grand Arlulf ont décidé de s'installer à Marseille ? Odet, tu es un dieu dans ton château, plaisanta-t-il en faisant allusion au nom de la montagne sur laquelle était bâtie la forteresse : l'Olympe. Mais j'ai l'intention d'en ériger un plus grand flanquant les remparts sud de

Trets. Mon jeune cousin Burgondion ou mon neveu Geoffroy se feraient un plaisir d'y loger et de défendre la ville.

Le visage du Bâtard se rembrunit. Il voyait ses chances de régner dans la vallée de l'Arc s'amenuiser. Burgondion et Geoffroy étaient deux jeunes opportunistes qui avaient rejoint la croisade de Louis VII en espérant se couvrir de gloire et revenir en conquérants en Provence.

— Je tiens à garder Trets mais je ne comprends pas ton acharnement contre cette femme... Non, je ne comprends pas... Je n'aime pas ça. Je cours le danger d'être mis au ban de la chevalerie et de voir se lever contre moi de nombreux adversaires.

— Qui te parle d'agir en personne ?

Hugon tentait toujours son subalterne avec sa bourse. Il en défit les lacets de cuir et laissa couler les pièces qui tintèrent en touchant les dalles, roulèrent dans tous les sens. Un rayon de soleil pénétrait dans le donjon et des marcs resplendirent dans le miel de cette lumière. A la vue de cet or répandu sans respect, le Bâtard chassa ses craintes. Son regard animal couva la petite fortune à la portée de ses mains avides. Bertrane ne lui apparaissait plus comme une vierge sacrée. Il s'installait déjà dans le rapport confus qui se tisse entre l'assassin et sa future victime. Toute une minute s'écoula dans cette paradoxale tranquillité. Le visage confiant, Hugon reprit :

— Oui, j'ai de la haine pour la Signoise et je veux te la faire partager. Es-tu mon frère d'armes ?

— Oui !

— Es-tu prêt à risquer ta vie pour venger l'honneur des Baux et de la Provence ?

— Oui ! Et je peux recruter des hommes de confiance qui agiront avec les tiens.

— J'ai mon idée pour le recrutement.

— Laquelle, monseigneur ?

— Je veux que tu libères quelques-uns de tes fauves emprisonnés dans les cachots les plus sombres.

Odet comprit. Le château de l'Olympe était connu pour sa prison et ses oubliettes. On y enfermait la plupart des criminels arrêtés sur les terres s'étendant des Baux à Toulon pour meurtres, pillages, incendies, viols ; des hommes de la pire espèce.

— On ne peut leur faire confiance, s'inquiéta Odet.

— On les tiendra par l'argent et la peur.

Le Bâtard acquiesça, mais il n'était pas totalement convaincu.

— Allons-y !

La lumière ambrée de la fin d'après-midi enluminait la Sainte-Victoire et les remparts intérieurs quand les deux complices traversèrent la cour. Ils n'eurent pas un regard pour les pauvres et les cochons qui fouillaient les ordures sous les cuisines. Il y avait beaucoup de femmes hébétées, dont quelques-unes serraient contre elles des bébés malingres. Leurs longs cheveux crasseux cachaient leurs yeux rougis. La cour d'amour de Signes qui n'était qu'à une journée de cheval n'avait pas changé leur condition misérable. L'influence des dames s'étendait sur le versant sud de la Sainte-Baume et assez loin vers l'est où elle joignait ses forces avec la cour de Pierrefeu.

Ici pas de rémission pour ceux qui n'étaient pas issus d'une vieille famille enracinée dans le terroir. Les nouveaux arrivants qui fuyaient les rigueurs de la Savoie ou les dures lois des provinces du Nord vivaient à peine mieux que des serfs.

L'odeur était épouvantable. Un remugle de fiente, de fumier et de viande avariée prenait aux narines. C'était presque aussi immonde que la fosse à ciel ouvert sous la tour des Vents où l'on vidait les seaux d'urine et d'excréments. Hugon en eut la nausée.

Ce château ne ressemblait en rien à celui des Baux. Le Bâtard ne se souciait pas du bien-être de ces gens qui baragouinaient un mauvais occitan et quelques mots de provençal. Il se plaisait à les maintenir à l'état de bêtes parmi les masures qui poussaient à l'ombre des hauts remparts de l'Olympe, à l'orée du bourg de Trets, le long de la route d'Aix, sur les flancs de la montagne érodée par des générations d'hommes. Cette main-d'œuvre facile à nourrir et à tenir en laisse enrichissait le pagus.

Odet frappa du poing à une porte basse et cloutée.

— Ouvrez ! ordonna-t-il d'une voix rude.

Les gonds gémirent. Deux gardes débraillés apparurent, clignant des yeux ; ils perdirent leur air farouche en découvrant leur maître et le seigneur des Baux. Le Bâtard les repoussa et se dirigea droit vers un escalier qui plongeait dans les entrailles du château. Des torches éclairaient çà et là le monde souterrain dans lequel ils s'aventurèrent. Une fumée rancie flottait dans l'air, et au fur et à mesure qu'ils franchissaient des portes, les soldats affectés dans ces profondeurs paraissaient moins humains, contrefaits, possédés par la nuit éternelle des lieux et les âmes vengeresses des prisonniers décédés.

Hugon, qui évitait d'inspecter ses propres geôles des Baux, sentit monter en lui toutes les terreurs et toutes les humiliations. L'endroit empestait la torture et la mort. Cependant, ces boyaux et ces trous lui appartenaient, il était chez lui. On s'inclinait devant son blason, le Bâtard était sa créature, la vie des prisonniers était entre ses mains.

Un gros garde blême au front bas sous les cheveux coupés au bol fut le dernier à se présenter. Quand Odet demanda à être conduit dans le puits aux criminels, le bonhomme eut un froncement de sourcils.

— Tu as bien compris, Jehan ! dit Odet. Ce sont les rats buveurs de sang que nous voulons voir !

Le geôlier se dandina sur ses courtes jambes, étouffa une toux, choisit une énorme clef, puis ricana.

— Il a la tête un peu fêlée, dit le Bâtard à Hugon, mais il me rend service en nettoyant de temps à autre les cachots quand il y a surpopulation ou quand la maladie sévit.

Hugon comprit en quoi consistait le nettoyage. Les condamnés de ce niveau n'avaient aucun espoir de retrouver un jour la liberté. C'était presque faire preuve de charité chrétienne que de les envoyer devant le tribunal de Dieu en écourtant leur misérable existence. Il imagina le geôlier étranglant les prisonniers avec les chaînes rouillées qui entravaient leurs mouvements.

Le Jehan éructa quelque chose en déverrouillant une grille aux épais barreaux, puis il toussa à nouveau et cracha. Il avait le mal des poumons. Il ne ferait pas long feu entre ces murs suintant d'humidité et couverts de champignons. L'odeur rappelait celle des tas d'ordures, en plus fort. Au-delà de la grille s'ouvrait un trou d'ombre d'où montaient des gémissements. Une voix tonitruante les couvrit :

— Sois damné, Bâtard de Trets !

Odet lança un clin d'œil à Hugon avant de promener une torche au-dessus du puits profond de quatre toises.

— Vois par toi-même. Ils ne sont pas bien vaillants.

Hugon contempla les prisonniers. Ils étaient une vingtaine, pitoyables, en guenilles, maigres, barbus comme des hommes des cavernes. Certains furent aveuglés par la flamme brandie dans cette nuit sans fin. Dans un bruit de chaînes, ils se couvrirent les yeux. Quatre cependant ne bronchèrent pas. Ils se tenaient debout, prunelles écarquillées. Ils avaient encore fière allure et l'un d'eux se montrait particulièrement agressif. Il tendit le poing.

— Bâtard, descends donc ! On crève de faim ! On va te manger le cœur et le foie !

— Vous voulez mourir empoisonnés ? ironisa Hugon.

— Qui est le drôle qui t'accompagne ? Tu n'es qu'une larve, Odet ! Ta mère était une putain qui traînait derrière les armées et les arrière-cours des tavernes...

Alors que le détenu aboyait tel un chien enragé, Hugon demanda au Bâtard de les libérer tous.

— Tu n'y penses pas ! Certains n'ont même plus l'usage de leurs jambes.

— Et ces quatre-là ?

— Ils sont enfermés depuis cinq jours. On les a surpris près des fermes d'Ollières qu'ils venaient de piller. Ce sont des croisés français en rupture de ban ; il y a bien longtemps qu'ils ont abandonné l'armée du roi Louis et l'idée de se battre contre l'Islam. Leur chef que tu entends gueuler est un Champenois du nom d'Isembart le Droit, mais c'est l'un des plus tordus que je ferai pendre depuis que j'ai pris ma charge à Trets. Rien qu'à Ollières, il a poignardé cinq jouvencelles après les avoir violées. Cette crapule est un descendant du marquis de Neustrie, Thibault le Tricheur, c'est dire s'il a la rouerie dans le sang. Etre pendu et dévoré par les corbeaux, c'est tout ce qu'il mérite !

— Tu ne le pendras point. Fais sortir tous les hommes capables de tenir une épée et exécute les autres.

Hugon s'éloigna. Aussitôt le geôlier appela un aide armé de pinces, d'un burin et d'une masse. On installa une échelle et un à un les détenus en état de se mouvoir furent libérés de leurs fers.

Le Bâtard n'attendit pas que le geôlier donnât le coup de grâce, mais en remontant à la surface, il entendit le choc sourd de la masse sur un crâne.

Hugon observait le couchant du haut des remparts ouest quand les prisonniers, sales, couverts de haillons, les ongles noirs, les cheveux et la barbe pareils à des broussailles grouillantes de poux, sortirent en titubant, s'agrippant les uns aux autres dans la lumière aveuglante. Seuls Isembart et ses trois compères se déplaçaient sans trébucher. Eux ne croyaient pas au bonheur d'être de nouveau sous ce ciel de liberté lavé par le mistral. Ils cherchèrent en vain le gibet, le billot de bois sur lequel les condamnés posaient la tête, le bourreau cagoulé de noir ou de rouge. Ils finirent par apercevoir le seigneur des Baux qui les dominait. Hugon prit son temps pour descendre et les inspecter un à un.

— Nous allons passer un marché, dit Hugon en les toisant.

Ce fut à cet instant que les Champenois reconnurent la célèbre étoile des Baux sur le bliaud du Provençal.

— Oui, je suis Hugon des Baux, fils aîné de Stéphanie des Baux, seigneur de Trets. Vous quatre, continua-t-il en désignant les Champenois. Toi, toi et toi, ajouta-t-il en pointant du doigt trois autres gaillards que la détention n'avait pas trop affaiblis, suivez-moi !

— Qu'est-ce que je fais des autres ? demanda le Bâtard.

— Qu'ils servent à l'entraînement de tes archers, laissa tomber laconiquement le seigneur.

La paire restante fut aussitôt plaquée contre les montants d'une charrette. On entrava les pieds et les mains des pauvres bougres qui ne se rebellèrent même pas. Sur l'ordre d'un sergent, une douzaine d'archers s'alignèrent et percèrent les corps de traits.

— Il y aura toujours une flèche pour vous rattraper, dit Hugon en se moquant des hommes épargnés qui frissonnèrent en lui emboîtant le pas.

Il les emmena dans les écuries, fit briller quelques marcs d'argent et leur expliqua qu'il s'agissait d'éliminer des espions à la solde des Catalans. Il fut bref, donna une description des trois pèlerins en route pour la Sainte-Baume et conclut :

— Le Bâtard vous conduira.

11

Les deux cavalières avaient fait un large détour. Aubeline estimait que la route de Saint-Zacharie, Tourves, Brignoles était la plus sûre. A Fuveau, elles avaient appris que Stéphanie, Bertrane et le chapelain Guillaume avaient emprunté le chemin de Rougiers en refusant toute escorte. Les trois pèlerins avaient l'intention de prier dans l'église de Saint-Maximin, où l'on supposait que se trouvaient les restes de sainte Marie Madeleine, avant de grimper vers la grotte de la Sainte-Baume. Avec un peu de chance, Aubeline et Bérarde les rattraperaient aux alentours de la cité sainte. Bérarde était aux aguets depuis leur départ de Trets. Son instinct puissant l'avertissait d'un danger, et à chaque halte elle aiguisait soigneusement sa hache et ses poignards.

A Aubeline qui s'inquiétait de la voir si tendue, elle avait répondu :

« Il y a des charognards qui sont en chasse et je n'ai nulle envie de les laisser m'égorger. »

C'était une nuit très agitée, comme on en connaissait à chaque changement de temps. Les rafales de vent se succédaient dans le ciel limpide, si pur que la Voie lactée irradiait une lumière qui fascinait les deux femmes. Leur destin s'inscrivait parfaitement dans les étoiles, mais elles ignoraient tout du langage des astres. Peut-être valait-il mieux ne pas connaître son avenir.

Bertrane était dans les bras de son aînée. Stéphanie, la tête renversée, les jambes lourdes, sentait battre le cœur de sa jeune compagne au rythme de la pulsation des étoiles. Bertrane était en harmonie avec l'univers et Stéphanie l'enviait. La comtesse des Baux désirait oublier ce qu'elle représentait, devenir une humble femme des collines. Ne plus se battre pour des questions d'héritage, d'honneur, de religion. Elle essaya de se détendre ; trois jours de marche depuis leur départ d'Arles, cent prières dans les églises rencontrées n'avaient pas suffi à chasser les affres de la défaite.

Son souci majeur avait pour nom Hugon. Son fou de fils s'était volatilisé. On le croyait à Marseille, organisant une rébellion. Bientôt elle saurait où il se terrait : Aubeline d'Aups et Bérarde la Burgonde remettraient leur rapport. Elle redoutait le pire. Sombre était l'âme de l'aîné des Baux. Elle culpabilisait. Elle avait porté ses enfants dans son ventre de fer, les avait élevés selon la dure tradition de la chevalerie franque. Hugon lui devait son aveuglement et ses emportements. Ah, si elle avait fait preuve de tendresse avec ses fils, si elle avait usé de diplomatie avec Raymond Bérenger vingt ans auparavant en lui accordant quelques miettes de son territoire, elle n'en serait pas là à s'inquiéter dans sa robe de bure. Hugon ne céderait jamais ; elle savait que derrière ses yeux fauves couraient des idées de meurtres et de massacres. Il n'hésiterait pas à se débarrasser de sa propre mère si elle se mettait en travers de son chemin.

A la pensée des folies d'Hugon, sa poitrine se souleva plus fort et plus vite. Bertrane le sentit aussitôt.

— Tu penses encore à lui, n'est-ce pas ?

— Non... je ne m'en soucie pas, mentit-elle.

— D'où vient ton inquiétude ?

— Nous avons tant tué... Les morts me poursuivent.

C'était vrai. Elle savait qu'elle devrait un jour en rendre compte à Dieu.

— Viens, allons prier pour les âmes des soldats et pour Hugon, ajouta Bertrane en se redressant.

— Je crains que pour mon fils il ne soit trop tard. Il va nous trahir, nous assassiner peut-être !

— S'il faisait une chose pareille, il ne serait même pas bon à jeter aux chiens.

Stéphanie saisit les mains de Bertrane et les serra avec force. C'était de la nuit, des étoiles, du mistral commandés par Dieu que viendraient le conseil et la consolation. Noires étaient les maisons de Saint-Maximin, noires les silhouettes pelotonnées sur le parvis de l'église, sous les auvents des échoppes, autour du puits et des trois châtaigniers séculaires. Plus de cent pèlerins en route pour Jérusalem essayaient de dormir, mais la chaîne du puits grinçait, les feuillages bruissaient, des volets claquaient contre les murs, le mistral mugissait, sifflait, menaçait, attaquait le clocher de l'église. Là-haut, les sons se muaient en cris effrayants et des voix lugubres sortaient des gargouilles dont les gueules difformes mordaient les constellations.

Stéphanie attendit, tenta en vain de décrypter ce que lui soufflait le vent. Des lambeaux d'idées et d'images se succédèrent dans son cerveau, mais sans cesse surgissait la vision d'Hugon chevauchant Ravage, un Hugon entouré de flammes, à la tête d'une cavalcade infernale saccageant la Provence.

— Allons prier, dit-elle enfin.

Elle accédait au désir de Bertrane. Elles traversèrent le parvis la main dans la main, suivies par le chapelain Guillaume. Le gros prélat grognait ; cela faisait trois nuits que le sommeil le fuyait. Ces deux écervelées – que Dieu lui pardonne – se conformaient aux rituels des pèlerinages les plus stricts, se nourrissant de pain, d'olives et de fromage, buvant l'eau des sources, campant à l'air libre avec tous les pouilleux venant d'une grande ville du Nord appelée Calais. Il n'avait pas échappé à ce régime de mendiant et rêvait des quatre cruchons de vin que sa panse réclamait journellement.

Il jeta le sac contenant les armes sur son épaule et suivit les deux illuminées. En ces temps de pèlerinage et de guerre sainte, toutes les églises restaient ouvertes jour et nuit, et sans cesse des ombres furtives se pressaient contre les flancs des maisons de Dieu. Guillaume les redoutait. Il n'y avait pas que des pauvres en demande de paradis allant et venant sous les porches, mais également des brigands et des voleurs.

Guillaume avait l'œil. Des femmes aux poitrines dénudées se vendaient pour quelques piécettes de cuivre. Il vit briller des regards, de la sueur entre les seins pétris par des mains. Un manant à la bouche bée se laissait aller sur un ventre blanc, un autre savourait sa délivrance entre les lèvres d'une jeune catin aux cheveux longs et frisés. Cette dernière s'essuya aussitôt la bouche et tourna son visage vers le chapelain. Guillaume eut une moue de dégoût quand elle l'invita d'un geste lascif en remontant sa jupe sur ses jambes maigres.

— Chienne, dit-il, tu pourriras en enfer !

— Guillaume ! intervint Bertrane. Honte à toi ! N'es-tu pas sur terre pour sauver les âmes ? Cette jeune fille mérite notre compassion ; nous en recevons beaucoup qui lui ressemblent à la cour d'amour, toutes sont à la recherche d'une vie meilleure. Au nom de Notre-Seigneur Jésus-Christ qui sauva l'âme de Marie Madeleine, bénis-la.

Guillaume grimaça. Quelque chose en lui s'opposait à cette demande. Il voulait se précipiter dans l'église où s'étaient succédé les cassianites et les bénédictins. Son instinct grégaire le poussait à mettre le plus de distance possible entre la putain et lui. En lui s'ancrait une conviction solide : les femmes étaient des créatures du diable.

Bertrane l'arrêta de la main. Stéphanie montra son mépris. Il tenta de se justifier :

— Comtesses, nous vivons dans un temps maudit. Nous avons délivré Jérusalem pour rien. L'Antéchrist est parmi nous. Satan nous éprouve. Mille tentations sont offertes aux hommes de ce temps. Jamais la Bête ne me séduira ; jamais je ne me compromettrai. Ne vous en déplaise, je ne bénirai pas cette pécheresse.

— Pour l'amour du Christ, Guillaume ! Pour l'amour du Christ qui est mort pour nous sauver ! fit Stéphanie. Fais ce que te demande la dame de Signes.

Guillaume se rembrunit. S'il ne s'exécutait pas, il cédait au péché d'orgueil. Jésus était l'exemple. Il contempla d'un œil désabusé la jeune mécréante et, au bout du compte, ébaucha un signe de croix en murmurant les paroles sacrées.

— C'est bien, dit Bertrane alors que Stéphanie glissait un marc d'argent dans la main de la fille.

C'était fait. Guillaume, déchargé de ce fardeau, pouvait franchir le seuil de l'édifice, ce qu'il fit avec empressement. Quand il se retrouva dans la pénombre de la nef trapue, face au bénitier, il se mouilla trois fois le front, les épaules et la poitrine avec l'eau pure avant de se laisser tomber à genoux sur les pierres froides.

L'église était bondée. Les pèlerins francs et d'autres venus du Cantal et de Bourgogne l'avaient envahie, en quête de sommeil, mais là aussi le mistral régnait en maître. Il s'engouffrait par les vitraux cassés, passait sur les nuques des statues, soufflait les bougies, emportait la litanie adressée à sainte Madeleine par une poignée de fidèles en extase devant son buste de bois. Les paroles s'envolaient :

Seigneur, prends pitié de nous
O Christ, prends pitié de nous
Trinité sainte, Mère de Dieu, priez pour nous
Sainte Marie Madeleine,
Portant le vase d'albâtre, plein de parfum
Arrosant de tes larmes les pieds de Jésus...

Stéphanie et Bertrane se frayèrent un chemin au milieu des corps allongés et rejoignirent le petit groupe en éveil. Elles n'aperçurent pas l'inquiétante présence d'un homme assis dans l'ombre d'une chapelle. Il écoutait, un sourire au coin des lèvres, ces idiots en quête de vie éternelle auprès du trône de Dieu.

Les essuyant de tes cheveux
Les baisant avec ardeur...

Le Bâtard se disait qu'il avait encore du temps devant lui avant de sauver son âme. Il se dissimula sous sa cape de marchand de bois quand il les vit s'approcher de la statue éclairée par les bougies. Cela faisait deux jours qu'il les pistait, attendant le moment propice pour lâcher Isembart et ses tueurs. Il eut la vision du cou blanc de Bertrane tranché par une épée. Sur l'instant, il s'effraya à l'idée que Dieu pouvait lire dans ses pensées, puis se rassura en laissant filer les grains du chapelet qu'il tenait entre ses mains. Dieu ne voyait rien ; Il était bien trop occupé avec les diableries des Turcs et des Arabes en Orient.

Bertrane rejeta sa capuche ; ses cheveux noirs et ondulés glissèrent sur ses épaules. Son visage de lait, ciselé dans la cire la plus fine, était extrêmement beau, d'une douceur angélique, avec une bouche pareille à des pétales de rose qui s'ouvrit pour mêler sa voix à celles des fervents pèlerins, tandis que ses yeux immenses se perdaient dans le regard doré de la sainte.

... A qui beaucoup de péchés ont été pardonnés
Enflammée des passions de la charité
Très agréable au Seigneur
Très agréable à Jésus...

Le Bâtard se crispa. Son sang pulsa à ses oreilles. Une aigreur monta à sa gorge. Il haïssait la Signoise plus profondément qu'il ne le croyait. Il avait toujours eu peur que les femmes de Trets se plaignent de ses exactions, que son nom soit prononcé à la cour d'amour. Le jugement des nobles dames n'avait aucune portée juridique, mais il suffisait à détruire une carrière.

— Sale garce ! pesta-t-il entre ses dents.

Ce juron le libéra définitivement de ses craintes ; il se fichait bien de l'endroit où il se trouvait. Peu lui importait que Marie Madeleine ait reçu la communion de saint Maximin ici même avant de mourir et qu'elle soit enterrée à quelques pas de lui. Il ne restait en lui que la haine nue, semblable à une épine plantée dans son cœur. Il avait des couilles et l'or d'Hugon, cela suffisait à sa conduite. S'il devait un jour confesser publiquement ses fautes, il le ferait devant une assemblée d'hommes de sa trempe, pas face à un ramassis de femelles délaissées par leurs époux et leurs amants. Oui, il allait lui faire couper les seins par Isembart et la précipiter dans l'un des nombreux gouffres de la région.

D'instinct, Stéphanie se tourna vers lui ; elle ne pouvait le voir dans l'ombre, ni le reconnaître sous son déguisement ; il baissa cependant la tête, puis fila vers la sortie. Stéphanie se sentait bizarre, comme si un loup se trouvait dans les parages. Elle chercha Guillaume. Le gros chapelain émergea au-dessus des corps allongés, il avait fait ses dévotions à saint Maximin de l'autre côté de la travée. Les mains jointes, il remua ses lèvres lippues et son regard se perdit dans les architraves enfumées, là où montaient les voix dispersées par le mistral. Il entra en conversation avec Marie Madeleine. Stéphanie les rejoignit.

... Choisissant la meilleure part
Obtenant la résurrection de ton frère Lazare
Assistant fidèlement Jésus en croix
Restant près de lui, quand les disciples fuyaient
Première d'entre les disciples à mériter de voir
[le Christ ressuscité
Marquée au front par le contact de sa main
[glorieuse
Apôtre des apôtres
Protectrice de l'ordre des Frères prêcheurs...

La litanie les portait tous les trois. Elle s'acheva par des « Prends pitié de nous, Seigneur » et des signes de croix. Un vieil homme baisa la main patinée de la sainte.

Sainte Marie Madeleine, par la voix du mistral, leur répondit d'une bien étrange façon. A travers les mugissements du vent, ils perçurent la menace et il leur sembla que les yeux de bois de la sainte exprimaient l'inquiétude.

— C'est donc vrai qu'il se prépare des vilenies ? demanda Bertrane agenouillée.

Elle attendit sous les regards anxieux de Stéphanie et de Guillaume. Le vent reprit et la flamme d'un grand cierge qui résistait à ses assauts tremblota avant de mourir. Elle y vit un signe néfaste. Guillaume se signa. Bertrane se releva, flottante, avec le pressentiment qu'elle était proche de la mort. Quand elle interrogea silencieusement Stéphanie, elle comprit que la dame des Baux ressentait la même chose.

— Nous partirons à l'aube par la route des Rois qui passe par Mazaugues. Nous devrions atteindre la grotte en fin d'après-midi. Trois heures nous séparent de la tour de Nans tenue par une demi-compagnie de soldats. Au hameau de L'Héritière, j'ai placé une petite troupe. Nous ne manquerons pas de gens pour nous escorter jusqu'à la forêt sacrée. Là les moines guerriers nous prendront sous leur protection.

Indifférents aux propos de la Provençale, les Français et autres aventuriers de la foi psalmodiaient leurs prières, et leurs voix pleines des brumes du Nord se chevauchaient les unes les autres, comme si elles voulaient couvrir celle du mistral. La violence des rafales ne parvenait pas à entamer le caractère fanatique de leur démarche ; leur foi était plus forte que leurs peurs. C'étaient eux qui soutiendraient et entraîneraient les autres qui ronflaient et toussaient sur le sol.

— Je me sentirais plus rassurée si Aubeline et Bérarde étaient à nos côtés ou si ton époux pris de remords nous détachait une douzaine d'hommes.

— Aubeline et sa Burgonde ne sont pas loin, je le sens, répondit Bertrane. Quant à ce cher Bertrand, je doute qu'il ait des remords en ce qui me concerne. Pour lui, je ne suis que le faire-valoir des terres qu'il a reçues en dot. Il ne m'a jamais considérée comme son épouse.

Bertrane songea à son mari. Le seigneur de Signes passait son temps à prier dans les chapelles et les couvents. Seul le salut de son âme comptait. Il avait clamé son enthousiasme en apprenant le désir de Bertrane et de Stéphanie de retourner au comté humblement avec pour seule protection Guillaume, qu'il tenait pour un bon prélat et pour une belle brute quand il s'agissait de bénir à coups de masse. Selon lui, c'était ainsi qu'on gagnait le paradis, par des actes de foi, par l'abstinence, par le jeûne, par toutes sortes de pénitences corporelles et de privations, et il se glorifiait de garder sa femme vierge pour l'amour du Christ. Il avait même affiché sa volonté de lui faire prendre le voile s'il venait à mourir. Les évêques de Toulon et de Marseille conservaient ses lettres dans lesquelles il stipulait que dame Bertrane entrerait dans le couvent de son choix.

Bertrane éprouva soudain le désir brutal de fuir ces lieux. Lorsque Guillaume s'étonna de sa réaction, elle lui répondit qu'elle avait eu satisfaction et qu'il était temps de se préparer au départ.

Ils quittèrent Saint-Maximin avant le chant du coq, quand les portes s'ouvrirent au dernier coup de cinq heures. Avec eux bon nombre de Français passèrent sous la herse relevée. Les Calaisiens saluèrent d'un *Salve Regina* la première lueur du jour à l'horizon et on vit tomber des pèlerins les bras en croix dans la poussière en remerciant le Seigneur d'être encore en vie.

Puis ce fut la séparation, rapide et grave. Guillaume bénit la foule en marche pour le port de Toulon tandis que Stéphanie et Bertrane caressaient quelques têtes d'enfants égarés au milieu du troupeau. Ils se dirent adieu comme s'ils ne devaient plus se revoir ici-bas. Lorsqu'ils se perdirent de vue, il n'y eut plus qu'une traînée de poussière emportée par le vent, preuve de leur existence sans gloire.

Guillaume soupira. A présent, ils n'étaient plus que trois sur la route de Nans et le mont Aurélien tout proche avec ses forêts de chênes lui parut infranchissable.

12

Bérarde fit tourner sa fronde. Le moulin de cuir alourdi par le galet siffla. La Burgonde était adroite. Elle pouvait loger un caillou dans l'œil de quelqu'un situé à quarante pas. Son pouce libéra l'une des deux lanières de son arme. Le galet fila droit vers sa cible qui n'eut pas le temps de bondir de côté. Il fracassa le crâne fragile de l'animal.

— Joli coup ! s'exclama Aubeline.

La fille du templier n'avait pas eu le temps de tendre son arc et de décocher sa flèche. Bérarde la nargua en rapportant le lièvre.

— Oh, ne fais pas ta fière ! Tu as été moins adroite avec le comte de Barcelone, lui rappela Aubeline.

— Il ne m'échappera pas deux fois et je lui couperai...

— ... les couilles ! Je connais tes plats favoris. En attendant de manger les parties délicates de Raymond Bérenger, préparons cette belle prise. Je meurs de faim, moi.

Allumer un feu avec ce démon de mistral ne fut pas chose aisée. Elles prirent mille précautions, dégagèrent un espace devant un rocher, creusèrent un trou, le remplirent de bois sec avant de se servir des pierres de silex et du briquet de fer pour enflammer un morceau d'amadou. Mettre le feu par imprudence à la garrigue aurait été un crime impardonnable, d'autant plus qu'elles venaient d'atteindre la région sacrée où Marie Madeleine avait vécu avec les anges.

Le lièvre promettait d'être succulent, gras à souhait, parfumé au thym. Le pain leur paraîtrait moins dur quand elles le mâcheraient en déchirant les cuisses de l'animal de leurs dents.

— Et si je vous proposais du vin, m'inviteriez-vous à partager votre repas, jolies truandes ?

Aubeline fit un bond. Bérarde roula sur elle-même. La première avait dégainé son poignard ; la seconde brandissait sa hache. Elles se détendirent légèrement en découvrant le moine blanc. Un moine guerrier de la Sainte-Baume. Il n'avait pas d'arme à la main. Son tinel, sorte de longue massue des Cévennes, était retenu par une sangle sur son dos.

— Par Jésus ! Je ne viens pas vous détrousser. Et ce serait malvenu avec des gaillardes telles que vous.

Devant la mine déconfite du moine, elles éclatèrent de rire.

— Prends donc place à nos côtés et régale-nous de ton vin.

Le religieux aux traits anguleux taillés à coups de serpe, épaules carrées et larges pieds dans de solides sandales de Barjols, avait un œil plus haut que l'autre. Il se servait du droit pour lorgner comme si le gauche était aveugle. Il dénoua sa biasse et en sortit une miche dorée.

— Elle est fraîche, elle a été cuite ce matin au monastère.

— C'est un cadeau du ciel, le remercia Aubeline en pensant à ses gencives écorchées par la dureté du pain militaire qu'elles trimbalaient dans leurs fontes depuis la Camargue.

Une outre à moitié pleine pendait à la hanche du moine. Il la passa à Aubeline. Le vin était râpeux, du genre à faire des trous dans l'estomac. Bérarde en but plus d'une demi-pinte et le moine également. Il leur délia la langue.

— Je m'appelle Mayeul, dit le moine. J'assure la surveillance des chemins menant à la Sainte-Baume et à l'occasion je ferre les chevaux. Vous êtes de Signes ou de Pierrefeu ?

La question était logique. Des femmes armées ne pouvaient qu'appartenir à l'un de ces deux fiefs provençaux où régnaient les cours d'amour.

— De Signes. Voici Bérarde la Burgonde, elle a perdu la langue en Terre sainte, et je suis la fille d'Othon d'Aups, Aubeline.

— Othon le templier ! Quel honneur ! On dit que ton père a la force de Roland et qu'à lui seul il a tenu tête à deux cents infidèles à la Porte de Fer sur la route d'Antioche, que lui et cinquante autres templiers ont mis en déroute une armée venue de Bagdad et qu'il a sauvé la vie du roi Louis.

Aubeline ne le démentit pas. La légende courant sur son père s'amplifiait, s'enrichissait de jour en jour d'exploits imaginaires. Chacun racontait la sienne, chacun se mettait en valeur en embellissant les faits et gestes des croisés. Des histoires incroyables circulaient à propos de tel ou tel prince, comte ou chevalier, et comme pour donner plus de poids à la gloire de ces chrétiens se battant pour le Christ, les reliques des saints commençaient à affluer en Europe.

— On relate beaucoup de choses dignes des plus grands chevaliers de l'Histoire et j'en suis honorée, répondit Aubeline. C'est pour cette raison que j'ai ajouté la croix rouge templière sur les armes de notre maison.

— Mais bien sûr ! La fille du templier et la Burgonde qui ont tué la Bête de la Sainte-Baume avant de rejoindre l'armée de Stéphanie des Baux avec notre protectrice Bertrane de Signes... Ah, soupira-t-il, quel désastre pour la Provence, cette défaite face au tyran de Barcelone. Notre beau pays va sombrer dans la misère, nous craignons la poursuite de cette guerre et l'anéantissement de tous les fiefs situés entre le Rhône et Toulon.

— La paix a été signée, remarqua Bérarde, traduite par Aubeline.

— Par la seule Stéphanie. Pas par son fils Hugon... L'évêque de Marseille nous a conseillé de renforcer toutes les abbayes et tous les couvents, et d'engager des hommes. L'insécurité règne déjà. Des hameaux ont été pillés et des fermes brûlées ces dernières semaines. Les voyages deviennent dangereux. Pas plus tard que ce matin à l'aube, j'ai aperçu huit cavaliers de la pire espèce, des chevaliers brigands du Nord qui rôdaient vers le mont Aurélien et il m'a semblé reconnaître ce serpent d'Odet d'Alègre à leur tête.

— Le Bâtard de Trets ? s'étonna Aubeline.

— Oui, l'âme damnée d'Hugon.

— Par les cornes du diable ! fit Bérarde avant d'enfourner un gros morceau de pain.

— Oui, renchérit Aubeline. C'est une affaire du diable et c'est à nous d'intervenir. Ça sent le soufre et le meurtre. Nous devons sur-le-champ retrouver le Bâtard ! Merci pour le vin et le pain, mon bon Mayeul.

Aubeline se précipita vers sa monture, suivie par Bérarde qui fixait sa hache en travers de son dos.

— Je viens avec vous ! s'écria le moine.

— Non ! Nous ne pouvons te prendre en croupe sans crever nos bêtes. Prie pour nous. Si Dieu le veut, nous nous retrouverons sur la Sainte-Baume.

— Que Dieu vous protège ! lança-t-il alors qu'elles s'éloignaient au galop.

Isembart, en trois jours, s'était gavé et saoulé. Il avait aussi passé une nuit avec une fillasse polonaise qui, de bordel en bordel, s'était vendue à des centaines d'hommes avant d'échouer en Provence. Mais il paraissait toujours aussi maigre, pâle et de mauvaise humeur. Ses yeux, pareils à des tisons rouge sombre, et ses joues creusées, bleuies par une barbe naissante car il avait rasé la broussaille pleine de vermine à sa sortie de prison, lui donnaient un air inquiétant. On lui avait rendu ses armes et ses envies de pillage, remis des habits neufs et de l'argent frappé à l'effigie de l'empereur germanique. On lui avait promis le triple de la somme et des sauf-conduits à la réussite de sa mission.

— Quand on en aura fini avec les donzelles et le moine, dit-il à ses hommes, on empochera l'argent et on filera en Italie du Sud chez les Normands. Ils ont besoin de capitaines depuis que leurs barons et leurs chefs sont partis aux croisades. Il y a des fiefs à prendre par là-bas. En serez-vous, vous trois ? demanda-t-il aux prisonniers qui avaient été libérés en même temps que lui et ses complices.

Les trois brutes, voleurs chevronnés ayant exercé leurs talents à Avignon avant de se mettre au service d'un seigneur brigand de Pertuis, grognèrent leur assentiment.

— Vous ne le regretterez pas, je ferai de vous des hommes riches !

Sur ces mots, il cracha. Il se sentait la poitrine embarrassée de tout ce qu'il avait respiré d'excréments et de miasmes pestilentiels dans le trou où ce maudit Bâtard l'avait fait jeter.

— Je le crèverai avant de partir, se dit-il tout bas en imaginant la grande carcasse du Bâtard embrochée au bout de son épée.

Méfiants, ses hommes lorgnèrent la lame qu'il agitait sans cesse. Il se mit à pester contre le soleil implacable qui roussissait les herbes et desséchait les rivières. Il étouffait sous les feuillages agités par un vent qui n'apportait aucune sensation de fraîcheur. Dans cette forêt de chênes, l'ombre retenait la chaleur, les odeurs fortes des plantes devenaient insupportables pour des gens du Nord. Il reporta son attention sur une clairière coupée par la route. Il tendit l'oreille, s'efforçant de trier les sons se mêlant aux plaintes du mistral.

— Le voilà enfin ! dit-il soudain.

A ses côtés, les brutes remuèrent, étonnées de ne rien voir, puis l'une d'elles s'exclama :

— Le Bâtard ! Par la queue du diable ! Comment as-tu deviné ?

Isembart haussa les épaules. Il ne désirait pas s'expliquer. Sa mère avait des dons de sorcière, son père ressemblait à un loup. Il avait hérité d'un instinct puissant.

Le Bâtard poussait sa monture au galop. Sa cape brune flottait au vent et la grande épée byzantine attachée sur le flanc gauche du cheval lançait des éclairs métalliques.

— Les autres ne vont pas tarder, en conclut Isembart en passant ses doigts sur le fil de sa lame.

Un frisson de plaisir le dérida. Quelque chose qui ressemblait à un sourire déforma le bas de son visage au menton lourd.

— Qui veut-on nous faire tuer ? demanda l'un de ses compagnons.

— Est-ce que je sais, moi ? Des traîtresses, je crois, répondit-il.

Il n'en avait cure. Il aurait occis sa mère et ses sœurs pour bien moins. Un meurtre était un meurtre. Un instant d'émotion et de jouissance intenses qui mettait vos sens en ébullition. Une tempête qui vous emportait bien plus loin qu'une éjaculation dans le ventre d'une bougresse.

Le Bâtard était à vingt foulées ; ils se montrèrent. Sept armés jusqu'aux dents.

— Ah, vous êtes là ! Préparez-vous. Ils sont sur le chemin à une demi-lieue, dit-il en jetant un regard méfiant au chef de bande.

— Combien ?

— Trois, comme prévu. Deux femmes et un prélat. Vous m'apporterez la tête de la plus jeune et vous pourrez vous partager leurs biens, sauf la bague de la plus âgée.

— C'est un bijou de prix ? s'enquit Isembart sur un ton calculateur.

— Non, un symbole que je dois remettre au seigneur des Baux. Je me tiendrai à l'écart, sauf si vous avez besoin d'un renfort.

Isembart acquiesça tandis que ses hommes ricanaient. Proies faciles. Argent facile. Peut-être s'amuserait-on un peu avec la jeunette avant de la vider de son sang. Il soutint le regard du Bâtard, se demandant pourquoi un haut personnage tel que Hugon des Baux désirait la disparition de pèlerins insignifiants. On ne devait pas se fier aux apparences. Que cachait le front bas d'Odet d'Alègre ? Quel secret partageait-il avec le comte des Baux ? Que celaient ces cervelles de brutes, ces cœurs impitoyables, ces êtres liés par des ambitions féroces ?

Un souffle de vent lui caressa le visage ; il fit signe à ses hommes et se laissa couler le long du versant de la route qui tournait en épingle.

La chaleur devint fournaise. Elle étourdissait les esprits et engourdissait les membres. Les cigales stridulaient et prenaient possession de l'espace quand le mistral faiblissait. Les écouter, c'était se fondre dans les coulées d'or brûlantes des blés sauvages, au milieu des herbes jaunes qui bordaient le chemin. A chaque pas, les insectes bondissaient. Ils picotaient les chevilles des deux femmes, sautaient au visage empourpré de Guillaume, agaçaient la mule qui rechignait à grimper avec son fardeau.

Puis le mistral se renforçait au détour d'une colline et le monde alentour se soumettait. Les trois pèlerins regrettaient alors ces moments de grand calme, les minutes qui n'appartenaient pas au vent ni aux cigales. Les voyageurs pesaient ces silences ; ils les mesuraient avec crainte. Surtout Guillaume.

— On n'est pas seuls, dit-il à deux ou trois reprises entre ses dents tout en épiant les futaies et les moindres plis du terrain.

Bertrane et Stéphanie, alertées par les appréhensions du chapelain, demeuraient sur le qui-vive, retenant leur respiration quand un oiseau prenait son envol. Le prieur s'énervait de plus en plus, tâtait sa masse dans le sac. Soudain, ils perçurent un bruit familier venant de la forêt. Un cheval s'ébrouait au sein des chênaies.

— Nom de Dieu ! jura Stéphanie qui troqua d'un coup sa peau de pèlerin contre celle du soudard qu'elle avait été pendant cinq ans. Guillaume ! Mon épée !

Le gros moine n'avait pas attendu l'ordre de sa dame. D'une main preste, il délia la corde d'un sac, s'empara de l'épée de Stéphanie et la lui lança. Elle l'attrapa au vol et en baisa le quillon avant de fendre l'épais tissu de son vêtement entre ses jambes. Elle se sentit plus libre ; elle regrettait cependant sa cotte de mailles, son casque et son bouclier.

Guillaume posa sa masse sur son épaule et se signa en prévention des péchés qu'il allait commettre. Prendre des vies, même sans faire couler le sang, n'était pas du goût du Seigneur. Le chapelain avait souvent enfoncé des crânes et des poitrines avant de purifier son âme par de longues prières. Il pensa subitement à Bertrane.

— J'ai ce qu'il te faut ! s'exclama-t-il.

La dame de Signes ne comprit pas. Son œil s'écarquilla quand elle vit le saint homme lui tendre un long poignard génois, une arme terrible utilisée par les marins lors des abordages.

— Prends-le, ma fille ! exigea-t-il.

Comme elle n'esquissait pas un geste, il le lui fourra de force dans la main.

— Sers-t'en, je t'absous d'avance.

— Fais ce qu'il te demande, ajouta Stéphanie d'une voix qui n'admettait aucune réplique. Saigne le premier qui s'approchera de toi !

Bertrane jeta un regard désespéré à son amie. La comtesse des Baux avait le visage dur. Jambes écartées, épée pointée vers la lisière des arbres, elle attendait l'ennemi.

Le mistral tardait à se manifester, les cigales se taisaient. Le silence était si profond et si prégnant que le temps semblait s'être arrêté. Bertrane sentait battre son cœur contre le manche du poignard. La lame brillait, prenait vie, l'horrifiait. Elle eut le sentiment que tout ce qu'elle avait entrepris pour le bonheur des hommes allait prendre fin. Elle se remémora les instants délicieux passés à la cour d'amour.

Et si tout devait s'achever ici ?

C'était impossible ! Sa tâche sur cette terre était encore immense. Elle prit conscience de ses erreurs. De ses désirs inavoués. Elle savait comprendre l'amour, en donner des définitions précises devant la haute assemblée des femmes de Signes. Elle, la vierge... Quelle que fût sa nature, l'amour était ailleurs que dans les interprétations de son esprit et elle ne le rencontrerait jamais.

Stéphanie fit un pas en avant en rejetant sa chevelure parsemée de fils gris en arrière.

— Nos agresseurs font mouvement.

Elle montra du doigt un buisson à Guillaume dont la tête dodelinait de droite à gauche. Le bedonnant prieur perçut les bruits infimes émanant des profondeurs de la forêt, il déchiffra le langage intelligible des fougères foulées et des craquements de brindilles.

Montrant soudain leurs faces patibulaires, les sept bandits hurlèrent à l'unisson avant de se précipiter sur les trois pèlerins. Isembart n'eut d'yeux que pour Bertrane ; il avait déjà oublié les recommandations du Bâtard. Il beugla des obscénités, trébucha sur une racine, roula à terre puis se releva. Le travail lui paraissait d'une facilité dérisoire : on allait trouer la panse du gros, massacrer la femme hargneuse qui était à la tête du trio et forcer la plus jeune à ouvrir les cuisses et la bouche. Après on verrait. Une franche rigolade.

— *A l'asard Bautesar !* clama Stéphanie qui attendait de pied ferme la racaille grimaçante qui braillait et ricanait.

La devise aurait dû mettre les soudards en garde, comme le lointain galop se répercutant sur les rochers dressés en sentinelles, mais ils se sentaient si supérieurs qu'ils ne ralentirent pas leur course, sourds aux menaces. Le premier alla droit vers Stéphanie. Il ne distingua même pas l'éclair de la lame ; il sentit juste l'acier lui traverser la poitrine. Les deux traînards se retournèrent au dernier moment pour voir surgir les démones à cheval. Aucun des deux ne put parer ou éviter la lance d'Aubeline et la hache de Bérarde. L'un, la poitrine embrochée, fut cloué contre un chêne, l'autre, par les yeux de sa tête décapitée qui volait dans les airs, vit son corps s'effondrer.

— Dieu est avec nous ! dit Stéphanie en apercevant la fille du templier et la Burgonde.

Elle retira son épée du poitrail ennemi. Le sang poissait sa main et répandait sa chaleur. Elle renversa d'un coup de pied l'homme qui mettait du temps à crever, puis esquiva un méchant coup. Tout près d'elle, Guillaume ahanait en bénissant un gaillard avec sa masse. La boule hérissée de pointes enfonça le front de son adversaire qui en perdit sa cervelle.

— Seigneur Jésus ! Ayez pitié de ces pécheurs ! cria le chapelain en fouettant l'air avec son arme lourde.

C'était mal parti. Isembart révisa son optimisme en voyant quatre des siens étendus raides sur le chemin. D'où sortaient ces deux louves à cheval qui se battaient comme des chevaliers ? Qui était cette femme maniant plus habilement l'épée qu'un sergent de l'armée du roi de France ? Ce lâche de Bâtard ne venait pas à leur rescousse. Il houspilla la paire de survivants en se frayant un chemin entre les ronces.

— Tenez-moi ces femelles et le moine en respect. Fatiguez-les ! Je m'occupe de la plus jeune.

La plus jeune, Bertrane, avait grimpé le long d'un sentier escarpé ; elle attendait les agresseurs le dos contre la roche. Il la jaugea rapidement. Elle était faible, ne savait comment se servir du poignard qu'elle tenait du bout des doigts. Il s'élança en poussant un cri guttural.

Bertrane prit peur. Stéphanie, Guillaume, Aubeline et Bérarde avaient du mal à progresser, les deux soudards résistaient avec la rage du désespoir, portant des coups terribles. Elle regarda autour d'elle, puis se mit à courir en direction des arbres. Sa bure de pèlerin la gênait ; elle ne pouvait pas sauter. Des ronces l'agrippèrent, lacérèrent sa peau à travers l'épaisse serge.

— Marie Madeleine, viens à mon secours ! lança-t-elle en s'arrachant aux épines.

Elle entendit le ricanement diabolique d'Isembart dans son dos. Il se rapprochait. Lui taillait la ronceraie avec son épée, les épines glissaient sur sa cotte de mailles. Il avançait à grandes enjambées sur sa proie dont il devinait les formes agréables sous le grossier vêtement. La femme parvint à la lisière de la forêt sans espoir de s'y cacher : il était déjà sur elle.

— Tu es à moi ! beugla-t-il en plissant ses yeux où s'inscrivirent des désirs de bête.

Ces mots la paralysèrent. Elle essaya de se jeter entre deux troncs serrés afin de retarder son ennemi mais la force lui manqua. Elle trébucha, tomba en avant, se meurtrit la face sur des racines, puis rampa sur l'humus odorant. Elle répéta le nom de la sainte qui veillait sur la montagne sacrée toute proche, mais aucune aide ne lui vint du ciel qu'elle entrevoyait à travers les feuillages.

La main d'Isembart se tendit, se saisit de la longue chevelure brune et la tira pour dévoiler le beau visage terrorisé.

— Ah ! souffla-t-il. Tu m'as fait courir mais tu en vaux la peine.

Il n'avait jamais vu une telle beauté. La bouche sensuelle tremblait, les yeux immenses et noirs laissaient perler des larmes pareilles à des gouttes de rosée, la peau douce était de lait.

Elle pointa son poignard avec une gaucherie d'enfant. Du poing fermé sur le manche de l'épée, il écarta cette lame inoffensive qui sauta de la main ivoirine de Bertrane. Il jouissait déjà sans se soucier des deux sbires qu'il avait laissés derrière lui pour le défendre. Isembart était un primaire. Son sang l'emportait sur sa pauvre intelligence. Ses lèvres rejetèrent une écume blanche, la pudeur excessive de sa proie au regard hagard ne faisait qu'augmenter son désir.

— A moi ! cria-t-elle dans un sursaut de lucidité.

— C'est ça, ma belle, crie ! Crie !

Il ne pensait plus à sa mission, au Bâtard qui attendait la preuve de son forfait. Toute sa violence montait par brusques saccades jusqu'à son ventre. Se délestant de son épée, il immobilisa complètement

Bertrane sous lui. Ses mains palpèrent les seins avant de les dénuder. Il se mit à les pétrir sauvagement tandis que sa bouche s'acharnait à trouver celle de la belle, mais cette dernière se dérobait à chacune de ses tentatives.

— Tu vas y passer ! Rien ne sert de résister !

Isembart avait ses méthodes. Il avait l'habitude. Quand il ne pouvait pas amadouer les pouliches rétives, il les assommait. Il se dit que ce serait dommage d'abîmer un si beau minois.

A un moment, étrangement, elle cessa de se débattre. Son visage de porcelaine, d'une pâleur de morte, se figea. Isembart triompha. Dans son excitation, il ne vit pas l'ombre s'étendre sur lui, ne s'étonna pas de la docilité soudaine de la femme. Il se redressa pour remonter la bure sur ses cuisses. Tout allait se dérouler très vite à présent. La pénétrer d'un coup de reins, l'entendre hurler. Se libérer dans les chairs violentées. L'étrangler…

Juste avant de la forcer, il resta comme suspendu dans les airs, arqué sur le ventre blanc qui palpitait, une main pressant son membre contre la toison brune, mais il ne s'abattit pas en elle, il n'en eut pas le temps. Quelque chose pénétra dans son dos. Quelque chose de froid se fraya un chemin entre ses côtes, sonda ses poumons et frôla son cœur. Brusquement la douleur se répandit en lui, lui arracha un gémissement, puis le fer qui le torturait apparut sur sa poitrine.

Isembart s'affaissa doucement sur le flanc.

— Ce chien méritait bien plus, dit une voix que Bertrane ne reconnut pas.

Elle avait toujours le regard fixe. La brute qui venait de la sauver essuya la lame de son épée sur le haut-de-chausses du cadavre qu'elle avait fait rouler sur le côté. La peur tétanisait la dame de Signes. Elle connaissait ce chevalier mais elle ne pouvait mettre un nom sur son visage.

— Tu ne m'as jamais vu, fit-il avec dépit.

Le Bâtard ne savait pas ce qui l'avait poussé à agir ainsi. Il avait assisté à la poursuite, contemplé sans faillir Isembart se préparer au viol. Tout se passait selon le plan. Puis il y avait eu cette bouffée de chaleur dans sa poitrine ; la honte montant en lui. On ne pouvait salir ainsi la dame d'amour. Ce qui restait de son âme chevaleresque s'était rebellé à l'idée de ce crime. La dame de Signes était adorée, chantée pour sa vertu. Les meilleurs chevaliers s'étaient battus pour elle, des hommes dignes de figurer autour de la Table Ronde du roi Arthur. L'honneur commandait de se comporter en preux.

Maintenant, il ne savait plus où il en était. Il pensait aux marcs d'or, à Hugon. Peut-être lui fallait-il achever le travail d'Isembart pour le bien de la Provence ?

— Tu es... le... gouverneur de Trets ?

Elle se souvenait de lui. Il avait gagné un tournoi à la mêlée à Marseille ; elle se le rappelait comme un tourbillon, fracassant ses adversaires, poussant son cheval pinchard sur les hommes tombés à terre. Il avait une réputation effroyable. Elle ne comprenait pas pourquoi il lui avait sauvé la vie et par quel hasard il se trouvait là.

— Malepeste ! jura-t-il.

Il était prêt à la frapper. Il préféra taillader un arbre avec son épée, l'écuissant proprement. Puis il se détourna de Bertrane et disparut dans la sylve.

Quand Stéphanie et Aubeline la retrouvèrent, la dame de Signes tremblait de tous ses membres. Au premier coup d'œil, les deux guerrières virent que ce n'était pas le poignard qui avait fait cette plaie béante dans le corps d'Isembart. Elles demeurèrent sur leurs gardes tandis que la Burgonde fouillait les alentours. La géante revint bredouille.

— Un cavalier, il était seul, expliqua-t-elle.

Stéphanie se pencha sur son amie et la consola. Aux questions de la comtesse des Baux, Bertrane répondit par des incertitudes et ne mentionna pas le nom d'Odet d'Alègre. Le Bâtard, pour une raison qui lui échappait, l'avait épargnée. Parler du Bâtard, c'était dénoncer Hugon, car nul n'ignorait que le seigneur de Trets était à la solde de l'aîné des Baux.

Bertrane se tut par amour et compassion, mais Stéphanie n'était pas dupe.

— C'est mon fils qui a commandité ces assassins, laissa-t-elle tomber d'une voix sourde. Tel que je le connais, il ne doit pas être loin, sûrement à Trets avec ce serpent d'Odet le Bâtard. Que Dieu les damne tous les deux ! Bérarde !

La géante fit face à la comtesse dont la colère déformait le visage.

— Oui, fit la Burgonde.

— Coupe-moi cette tête. Nous la ferons porter à Trets, à titre d'avertissement.

Bertrane allait se récrier, mais Aubeline lui fit signe de se taire. La géante ajusta le cou d'Isembart. Sa hache monta au-dessus de son casque et s'abattit. Un bourreau n'aurait pas fait mieux. La trogne exsangue du brigand se sépara du corps. Bérarde l'attrapa par les cheveux sans aucun dégoût et l'emporta.

Les quatre femmes rejoignirent Guillaume qui inspectait les cadavres ennemis. Il avait fait moisson d'armes et d'argent. Il montra les pièces d'or à Stéphanie.

— Cet or sent la prime, dit-il.

— Oui, et je sais d'où il provient, répondit la comtesse. Allons, il est temps de reprendre la route. Nous avons beaucoup à nous faire pardonner par Marie Madeleine.

A Nans, le viguier fut alerté. Un messager, porteur de la tête d'Isembart, fut envoyé à Trets avec pour tâche difficile de balancer le trophée devant la porte du château de l'Olympe.

Puis, après que les pèlerins eurent longuement prié dans la grotte de la sainte, les moines blancs guerriers de la Sainte-Baume les escortèrent jusqu'au col de Taillane, frontière naturelle derrière laquelle s'étendait le riche territoire de Château-Vieux et de la cour d'amour.

13

Aubeline et Bérarde retrouvèrent avec joie la bastide fortifiée de Meynarguette laissée sous la garde d'un quatuor de paysans armés de lances rouillées. Bertrane avait autorisé les deux femmes à rentrer chez elles, mais pour une courte durée, le temps de rassembler leurs affaires. Elles étaient attendues à la cour d'amour. La fille du templier et la Burgonde passèrent cependant des heures à s'apprêter, à essayer leurs nouvelles robes, à rosir de plaisir et à piquer des fous rires à force de s'entraîner à faire des révérences et à se comporter comme des princesses.

Guillaume s'imaginait déjà dans les cuisines du manoir des dames. Son ventre gargouilla à l'évocation d'une tranche fumante de mouton grillé sur son lit de lentilles relevées d'une pointe d'ail. Dans moins d'une heure, il allait s'ébaudir face aux tonneaux de vin avant de se remplir la panse. Il en connaissait le goût un peu âpre, les vignes d'ici poussaient sur des terres pierreuses et schisteuses. A sa dernière visite, il avait tant bu que ses joues et son nez n'avaient pas désenflé pendant un mois.

Insensiblement, enviant Aubeline d'Aups et Bérarde qui, à cheval, avaient pu rejoindre depuis la veille leurs terres situées à l'ouest de Signes, il allongea le pas, distançant un peu les deux femmes qui ne risquaient plus rien. C'était une région pacifique. Les patrouilles de soldats grouillaient ; elles avaient été mises en place du temps des invasions sarrasines et renforcées au début de la guerre contre les Catalans.

— Vois ! Vois les étourneaux ! s'écria Stéphanie.

Par dizaines, les oiseaux quittaient les cépées. Après un vol diagonal, ils disparurent derrière les traits épais d'une houssaie. La dame des Baux sentit son cœur battre plus fort. C'était un très bon présage. On associait les étourneaux aux pierres vertes, à l'amitié et à la convivialité. On disait aussi qu'ils protégeaient la chasteté. Bertrane en éprouva de l'amertume. Elle avait tant entendu les autres femmes parler des plaisirs des sens. Au loin, se dressait le Château-Vieux dans lequel s'enfermait et priait Bertrand. Elle se demandait souvent s'il comprenait quelque chose aux vertus qu'il louait sans cesse. La chasteté dans son sens le plus strict ? Mais c'était exactement ce qu'elle pratiquait depuis ses premières règles. Se rendait-il compte qu'elle était la vivante réincarnation des vierges martyres adorées dans les couvents et canonisées par l'Eglise ? Elle ferma les yeux ; il y avait des jours où elle aurait aimé qu'on dise d'elle : *Es une dévergougnado !* Oui, une vraie dévergondée, une de ces filles qui se vautrent dans les lupanars ou montrent leurs charmes aux portes des villes.

Elle se mit à rougir. Quand elle rouvrit les yeux, des hommes couraient vers les houssaies. Ils pourchassaient les étourneaux pilleurs. Rien n'arrêtait les paysans de Signes bien mieux traités que partout ailleurs en Provence. L'enthousiasme les habitait. Ils allaient aux champs comme à une fête. Contrairement à leurs frères des terres voisines, ils ne tenaient pas de chasements. Bertrane l'avait exigé en épousant Bertrand : pas d'hommes chasés sur son territoire. Il lui aurait été intolérable de vivre au milieu de serfs soumis à des corvées telles que le fournage et à de très fortes redevances pour la clôture et la garde des châteaux. Ses paysans étaient libres ; ils exploitaient leurs tenures en payant la tasque, impôt équivalant à un peu moins du quart de leurs récoltes, et ils jouissaient du droit d'esplèche par lequel les troupeaux pouvaient pâturer librement. Bertrane, par sa volonté inflexible et ses idées égalitaires, avait contraint son mari à étendre ce droit à la glandée, à la coupe du bois de chauffage et à la chasse.

— Je sens que je vais revivre. Quel beau pays ! J'en avais perdu le souvenir, dit Stéphanie en prenant la main de son amie.

L'écheveau des cultures claires s'étendait dans les vallées, sur la plaine, sur les restanques pareilles à des marches pour géants bâties aux flancs des collines. La conquête du sol vierge avait été retardée pendant des siècles après la chute de l'Empire romain, mais la Trinité éternelle avait délivré le pays de l'oppression des païens et des razzias barbaresques, et les hommes unis par le baptême s'étaient mis au travail.

Stéphanie se fit une idée du paradis en longeant les eaux claires et joyeuses du Figaret. Le mistral n'avait pas daigné se lever avec le soleil et, sous l'effet de la chaleur, tout tremblait et ondulait, faussant la vision des pèlerins. Leurs paupières à demi fermées filtraient les bandes aveuglantes des champs d'orge et de froment. Les oliviers, en rangs serrés, arrondissaient leurs feuillages d'argent au-dessus du ruban caillouteux de la route, et Stéphanie avait l'impression que des anges veillaient là sur les paysans.

Soudain, l'un des Signois reconnut sa dame.

— Bertrane ! Bertrane est revenue, cria-t-il. Loué soit Jésus !

Les uns laissèrent tomber les houes, les autres rejetèrent leurs louchets. Les femmes dégringolèrent des cavalets, abandonnèrent leurs paniers. Tous se pressèrent au-devant d'elle, poussant des exclamations de joie, baisant le bas de sa robe. La dame de Signes, souriante, eut des mots pour chacun.

Fière d'être leur dame. Fière de les protéger. Fière de ces gens, les siens, qui luttaient pour la vie et pacifiaient le monde livré aux ronces et aux orties. Elle était fière de son fief comme jamais seigneur ne l'avait été depuis sa fondation en 949. En deux siècles, la région était devenue l'une des plus prospères au sud des royaumes et de l'Empire. Plus elle se rapprochait du nouveau village construit en bordure de la plaine, plus les appels se multipliaient : « Bertrane est parmi nous ! Dieu nous la ramène ! Alléluia ! » Les cloches de la chapelle Saint-Jean et celles de l'église Saint-Pierre sonnèrent à toute volée, et le ciel se remplit de pigeons affolés. Quand les flancs du gros bourdon se mirent à vibrer, tous les cors des hommes d'armes lui répondirent. On descendit de La Lauzière, de Beaupré, de La Jaconnière avec enfants, bêtes et fleurs. En entendant le triomphe réservé à leur dame, Aubeline d'Aups et Bérarde quittèrent Meynarguette accompagnées des cinq familles attachées à leur pauvre fief.

Par centaines, les sujets affluèrent le long du Figaret où les moulins à huile et à grains faisaient comme un rempart le long de la rivière. Quand on sut que la célèbre Stéphanie des Baux et son chapelain – un saint homme qui avait vu le pape – accompagnaient la comtesse de Signes, la bousculade fut à la mesure de l'événement. Stéphanie s'installait à la cour d'amour. Ils le supposaient, ils le souhaitaient. La présence de cette haute personnalité ne pouvait que leur être profitable. Ils clamèrent son nom. Elle abaissa sa capuche et secoua la tête, déroulant les anneaux argentés de sa chevelure. Ce n'était plus la guerrière devant qui tous s'écartaient, mais la femme dans toute la beauté de la maturité, la mère ouverte aux cœurs des mères. Du reste, elle enveloppait ce peuple d'un regard tendre, accueillant d'une caresse les fillettes aux bras chargés de bouquets de jonquilles.

— Je voudrais que ce jour ne finisse jamais, dit-elle à Bertrane.

— Je ferai en sorte que tous les jours se ressemblent, que l'automne et l'hiver à venir nous soient doux. Nous accueillerons les opprimés, les faibles ; nous ferons venir les meilleurs poètes ; l'amour sera notre credo, et chaque pensée, chaque acte, chaque désir de la cour en sera le reflet.

Bertrane était sincère. Au fur et à mesure qu'elle se rapprochait du manoir, le calme descendait en elle. Le village s'emparait d'elle. Les murs des maisons serrées aux tuiles rousses étaient chauds et dorés comme le sable d'une plage. Sous les chaperons, les pigeons revenus de leur frayeur roucoulaient ; les hirondelles et les martinets allaient d'un faîte à l'autre en poussant leurs cris aigus ; une odeur de figue, de pain, de thym et de fenouil se répandait dans les venelles. Signes s'étirait paresseusement d'ouest en est au sein d'une mer blonde de blé qui battait ses flancs. Une sensation suave pénétra Bertrane, l'enivra. Elle était chez elle.

Guillaume apprécia cette langueur après le quatrième gobelet de vin. Les gentils Signois venaient à lui avec pichets et outres, et le gâtaient avec des délicatesses d'ange en flattant son gosier. Entouré, considéré comme un apôtre, choyé par la foule, il grimpa allègrement la rue du Portail, précédant Bertrane et Stéphanie. Il avait oublié qu'il redoutait l'endroit où il se rendait et il avançait sans même s'inquiéter du chant qui parvenait à ses oreilles.

Peu à peu, les deux tours du manoir grandissaient et le chant s'amplifiait. C'était un château tout blanc dont les fortifications n'auraient pas résisté plus d'une heure à un assaut mené avec des trébuchets et des catapultes. C'était un chant d'amour provençal fait de tendresse et de passion, porté haut par des voix de femmes conjuguant à tous les temps les verbes « s'éprendre », « se courtiser » et « s'aimer ».

Guillaume les vit soudain dans le flamboiement du soleil. Son œil cligna, son front se plissa et il se signa furtivement. Elles étaient huit devant la double porte du manoir en avant de laquelle s'alignaient sur deux rangs des gardes en tenues blanc et or. Leurs chants blessèrent sa pudeur. Il ne pouvait pas les éviter, encore moins rebrousser chemin, elles le tenaient déjà dans les rets de leurs regards et il se laissa pousser vers elles telle une brebis tremblante. Ah, Seigneur ! comme il craignait ces tentatrices qu'il connaissait bien pour les avoir côtoyées lors de sa dernière visite : Adalarie, la très riche vicomtesse d'Avignon ; la grosse Alalète d'Ongle ; Delphine, la terrible comtesse de Dye ; Rostangue, l'intrigante dame de Pierrefeu ; la sage Hermissende de Posquières ; la bouillante Mabille d'Yères ; l'insignifiante Bertrande d'Urgon et la très espiègle Jausserande de Claustral.

— Bénissez-moi, mon père, lui demanda cette dernière d'un air coquin qui le mit aussitôt mal à l'aise.

Craignant les réprimandes de Stéphanie et par voie de conséquence la dérision et le sarcasme, il s'exécuta.

— Votre voix chevrote et votre main tremblote, mon père, ironisa Jausserande en le contemplant avec un étonnement feint.

Il chercha un appui, un homme qui l'aurait soutenu par un regard navré ; il se retourna. Des paysans partout. Des femmes en plus grand nombre que les hommes. De plus, Stéphanie et Bertrane venaient d'être rejointes par les deux batailleuses. Il haussa le sourcil. Aubeline d'Aups et Bérarde la Burgonde avaient délaissé leurs habits de fer et de cuir pour des robes de lin blanches enrichies de vives couleurs et de broderies. Deux boucles d'or brillaient aux oreilles de la géante et un collier d'argent alourdi d'une médaille incrustée de lapis pendait au cou de l'héritière d'Othon le templier. Il était cerné de toutes parts par les perfides femelles. Il reporta les yeux sur la facétieuse Jausserande.

Elle avait le minois parsemé de taches de rousseur, le nez pointu, des lèvres renflées et des dents faites pour déchirer. Habillée à la manière des Orientales, elle exhalait une vague odeur de jasmin et de musc. On disait sa famille fortunée, son père allié aux marchands de Marseille et de Lombardie possédait un comptoir à Antioche et plusieurs milliers d'acres dans la principauté d'Edesse. Il ne devait surtout pas s'en faire une ennemie. Il se fendit d'un sourire aimable. Tout en secouant sa tête de rousse, elle se mit à rire avant d'imiter ses aînées qui, d'un même élan, s'étaient précipitées au-devant des deux pèlerines.

Bérarde tiqua à la vue de cette volière. Elle, la muette, ne se sentait pas capable de rivaliser avec ces brillantes oratrices qui savaient écrire les belles paroles que leurs lèvres formaient. Elle regretta sa hache qui lui donnait une contenance. Mais personne ne se soucia de la géante.

Bertrane et Stéphanie s'élancèrent à leur tour et les Signois, figés et admiratifs, contemplèrent ces femmes d'une incomparable noblesse qui, sous leurs sandales légères, faisaient s'égrener la poussière du chemin en un nuage d'or.

La comtesse de Dye fut la première à congratuler les voyageuses. Son grand âge lui donnait cette priorité. On chuchotait qu'elle avait plus de soixante-dix ans et qu'elle devait sa remarquable longévité aux potions des sorcières de Signes la Noire avec qui elle entretenait commerce. Nul jusqu'à ce jour ne s'était risqué à lui demander son âge ; elle en imposait trop. Elle avait ses entrées à Signes la Noire ; elle protégeait les Juifs et tous ceux qui de près ou de loin avaient quelques pouvoirs magiques ; ses jugements étaient sans appel et elle contraignait souvent les fautifs à des pénitences corporelles. Son visage ne se dérida pas quand elle reçut le baiser de Bertrane, puis celui de Stéphanie. Osseux et pâle, il paraissait taillé dans la pierre dure des carrières de Siou-Blanc et ses petits yeux noirs sévères se livraient toujours à des inspections en règle.

— J'ai cru vous perdre ! Les messages étaient catastrophiques. Les voyageurs parlaient de fin du monde. On racontait la dévastation des villes, l'incendie des campagnes, le démantèlement des châteaux, la destruction des Baux, les armées ennemies aux portes de Marseille, alliées à celles des Génois, des Pisans et de Rome, rejetant les populations à la mer ou les contraignant à fuir vers la Bourgogne et les Alpes. Harmelongue, Sixtine et Hécate, nos guérisseuses de Signes la Noire, ont eu la vision de vos corps se tordant dans les flammes d'un bûcher gigantesque allumé avec les bannières de Provence. Les astres qu'elles ont étudiés ont révélé des trahisons ; les étoiles disent que la mort est toujours à vos trousses et que cette guerre entamée sous de mauvais aspects est loin d'être terminée.

Delphine de Dye avait foi en la magie des trois sorcières de Signes qui avaient de grandes connaissances en astrologie. Ces femmes se transmettaient leur savoir de génération en génération depuis l'âge ligure ; au contact des Grecs et des Romains, par le biais des religions égyptienne, mazdéenne et juive, leurs ancêtres avaient accumulé des connaissances dans tous les domaines. Les plus illustres s'étaient aventurées jusqu'aux rives du Tigre et de l'Euphrate, dans les déserts de Nubie et du Thar à la rencontre des médecins arabes et perses. Elles savaient lire et écrire, possédaient des notions de mathématiques. Quand l'une sentait la mort proche, elle choisissait son héritière lors d'une grande réunion annuelle des sorcières de Provence, du Berry et du Cantal à l'abîme des Morts. C'était ainsi que se régénérait le trio des « guérisseuses » depuis la nuit des temps. Bertrane n'avait jamais reçu en audience l'une de ces créatures protégées par la comtesse de Dye et la vicomtesse Adalarie. Ces Parques de la nuit avaient du sang sur les mains ; elles n'œuvraient pas que pour le bien et l'amour du Christ. Elles invoquaient le diable ; et les nuits de pleine lune, il n'était pas rare d'entendre des grondements, des hurlements et des chants maudits du côté de la source du Gapeau et sur le plateau de Siou-Blanc truffé de gouffres menant en enfer.

— C'est la paix à présent et aucune ville, aucun château, aucun village n'a été détruit, dit d'une voix sèche et coupante Stéphanie qui n'avait jamais eu d'estime pour les sorcières et les mages. Il n'y a pas eu de massacre civil, pas de bûcher, nous avons perdu une bataille et la guerre, et nous sommes entières, décidées à faire entendre raison à ceux qui menacent l'avenir de nos enfants et à donner tort aux diseuses de bonne aventure.

— Et tes fils ? demanda Delphine.

— Ils sont vivants.

— Hugon se pliera-t-il à tes ordres ? poursuivit la comtesse de Dye.

— Il se soumettra, répondit Stéphanie d'une voix qui avait perdu sa fermeté… ou je le ferai enfermer, ajouta-t-elle.

Delphine croisa le regard inquiet d'Aubeline d'Aups. Elle en déduisit que l'aîné des Baux n'était pas rentré dans le rang et qu'il était en révolte ouverte avec sa mère. A l'occasion, elle interrogerait la fille du templier. D'après un message qu'elle avait reçu, Aubeline et sa fidèle Burgonde avaient été chargées de retrouver Hugon. Elle hocha la tête. Ce n'était pas la paix tant espérée. Elle aurait préféré savoir Hugon mort, dépecé par les corbeaux et rongé par les chiens errants, mais on ne pouvait en demander trop à la Divine Providence. Il y avait d'autres moyens pour percer l'abcès qu'était l'aîné des Baux ; elle songea à Harmelongue, Sixtine et Hécate dont l'art des poisons atteignait la perfection. C'était une solution... déplaisante aux yeux de Dieu. Elle avait un besoin urgent de se confesser. Elle perdit son air farouche. La courbe impérieuse de ses lèvres fines s'affaissa. Elle revint sur ses pas et s'engouffra sous le porche de la double porte, laissant ses sœurs fêter le retour des aventurières. Son départ ne choqua pas Bertrane : elle était habituée aux sautes d'humeur de Delphine. Les autres s'écartèrent. Aubeline et Bérarde qui avaient assisté silencieusement à l'échange virent cette haute silhouette s'en aller, la tête fièrement dressée, comme tirée en arrière par la longue tresse blanche tranchant sur le noir de sa robe soyeuse rehaussé de bandes argentées.

— On ne va pas tarder à avoir des ennuis avec cette femme, fit discrètement Bérarde.

Aubeline acquiesça. Elle avait vu les problèmes pointer quand le regard de Delphine avait croisé le sien.

Delphine partie, les rires perlèrent ; les Signois manifestèrent à nouveau leur joie. Jausserande de Claustral était la plus gaie. Par dix fois, ses baisers sonores claquèrent sur les joues de Bertrane.

— La vieille corneille s'en est allée ruminer son dépit et ses complots. Nous allons boire et danser à présent.

— Jausserande ! Comment peux-tu être aussi dure avec Delphine ?

— C'est un monstre. Un despote ! Une Messaline ! Pendant ton absence, elle a dénaturé notre cour. Elle a renvoyé les pauvres paysannes battues par leurs maris sans prendre en compte leurs plaintes. Elle n'a rendu aucune sentence concernant le petit peuple des campagnes. Son seul souci était de flatter nos voisins nobles et les évêques. Son cœur est aussi aigri qu'une terre effritée qui ne produit plus.

Jausserande s'enflammait. La colère lui donnait une grâce animale. Aussi mince que Bertrane, d'une beauté différente, elle paraissait plus vivante et plus consciente de la réalité de son environnement. Elle gesticulait au milieu des dames réservées, prenant à témoin Aubeline et Bérarde.

— J'espère que nos deux amies de Meynarguette sauront vous ouvrir les yeux à toutes. Elles ont l'expérience de la Bête, et c'est bien une bête qui se cache sous les traits de Delphine. Les préceptes de Dieu sont droits, ils réjouissent le cœur ; le commandement du Seigneur est limpide, il clarifie le regard, mais nous ne sommes que des êtres humains perclus de péchés. Alors, je vous en conjure, soyons vigilantes. Pour ma part, je m'en remets à l'épée d'Aubeline d'Aups et à la hache de Bérarde la Burgonde.

Jausserande sidéra les deux guerrières. Elle continua sur le même ton emphatique. Ses bracelets d'or sonnaient à ses poignets, ses cheveux de feu battaient ses épaules découvertes où les taches de rousseur apparaissaient plus nombreuses, semblables à des amas d'étoiles sombres sur la peau nacrée. Par son père, seigneur d'Evenos, elle descendait des sauvages Ligures ; sa mère était normande de Sicile, d'un clan qui avait ravagé l'Angleterre puis le sud de l'Italie, avant de partir à la conquête de Jérusalem sous le commandement du comte Tancrède. C'était là-bas que ses parents, fils et fille de croisés, encore très jeunes avaient été unis par une alliance entre les maisons autrefois rivales mais désormais liguées contre l'Islam. Elle vivait depuis trois ans à la cour d'amour et nombreux étaient les chevaliers qui succombaient à ses charmes. On lui connaissait des amants célèbres. Certains s'étaient affrontés à mort pour ses yeux félins dans lesquels brûlaient toutes les promesses d'amour. Les troubadours énamourés s'étaient défiés en composant de magnifiques poèmes, et l'un, lui ayant déplu, s'était jeté du haut du donjon d'Evenos qui dominait les gorges d'Ollioules. Mais si elle se donnait aux plus méritants, elle refusait l'anneau qu'ils voulaient lui passer au doigt. « Je me marierai, disait-elle, au meilleur chevalier du monde. » Et elle songeait à Lancelot du Lac ou à Roland, ce qui laissait peu d'espoir aux prétendants de son siècle. Cependant, tout homme portant les armes, qu'il fût espagnol, breton, franc, teuton, bourguignon, catalan ou lorrain, rêvait d'être l'élu. Un mince espoir persistait puisque depuis plus de cent ans d'un bout à l'autre de l'Europe on murmurait : « Le meilleur chevalier du monde serait celui qui retrouverait le Saint-Graal. »

— Elle m'a traitée de catin ! poursuivit Jausserande. Elle est jalouse de mes conquêtes. Pfttt ! Qui voudrait de cette truie décatie ? Je te le demande. L'âge rend les gens bêtes et méchants...

— Tu devrais agir avec plus de mesure, la coupa Bertrane. Ne pas t'afficher aux banquets avec tes amants. Delphine a perdu deux époux, sa jeunesse appartient à un passé douloureux. Ton insolente beauté l'offense.

— La tienne aussi lui ronge le foie, répliqua la rouquine. N'as-tu pas remarqué l'œil torve qu'elle pose sur ton corps lorsque tu te rends aux bains ?

Bertrane ne répondit pas. Bien sûr qu'elle avait remarqué le regard de Delphine, le lourd reproche qu'elle sentait poindre sous les cils, l'envie et le mépris. La comtesse de Dye la flattait parfois, mais elle savait que c'était menterie.

La beauté était difficile à porter. A Signes, on disait « la belle rouquine » comme on disait « la belle Bertrane ». Cela les opposait et les rapprochait, les forçait à soutenir leur renommée devant toute la noblesse provençale, n'en déplaise à Delphine de Dye. Cette conversation la lassait. Il y avait des choses plus gaies à évoquer.

Le babil de Jausserande ne tarissait pas, et comme Bertrane n'en faisait plus cas, la demoiselle au nez pointu s'adressa à Aubeline et Bérarde. On passa la double porte de la première enceinte, simple mur symbolique qui abritait des jardins potagers et des parterres fleuris. La montée se poursuivit. Le féerique château des dames épousait étroitement les restanques ; ses pierres blanches émergeaient au-dessus des talus cinglants de genêts et des oliviers centenaires aux reflets de bronze. Les remparts crénelés défendaient la colline des Hautes-Côtes avec leurs tourelles surmontées d'oriflammes de toutes les couleurs. Çà et là, des grappes de jacinthes roses et mauves jaillissaient par dizaines de cette corne d'abondance dressée au pied de la Sainte-Baume.

Guillaume se signa et dit tout bas :

— Ecoute, Seigneur, réponds-moi, car je suis pauvre et malheureux en ces lieux. Veille sur moi qui suis fidèle, ô mon Dieu. Sauve Ton serviteur qui s'appuie sur Toi et ne le soumets pas à la tentation.

Ces bonnes paroles ne suffisaient pas. C'était le château de tous les péchés. Le *De Profundis* et les six autres psaumes de pénitence bourdonnaient dans sa tête étourdie par le vin et les parfums des dames et des nombreuses demoiselles d'honneur venues en renfort des gardes. Il voyait se dérouler sa vie, tout ce qu'il avait accompli, tout ce à quoi il avait assisté au nom de Jésus-Christ et de la Vierge Marie : son noviciat à Carcassonne, son arrivée aux Baux, les pèlerinages, les assauts, les pillages, les tortures, les conversions et les baptêmes en masse tanguaient dans sa mémoire. Il avait marché jusqu'à Jérusalem en 1130, croyant trouver le paradis, et son désenchantement avait été à la mesure de ses découvertes. Les chroniques de Foucher de Chartres se vérifiaient d'Edesse à Gaza : les Occidentaux étaient devenus des Orientaux. Les Provençaux, les Normands et les Français d'hier étaient à présent galiléens ou palestiniens. Les croisés avaient oublié leur pays d'origine, leurs racines, pris pour femmes des Arméniennes, des Arabes et des Turques ; ils n'étaient plus chrétiens. La croisade en cours menée par Louis VII ne changerait rien aux mauvaises habitudes ; il y avait fort à parier que les nobles et les soldats accompagnant le roi seraient séduits par la douceur de la Terre sainte et abandonneraient toute idée de retour dans les contrées brumeuses et froides qui les avaient vus naître. L'Orient était un piège. Il y aurait un avant et un après croisades. De cet affrontement entre Rome et La Mecque pour la conquête de la Jérusalem des Juifs découleraient des haines inextinguibles. Le cours de l'Histoire avait pris une orientation tragique pour les millénaires à venir.

Ah que la Judée était belle ! A la place du manoir, il revit des champs de citronniers, des mers d'oliviers, des îlots de palmiers, des pasteurs avec leurs maigres chèvres sur des montagnes pelées, des femmes voilées autour de puits où campaient des caravanes venues de la lointaine Chine. Des images bibliques et paisibles se succédèrent, et son cœur bondit quelques instants tandis que le prélat imaginait une autre Jérusalem, idéale, immaculée, vidée de ses marchands et des infidèles qui infestaient ses murs. Il se vit en compagnie de Jésus prêchant la bonne parole, il partagea le pain avec les apôtres. Puis les rires des femmes lui parvinrent. Le rêve s'effaça.

— Accorde-moi le pardon, doux sire Jésus, car je vais beaucoup penser à mal.

A la cour d'amour, il avait vu l'animal humain sous son plus mauvais jour et il avait fait le vœu de ne plus avoir à revivre cette expérience. Les erreurs de Stéphanie le ramenaient au supplice. Plus personne ne faisait cas de sa présence. Insensiblement, il s'écarta du sillage des robes. Ne pas pénétrer dans le manoir devenait une nécessité. Il se laissa distancer, puis absorber par les joyeux Signois. Au milieu des drôles, il se fit petit. Un garçonnet qui le regardait de ses gros yeux curieux harcelés par les mouches lui donna une idée.

— Tu m'as l'air bien dégourdi.

L'enfant cligna des paupières, jaugeant le gras bonhomme. Il eut un sourire.

— Tu es le saint prêcheur des Baux ? demanda-t-il d'une voix prudente.

— En quelque sorte... Veux-tu me rendre un service ?

— *Quan mi dounas de touerni ?*

Ce « Que me donnes-tu en retour ? » fit monter une rougeur à la face du chapelain. Ce petit morveux demandait salaire, alors qu'il aurait dû s'agenouiller et baiser le bas de sa bure. Il regrettait de ne pas être seul avec cette graine de canaille ; il l'aurait battue. Guillaume ne répondit rien, le garçon haussa les épaules et s'en alla rejoindre les siens. Il n'avait pas fait trois pas que déjà le moine l'avait rattrapé.

— Tu vas entrer dans le château et dire à la dame de Signes et à la comtesse des Baux que le chapelain Guillaume s'en est allé à la forteresse de sire Bertrand pour faire ses dévotions à la Vierge Marie.

L'argument tenait. La chapelle de la Vierge de Château-Vieux était renommée. Des foules entières s'y rendaient le jour de l'Assomption. L'enfant acquiesça car dans la main de Guillaume brillait un sou melgorien tout neuf. Il subtilisa ce petit soleil de cuivre d'un geste si prompt que le chapelain en demeura bouche bée. Décidément le monde avait bien changé. L'enfant rejoignit sa famille, parla à un homme qui devait être son père, puis marcha aux côtés d'Aubeline et de Bérarde à qui il confia sa mission.

— Reste avec moi, Hermelin, dit Aubeline qui aimait beaucoup ce garçon agile des mains et vif d'esprit.

Sa famille vivait à Meynarguette. Othon la tenait en grande estime, au point d'emmener avec lui le fils aîné qui à l'heure qu'il était devait porter la robe du Temple. Aubeline se retourna. Le moine avait déjà disparu.

Tout en reprenant le chemin de Château-Vieux, le pauvre Guillaume songeait aux millions de prières nécessaires pour la sauvegarde des âmes et il se mit à réciter un premier Notre Père.

Bertrane et Stéphanie ne s'aperçurent pas de son absence. Le ravissement les prit sous le haut porche principal du château des dames décoré de roses et de laurier. Leurs poitrines se soulevèrent à la vue des lettres gravées sur le fronton :

Amour divulgué est rarement de durée.

La cour intérieure ressemblait à une ruche ; il y avait là une bonne quarantaine de pucelles et autant de petits pages assemblés autour de longues tables chargées de victuailles. Des voiles bleutés flottaient le long d'un perchis doré devant lequel un orchestre attendait le signal d'une dame. Il vint d'Alalète d'Ongle qui menait le cortège. Aussitôt, vielles, bombardes, syrinx et tambours s'unirent sur un air de branle.

Il y eut des applaudissements. Les demoiselles de compagnie aux doux minois entourèrent les arrivantes. Bertrane se laissa embrasser par les jouvencelles parées de leurs plus beaux atours. Le fard avivé par la lumière brutale de midi rehaussait la finesse de leurs traits, la cendre sur les paupières alourdissait leurs regards et, sous les frisons de leurs cheveux noués en torsades, brillaient des perles de la mer Rouge et de la mer de Chine. Elles portaient aux bras et aux chevilles une telle abondance de bracelets qu'à chacun de leurs mouvements on croyait entendre le tintement des rayons d'or que le soleil faisait naître sur leur peau blanche.

Une jeune fille tendit un linge mouillé et parfumé à Bertrane. Une autre l'accompagnait en portant une cruche d'argent ciselé et un gobelet de verre bleu.

— Douce dame, c'est bonheur que de te revoir. Prends ce linge, goûte l'eau de ta source afin d'oublier l'amère douleur de la guerre. Et toi aussi, gente dame des Baux, bois cette eau aux pouvoirs merveilleux et réjouis-toi d'être en vie. Prenez toutes deux vos places parmi nous et apprenez-nous encore à servir loyalement l'amour pour que nos vies parviennent à une fin bienheureuse.

Ce fut à cet instant que Bertrane et Stéphanie prirent conscience de l'espoir qu'elles représentaient. Il y avait toutes ces filles et ces femmes de Marseille, Toulon, Cuges, Méounes, Belgentier, Evenos, Cassis autour d'elles, et tous ces chevaliers, ces soldats, les gens au-delà des remparts, au-delà des montagnes et des fleuves, qui rêvaient de paix et d'amour. Elles se devaient de les contenter. Quand elle sentit la fraîcheur du linge sur son visage, lorsqu'elle eut bu l'eau pure, puis le vin miellé des Chartreux, que les vierges de la Sainte-Baume posèrent sur son front une couronne de fleurs blanches et que fut déployée la

bannière au cygne, Bertrane redevint la reine de la cour d'amour.

Le branle s'emballa. Les cavaliers galants offrirent de mener les favorites de ce bouquet chatoyant de robes et de rubans. Et il en fallait du courage pour s'adresser à des femmes dont la plupart possédaient puissance et richesse. Les hommes présents, bien que nobles, avaient peu d'importance et de biens. Ils avaient offert leurs bras pour défendre la cause de la cour d'amour et dépendaient entièrement du comte et de la comtesse de Signes qui leur versaient pension, les nourrissaient et les abritaient. Les petits nobliaux du terroir vivaient à peine mieux que leurs paysans. L'un d'eux dansait sur place, Jean du Paumier, dont le castel sur le Gapeau, en aval de Signes la Noire, était en partie utilisé comme tannerie. Il se demandait s'il allait tenter sa chance. Depuis qu'elle était apparue, il n'avait d'yeux que pour elle. Aubeline, en robe d'apparat, ne lui avait jamais paru aussi belle... et désirable. Il compta jusqu'à vingt. C'était le temps qu'il s'était donné avant de l'aborder ou de renoncer.

18, 19, 20 !

Il quitta le groupe de chevaliers bouseux avec lesquels il trinquait et traversa la cour. Aubeline le vit venir du coin de l'œil. Elle grignotait une pâte d'amande en forme de cœur. Il y vit un présage.

— Messire Paumier, quel plaisir de te revoir.

— Tout le plaisir est pour moi, Aubeline.

— Où étais-tu donc pendant qu'on livrait bataille aux Catalans ?

— A la foire de Sisteron. J'avais des peaux à livrer.

— Voilà qui est digne d'un noble, persifla-t-elle.

— Je me demandais si tu voulais danser.

— Danser ! Avec qui... toi ? Mais je suis comme Jausserande. Je ne danserai qu'avec le meilleur chevalier du monde.

Jean sentit ses épaules s'affaisser. Le meilleur chevalier du monde. L'homme qui tuerait le dragon. Le brave qui rapporterait le Graal. Il se dit qu'il devait prendre la croix et prouver par ses exploits en Terre sainte qu'il était aussi valeureux que le père d'Aubeline. Cette dernière le prit fraternellement par l'épaule.

— Demande donc à Bérarde. Je suis sûre qu'elle sera enchantée de danser avec toi.

Il n'eut pas le temps de dire non. Aubeline le poussait déjà dans les bras de la géante. Jean du Paumier se sentit emporté. La Burgonde l'entraîna au milieu des couples qui sautillaient au rythme des tambours.

Ecarter le pied gauche.

Lancer le pied droit.

Ramener le pied droit près du gauche.

Lancer le pied gauche.

Ramener le pied gauche près du pied droit.

Les couples se déplaçaient latéralement. Bérarde tenait son Jean fermement par la main. Quand il se rapprochait d'elle, il humait son odeur animale, il apercevait les mouvements de sa poitrine généreuse. La sensualité de la géante l'attirait. Il se sentit tout drôle. Après avoir dansé une tresque, il rivalisa d'adresse en sautant sur le rythme endiablé d'une saltarelle. Ils burent, rirent ; elle lui apprit quelques mots de son langage de muette, et il lui répondit oui quand elle lui fit comprendre que l'étable n'était pas loin.

Seule Aubeline les vit s'escamper comme des voleurs. Elle en fut heureuse. Jean du Paumier n'était sûrement pas le meilleur chevalier du monde, mais il allait donner du plaisir à Bérarde.

14

Au premier grondement de tonnerre, Bertrane se redressa d'un coup sur son lit et soupira. Elle échappait à son rêve. Toujours le même. Un inconnu la ployait entre ses bras, lui découvrait les épaules et l'embrassait dans le cou. C'était confus, c'était chaud. A la vue de sa couche toute froissée où elle passait seule ses nuits, elle sentit sa gorge se nouer. Elle eut une pensée pour Bertrand calfeutré dans la forteresse de Château-Vieux et, le temps d'un souffle, lui en voulut au point de souhaiter sa mort. Son époux priait, priait et priait, encore et toujours, de matines à complies, parfois même des nuits entières, refusant le péché sous toutes ses formes. Son époux redoutait le désir, au point, disait-on, de se flageller quand son corps affaibli résistait mal aux besoins de son bas-ventre. C'était étrange. Il n'y aurait pas d'héritier, pas de lignée. Signes, à leur mort, serait la proie de toutes les convoitises. Bertrane avait souvent pensé à faire son testament. Mais à qui offrir le fief ? Aux fils de Stéphanie ? Il n'en était pas question. Aux évêques de Marseille qui se hâteraient de lever des impôts et d'opprimer la population ? Certes pas. A l'empereur d'Allemagne qui nommerait l'un de ses barons barbares et créerait une tension sans précédent en Provence ? Non plus. Elle n'avait pas de solution. A moins de mettre au monde un bâtard. Les demoiselles d'honneur, ces pipelettes invétérées, lui avaient raconté que Bérarde la Burgonde et Jean du Paumier avaient été surpris forniquant dans le foin de l'étable du château. On en avait fait des gorges chaudes et on se plaisait à peindre le tableau mettant en scène la géante nue à califourchon sur le frêle chevalier du Gapeau. Bertrane enviait Bérarde. La Burgonde était libre de ses actions, libre de s'offrir à l'homme de son choix. Elle eut une pensée pour Aubeline qu'on disait vierge. La fille du templier n'était pourtant nullement contrainte ; elle menait sa vie à sa guise. Il était difficile d'admettre que cette jolie fille courtisée n'avait aucun désir. Elle était fière au point de dire qu'elle se lierait d'amour au meilleur chevalier du monde. Comme cet homme n'existait pas, mieux valait entrer au couvent et se marier avec le Christ.

Un éclair tomba tel un trait de feu sur la Sainte-Baume et toute la chambre circulaire en fut illuminée. Bertrane plaqua ses mains sur sa poitrine et ferma les yeux.

— Pardonnez-moi ! Pardonnez-moi !

Elle lança son appel à tous les saints, honteuse de son état, des mauvaises pensées qui l'agitaient nuit après nuit, d'avoir désiré la mort de son mari. Elle se tourna vers le Christ en croix au-dessus de son lit.

Heureuse la femme dont le regard
Traverse l'invisible
Pour chercher Ton visage.
Heureuse la femme dont l'esprit
Découvre la sagesse
Dans la folie de la croix.

Et elle pria, les mains si serrées qu'elle manqua d'en briser les jointures. Elle usa sa foi dans la contrition, repoussant Satan qui la tentait par le biais de sa chair frémissante.

Le fracas de l'orage la délesta du joug de ses péchés imaginaires. La pluie dressa un rideau opaque entre le château des dames et la montagne sacrée. Elle abandonna le Christ en souffrance et alla à la fenêtre qui annonçait la fin de l'été torride. Cela faisait un mois qu'elle avait repris en main la cour d'amour.

Un mois difficile. Passé à résoudre le cas de la reine régente de Jérusalem, Mélisende. On avait eu de nombreuses disputes à son sujet ; des messagers arrivant d'Orient rapportaient que le cœur de la reine s'était tari à force de désirer le pouvoir. Elle s'était alliée à un méchant homme, le connétable Manassès de Hierges, pour garder le trône. Baudouin III, son fils, hésitait encore à lutter contre elle ; il l'aimait toujours et la chérissait trop, selon son entourage, mettant en péril les conquêtes franques du Levant. C'était ce même entourage qui avait fait appel à la cour d'amour de Signes afin de réconcilier la mère et le fils, et de mettre fin à l'emprise de Manassès de Hierges sur le trône.

Bertrane essaya d'imaginer à quoi ressemblaient ces trois-là. Comment était-il possible de se faire du mal entre chrétiens en Terre sainte ? Il aurait suffi d'un peu de sable de Judée pour effacer toute trace de haine, quelques grains dorés foulés par le pied de Jésus jetés aux yeux de ces égarés. Elle croyait aux vertus des reliques et à la force des symboles. En ce sens, elle était proche de la comtesse de Dye, mais cette dernière avait conseillé d'empoisonner Manassès. Leur dispute avait été âpre ; elle n'avait donné aucun résultat.

Une bourrasque l'enveloppa. L'eau débouquait du ciel en torrent, frappait, criblait la terre, gonflait la rivière qui grondait au bas du rempart nord. La jeune femme s'offrit un peu plus aux gouttes qui martelaient durement la peau de son visage.

— Ma dame ! Ma dame !

Alix Gonter de Dardanus, une demoiselle autrichienne attachée à son service, se tenait sur le seuil de la chambre, affolée. Bertrane se retourna. Elle était toute trempée. Ses seins et son ventre transparaissaient sous le lin de la longue chemise qui lui descendait jusqu'aux pieds. Son visage rayonnait ; elle était ailleurs et il lui fallut un bon moment avant de franchir le vague abîme qui la séparait de la jeune intruse.

— Ce n'est point raisonnable ! lança Alix de sa voix un peu rauque. Tu veux attraper le haut mal de poitrine ?

— Chère Alix, je n'ai point encore l'âge d'être raisonnable. Voudrais-tu me voir vieillir au coin du feu comme la comtesse de Dye écoutant ses amies sorcières et leur offrant ses mains fripées pour connaître un avenir fait d'une tombe surmontée d'une croix ? Les rêves des gens raisonnables sont fades. Sans doute soupirent-ils sur leur couche alors que les rides creusent les recoins de leur bouche et de leurs yeux.

— Plaise à Dieu que je ne te compare pas à la comtesse de Dye ! répondit Alix qui cherchait à protéger sa dame avec une couverture.

— A quoi bon, puisque je vais prendre le bain ? Allons, petite sotte, laisse donc l'eau du ciel sur ma peau. C'est une eau de pleine lune, la meilleure pour le teint.

Alix n'en croyait pas un mot. La dame de Signes avait certes la plus belle des carnations, mais il était grand temps de la sécher.

— Et moi je ne veux pas te voir avec une figure bilieuse ni t'entendre cracher le sang !

De bonne grâce, Bertrane se prêta aux frictions de son amie. Puis, ayant revêtu une chemise sèche, elle la suivit à travers les couloirs du château tout bruissant des chuchotements des femmes et des échos de la pluie.

Pas d'armes sur les murs, mais des tresses de lavande, des bouquets de thym, des fleurs séchées qui mélangeaient leurs parfums sauvages. Quelques pans étaient décorés d'anciennes mosaïques romaines trouvées dans les vestiges des villas de l'Empire ; elles représentaient des scènes bucoliques de la vie quotidienne en ces temps heureux de la *pax romana*, des dieux rendant visite aux hommes et banquetant à leurs côtés. Vraiment il y avait ici quelque chose de paradisiaque. Les dames de Provence avaient remis au jour, perdu qu'il était sous des siècles d'ignorance, de barbarie et d'obscurantisme, l'idéal féminin.

Bertrand de Signes ne s'y risquait pratiquement jamais, pas plus que les seigneurs du coin et les évêques des grandes villes. En dehors des périodes de tournois, les nobles bercés par la Chanson de Roland et élevés dans la tradition guerrière préféraient passer au large de la cour, traversant par mauvais temps vallées et plateaux embrumés par les dégorgements de sombres nuages bas, et les forêts lugubres livrées aux loups. Les villages de la Sainte-Baume, reconnaissant le bon droit de la cour, soutenaient sans faillir ces femmes qui défiaient la loi salique, considérant ce havre de paix comme la première des garanties de leur liberté.

Bertrane n'ignorait rien de la responsabilité qui pesait sur ses épaules. Elle aurait voulu la partager avec des compagnes telles qu'Aubeline d'Aups. Les femmes chevaliers n'étaient hélas pas légion, et celles qui avaient pris les armes dès l'an mille en copiant les guerrières normandes s'étaient enrôlées dans les compagnies en partance pour l'Orient. Elle percevait la lointaine fureur des hommes, des croisés et des infidèles, le choc des armes, les discours enflammés des religieux.

L'équilibre était fragile, toujours menacé. Parfois même, les moines de Marseille, à l'instigation des évêques, venaient provoquer les dames, évoquant l'enfer et la damnation. Un vrai dialogue de sourds. Les prêcheurs ne cessaient de parler le langage de la peur, une peur forcenée, obtuse, atroce. Quand ils s'avançaient vers le château, ils répétaient à l'envi les mots « péché », « perdition », « sacrilège », les accusant même de « simonie » alors qu'elles n'étaient en rien concernées par les affaires d'argent de l'Eglise que le pape Grégoire VII, soixante-dix ans plus tôt, puis le concile de Latran en 1139 avaient condamnées. Les mensonges remplissaient leurs bouches, les signes de croix se multipliaient sur leurs poitrines. Signes, la terre marquée, l'était par Satan. Ils montraient des hosties aux dames avant d'être rossés et chassés par les Signois. Un jour, elle en était certaine, ces corbeaux en bure parviendraient à leurs fins, le château des amours serait rasé et leurs habitantes seraient excommuniées.

A cette idée, Bertrane pâlit. Elle aurait voulu être libre et indomptable comme l'eau qui jaillissait sous les courtines et dans les salles basses, le long des remparts, sur les flancs des collines, dans les valleuses, emportant tout sur son passage avant de se perdre dans la mer. Par bonheur, Alix ne remarqua pas son trouble. La damoiselle avait tendance à mettre son nez dans le cœur des autres. Précédant sa maîtresse, elle emprunta un étroit escalier en colimaçon qui s'enfonçait dans les entrailles du manoir.

On entendait clairement couler l'eau dans les fontaines intérieures. Tout un système de conduits emprunté aux Romains permettait d'alimenter des bassins de rétention et des réservoirs dans lesquels on puisait à satiété. Peu à peu, le bruit des cascatelles recouvrit le son de leurs pas. La source de Cibo était la principale pourvoyeuse du château. Elle réapparaissait entre les lèvres de marbre des poissons sculptés au-dessus des bassins dont le plus vaste occupait presque la totalité du soubassement de la tour Carrée. Ce carré n'était autre que le corps principal d'un ancien temple d'Isis, mais de la déesse égyptienne à la croix ankh, il n'existait plus de représentations. Les premiers chrétiens avaient brisé toutes les statues païennes des anciennes religions et brûlé les prêtres qui les servaient.

Bertrane et Alix s'immobilisèrent au bord de ce petit lac tapissé de pierres vertes. L'onde était si limpide que les flammes des torches en illuminaient le fond, arrachant de minuscules éclats d'or aux cailloux striés de quartz.

Soudain, elle se troubla, des paillettes tremblantes glissèrent autour d'un corps d'une blancheur de lait. C'était Jausserande. La jeune femme qui jusqu'à présent s'était tenue dans la partie la plus sombre et la plus chaude du bassin nageait vers les arrivantes. Elle était nue. Ses cheveux pareils à des algues rouges flottaient dans les remous provoqués par sa brasse. Quand elle fut proche, elle se retourna, offrant ses formes juvéniles au regard de la dame et de l'Autrichienne. Dans l'ondoiement doré, sa peau parut de miel ; elle devait en avoir la douceur et la saveur. On devinait le galbe de ses seins et les poils follets de son pubis. Elle aurait été l'incarnation de l'innocence même s'il n'y avait eu ses yeux malicieux dans le vert desquels la pudeur n'avait pas sa place.

— Venez me rejoindre, l'eau est tiède, dit-elle en les invitant d'un geste gracieux.

Alix, élevée dans la rigueur de ses montagnes, fit la moue. A cet instant, comme pour prouver les dires de Jausserande, deux servantes apparurent dans l'encadrement d'une porte d'où s'échappaient des fumerolles. Elles portaient péniblement un chaudron contenant trente setiers d'eau bouillante qu'elles versèrent dans le bassin. Deux autres leur succédèrent avec le même fardeau, puis deux autres encore.

— Allez, venez !

Jausserande s'étira, roula à la surface de l'eau avant de plonger vers les profondeurs. Pendant un moment, Bertrane suivit cette naïade du regard, en proie à toutes sortes de sentiments contradictoires, puis elle se dirigea vers la porte derrière laquelle venaient de disparaître les servantes.

— Méfie-toi d'elle, chuchota Alix. C'est une grivoise.

Bertrane sourit. Jausserande aimait les plaisirs, tout le monde savait cela. On disait qu'elle avait perdu son pucelage à douze ans, volontairement pour s'opposer à la volonté de son père qui désirait la marier au fils du comte de Lourmarin, qu'elle avait rendu fou d'amour un écuyer qui était mort de ses blessures après le jugement de Dieu qu'elle lui avait imposé par caprice, que l'évêque Léon de Marseille s'était damné tout un été dans sa couche. Mais Bertrane prenait ces révélations pour des racontars, ou du moins pour des histoires déformées par le bouche-à-oreille.

Elle repoussa le lourd battant de la porte. Aussitôt d'épaisses volutes de vapeur l'enveloppèrent. Elle aimait cet endroit tout en longueur et voûté, dans le fond duquel une immense cheminée avalait d'heure en heure vingt brassées de bois tout en chauffant un rudimentaire hypocauste. Il y régnait une chaleur intense. On y voyait à peine à deux pas. Elle se cogna à une demoiselle d'Avignon occupée à masser une femme allongée sur une pierre de marbre. La demoiselle s'inclina avant de reprendre sa tâche. La sueur qui coulait de son front mouillait de gouttes larges le devant de la tunique légère qui collait à sa peau. Bertrane continua. Une forte odeur de cade imprégnait l'atmosphère. Les femmes se servaient de l'huile de ce genévrier pour lustrer leur chevelure. Dans un coin, penchée au-dessus d'un baquet, Adalarie, la vicomtesse d'Avignon, procédait à ce rituel, baignant ses cheveux dans un mélange d'eau froide et d'huile.

Plus loin, deux autres femmes accroupies dans une vaste cuve de bois s'étrillaient mutuellement le corps tandis qu'une servante versait de la cendre sur leurs épaules. Cela paraissait irréel quand on songeait à la rudesse de la vie à l'extérieur. A travers la buée, l'incendie de l'âtre gagnait toutes ces chairs humides, dévorant d'un halo de cuivre ce qu'il ne pouvait prendre entre ses flammes.

Bertrane s'approcha du feu. De hautes spirales de fumée montaient des chaudrons suspendus à des chaînes. Elle recula aussitôt, comme frappée par la violence des escarbilles que le bois projetait. Son cœur se mit à battre fort et il s'emballa quand elle relut pour la millième fois la dix-neuvième maxime du code d'amour gravée sur les pierres noircies du fronton encadré de deux cygnes :

L'amour qui s'éteint tombe rapidement et rarement se ranime.

— Qu'as-tu ? Tu as vu Rafanhauda ?

Bertrane sentit la confusion l'envahir. Aubeline, suivie de Jausserande, couverte d'un linge, l'examinait. Derrière les deux femmes, la farouche Bérarde, vêtue d'une tunique longue et opaque, jetait des regards de mépris sur les créatures qui s'étiraient et se prélassaient dans le brouillard.

— Mais non... Que vas-tu imaginer ? Jamais la Bête noire ne résisterait à un feu pareil. Et puis n'es-tu pas là pour tuer tous les monstres qui infestent la région ? répondit Bertrane.

— A ce propos, avança Alix de Dardanus, mon père m'a fait parvenir un message concernant un dragon qui terrorise les populations du fief d'Albertville. Peut-être garde-t-il le trésor des Burgondes ? Il crache des flammes et...

— Ce n'est pas un souffle de dragon qui nous enveloppe ici, la coupa Jausserande qui devinait les tourments de la dame de Signes. C'est un feu d'amour.

Les servantes rirent. Aubeline répondit à Alix que Bérarde et elle se feraient un plaisir d'occire le dragon, de lui ravir le fameux trésor et de fonder un empire plus grand que celui des Allemands, des Byzantins et des Turcs réunis. Les rires redoublèrent. Même Bérarde y participa. Bertrane les imita enfin. Elle enviait les gestes simples, les désirs simples, les amours simples. Elle aurait voulu naître dans une masure et être mariée à un solide et bon paysan. Non pas à ce Bertrand avec qui on l'avait associée par intérêt.

Comme si elles comprenaient le cheminement de ses pensées, Aubeline et les servantes entamèrent un chant passionné :

Hâtez-vous de rentrer, voici l'orage, hâtez-vous de rentrer, voici les amants.

Alix mêla sa voix rauque aux leurs tandis que Jausserande, un sourire énigmatique aux lèvres, battait la mesure en frappant des mains. Les mots interdits par l'Eglise jaillissaient entre leurs lèvres faites pour les baisers. Bertrane se laissa emporter par le chant. Des images passèrent devant son regard embué, elle imagina ces amants, beaux chevaliers galopant sous l'orage, elle eut la sensation d'un baiser dans son cou.

Soudain, alors que le chant s'achevait et que Bérarde, lassée par tant de mièvreries, faisait comprendre à Aubeline qu'il était temps de partir et d'aller s'entraîner à l'épée, la main de Jausserande s'empara de celle de Bertrane. Les trois servantes se précipitèrent sur leur comtesse. C'était tellement inattendu qu'elle ne put s'esquiver et qu'Alix en demeura coite.

— Laisse-toi faire ! ordonna Jausserande.

— Mais...

— Nous allons te baigner et te laver.

— Il m'appartient de m'occuper d'elle, répliqua Alix. Je suis sa première demoiselle d'honneur.

Argument vain. On repoussa gentiment Alix et sur un regard impérieux de Jausserande de Claustral, elle baissa la tête.

— Va donc mettre au point ton expédition contre le dragon avec les deux batailleuses. Et si tu accomplis cet exploit et que tu rapportes le trésor, je veux bien alors me plier à tous tes ordres.

Le chant fut repris, se propagea ; les femmes unissaient leurs voix pour répondre à l'orage qui martelait le château d'amour. Les paupières closes, elles évoquèrent le dragon redouté, caché quelque part sous la terre. Il y eut un moment d'extrême tension comme si la bête allait surgir entre deux éclairs, mais la bête mentionnée dans un long couplet fut tuée en une courte stance par le beau chevalier de la chanson. Aussitôt les rires et les piaillements enjoués reprirent. Bertrane participa à cette joie collective, s'abandonnant à la tendresse des regards et au velours des mains. Quand elle fut nue, Jausserande donna des ordres. La première servante jeta des brassées de bois sec dans le feu et revint avec un chaudron fumant. La deuxième fit étendre Bertrane sur une longue et lisse pierre en marbre, et se mit à lui masser les pieds avec une crème onctueuse tandis que la troisième répandait de la cendre sur sa peau.

On alimenta le feu avec de gros ceps de vigne. Il redoubla d'intensité. La fumée se mêla aux volutes de vapeur.

A travers ce brouillard dense et mobile, Bertrane aperçut le corps parfait de Jausserande. La jeune espiègle se pencha sur elle et commença à lui racler méthodiquement la peau avec une écorce de chêne. Ses longs cheveux battaient sur ses petits seins. Tous ses muscles travaillaient, se tendaient, luisaient à la lueur diffuse des flammes. Sous l'effort, sa bouche s'entrouvrit, révélant des dents parfaitement blanches.

— Est-ce que ton époux a déjà pris le bain avec toi ?

— Non ! s'écria Bertrane comme si l'idée la révulsait.

Jausserande sourit. Il y avait dans ce « non » jeté à la face des femmes présentes toutes sortes d'interdits et de regrets.

— Quel dommage ! Il en attraperait la fièvre quarte et tu en serais débarrassée ! Libre à toi ensuite de choisir l'homme qu'il te plairait. Je suis sûre qu'ils seraient des dizaines, et parmi les plus illustres, à venir te courtiser.

Bertrane sentit le rouge lui monter aux joues, mais le feu avait déjà coloré son visage. Evoquer la mort de Bertrand la troublait profondément. Au fond, elle n'éprouvait pas de peine, ni de remords. Au contraire, elle l'envisageait comme un grand retour à la liberté.

— Il ne faut pas dire des choses pareilles, fit-elle un peu tard.

Ce qui arracha un gloussement ironique à Jausserande. La jeune femme redoubla de vigueur. Ce rude décrassage arracha des gémissements à Bertrane jusqu'à ce que les massages l'apaisent. Nues elles aussi, les servantes se joignirent aux deux femmes. Du bout des doigts, elles puisaient de la graisse parfumée à la sauge qu'elles étalaient ensuite sur le ventre soyeux de la dame de Signes. Leurs mains remontaient, descendaient, erraient de courbe en creux.

Bertrane sentait les paumes bien appuyées et les doigts experts qui couraient sur ses chairs. Un bien-être l'envahissait. Elle eut l'impression que son corps se dédoublait, se détachait du carcan qui l'enfermait. Elle aurait voulu que ces mains, que ces souffles effacent les milliers d'heures tristes passées aux côtés de Bertrand... Alix, en retrait, qui guettait sa comtesse était peinée et outrée. Elle ne put en supporter davantage lorsque Bertrane s'abandonna totalement aux caresses. Pleine de ressentiment, elle se promit d'en parler à confesse quand elle reverrait Guillaume. Il se disait que le chapelain des Baux était de bon conseil.

Alix quitta la salle, claqua la lourde porte derrière elle et grimpa rageusement la spirale des escaliers qui menait à la surface. Il fallait qu'elle vide sa colère, qu'elle se déleste du poids des péchés de cette cour d'amour qui perdait peu à peu sa raison d'être.

Et elle trouva un exutoire...

— Pare à gauche ! Bloque à droite ! Pousse du bouclier ! Fends-toi ! Coup droit au cœur !

Les cris d'Aubeline avaient du mal à couvrir les bruits de la tempête. Munie d'un bouclier rond et d'une épée de bois, elle exerçait Bérarde qui, sans sa double hache, se révélait moins forte.

Les deux guerrières revêtues de broignes de cuir et casquées à la viking, la visière rapportée et ajourée en forme de lunettes, avaient un air terrible. Pourtant les gardes goguenards à l'abri sous les auvents se tapaient sur les cuisses en contemplant les deux femmes qui pataugeaient dans la boue.

— A votre place, je rirais moins, leur lança Jean du Paumier qui, venu livrer du cuir au forgeron du manoir, était arrivé au début de cet entraînement spectaculaire.

La Burgonde était comme un pilier de granit. Rien ne pouvait la renverser. Les coups reçus ne lui arrachaient pas la moindre grimace ; elle répliquait avec une violence telle que son épée de bois se brisa en mille morceaux contre le bouclier d'Aubeline.

— Prends une autre arme, lui dit la fille du templier.

— Je voudrais me mesurer à vous deux, demanda à cet instant Alix.

Elles la découvrirent dans sa tunique frangée de bleu, de noir et de rouge, couleurs empruntées à son blason noir barré de deux bandes rouge et bleu. Elle paraissait si fragile, la descendante de Dardanus et de Gonter, qu'elles doutèrent de ce qu'elles venaient d'entendre.

— J'ai quelque connaissance dans le maniement des armes, avança-t-elle. J'ai longtemps pratiqué en Autriche avec mon père et mes frères.

— Une broigne, des chausses rembourrées et des bottes ne seront pas de trop, répondit Aubeline. Va donc te préparer... Quant à vous, messires les spectateurs, continua-t-elle en se tournant vers les sergents et les gardes, je vous prie de moins ricaner dans vos barbes sales, sinon, je me ferai un plaisir de vous étriller.

— Je vous l'avais dit, susurra du Paumier, ça va mal finir pour vos côtes et vos crânes.

— Ce ne sont que deux donzelles, rétorqua un sergent à la stature colossale et à la trogne couturée de cicatrices.

— Mon cher Ventrius, dois-je te rappeler que l'une a tué la Bête et l'autre mis en fuite le comte de Barcelone en Camargue ?

Ventrius tiqua. Il ne croyait pas ces fadaises. Ces histoires étaient inventées de toutes pièces pour justifier l'existence de la cour d'amour.

Alix Gonter de Dardanus mit les pieds dans la boue remuée par les deux femmes de Meynarguette. Aubeline ne lui laissa pas le temps de se mettre en garde, elle l'attaqua au poitrail de la pointe ronde de son arme. Alix en eut le souffle coupé, recula en vacillant et tomba sur son séant, provoquant l'hilarité des soldats.

La fille du templier se tourna vers eux.

— Je vous avais prévenus, tristes sires ! dit-elle. Bérarde, Alix, avec moi et sus à ces imbéciles !

— Je n'en suis pas ! cria du Paumier en grimpant lestement sur la courtine. Je préfère affronter l'orage que ces trois furies.

Les trois s'étaient ruées sur les hommes pris de court. Ils étaient quinze en comptant les deux sergents. Quatre furent vite à terre, assommés dès le premier assaut. Les autres hésitèrent à se servir de leurs armes d'acier contre des femelles armées de bois. Pourtant, il le fallait. Perdre la face aujourd'hui ferait d'eux la risée du comté. Ils s'emparèrent des lances, des épées, des targes et des écus, et formèrent un rempart. Ventrius qui n'avait pas d'honneur se saisit d'une masse dont la tête hérissée de pointes pesait plus de dix livres.

Alix avait été surprise par Aubeline. Elle ne le fut pas une seconde fois. Elle avait dit vrai. Elle connaissait le maniement des armes. Très bien même. Son corps fluet échappait à tous les fers ; elle était d'une souplesse incroyable ; en se baissant elle frappa à deux reprises les tibias de deux gaillards. Sous la douleur, les hommes se plièrent en deux, ils reçurent en pleine figure l'épée de l'Autrichienne et furent mis hors de combat.

Jean du Paumier applaudit. Il continua en voyant avec quelle facilité Aubeline se débarrassait de ses adversaires. Puis son cœur battit un peu plus fort à la vue de Bérarde. Depuis son aventure amoureuse avec la Burgonde, il se sentait faiblir chaque fois qu'il la rencontrait. Bérarde avait coincé Ventrius qui, de sa masse, fouettait l'air. Elle évita le hérisson de fer à plusieurs reprises. L'arme troua son bouclier quand elle renouvela la feinte utilisée contre le comte de Barcelone. Elle vit l'ouverture. Entre les jambes de Ventrius. L'épée de bois frappa à la vitesse de l'éclair qui toucha à cet instant le donjon. Le sergent poussa un hurlement de douleur quand ses testicules remontèrent sous la violence du coup. Il tomba à genoux, les larmes aux yeux. Le tonnerre leur fracassa les oreilles, saluant la victoire des trois guerrières sur le corps de garde du château.

Quand l'onde du tonnerre disparut, on entendit le claquement de mains de sire Paumier.

— Bravo ! fit-il. Si vous le permettez, je deviens votre homme lige.

Pour toute réponse, il reçut des sourires et un baiser envoyé par la Burgonde. Il en fut réjoui. La vie était belle à la cour d'amour.

15

Parée de pierres vertes taillées dans des cristaux de roche, une robe grise de Pise pour tout vêtement, les cheveux noués en une spirale maintenue par deux aiguilles d'or, Bertrane se rendit à la cour.

L'hiver, les dames se réunissaient dans la salle basse de la tour aux Epis ; l'été, elles se retrouvaient sous les oliviers. Du temps de sa grand-tante Ermeline, vers 1105, on avait mis au jour, non loin de la butte fortifiée de La Lauzière, une banquette circulaire en pierres de Cassis entourée de sept menhirs. De mémoire de Signois, on ne savait pas qui avait érigé ce cercle. Rien d'étonnant si des oliviers centenaires cernant ce territoire symbolique se dressaient là. Les hommes des cavernes, les Ligures, les Celtes, les Grecs et les Romains y avaient vécu.

Bertrane avait fait la route en compagnie d'Aubeline et de Bérarde. Les deux amies protégeaient la dame de Signes lorsque cette dernière s'aventurait hors du château. Harnachées comme des croisés, montées sur leurs destriers, elles avaient le commandement d'une petite compagnie de vingt hommes. Stéphanie des Baux avait exigé que ce dispositif soit mis en place après plusieurs rapports qui confirmaient que son fils avait la ferme intention de réduire la cour d'amour au silence et de démanteler Château-Vieux.

Alix les attendait sur le chemin. Au contact de la fille du templier et de la Burgonde, elle avait pris l'habitude de porter une épée courte et un poignard. Ces armes enlaidissaient sa robe de pourpre. La moue boudeuse, elle n'adressa pas la parole à la comtesse. Il y avait aussi la très riche vicomtesse Adalarie d'Avignon et son cortège de demoiselles insouciantes, trois mules chargées de jarres et de victuailles, deux serviteurs d'un âge avancé et un clerc avec ses parchemins et son écritoire sous les bras. La troupe nonchalante entama la rude montée des Hautes-Côtes. L'été n'en finissait pas de dorer les collines et une lumière éclatante, comme toujours après l'orage, blessait les yeux.

Cependant Bertrane, en grimpant vers La Lauzière, se sentait le cœur lourd, tourmentée d'une peur irrationnelle qui lui faisait fouiller avec inquiétude le paysage. La présence d'Aubeline et de Bérarde ne suffisait pas à la rassurer. Elle avait l'impression d'être surveillée en permanence et le visage brutal d'Isembart s'imposa à elle. La mort avait été si proche ce jour-là. Sans le seigneur de Trets, aujourd'hui les vers la dévoreraient. Elle ne comprenait toujours pas le rôle qu'avait joué le Bâtard dans cette affaire.

Les demoiselles pouffèrent de rire. Bertrane échappa à ses angoisses. On rattrapait la grosse Alalète d'Ongle. Malgré l'aide de deux robustes valets, la dame peinait, soufflait, pestait contre la chaleur, le chemin tortueux, les ornières, les insectes. Son fessier voilé d'orange était pareil au soleil couchant, et c'était ce cul énorme, remuant et pétant, qui provoquait les moqueries des demoiselles. L'imposante marquise, ogresse à table, dévorait des platées de lentilles au porc et des plâtrées de ragoût de mouton aux haricots secs. Ces mélanges produisaient des gaz qu'elle s'efforçait d'évacuer en douceur, mais qui la plupart du temps s'échappaient en tonnant.

— Suffit ! ordonna Bertrane.

— Allons, ce n'est pas méchant, dit Adalarie qui ne pouvait s'empêcher de sourire à la vue et à l'écoute de ce popotin de cent livres que la pauvre Alalète traînait depuis son troisième accouchement.

— J'ai honte pour tes suivantes ! Que leur enseignes-tu ? Il y a des regards et des rires qui tuent plus sûrement que des flèches. Alalète est la plus généreuse de nous toutes et la plus encline à aimer son prochain. As-tu oublié que nous avons juré de ne pas nous fier aux apparences ? Nombreux sont les nobles cœurs chez les êtres difformes ; toi-même, tu as défendu un lépreux qui avait étranglé son enfant né sans bras et sans jambes. T'en souviens-tu ?

Adalarie devint très rouge. L'émotion la submergea, et gagna Aubeline et Bérarde qui avaient été témoins de la scène. Elles se souvenaient de l'homme rongé par la maladie qui avait quitté sans autorisation la léproserie de Signes la Noire pour demander à la cour de le juger. Adalarie avait défendu âprement le pauvre hère en s'opposant à la comtesse de Dye qui exigeait le jugement de Dieu et le bannissement de tous les lépreux hors du fief. Mesure stupide car personne parmi les grands, même contre de grosses sommes d'argent, ne désirait accueillir ces malades que Dieu, disaient-ils, avait punis pour les fautes commises par leurs parents. Ce fut une rude explication, mais Adalarie eut gain de cause lors du vote. On ne condamnait pas quelqu'un qui tuait par désespoir et compassion.

Elles arrivèrent à la hauteur de la dame d'Ongle. Adalarie demanda à l'une des suivantes de l'eau. Quand on lui apporta la jarre, elle remplit elle-même un gobelet d'argent et le tendit à Alalète.

— Tiens, bois. Ma pauvre, tu te mets dans un état !

— Mes chaussures me blessent. Je préférerais habiter dans le pays des Flandres, on dit qu'il est plat et que l'herbe y est grasse.

— Mais il y pleut tout le temps.

— Oh, mes pauvres pieds ! se lamenta Alalète.

Tous les regards se portèrent avec pudeur sur les chevilles enflées de la dame d'Ongle et il était étrange de voir comme les prunelles d'Adalarie montraient à présent de la compassion.

L'oliveraie était en vue. Les feuilles argentées tremblotaient dans la brise. Les énigmatiques pierres levées dominaient les arbres. Sur la plus haute, une main inconnue avait gravé une croix et un poisson. On avait en quelque sorte baptisé les lieux bien que les forces des anciens cultes païens fussent encore perceptibles. Une toile bleue tendue entre des piquets courait au-dessus de la banquette. Une ouverture en perçait le centre. Elle laissait le passage aux branches d'un olivier majestueux. On racontait qu'il avait été planté par Jules César en l'honneur de Jupiter après sa victoire sur Pompée à Marseille. Bertrane l'imaginait plus âgé. Elle l'appelait « l'arbre du Déluge » et se plaisait à dire que ce symbole de paix était apparu à Noé en citant la Bible : « La colombe vint à lui, au temps du soir ; et voici qu'en sa bouche il y avait une feuille d'olivier toute fraîche. Alors Noé sut que les eaux avaient diminué de dessus de la terre. » Et elle ajoutait d'un air sérieux : « Et ce fut trois jours plus tard qu'il aborda la Sainte-Baume. »

Toutes les dames étaient là avec leur bataillon de suivantes, de servantes et de porteurs. Escarboucles, bagues, étoiles d'or, perles, bijoux précieux nouvellement importés d'Orient par les marchands lombards et génois brillaient aux bras, aux cous et aux oreilles. Une seule, la plus puissante, n'étalait pas sa richesse. Stéphanie des Baux portait un long bliaud d'homme décoré de l'étoile aux seize rais d'argent de la maison des Baux. Elle avait planté son épée devant elle et apprécia la venue d'Aubeline et de Bérarde en armes.

Bertrane y vit un signe funeste. Stéphanie entretenait un nombre impressionnant d'espions et gardait pour elle les informations récoltées. Secrètement, elle poursuivait la lutte contre son fils Hugon et le comte de Barcelone. Elle la vit sonder les collines étagées en restanques et la lointaine route qui serpentait vers Cuges et Gémenos. A son tour et une fois de plus, Bertrane examina attentivement les roches qui s'émiettaient, les cicatrices des ravines et le vallon couvert de chênaies où se trouvait le redouté pont du Diable.

— Allons-nous enfin commencer ?

Bertrane n'eut pas le temps d'aiguiser ses sens. La voix de la comtesse de Dye la glaça.

Delphine, la comtesse de Dye, avait lu d'une voix monocorde et sèche les lettres et les messages en provenance de Judée. Les affaires de la Terre sainte lui revenaient de droit, un droit qu'elle avait façonné en fonction de ses désirs et de ses prérogatives de doyenne. La plupart des missives exhortaient la cour à réconcilier la reine régente Mélisende et son fils, le jeune Baudouin III. Certaines dépeignaient la reine comme une ogresse ivre de pouvoir et le jeune roi comme un fou de guerre. Il y en avait une qui accusait ouvertement Mélisende d'avoir fait assassiner son beau-frère Raymond II pour libérer de l'ennui sa sœur Hodierne. Une autre décrivait la vie à Naplouse, les amours détestables de la reine et du connétable Manassès de Hierges, haï par toute la chevalerie franque et provençale. Les descriptions du pays du Christ avaient de quoi écœurer les plus endurcis. A Acre, à Tripoli et dans les ports principaux tenus par les marchands, débarquaient chaque jour des prostituées et des aventuriers en quête de pillages. Les villes regorgeaient de voleurs, de coupe-jarrets ; les nobles possédant des terres vivaient dans la paresse au milieu de leur harem de femmes africaines, persanes, arabes et turques. Quelques-uns s'étaient associés avec le Vieux de la Montagne au Liban, lequel planifiait soigneusement les assassinats commandités par ces hommes qui ne juraient que par le Christ et donnaient le bon exemple en se rendant régulièrement à la messe.

Que restait-il du magnifique projet du pape Urbain II qui avait lancé la première croisade pour libérer les hommes de l'emprise de Lucifer ?

A la fin de ces lectures, il y eut quelques commentaires à voix basse. Delphine examinait chaque visage avec ce regard dur et sans âme qui mettait mal à l'aise et faisait baisser les yeux. Elle n'eut pas le plaisir de faire plier Stéphanie, Aubeline et cette brute burgonde. Les trois femmes lui tinrent tête. Lorsqu'elle rencontra le regard de Bertrane, elle y lut de l'inquiétude.

Le silence était revenu.

On attendait que la dame de Signes donnât le premier avis.

Bertrane ne savait que dire. La Judée, la Palestine, le comté d'Edesse, celui de Tripoli et la principauté d'Antioche étaient si loin. Mélisende et Baudouin appartenaient à la légende. Dans cette histoire, il n'était pas question d'amour, mais de politique. Ces deux êtres s'opposaient pour la possession du royaume de Jésus. Il était du devoir du pape d'intervenir, mais le Saint-Père, préoccupé par son propre sort au sein d'une Rome affaiblie et dépendante de l'Empire germanique, n'avait pas d'influence en dehors de l'Italie.

Bertrane quitta la banquette de pierre où elle siégeait au milieu de ses pairesses. Elle fit face à la comtesse de Dye qui se tenait sous le vieil olivier, passant de la lumière bleutée à l'ombre des feuillages. De cet endroit, elle apercevait la Sainte-Baume. La montagne paraissait plus grande sous le ciel sans nuages. Sa face blanche s'élevait au-dessus des forêts rabougries de son versant sud. Des couronnes de roches nues s'ouvraient sur des gouffres invisibles. Un bouc bêla vers le pont du Diable. Alors il sembla à la jeune femme que la montagne devenue hostile était sur elle, prête à l'écraser.

— Attends-tu quelque signe du ciel ? lança Delphine de Dye avec impatience. Tu sais que je n'aime guère perdre mon temps lors de nos réunions. Si tu veux en savoir un peu plus sur le sens caché des choses, tu dois te rendre à Signes la Noire.

A l'évocation de Signes la Noire, proche de la grande léproserie, lieu où vivaient les sorcières, il y eut un frémissement. Les femmes sentirent passer le souffle froid des ensorceleuses qui liaient chaque nuit leurs âmes à celles des démons.

Bertrane se ressaisit. C'était Delphine qui lui conseillait de consulter les sorcières ? Par exemple ! La comtesse de Dye entretenait les habitantes de Signes la Noire avec ses deniers, les protégeait, se servait de leurs pouvoirs occultes. Peut-être appartenait-elle à la confrérie ? On ignorait tout de l'organisation dont les ramifications touchaient toutes les couches de la société féodale et couraient à travers l'Europe. Il suffisait de la contempler. En cet instant même, dans sa robe sinople, adossée au tronc torturé du vieil arbre couvert d'usnée, elle était digne de l'antique lignée des prêtresses ligures. La comtesse aux cheveux couleur de plomb blanchi avait l'âge de l'olivier qui l'abritait. Sa peau ravinée, d'une grisaille maladive, ne contrastait en rien avec l'écorce de l'arbre antique.

Son regard mauvais se vrilla le temps d'une respiration dans celui de la dame de Signes. Les deux points sombres au fond des orbites s'embrasèrent. Bertrane y vit le feu du diable, mais elle ne se laissa pas impressionner. Pas plus que Stéphanie et Jausserande qui suivaient le duel. Aubeline serrait les poings ; elle détestait Delphine. Bérarde qui avait l'avantage de pouvoir s'exprimer en silence lui dit :

— Celle-là, on devrait la marier au comte de Barcelone. C'est un poison. Je préférerais la savoir à mille pieds sous terre avec son maître Satan !

Bertrane se tourna vers la cour.

— Ai-je une seule fois depuis ma venue dans ce fief et mes fiançailles avec le comte Bertrand porté mes pas vers Signes la Noire ? Je dis bien la Noire car je ne mêle pas nos pauvres lépreux à ce lieu proche de leur hôpital. Avons-nous besoin de la magie noire pour résoudre des questions d'amour et trouver des solutions aux problèmes politiques que des personnes avisées nous soumettent ? Tu déraisonnes, ma pauvre Delphine. A moins que ce ne soit voulu. Quoi de plus enivrant que de parler à une assemblée, de la faire pencher du côté souhaité, de manier le verbe. Tu es lettrée, tu lis Cicéron, tu as le discours dans le sang. Bien des évêques, quand tu t'appliques, envieraient ta rhétorique. J'éprouve moi-même une volupté profonde à m'exprimer devant un public. Quel plaisir quand les têtes acquiescent et que des airs entendus vous invitent à poursuivre. Constate-le, j'ai la logorrhée facile et je disserte, je palabre, je pérore, je philosophe assez bien pour ne rien dire. Pour en revenir à la question qui nous préoccupe, à savoir qui de Mélisende et de Baudouin a tort, elle n'est pas de notre compétence. Je vous l'affirme haut et fort : c'est d'une reine et d'un roi qu'il s'agit ! Et nous ne représentons rien sur l'échiquier politique pour trancher à un tel niveau. Personnellement, je crois que cette mère et son fils ne se réconcilieront jamais, soupira-t-elle en regardant Stéphanie et en pensant à Hugon. Le pouvoir dénature les âmes bien nées, le pouvoir détruit l'amour, le pouvoir est à la source de tous les maux de l'humanité. Oui, la soif du pouvoir est plus forte que la soif d'amour.

Les femmes se regardèrent avec surprise. Bertrane venait de placer le pouvoir au-dessus de l'amour. C'était un constat amer. Jamais de telles paroles n'avaient été prononcées publiquement. Jausserande eut un rire nerveux. Les chuchotements coururent et s'amplifièrent. Alors Bertrane leva une main en signe d'apaisement.

— Néanmoins, reprit-elle d'une voix ferme, il est des êtres qui écoutent leur cœur aux heures les plus silencieuses et les plus sombres, et qui gardent confiance en l'amour. Des gens s'aiment sans contrepartie, sans calcul ; des chevaliers errants défendent les faibles et les opprimés, soutiennent les malades, par amour comme le fit Jésus avant d'être mis en croix. Et ce sentiment est alors infiniment plus fort que ceux qui conduisent au pouvoir et à la gloire temporelle. Bénis soient ceux qui s'aiment et triomphent des péchés engendrés dans le tumulte des guerres et des complots. Quand cette séance s'achèvera, nous rendrons grâce au Seigneur, nous jouerons pour lui de la harpe à dix cordes. Nous lui chanterons un cantique nouveau, de tout notre art, nous soutiendrons l'amour par une ovation. L'amour est tout, mes sœurs. Renvoyons dos à dos Mélisende et Baudouin.

— Je veux poursuivre ! s'exclama Delphine. Tout n'a pas été dit loin de là.

— Il n'y a rien à ajouter, répliqua Bertrane.

— La cour d'amour gagnerait en prestige si elle accordait quelque crédit à ce drame qui risque de provoquer l'effondrement du royaume de Jérusalem et la mainmise des infidèles sur le Saint-Sépulcre. J'exige un vote.

Bertrane haussa les épaules. En elle, une force bouillonnait et les protestations de Delphine ne faisaient que la conforter dans son raisonnement. Aubeline fut la première à prendre le parti de la dame de Signes en levant haut la main. Nouvellement promue au rang de juge après ses exploits, c'était la première fois qu'elle prenait une décision. Elle était la plus pauvre des nobles, la moins titrée, mais sa voix valait celle de la vicomtesse d'Avignon. Sa promptitude provoqua une réaction immédiate. Avec une belle allégresse, les femmes votèrent à l'unanimité pour Bertrane, déclarant l'incompétence de la cour, et on dicta un message à la princesse Constance et au seigneur de Tibériade qui, les premiers, avaient alerté les dames de Signes.

La comtesse de Dye faisait piètre figure. Elle cherchait des griefs, mais dans le chaos de ses pensées elle ne trouva rien à opposer. Tant que Bertrane demeurerait intacte et pure, tant qu'elle porterait la couronne de comtesse de Signes, il serait impossible de la contrer.

Alors que la plume du secrétaire sous la surveillance du greffier d'audience, dame Mabille d'Yères, crissait sur le parchemin, on entendit un cri. Les gardes prirent position autour des pierres levées, armant leurs arcs de flèches.

Stéphanie fut la première à réagir.

— Vous autres avec moi ! ordonna-t-elle en s'adressant à Aubeline et Bérarde.

— Je viens aussi !

Stéphanie eut un œil indifférent pour Alix qui venait de tirer sa courte épée. Elle ne trouva rien à redire. L'Autrichienne leur emboîta le pas. Il y eut un second cri pareil à celui d'une bête égorgée. Puis elles aperçurent une paysanne courant sur le chemin. Elle était suivie de près par un rustre brandissant un bâton et tentant d'abattre cette arme de fortune sur le dos de la fuyarde. A plusieurs reprises, le drôle manqua sa cible en jurant. Au moment où il allait l'atteindre le

« Non ! » d'Aubeline claqua à ses oreilles. Il vit la fille du templier, la géante et deux autres femmes qu'il ne reconnut pas.

Les tueuses de la Bête, pensa-t-il.

Ses jambes fléchirent aussitôt. Son ardeur s'évanouit. La Burgonde était sur lui. D'un coup de hache, elle coupa net le bâton. Il jeta le moignon de son arme en s'agenouillant devant Aubeline dont la pointe de l'épée touchait sa gorge. Quatre gardes arrivèrent et le cernèrent avec leurs lances. Ils avaient le regard mauvais et l'envie d'embrocher leur proie qu'ils semblaient connaître.

— Gentes dames ! protégez-moi ! supplia la paysanne en les rejoignant.

— Reste à mes côtés, il ne t'arrivera rien, fit Stéphanie avant de faire signe aux gardes d'emmener l'homme.

Ce dernier eut une réaction inattendue. Il les bouscula, s'empara d'une lance. Il était fort, jeune et animé d'une rage qui le rendait dangereux. En quelques bonds, il échappa à la soldatesque et à Aubeline et Bérarde qui durent abandonner la poursuite. Elles étaient trop lourdement cuirassées pour soutenir une course sur ce terrain accidenté. Parvenu sur la crête, il cria :

— Bourrique ! si tu t'en vas parler aux dames, je te casserai les os puis je te jetterai dans le trou de Maramoye !

Les menaces portèrent leurs fruits. La paysanne prit peur. Elle essaya de quitter le groupe.

— Toi, je te garde près de moi ! lui dit la comtesse des Baux en la saisissant fermement par la main. Quant à toi, cria-t-elle à la brute, mon beau crotté, qui sais si bien t'adresser aux femmes, tu ferais bien de t'enfuir au loin. Mais n'aie crainte, où que tu ailles nous te retrouverons !

L'homme éructa une grossièreté et dévala l'autre versant de la colline. Bérarde avait une furieuse envie de le traquer.

— Je vais prendre un cheval et vous le ramener.

Aubeline traduisit.

— Nous avons tout notre temps, répondit Stéphanie. Et je le veux entier. Bérarde serait capable de lui couper le nez, les oreilles et autre chose.

On conduisit la pauvresse dans le cercle sacré. Elle se mit à pleurer en voyant Bertrane. Cette dernière demanda un linge et s'employa à rafraîchir ce visage qui n'avait guère connu que des malheurs. La plupart des dames connaissaient la malheureuse. Elle s'appelait Dooudina, étrange prénom qui signifiait « la Choyée ». Il lui avait été donné parce qu'elle était la première-née d'une famille affranchie trente ans plus tôt. En vérité, elle le portait mal. Il lui avait attiré toutes sortes d'épreuves dès le jour où elle avait pris pour époux le grand Germain, l'homme au bâton, bûcheron de son état, en état d'ivresse permanente.

— C'est la Dooudina, chuchota Alalète à une demoiselle d'Entrecasteaux nouvellement engagée. La pauvresse du Latay. Elle fait fausse couche sur fausse couche. Ça viendrait des coups au ventre que lui donne son affreux mari.

Sur ces mots, la grosse dame d'Ongle porta les mains à son ventre comme si elle voulait protéger les fruits qui avaient poussé à six reprises. La douleur était collective. La douleur fouaillait les entrailles de toutes les femmes, qu'elles fussent mères ou vierges. Bertrane était profondément affectée par ce qu'elle venait d'entendre. L'enfantement était une épreuve à laquelle elle avait déjà assisté ; l'avortement provoqué par brutalité était un crime impardonnable. Les hommes présents n'étaient guère à l'aise ; ils se sentaient fautifs malgré eux. La violence, ce n'était pas un secret, sévissait dans la plupart des foyers.

— Mais elle est grosse ! constata avec effroi Hermissende, la plus sage et la plus retenue des dames.

Ce fut la consternation. Dooudina était enceinte. Tous les regards se rivèrent sur la bosse qui gonflait sa chasuble rapiécée. La paysanne en rougit de honte.

— C'est pas ma faute, bredouilla-t-elle en croisant ses mains devant elle. C'est Germain ou ses compagnons... Je sais pas.

Ce monstre offrait donc son épouse à ses complices de beuveries. L'écœurement fut général.

— On sait que tu n'y es pour rien, dit avec compassion Stéphanie. De combien es-tu grosse ?

— Cinq ou six lunes... Je sais pas... Je sais pas !

Dooudina se remit à pleurer. Son visage comme son corps étaient d'une extrême maigreur. Il y avait cependant un air de jeunesse qui se dégageait de cette femme, une volonté de vivre que toutes percevaient. Dooudina ressemblait à ces vaillanties qui croissent sur les terrains arides et résistent au mistral, à la grêle et au givre. Les dames se sentirent coupables de vivre dans le luxe de leurs résidences ; elles se firent plus tendres. La vicomtesse d'Avignon, Adalarie, la plus riche des nobles du sud de la France, se proposa de la prendre à son service. Son offre apaisa les esprits.

Rassurée, Dooudina parla de Germain et du monde des bûcherons du Latay. Ses comparses ne valaient pas mieux que lui. De nombreux fœtus pourrissaient dans le lit du Latay. Parce qu'il n'aimait pas les gros ventres, il la battait, puis la prenait comme une chienne par-derrière, là où c'était interdit.

— Un coupeur de bois peut pas nourrir de morveux, c'est ce que dit le Germain, ajouta Dooudina.

— Bien ! trancha Stéphanie. Par Balthazar mon patron, cette femme m'a convaincue. Je n'ai nul besoin de vos avis, mes amies. Vous conviendrez qu'il est temps de mettre fin aux exactions de ce Germain.

Fendant les rangs d'un pas décidé, elle fit signe à Aubeline et à Bérarde. Celles-ci s'en réjouirent. C'était dans l'action qu'elles révélaient leurs véritables personnalités. Alix n'osa pas s'imposer une fois de plus. Les trois femmes étaient pareilles à des déesses de la guerre. Stéphanie retira les épingles d'or qui maintenaient ses cheveux et secoua la tête. Sa crinière argentée se déroula dans son dos. Comme elle l'avait fait quelques semaines plus tôt avant d'attaquer les brigands, elle trancha sa robe au-dessus des genoux. Les gardes amenèrent les chevaux.

Elle enfourcha l'un d'eux et tendit la main à Doudina.

— Je te prends en croupe. Conduis-nous à lui.

— Il va me casser les os et me jeter dans un trou.

— Il devra d'abord casser les leurs, répondit Stéphanie en montrant Aubeline et Bérarde sur leurs montures.

La paysanne se souvint que ces deux-là avaient tué la Bête. Et il y avait le sourire carnassier de la géante qui caressait sa hache, et l'implacable regard de métal de la fille du templier qui portait la croix rouge du Sauveur sur son armure de cuir renforcé de plaques de fer. Germain avait beau être fort, il ne gagnerait pas. Elle s'accrocha à la main tendue et grimpa derrière la comtesse des Baux.

Les chevaux partirent au trot.

— Laissons-leur un peu d'avance, dit Bertrane qui ne comptait pas rester passive.

Elle avait toujours cette sensation d'être observée. Les quatre cavalières pouvaient tomber dans un piège. Non pas tendu par cet imbécile de Germain et les quelques misérables capables de le suivre. Mais par des sbires enrôlés par Hugon.

Bertrane, Alix, Jausserande et Mabille, suivies de douze gardes, se mirent en route tandis que le gros bataillon des dames, des demoiselles et des hommes restants passait sous le commandement de Delphine de Dye.

16

La cabane du bûcheron était à l'écart du village, perdu dans le vallon de Masseboeuf. Des arbres chétifs poussaient entre les rocailles. Les plus beaux spécimens avaient été abattus depuis longtemps pour être vendus aux charpentiers de la marine à Marseille.

— C'est un mauvais endroit, dit Aubeline. Mon grand-père y a vaincu une troupe de Sarrasins, avant la première croisade. Plus de deux cents ont été tués et enterrés ici, c'est plein d'âmes errantes.

Cette phrase réveilla les peurs irrationnelles de Dooudina qui s'accrocha fermement aux hanches de Stéphanie.

— Les âmes ne peuvent rien contre les vivants ! dit Stéphanie.

Bérarde grogna. Elle n'était pas de l'avis de la comtesse des Baux. La Burgonde sentait les impalpables forces hostiles qui les entouraient. Le lieu n'était pas bon pour une autre raison que personne n'évoquait. Le vallon de Masseboeuf était une entaille ouverte sur le pont du Diable. A part les moines exploitant les moulins proches, bien protégés par les prières, les croix et les médailles, nul ne se rendait dans ce coin. Le Malin régnait sans partage des gorges de La Basse à la gourgue de Mal Vallon et son territoire en la personne du brigand, Robert le Roux de Paneyrolle. Ce chevalier n'avait jamais été vaincu et il lui arrivait parfois de se rendre à Signes la Noire pour le grand sabbat des sorcières de Provence. Les mauvaises langues disaient que la comtesse de Dye le protégeait et avait recours à lui pour certaines besognes en dehors du fief.

C'était ce qui se racontait aux veillées, et Aubeline et Bérarde qui ne l'avaient jamais rencontré malgré la proximité de leur bastide fortifiée se rappelaient la description qu'en faisaient les conteurs : Robert, roux de cheveux, chevalier à la longue lance de frêne, chevalier à l'armure noire de fer martelé arborant l'emblème du loup rouge montait un destrier de bataille aussi noir que la nuit. Son père Richard, premier croisé ayant écouté le pape Urbain à Clermont, avait participé à la prise de Jérusalem avec Guigo et Geoffroy de Signes. Ayant défié Dieu dans le Temple, il avait été maudit à jamais. Cette terrible malédiction pesait aujourd'hui sur Robert, le dernier fils que Richard, à l'âge de soixante-dix ans, avait eu avec une Samaritaine.

Stéphanie se fichait de ce brigand. S'il n'avait tenu qu'à elle, elle aurait pris la tête d'une compagnie d'archers et des deux guerrières pour mettre fin aux aventures de ce drôle qui bafouait les règles de la chevalerie.

Mais Bertrand de Signes interdisait d'en finir avec Robert le Roux. Par superstition et par peur de froisser la comtesse de Dye. Pour l'heure, il n'y avait aucun danger de le rencontrer de ce côté du chemin. Le chevalier noir ne venait jamais dans le vallon de Massebœuf, peuplé d'une poignée de pouilleux.

Le soleil montait au zénith, éclairant les pentes couvertes de troncs abattus que quelques charbonniers s'évertuaient à déplacer. Çà et là fumaient des monticules dans lesquels du bois se consumait en charbon. Ces fumerolles dessinaient un langage incompréhensible, même aux yeux de la muette

Bérarde qui avait détaché sa hache et lançait des regards meurtriers alentour. La cabane de Germain apparut. Dooudina la désigna d'un doigt tremblant.

— C'est notre maison.

Elle avait dit « maison », c'était tout au plus une masure faite de planches et de branchages au toit recouvert de glaise séchée et d'écorces.

Aubeline et Stéphanie se sentirent perturbées à la vue de cette verrue que la moindre tempête pouvait balayer. Germain ne construisait pas dans le solide. Comme la plupart des hommes de son temps, il ne croyait pas en la solidité d'un avenir dans ce monde. Aubeline mesurait, maintenant qu'elle appartenait à l'assemblée des dames, combien la réalité des petites gens était éloignée de celle des habitants de la cour d'amour. Jusqu'à ce jour, dans la précarité de son fief ruiné, elle n'en avait pas pris conscience. Elle était coupable de cette misère, au même titre que Bertrane, Stéphanie, Adalarie et les autres nobles. Elle jura tout bas d'y remédier. Dès le lendemain, elle prendrait des dispositions concernant ses paysans et exigerait par lettre que le seigneur Bertrand de Château-Vieux débloque les fonds nécessaires afin de donner un toit en dur à tous ceux qui vivaient sur son domaine. Elle n'en parlerait pas à Bertrane. Elle dépendait d'abord de Bertrand à qui son père Othon avait renouvelé son allégeance avant de rejoindre l'ordre du Temple.

Dooudina refusa d'aller plus loin. Elle sauta à bas du cheval. Stéphanie ne lui en tint pas rigueur. La cabane se dressait entre deux gros rochers qui la protégeaient du vent d'est et du mistral. Stéphanie descendit de cheval et fit signe à Aubeline et Bérarde de protéger ses flancs. Les deux guerrières mirent pied à terre et se déployèrent armes à la main. Stéphanie n'affichait aucune peur. Elle marcha d'un pas ferme vers l'habitation devant laquelle un porcelet retournait des ordures du groin. A dix coudées de l'entrée, elle se mit en garde et vit sur sa droite la pointe de l'épée d'Aubeline et sur sa gauche le tranchant arrondi de la hache de Bérarde. Elle pinça du nez. Des années d'excréments incrustaient la terre alentour et l'odeur soulevée par la chaleur et la brise collait aux narines, s'insinuait dans sa gorge. Luttant contre la bile, elle se rapprocha encore. Quelqu'un bougea à l'intérieur de la cabane.

— Sors de là !

Et il sortit. Animal immonde couvert de poux et de crasse. Le Germain empestait le vin et l'urine. Tous les sens de Stéphanie se révoltèrent quand elle le vit et le sentit. Aubeline et Bérarde, plus rustiques, habituées à la misère des paysans qu'elles côtoyaient journellement à Meynarguette, ne montrèrent aucun signe de dégoût. Pourtant, à bien le regarder, Germain avait un réel besoin de se nettoyer le visage avec les chastes nuages accrochés à la Sainte-Baume et l'eau pure des sources jaillissant de la montagne sacrée. Quant à son âme… elle puait à dix mille lieues à la ronde.

— Sagouine ! je vais te trancher le cou !

Germain s'était adressé à sa femme comme si les trois autres n'existaient pas. Il montra son intention en s'emparant d'une hache au manche courbe. Il la fit tournoyer en fixant sur Dooudina ses yeux injectés de sang. La pauvresse tremblait de tous ses membres. Elle se réfugia derrière Aubeline qui lança :

— Pas de quartier !

Ces mots n'étaient pas adaptés à la situation. La fille du templier ne demandait pas moins que la mort du bûcheron. Stéphanie n'avait nulle intention de la donner. Elle devait ramener le coupable devant la cour. Elle arrêta la Burgonde qui fonçait, tel un taureau.

— Laisse-moi ce chien galeux !

Elle aurait cependant voulu tuer cet homme. La répulsion et la haine alimentaient une rage qu'elle avait du mal à maîtriser. Son épée même semblait vouloir boire le sang de ce barbare qui les défiait.

Germain eut un ricanement quand il vit s'avancer la comtesse des Baux. Une femme n'était pas de taille à se mesurer à un homme. Celle-là avait la chevelure grisonnante et une charpente de dentellière. Il allait l'abattre comme un arbrisseau. Sa hache étincela sous les rayons avant de rencontrer l'acier de l'épée. La parade le surprit. Il ne se découragea pas. Il avait l'habitude de cogner. Les troncs qu'il taillait pliaient.

Pas la dame à l'Etoile.

Il s'énerva. Il ne parvenait pas à trouver une brèche. Il arrachait parfois des étincelles à la lame. Il s'acharna. Il n'aurait pas dû boire. Il manquait de vitesse et il se fatiguait. Peu à peu, il recula. Il ne considérait plus la comtesse comme un arbrisseau. Il y avait aussi les deux autres qui rongeaient leur frein et semblaient ne désirer qu'une chose : le découper en morceaux. Ces trois femelles étaient des anges vengeurs descendus du ciel. Ce n'était pas possible. Eve avait trahi Adam. La femme était le péché incarné.

— Tu n'es qu'une sale putain ! haleta-t-il.

Stéphanie en perdit le sens du devoir. Elle ne le ramènerait pas devant la cour ; il n'avait pas droit à un procès. Guidée par la fureur, elle arrêta la sentence. Quand elle jugea que le moment était arrivé, elle balaya la cognée d'un large revers, puis se fendit. La lame troua la camisole, pénétra les chairs jusqu'au cœur.

Alors qu'une rosée rougeâtre s'échappait de sa bouche, Germain lâcha sa hache, tournilla sous le regard sans pitié de Stéphanie et s'écroula. Il y eut un cri. Aubeline et Bérarde furent surprises par la réaction de Dooudina. Pas Stéphanie.

— Vous me l'avez tué ! Vous me l'avez tué !

S'arrachant à la protection d'Aubeline, elle courut vers la dépouille de son époux et couvrit son visage de ses larmes. Bertrane et ses compagnes arrivèrent à cet instant. La dame de Signes prit un air navré ; elle regrettait que Germain n'ait pas été jugé selon les lois en vigueur à Signes. Elle n'en fit pas cependant reproche à Stéphanie.

— Quand on laisse vivre les hommes comme des bêtes, ils se comportent comme des bêtes, souligna Alix alors que les bûcherons, leurs femmes et leurs enfants s'attroupaient près de la cabane de Germain et de Dooudina.

— Ce que dit Alix est vrai, ajouta Aubeline. Faisons en sorte que cette mort ne soit pas inutile. Notre devoir, je le comprends à présent, n'est pas de venir en aide à Mélisende et Baudouin, mais à nos paysans. Faire des heureux sur cette belle terre de Provence est de notre compétence. Nobles dames, engageons-nous à soulager la misère, engageons-nous à éduquer les plus démunis, engageons-nous comme l'exigent les dix commandements et les saints Evangiles, et le Seigneur qui nous voit et nous écoute en ce moment même nous en saura gré.

C'étaient de belles paroles, mais elles n'atteignirent pas le cœur de Dooudina. Elles avaient été tant et tant de fois répétées en d'autres temps et sous d'autres latitudes qu'on les oublierait aussi vite que la caresse de la brise qui les emportait. Bérarde haussa les épaules. Son amie, la fille du templier, était bien naïve. En attendant il fallait enterrer chrétiennement le corps de Germain. C'était le premier devoir à accomplir. Après tout, il ne s'était pas suicidé. Et l'on vit alors cette chose étrange. La Burgonde s'agenouilla près de Dooudina qui se lamentait toujours sur la dépouille de son homme et se mit à prier. Les unes après les autres, les dames l'imitèrent. Puis les familles des coupeurs de bois unirent leurs voix à celles des femmes de la noblesse. Les soldats enfin lâchèrent leurs lances et s'abandonnèrent à la foi collective. Du vallon de Masseboeuf monta le plus fervent des Notre Père. On l'entendit jusqu'au pont du Diable, mais là il n'y avait pas de croyants pour s'adresser au ciel.

17

Le templier avait une lourde charge. Ses responsabilités dépassaient de loin celles fixées par les règles de l'Ordre. Pourquoi l'avait-on choisi lui parmi tant de frères valeureux ?

« Parce que tu es natif de la Sainte-Baume », lui avait répondu le grand maître. Deux autres chevaliers avaient été également désignés. Un Breton né sur l'île de Gavrinis et un Audois originaire de Couiza. Trois, un chiffre sacré. Trois pour une mission sacrée. Chacun devait emporter et cacher dans des lieux secrets et protégés les extraordinaires trésors découverts dans les souterrains du Temple de Jérusalem ainsi que le huitième de l'or amassé depuis la fondation de l'Ordre.

En vérité, Othon d'Aups cherchait un motif qui l'aurait empêché de retourner en Provence. Sa place était ici aux côtés des croisés, des teutoniques, des hospitaliers, de tous ceux qui combattaient les infidèles. Sa place était sous ce soleil implacable, dans ces espaces arides où s'enracinaient les oliviers et les palmiers, dans cette Judée où le Christ avait fait des miracles, choisi les douze apôtres, s'était sacrifié pour sauver les hommes. Il avait chevauché sans but depuis Jérusalem. Il s'aperçut qu'il était non loin de Bethléem. Son cœur battit plus fort. Un groupe de femmes voilées, des cruches sur la tête, menaient des chèvres. Un village blanc étageait ses toits plats sur une colline où poussaient des orangers.

C'était comme dans la Bible ! Il ne pouvait se résoudre à quitter bientôt cette terre. Certes, il ne resterait pas en Provence. Mais traverser les mers en ces temps difficiles était une épreuve que seuls les marchands italiens poussés par l'appât du gain s'imposaient régulièrement. Et Dieu seul savait ce qui l'attendait là-bas. La guerre avait été perdue par Stéphanie des Baux. Le comte de Barcelone, Raymond Bérenger, était devenu l'un des hommes les plus puissants d'Occident. Othon pensait souvent à sa fille Aubeline et il éprouvait de la honte. Son égoïsme, sa faim de guerre sainte, sa soif du Christ, son mysticisme l'avaient conduit à abandonner sa chère enfant. Il n'avait aucune nouvelle d'elle, il craignait qu'elle fût morte. Pourquoi ne lui avait-il jamais écrit ? Il connaissait la réponse : il appartenait à l'ordre des chevaliers du Temple, à une organisation militaire et religieuse qui n'admettait aucun sentimentalisme. Quand on épousait l'Ordre, quand on revêtait les habits blancs frappés de la croix, on tirait un trait sur son passé.

Les femmes voilées s'écartèrent en lui jetant des regards furtifs. Les templiers étaient craints. Il n'y fit pas attention. Il poussa son cheval vers un tertre. De cette position, il put embrasser des horizons lointains et bleutés, un océan de pierres et de sable, des dizaines de chemins se perdant dans des torrents asséchés peuplés de serpents et de scorpions. Son âme était là, brûlante d'une foi que rien ne pouvait éteindre. Son amour pour Aubeline ne comptait pas. Il reviendrait mourir ici.

Othon sauta de cheval et tomba à genoux. Sa voix se fit plus forte que celle du muezzin appelant les musulmans à la prière.

A pleine voix, je crie vers le Seigneur !
A pleine voix, je supplie le Seigneur !
Je répands devant Lui ma plainte,
Devant Lui, je dis ma détresse.
Lorsqu'au combat, le souffle me manque,
Toi Tu soutiens mon épée.
Lorsque dans la mêlée, ma raison s'égare
Toi, Tu sais mon chemin.
Sur le sentier où j'avance,
Un piège m'est tendu.
Regarde à mes côtés et vois :
Personne qui me connaisse !
Ni le Grand Maître ni les commandeurs !
Pour moi, il n'est plus de refuge :
Personne qui pense à moi !
Je crie vers Toi, Seigneur !
Je dis : « Tu es mon abri, ma part, sur la terre
[des vivants.
Quand le jour viendra,
Fais que je meure glorieusement en ton nom
[sous les murs de Jérusalem.
Autour de moi, les justes feront cercle
Pour le bien que Tu m'as fait.
Gloire au Père, et au Fils, et au Saint-Esprit,
Pour les siècles des siècles. Amen.

Qui priait avec plus d'ardeur que lui dans le monde chrétien ? De quelle folie sa foi était-elle faite ? Il se signa avec violence et se courba pour baiser la terre foulée par les pieds du Christ. Il était en état de sainteté. Peu d'hommes pouvaient l'égaler.

Ces pouilleux le laisseraient-ils boire en paix ? Hugon jeta un œil mauvais sur la lie de l'humanité rassemblée dans le bouge où il logeait depuis plus de trois semaines. Un nid à punaises et à cafards. Tout en longueur sous les voûtes noircies. Des torches laissaient tomber des lueurs jaunes, changeantes, sur les tables bancales ; et ces clartés palpitantes donnaient aux braillards des airs de démon. Il vida d'un trait son gobelet de vin, ne parvenant pas à s'habituer à son goût. Cet alcool de Bourgogne lui tournait les sens. A Dijon, il était impossible de boire du corbières ou de l'épais vin miellé de Tarascon.

— Bâtard ! J'aurai ta peau ! grogna-t-il.

Le Bâtard de Trets, Odet d'Alègre, l'avait trahi. Il en était convaincu. Sa mère et la dame de Signes étaient saines et sauves. Un regret passa dans son regard. Regret de ne pas être à cette heure l'héritier des Baux. Regret de ne pas pouvoir imaginer les corps de ces deux chiennes dévorés par les corbeaux.

Il porta la main à la poignée de son épée. A une table voisine, une dispute éclata pour quelque obscur motif entre deux ribauds qui tirèrent leurs coutelas et se mirent à se battre. Ce fut bref. Le sang coula et ils se réconcilièrent en partageant le pichet offert par le tenancier. La vie des vermines reprit son cours habituel. Dans les rires gras d'un auditoire chaviré par la vinasse, un gros homme haletant cherchait à pénétrer rageusement de son sexe le ventre d'une fillette prostituée. Ce qui était terrible, c'était le rire de l'enfant, un rire de vieille aux intonations cassées, et la façon dont elle encourageait son assaillant en le tirant par les hanches. Hugon croyait voir le Bâtard et il se remit à ruminer sa vengeance dans l'alcool.

Des reflets de soleil mourant couraient à la surface du vin chaque fois qu'il reposait brutalement le godet. Le fer du récipient se mêlait à son goût. Il lui rappelait la bataille perdue en Camargue. Sale vin ! Il le buvait quand même, s'efforçant de s'enivrer, tout en sachant que cette ivresse, loin de le mener au paradis, le ferait vomir avant l'aube sur le lit de paille où il faisait, nuit après nuit, des cauchemars. Il n'avait pas pu réorganiser sa défense comme il l'espérait. Fomenter une révolte à l'échelle de la Provence et du Languedoc demandait des moyens qu'il n'avait plus, ou du moins pas encore. Ses partisans se révélaient moins nombreux que prévu. Ses frères demeuraient trop attachés à leur mère ; les nobles renouvelaient les uns après les autres leur allégeance à Stéphanie. On se liguait contre lui, on en oubliait même Raymond Bérenger. C'était à devenir fou. Le front soucieux, les pensées fumeuses, il ne remarqua pas le changement autour de lui.

Le silence s'étendit d'un bout à l'autre de la salle. Le gros homme se détacha de la petite fille dont le rire de hyène s'était figé en une grimace. Ce fut le ferraillement et les pas lourds qui alertèrent Hugon. Il releva lentement la tête.

Ils étaient huit. Huit chevaliers errants. Leurs blasons fatigués, leurs armures cabossées, les cicatrices sur leurs visages et leurs regards avides en disaient long sur la litanie de leurs mauvaises actions passées et à venir. On sentait qu'ils avaient vécu d'une façon dont ils ne souhaitaient plus se souvenir, qu'ils avaient vu l'animal humain sous ses aspects les plus abjects avant de devenir pires à leur tour. Il se dégageait de ce groupe une force qui glaçait de peur les gueux de la taverne.

Etrangement, cette apparition réchauffa le cœur d'Hugon. Il leva son gobelet en l'honneur des nouveaux arrivants.

— A votre santé, chevaliers !

Eux se reconnurent aussitôt en lui. C'était le seigneur dont ils avaient entendu parler à Montbard. Ils n'avaient pas une bonne opinion des hommes du Sud, mais celui-ci était différent. Un grand prédateur. Ils s'ébranlèrent et n'eurent aucune peine à s'asseoir. Il y eut une envolée de moineaux. Des bancs se libérèrent, des servantes apportèrent cruchons, pain, jambon et fromage.

— On dit que tu cherches à enrôler ? demanda un chevalier en s'installant face à Hugon.

Le comte des Baux le jaugea. L'inconnu portait une barbichette lustrée qui allongeait singulièrement sa face étroite de renard. La joue droite avait été autrefois trouée et mal recousue. Il y avait là une dépression. Elle déformait l'extrémité des lèvres en les étirant. Le bliaud taillé dans une bonne et solide étoffe brune était décoré d'une rose noire sur un écu jaune. Une longue épée à la fusée marquée d'un croissant de lune et d'une suite de triangles pointés vers le quillon pendait à même la ceinture, nue, sans la protection d'un fourreau.

Hugon vit dans cet homme sec chez qui les nerfs et la tête dominaient les muscles et le cœur une recrue de choix. Il correspondait à l'élu de ses noirs desseins.

— Je cherche et je paie bien, répondit le seigneur des Baux.

Un sourire déforma un peu plus la bouche du chevalier à la rose qui avait son idée sur la question.

— En deniers melgoriens ou en solidus ?

— En solidus d'or frappés à l'effigie de Manuel Ier, empereur de Byzance.

Il y eut des grognements de satisfaction. Les chevaliers montraient leur âpreté au gain. Le solidus exerçait sur leur esprit une fascination quasi religieuse.

— Je m'appelle Liénard d'Ouches, mais on me surnomme Liénard le Batailleur, dit l'homme à la face de renard, et tu as devant toi la fine fleur de la chevalerie française.

Il présenta ses compagnons : Conan de Montfort, Othe d'Auxerre, l'excommunié, Gilbert de Bouville, Etienne de Borron, le voyageur, Robert de Béthune, Bonneval du Pont et Beraud le Lion.

— Je vois, siffla Hugon.

— Alors, mon beau seigneur, qui faut-il envoyer en enfer ?

Hugon s'accouda et ils burent ses paroles.

Bertrane fit couler entre ses seins les larmes huileuses d'un parfum d'Orient acheté à prix d'or aux colporteurs de Marseille. Le liquide couleur de miel embauma l'air d'une odeur musquée et épicée. Une chaleur monta à sa poitrine ; il lui semblait que la fragrance remplissait la vacuité de son corps d'une force nouvelle. Puis elle passa une robe dont la légèreté laissait voir ses formes par transparence. C'était... trop osé. Alix de Dardanus qui, sur les conseils d'Aubeline d'Aups, veillait sur la comtesse en permanence tout en l'assistant du lever au coucher en fit la remarque :

— Tu ne vas pas te rendre ainsi à Château-Vieux ?

Bertrane hésita. Elle pensa à la tenue de Marie Madeleine lors de sa rencontre avec Jésus. Celle qui allait être élevée au rang de sainte était-elle habillée autrement ? La comparaison était hardie car Marie Madeleine n'avait pas tenté de séduire le Christ. Lors d'une conversation, Jausserande lui avait ouvert les yeux. Les paroles de la jeune courtisane s'imposèrent à elle : « Tu n'as jamais rien fait pour conquérir ton époux. Comment crois-tu que les hommes nous préfèrent : en habit de nonne ou en princesse orientale ? Ce n'est pas saint Paul que je sache, ce seigneur-là ! Il faut lui faire au moins comprendre que le fief doit avoir un héritier. Tiens, je vais te prêter ma robe d'Antioche et nous verrons s'il ne tombe pas à genoux devant toi. »

C'était cette fameuse robe tissée par les doigts habiles des Persanes, coupée et cousue par le meilleur couturier d'Antioche, qui l'habillait d'un nuage.

— Je la garde, répondit vivement Bertrane. Au lieu de ruminer des pensées interdites à mon égard, tu ferais mieux de me passer le joli vêtement de ma mère.

Alix s'exécuta de bonne grâce. Ce que la dame appelait ainsi était un caraco brodé rapporté de Palestine par son père, le comte Guy de Solliès.

Elle l'enfila. Il cacha en partie les lignes fluides de la robe, rassurant un peu Alix.

Bertrane était prête. Mais prête à quoi au juste ? Elle s'en fut sur son cheval blanc sur le chemin de Château-Vieux, escortée par Aubeline et Bérarde qui la guignaient du coin de l'œil. Les deux guerrières s'interrogeaient sur son apparence. Leur comtesse allait s'attirer les foudres de son époux. Bertrand tenait les femmes pour des pécheresses. Aucune, depuis la faute d'Eve, ne méritait l'indulgence des hommes.

Elles longèrent le Figaret aux eaux gonflées par les derniers orages. Chaque fois qu'elle se rendait là-bas, au bout de la vallée, Bertrane avait l'impression de suivre un chemin de croix. Elle y allait toujours avec angoisse, ne sachant quelle attitude adopter, quels propos tenir face à son époux. Bertrand appartenait à un autre monde, le monde de la foi, des prières et des mortifications. Jausserande était folle de lui avoir mis en tête cette idée de séduction et de conquête. Elle prit une grande inspiration ; elle savait que c'était plus qu'une idée.

— Le comte va-t-il me trouver à son goût ? demanda-t-elle brusquement à Aubeline.

Prise de court, la fille du templier bafouilla :

— C'est que… Enfin… Je le pense.

— Il va me chasser, c'est ce que tu crois ?

— Non, mais il va s'agenouiller devant son crucifix et t'obliger à faire de même.

— Que ferais-tu à ma place ?

— Je le pousserais dans ses retranchements. J'invoquerais les obligations du mariage, les dangers qu'il fait courir à Signes et à toute la région en n'ayant pas d'héritier. Oui, je le prendrais d'assaut.

— D'assaut, dis-tu ?

Elles se regardèrent et éclatèrent de rire. Ce moment de joie fut bref. Le donjon émergeait au-dessus d'un piton rocheux. Elle ne pouvait plus reculer. Il n'était plus question de raison, ni même d'un quelconque désir légitime : à chaque pas de sa monture, elle cédait un peu plus à son besoin charnel, comme à un vice trop longtemps contenu. Elle était pleine d'histoires d'amour, d'aventures vécues à travers les débats de la cour et les confidences de Jausserande.

Au pied de la colline, dans l'unique rue sinueuse du village originel qui se dépeuplait peu à peu au profit de Signes, des enfants lui firent fête. Cela aurait dû la réconforter. Elle était trop préoccupée par son futur tête-à-tête avec Bertrand ; elle n'eut aucune parole gentille. Ils s'éparpillèrent sous les murs massifs du château. Bertrane leva les yeux vers les créneaux, vers les oriflammes, vers la grande croix dressée sur le donjon.

Aubeline et Bérarde contemplèrent à leur tour le symbole avec une crainte respectueuse. Elles n'ignoraient rien des habitudes dévotes et de la foi que le seigneur poussait jusqu'au fanatisme. Elles s'étaient toujours demandé pourquoi Bertrand n'était pas parti avec Othon d'Aups.

Bertrand priait souvent sous cette croix. « Christ, Tu ne T'es pas sacrifié en vain ! » criait-il parfois la nuit quand les loups hurlaient à la pleine lune. Le mystère de la Résurrection l'obsédait ; il espérait se retrouver parmi les saints le jour du Jugement dernier et il mettait tout en œuvre pour y parvenir.

Face à la porte béante par laquelle entraient et sortaient paysans, moines, pèlerins et soldats, le cœur de Bertrane s'emballa. Elle demeura sur place, sous les regards intrigués des sentinelles.

— Ma dame, s'enquit un sergent, veux-tu que j'aille quérir le chapelain ?

Elle fut surprise. Etait-ce donc l'image qu'elle donnait ? L'image d'une femme allant à confesse ? Il était vrai que dans ce haut lieu de contrition, les femmes n'avaient qu'un seul droit : celui de se rendre à la chapelle Notre-Dame-l'Eloignée. Bertrand ne tolérait aucune servante dans les habitations de la forteresse. Il croyait au diable. Les femmes – il le répétait sans cesse à ses soldats peu enclins à le suivre dans l'abstinence – étaient une engeance diabolique aux chairs avides de plaisirs malsains.

— Je me rends chez mon seigneur ! répliqua-t-elle vivement.

— Seule alors.

— Comment seule ! Aubeline et Bérarde ont déjà eu l'honneur d'être reçues par le comte. Aurais-tu oublié qu'elles ont tué la Bête ?

Le sergent contempla les deux guerrières qui se tenaient nonchalamment sur leurs selles. La géante portait une lourde pique ; elle l'abaissa vers lui. Il se troubla, regarda en direction du donjon avec une expression où se mêlaient terreur et respect.

— C'est que...

— C'est que quoi ?

— Notre bon maître Bertrand est en récitation.

— Que m'importent ses récitations ! Voilà plus de trois semaines que j'attends sa visite à Signes et qu'il ne daigne même pas répondre à mes lettres.

Aubeline poussa son cheval et força le passage, suivie de Bérarde. Bertrane passa devant le sergent interloqué. Une fois arrivées au donjon, elles abandonnèrent leurs chevaux aux garçons d'écurie. Tous les hommes n'avaient d'yeux que pour les trois femmes qui avaient franchi la limite autorisée à leur sexe.

Le donjon était bâti en blocs bruns parfaitement ajustés ; il émergeait du piton dans lequel on avait creusé les caves et les passages secrets. Un large escalier de pierres sèches y menait, tournant entre les cuisines, le corps de garde et les palissades intérieures de défense. Elles n'eurent pas un regard pour la chapelle devant laquelle une vingtaine de moines chantaient l'*Agnus Dei.* Bertrane accéléra le pas. A son passage, les gardes se figeaient. Un chevalier, qui avait grade de capitaine des archers, n'osa pas interdire l'accès du donjon à Aubeline et Bérarde.

La jeune femme était tendue. Elle réprimait ses tremblements. Les conséquences de sa visite impromptue risquaient d'être terribles, mais elle n'avait pas l'intention de renoncer. Gravissant les escaliers intérieurs de la grosse tour, elle bouscula les écuyers et les gardes.

— Attendez-moi ici, dit-elle à Aubeline et Bérarde quand elles parvinrent dans la salle d'armes décorée des trophées de la première croisade.

Assis à l'une des trois tables, une demi-douzaine de chevaliers buvaient du vin. Ils s'étaient tus à l'apparition des femmes. Aubeline et Bérarde s'installèrent à leurs côtés sans vergogne. Bertrane pria tout bas pour que n'éclate pas une rixe. Le clin d'œil que lui adressa Aubeline ne la rassura guère.

A cinq marches de la porte épaisse qui la séparait de la salle haute où Bertrand s'enfermait pendant de longues périodes, Bertrane s'arrêta. Son cœur battait trop vite. Elle ferma un instant les yeux, imprima ses ongles dans ses paumes et se reprit. Elle enleva son caraco qu'elle posa sur la dernière des marches.

Une voix saccadée filtrait jusqu'à elle. Bertrand. Elle souleva le crochet de fer qui retenait la porte au mur et poussa doucement le battant. Il faisait sombre à l'intérieur. Toutes les meurtrières étaient masquées de cuir et trois cierges sur un autel diffusaient un semblant de clarté. Bertrand se tenait à genoux dans le halo.

— Saint Pierre, priez pour moi, saint André, priez pour moi, saint Jean, priez pour moi, saint Basile, priez pour moi, saint Maurice, priez pour moi...

La récitation. La longue litanie des saints. En voyant son époux, Bertrane fut emplie d'effroi. Bertrand était méconnaissable. Les yeux lui sortaient de la tête, son corps enrobé vêtu d'une robe grise de pénitent se balançait d'avant en arrière. Ses mains étreignaient une petite croix en bois d'olivier rapportée de Nazareth par le légendaire Guigo de Signes.

Il y eut un mouvement dans l'ombre. Une face rubiconde à demi cachée par un capuce rabattu au ras des sourcils pénétra dans le halo. Bertrane reconnut Guillaume le chapelain. Le brave prélat lui fit signe de s'en aller mais son geste discret n'échappa pas à Bertrand.

— Saint Jérôme... Qui vient là ? Ah, c'est toi, mon amie ?

Il se renferma. Cela dura le temps d'un Notre Père. Plus un mot ne sortit de ses lèvres serrées. Seul le chant lointain des moines troublait le calme profond de la salle où veillaient des statues de saints. Dans son coin, Guillaume conservait son air bigot et affectait de contempler la croix d'argent placée sur l'autel de marbre antique que Bertrand avait fait venir à grands frais de Rome.

Bertrane regardait son mari, l'autel, devina le lit à l'autre bout de la pièce. Il était rarement défait. Le seigneur dormait la plupart du temps à même le sol sur une mince couche de paille. Une odeur d'encens flottait. Elle aurait préféré gagner la campagne, fuir sur-le-champ au loin. Très loin, car retourner chez son père à Solliès n'aurait rien changé à la situation. Son vieux père l'aurait ramenée à Bertrand, attachée sur un chariot. Elle n'aimait pas le comte. L'amour, elle en était sûre, arriverait tout à coup, la touchant au cœur aussi rapidement que l'éclair tombe sur l'arbre qu'il foudroie.

— Que me veux-tu ? demanda soudain Bertrand en posant la croix d'olivier en travers de sa poitrine.

Elle demeura saisie par son ton froid et cassant, par la vue de cette croix qu'il lui opposait. Elle comprit. Il la découvrait dans sa robe, avec ses hanches rondes, sa poitrine soulevée par une respiration oppressée, son visage de madone aux lèvres sensuelles et ses longs cheveux maintenus par un bandeau de pierreries.

— Je voudrais m'entretenir avec toi seul à seul.

Guillaume n'attendit pas l'ordre de son seigneur. Il s'effaça plus silencieusement qu'un fantôme. Bertrane tomba dans un trou aux bords inaccessibles, pourtant elle parla :

— Mon ami, cela fait quinze ans que ma famille m'a donnée à la tienne et dix que les liens du mariage m'unissent à toi. Et je loue le Seigneur d'avoir mis sur mon chemin un homme tel que toi. Je n'ai jamais manqué de rien, tu m'as toujours soutenue, tu es à l'origine des embellissements du château des dames et tu dépenses sans compter pour la cour que je préside... Mais je m'interroge parfois sur le sens de ces largesses.

Il restait coi, fermement accroché à sa croix. Elle reprenait confiance, s'animait d'une grâce exquise. A un moment, Bertrand ne put s'empêcher d'admirer la forme de sa bouche, le mouvement de ses lèvres formant les mots, la façon dont elle bougeait les mains comme si elle jouait de la harpe. Et il ne parvenait pas à refouler le sentiment de stupeur admirative qui l'affaiblissait. Elle était la perversion et la pureté incarnées. Il ne pouvait l'admettre ; il s'en remit à la croix qui chauffait sur sa poitrine et se mit à détester cette épouse, la comparant à Lilith.

— Oh, poursuivait-elle, je ne dis pas que tu agis dans un but bien défini... Non, je ne le pense pas, mais je ne comprends pas. C'est comme si tout en me choyant, en m'octroyant une grande liberté, tu me tenais à distance. Personne ne peut entrer dans ton intimité ; j'aurais pourtant, il me semble, quelques droits.

Les yeux de Bertrand s'agrandirent. Ces propos le meurtrissaient ; il sentait venir des reproches encore plus blessants. Au point où elle en était, elle allait exiger qu'il lui fît un enfant. Mentalement, il reprit sa récitation, attendant la volée de mots qui le mettrait hors de lui. Mais le pire ne venait pas ; elle lui parla des amours contrariées des dames ; des espoirs de la gent féminine. Il l'écoutait à moitié, s'imaginant qu'elle le croyait incapable de comprendre.

Bertrane s'épuisa, s'énerva. Elle acheva son long monologue en citant la vingtième règle de l'amour :

— « Je ne vous en veux pas, mon ami ; l'amoureux est toujours craintif. »

Craintif, Bertrand ne l'était plus ; il avait fini par s'habituer à sa présence et il ne la voyait plus autrement qu'en pécheresse qu'il fallait sauver. Il se sentait fort. Les statues des saints étaient à ses côtés. La croix rapportée de Terre sainte renforçait ses convictions.

Lorsqu'il prit la parole, ce fut sur un autre ton, et son discours à lui était encore plus invraisemblable. En fait, il s'adressait aux ténèbres quelque part sous le donjon. De son regard ardent, il contempla le Christ sur l'autel. Sa voix puissante éveilla des échos sous les voûtes taillées. Il lui parla d'abord d'un autre temps et d'un autre lieu, très loin de Signes, et encore plus loin dans l'histoire des hommes, du temps où Adam et Eve jouaient ensemble dans le merveilleux jardin d'Eden, mais où ils avaient vu leur vie idyllique anéantie par le désir.

— Voilà, ma dame, l'exemple que je ne veux pas suivre. C'est pourtant celui que vous prônez, toi et tes complices, à votre cour d'amour. Vous avez passé outre à ma justice, allant jusqu'à occire l'un de mes commandés. L'exécution de Germain le bûcheron m'a fort peiné. Si je n'avais pas été le féal de Stéphanie, j'aurais demandé réparation. Votre cour et celle de Pierrefeu me portent ombrage. Les anges qui parfois me visitent me soufflent de renvoyer les dames dans leurs terres, mais je ne peux m'y résoudre. Je perdrais tout crédit auprès de la chevalerie en chassant celles qui règnent sur les cœurs d'une majorité de soldats. Je sais aussi combien leur présence renforce notre influence sur l'est de la Provence. On nous respecte, on nous redoute, nous damons le pion à nos puissantes voisines que sont Marseille et Toulon. Mais l'idée d'associer le prestige de notre nom à ceux de ces femmes m'est insupportable !

Soudain il s'enflamma, se frappa la poitrine avec la croix, prit à témoin les saints hiératiques dont les regards compassés luisaient dans l'ombre. Bertrane prit peur.

— Je voudrais créer un endroit, un centre réputé de dévotion, que le pape en personne viendrait bénir. Il n'y aurait que des hommes chastes et le peuple chantant des moines ; on y ignorerait l'existence du péché. Dans ce bastion avancé de la Sainte-Baume seraient formés des prêcheurs, un nouvel ordre de soldats du Christ propres à remplacer ceux qui se dévoient en Orient. Je te le dis, ma dame ! En quelques années, au sein de beaux monastères et de belles églises, élevés à profusion sur les flancs de nos montagnes, on compterait les légionnaires de la foi par milliers ! Pour l'heure, et afin de soulager la misère de nos lépreux, j'ai fait mander sire Causaltan l'architecte afin d'agrandir la léproserie de Signes la Noire. Les plus purs d'entre nous iront servir entre ses murs. Après quoi, nous entreprendrons de bâtir un grand centre religieux...

Bertrand était extatique. Il avait la vision de ce monde de croix, de bénitiers, de cloches, de statues géantes des apôtres érigées sur des acrotères d'or, d'hosties tombant en neige d'un ciel consacré à l'eucharistie, d'armées invincibles partant répandre la bonne parole dans le monde entier et de milliers de bûchers sur lesquels brûleraient les impies.

Ce fut alors que son rêve se brisa.

— Pour qu'il y ait des légions de croyants, il faut faire des enfants, avança Bertrane d'une voix sans passion.

Le réalisme, la crudité de ses propos provoquèrent la crise. Le regard de Bertrand changea. Il détestait les évidences. Par le seul feu sombre de ses prunelles, il aurait voulu obvier au mal dont il sentait la proximité. Tout son sang ne fit qu'un tour.

— Pars ! Je ne veux plus te voir ! jeta-t-il.

Bertrane était paralysée par la fureur de son époux. Lui ne la voyait déjà plus. Le sang, la douleur l'aveuglaient.

— *Souffri ! Souffri !* ahana-t-il.

Il avait réellement l'air de souffrir. Il posa la croix, déchira le devant de sa robe de pénitent, puis se mit à tourner comme un fauve blessé à mort. Soudain, s'arrêtant devant un coffre, il en souleva le couvercle.

Quand il se retourna, Bertrane pâlit. Il tenait à la main des verges de cuir. Pendant un instant, elle crut qu'il allait la flageller, mais il se mit face à la croix et commença à se punir.

L'atroce vision fit reculer la dame de Signes. Pas à pas, elle s'éloigna de Bertrand dont les gémissements étaient entrecoupés de pardons et d'appels au Christ. Le poing sur les lèvres, elle s'enfuit de la salle avec l'envie de vomir. Elle dégringola les escaliers, fit irruption à l'étage inférieur.

Les chevaliers encourageaient l'un des leurs. Aubeline lançait des « Allez ! Tu vas le battre ! ». Bérarde faisait un bras de fer avec un costaud. Les tendons de leurs cous saillaient, la sueur gouttait de leurs fronts qui se plissaient sous l'effort.

— Ma dame ! lâcha Aubeline en voyant les traits défaits de Bertrane.

Bérarde en fut déconcentrée. Son adversaire en profita. Le levier de son bras coucha celui de la géante. Il fut le seul à marquer sa victoire d'un rire qui s'étrangla aussitôt. Levant ses yeux injectés de sang, il découvrit la dame au cygne. On aurait dit qu'elle avait vu un fantôme. Elle tenait à peine sur ses jambes. Aubeline la soutint.

— Laisse-moi ! Laisse-moi ! Laissez-moi tous ! s'écria Bertrane en la repoussant et en reprenant sa course.

Elle continua sa folle descente, jaillit du donjon, toujours poursuivie par la vision de Bertrand se fouettant. Voilà donc l'homme qu'on l'avait forcée à épouser ; elle était condamnée à rester vierge, à s'étioler dans l'ombre de ce fou de Dieu.

Elle courut aux écuries, enfourcha sa monture et donna rageusement des talons. L'animal s'emballa. La première cour était bondée de paysans ; ils eurent juste le temps de s'écarter. En quelques foulées, elle gagna la vallée voisine. Un sentiment de profond désespoir s'empara d'elle et elle hésita à prendre la direction du pont du Diable. Là-bas, il y avait le chevalier noir qui prenait les vies des audacieux. Au-delà se trouvait un gouffre dans lequel se jetaient les désespérés, et plus loin encore la grotte du Dragon. Elle songea à se consumer dans le souffle du monstre, elle pensa à toutes les morts possibles qui la délivreraient.

La vie. Pas la mort. La vie qui lui avait été donnée. La vie la reprit très vite. Elle calma son cheval qui régla son pas sur le cours paresseux de la rivière. Des lavandières étaient accroupies dans l'eau du Figaret. Une voix montait de ce groupe de femmes qui battaient en rythme le linge sur les pierres plates. Cette voix racontait une vieille histoire d'amour entre Guigo de Signes, chevalier de la première croisade, et Bérengère de Méounes, une noble jeune fille du village voisin, qui partit le rejoindre à Jérusalem. Après mille épreuves, ils se retrouvèrent et vécurent heureux sous le ciel de la Sainte-Baume. Un bruit de galop attira son attention. Elle se retourna. Aubeline et Bérarde arrivaient à bride abattue. Les chevaux hennirent quand elles tirèrent brutalement sur les rênes.

— Tu ne dois jamais te retrouver seule sur les routes !

La voix d'Aubeline était chargée de reproches ; les yeux pâles de la Burgonde n'en exprimaient pas moins.

— Sur mes terres, je ne risque rien, dit Bertrane en souriant. Et comment pourriez-vous arrêter la flèche d'un assassin ?

— Bérarde a de l'instinct. Si un assassin se trouvait dans les parages, elle l'aurait déjà repéré !

— Donc tout va bien, conclut la comtesse avec une insouciance qui déconcerta les deux cavalières.

Elles descendirent vers Signes en silence, puis gravirent les flancs de la colline sur laquelle se dressait le manoir de la cour d'amour.

A ce moment, Bertrane leva les yeux en direction de la montagne sacrée et interrogea les nuages qui la couronnaient. Où était donc le chevalier, son chevalier d'amour ? Existait-il seulement ? Comme Bérengère, elle était prête à subir les épreuves du feu et des armes.

18

Othon d'Aups et Jean d'Agnis firent signe à leurs hommes d'avancer. Un à un, ils sortirent de la tour du Chien dont ils avaient la garde. Cet arrangement avait été établi depuis peu. Les templiers et les compagnies régulières partageaient désormais des missions. Jean d'Agnis, simple chevalier, le constatait chaque jour : la puissance militaire des templiers augmentait, leur influence politique pesait de plus en plus lourd. Le roi de France Louis VII les tenait en haute estime.

Jean jeta un œil sur l'impressionnant commandeur des chevaliers du Temple flanqué de son écuyer qui portait la bannière noir et blanc « Baussant », et il ne put s'empêcher de penser à ce qu'elle représentait : les deux couleurs signifiaient qu'ils étaient francs et bienveillants avec leurs amis, noirs et terribles pour leurs ennemis.

Des lions en guerre, des agneaux en paix, se dit-il.

Othon d'Aups n'avait rien d'un agneau. Sa grande épée droite à deux tranchants destinée à frapper uniquement de taille pendait à son côté ainsi que la masse turque à tête de fer aux extrémités saillantes. Il tenait la lourde lance à bout d'acier. Son écu triangulaire en bois recouvert de cuir battait sur le flanc d'un destrier de bataille large de poitrail.

Jean n'aurait pas voulu affronter cet homme qu'on disait protégé des anges, au demeurant son ami. Tous deux étaient nés sur la Sainte-Baume et avaient été baptisés à l'église Saint-Pierre de Signes. Depuis quelques semaines, Othon paraissait préoccupé ; il avait rencontré à trois reprises le Grand Maître du Temple, puis le commandeur de la Terre de Jérusalem chez qui il avait logé une semaine. Jean se demandait pourquoi le commandeur, gardien du trésor du Temple, avait si longuement « invité » son ami Othon. Ce n'était pas dans les habitudes des moines guerriers. Il y avait un secret là-dessous.

Antioche dormait. De la porte de Saint-Paul à la porte de Saint-Georges, des marais au mont Silpius, deux cent mille âmes que les heurs et les malheurs avaient réunies dans la légendaire cité appartenant au prince Raymond de Poitiers ne se doutaient pas qu'une page de l'Histoire s'écrivait en ce moment même.

Jean contempla ses propres soldats un à un. Tous étaient de fidèles compagnons ; des frères d'armes embarqués dans la grande aventure des croisés. Ils appartenaient à de vieilles familles d'Ollioules, de Cuges, du Castelet, de La Cadière, de Fuveau, de Trets et de Signes. Entrés au service du roi de France, ils s'attendaient à vivre une belle épopée, mais jusqu'à cette nuit, ils n'avaient connu que souffrance et amertume. Depuis Nicée, où les restes de l'armée allemande de l'empereur Conrad III les avaient rejoints, la faim, la maladie, la vermine, les pillards et les accidents emportaient peu à peu les meilleurs d'entre eux. Les Turcs, qu'ils haïssaient, ils ne les avaient pratiquement jamais rencontrés et ce n'était pas dans les heures qui allaient suivre qu'on crèverait des infidèles. L'arrivée d'Othon d'Aups, de ses dix chevaliers et de ses cent templiers leur avait mis du baume au cœur.

Jean et Othon prirent la tête de la troupe. La rue d'Alep bordée de maisons blanches et basses était chargée d'exhalaisons. La foule bruyante avait laissé place aux grillons. Dans la journée et bien après la dernière messe, un marché perpétuel s'y tenait avec ses épices couleur rouille et ocre, ses paniers débordant d'agrumes, ses poissons couverts de mouches, ses volailles caquetantes et ses moutons au ventre ouvert. A midi, on y étouffait dans l'arôme puissant des parfums d'Orient et des plantes médicinales.

Toutes les odeurs n'étaient pas bonnes à respirer. A un moment, les soldats grimacèrent. Un remugle de fiente, de pourriture et de cadavre leur collait aux narines.

Jean montra le fossé sombre de la rivière à Othon.

— C'est le dépotoir de la ville, dit-il tout bas.

Le templier hocha la tête. Ce n'était pas la première fois qu'il séjournait dans la cité vieille de quatorze siècles. La rivière coulait rarement. Elle était semblable à une cicatrice purulente qui ne guérirait jamais. Les seuls êtres vivants des lieux étaient les rats qui se comptaient par milliers. Personne ne s'aventurait ici la nuit. L'estafette turcopole qu'ils avaient envoyée leur confirma que tout était calme. L'opération avait été bien préparée. Les sentinelles achetées par le Temple étaient devenues aveugles. Comme il était prévu, ils parquèrent les chevaux dans les ruines d'un temple d'Apollon. Douze hommes, six Provençaux et six templiers, les accompagneraient.

— Je passe en premier, chuchota Jean d'Agnis.

— Je te suis, répondit Othon.

Les deux chevaliers se laissèrent glisser sur la pente de la rive. Leurs pieds rencontrèrent le sol mollasse. Il y avait là une belle épaisseur d'excréments et quelques bêtes mortes. Les rats détalèrent. Des chauves-souris frôlèrent leurs casques.

— Le diable n'est pas loin, commenta Othon en tirant sa dague.

Jean résista à l'envie de se signer. Il ne voulait pas avoir l'air d'un pleutre. Une pipistrelle toucha son visage. Il recula d'un bond. La dague d'Othon cisailla une des ailes de la bête. Un coup de maître. Pratiquement impossible à réaliser. Othon avait des pouvoirs surnaturels, on disait qu'il avait été allaité par une sorcière de Signes la Noire. A son tour, Jean dégaina son poignard. Il avait l'impression qu'ils étaient seuls tant leurs hommes étaient silencieux. Dans leur dos, les douze braves se fondaient dans l'obscurité.

Cette mission, ils la redoutaient et la regrettaient, mais on ne désobéissait pas à un roi et à un Grand Maître du Temple, bons payeurs et menaçants.

La rivière faisait un coude. Ils arrivaient à destination. Ils quittèrent la protection de la rivière qui continuait vers la Porte de Fer et se coulèrent entre les rochers. A moins d'un jet de flèche, la citadelle se découpait dans une nuée d'étoiles. Chaque tour massive rappelait une bataille, chaque barbacane avait connu son carnage. Elle était pareille à un immense tombeau flanqué d'un donjon carré autour duquel bruissaient les fantômes des guerres passées.

Et ce donjon était leur but.

Jean avala sa salive. Il examina les courtines une à une. Aucun mouvement ne trahissait la présence des gardes. Contrairement à celle de la milice urbaine, ils n'avaient pas pu acheter la discrétion des sentinelles de la forteresse. Mais cela n'avait guère d'importance. Depuis l'arrivée de l'armée croisée, la vigilance s'était relâchée. On ne craignait plus les Turcs de Damas. De plus, le roi Louis, dans ses largesses, faisait distribuer des pintes de vin à volonté. Ce jour même, trois tonneaux avaient été mis en perce dans la cour de la citadelle et les soldats avaient dansé la gigue et fait des rondes avec les servantes arméniennes, arabes et grecques.

Jean loua la malice du souverain. Cependant il doutait encore du plan quand il atteignit la poterne. Elle était fermée.

— Ce n'était pas prévu, souffla ironiquement Othon.

— Nom de Dieu ! jura un homme. On va se faire repérer.

Othon fourragea dans la serrure de la pointe de sa dague, mais il n'avait pas les talents d'un voleur. Jean allait commander la retraite quand la porte s'ouvrit, laissant apparaître la gueule du traître payé la veille dans l'église Saint-Siméon.

— Vite ! Vite ! fit-il.

L'homme, un écuyer lyonnais au service de Raymond de Poitiers, les poussa un à un à l'intérieur du château. Jean avait les nerfs tendus. Il envia la décontraction apparente d'Othon ; le templier se déplaçait dans le noir comme un chat. Ses yeux luisaient. Il fut le premier à atteindre l'escalier en colimaçon. Jean aurait bien voulu être l'une des chauves-souris qui pullulaient dans Antioche et s'envoler vers les étages supérieurs sans provoquer l'alerte. Il n'avait pas une confiance absolue envers le traître qui les avait introduits dans la place.

Othon avait l'écuyer à l'œil. A la vitesse avec laquelle il maniait sa dague, il y avait de fortes chances pour que l'homme ait la gorge tranchée avant de pousser le moindre cri. Jean se fit violence. Ne plus penser à rien. Ne plus s'imaginer que des tueurs les attendaient plus haut. Il dégagea lentement son épée du fourreau, fit passer son poignard dans la main gauche et se fia à son instinct.

Ils gagnèrent sans dommage les courtines. Jean aperçut un garde proprement égorgé. Un autre reposait à demi couché sous la voussure de la porte du donjon. Othon se glissa sous le linteau. Le traître le retint par le bras.

— Faites attention, messire ; ils sont cinq dans la salle des gardes.

— Et si je te compte, nous sommes quinze, répondit le templier. A un contre trois, ils n'ont aucune chance.

— Il faudra les éliminer... vous... Mon rôle s'arrête ici.

— Assez de morts, nous les assommerons, intervint Jean.

— Ce ne sont que des Arméniens à la solde de Raymond, ajouta l'écuyer.

— Ce sont aussi des chrétiens, gronda Jean. Ne te trompe pas d'ennemi, l'ami. Tu es ici pour combattre les musulmans.

Jean et Othon contemplèrent leur troupe. La meute livide attendait, couteaux et épées aux mains. Jean évalua les siens. Pour ces croisés fraîchement débarqués en Orient, Arméniens, Turcs, Juifs, Egyptiens appartenaient à la même race. Que les premiers fussent chrétiens, ils n'en avaient cure. Les Arméniens étaient condamnés à périr.

L'écuyer les laissa passer avant de disparaître. Il revenait désormais aux Provençaux et aux templiers de terminer le travail. Tandis que Jean et Othon se précipitaient vers l'étage supérieur, les douze hommes se penchèrent sur les gardes endormis, puis les abandonnèrent sur leurs couches, la gorge tranchée. Ce fut fait dans un tel silence qu'à aucun moment Jean ne cessa d'entendre battre son cœur. Il touchait au but. Un grand chevalier somnolait sur un tabouret. D'un violent coup de quillon à la tempe, il le fit sombrer dans l'inconscience.

Othon approcha son oreille d'une porte. Derrière lui, trois compères attendaient l'ordre d'investir l'ultime et dernière pièce qui n'était autre que la chambre du puissant prince d'Antioche, le comte de Poitiers, Raymond.

— Nous entrons tous deux, dit Jean à Othon. Vous trois, vous attendez ici. N'intervenez que si l'affaire tourne mal.

Il fallait du courage pour se couler dans cet antre. Jean puisa le sien en baisant la croix en bois de noisetier qui pendait à son poignet gauche. Il repoussa le battant. Othon écarta la lourde tenture de cuir. Ils se figèrent sur place, incapables de remuer un doigt. Ce qu'on racontait dans le camp des croisés était donc vrai.

Devant eux, sous les lumières vacillantes d'une vingtaine de lampes à huile, il y avait un large lit. Et sur ce vaisseau de soie et de lin surmonté de l'emblème poitevin, se trémoussait paresseusement une jeune femme. Elle chevauchait le prince au visage fatigué. Elle s'appelait Eléonore d'Aquitaine ; c'était l'épouse du roi de France et la nièce de l'homme dont elle tirait en cet instant même du plaisir.

Vingt-cinq ans séparaient Eléonore de Raymond. Elle remua soudain son cul avec fougue. Ses cheveux fouettèrent l'air, faisant trembler les flammes de cette étrange chapelle vouée au culte de la chair. Puis elle s'étonna du manque d'enthousiasme de son partenaire.

— Qu'as-tu donc ? Dois-je appeler l'une de tes servantes syriennes pour ranimer ta flamme ou dois-je aller me satisfaire ailleurs ? Un certain chevalier Baudouin n'attend que mon bon vouloir...

Elle remarqua alors la stupeur de Raymond. Son amant regardait fixement quelque chose derrière elle. Elle se retourna.

— Qui sont ces drôles ?

Son regard se porta sur le templier. Elle détestait les moines guerriers. Ses muscles se durcirent ; elle n'eut même pas un geste d'instinctive pudeur lorsqu'elle se précipita nue sur le commandeur qu'elle apostropha :

— Sais-tu où tu es ? Qui je suis ?

— Nous le savons, ma dame, répondit Jean à la place d'Othon.

Elle eut un coup d'œil meurtrier pour ce chevalier dont elle avait reconnu l'accent. Un Provençal... Elle ne lui aurait pas même donné son pied à baiser.

Elle était belle. Jean semblait découvrir le profil délicat de la reine. Il avait vu des femmes peintes sur des enluminures persanes. Aucune ne possédait ce visage parfait. Elle l'auréolait de son éclat, d'une grâce sensuelle. Elle le frôlait du bout des seins et le rouge lui monta aux joues en même temps qu'un désir animal. Eléonore le méprisa ; elle s'adressa à nouveau à Othon qui restait de glace.

— Je vais vous faire pendre !

— Eléonore d'Aquitaine et de Guyenne, au nom du roi, suis-moi ! ordonna calmement le templier.

Othon avait donné le ton. Jean mit une main sur l'épaule de la reine. Son geste était dicté par la loi, on aurait dit que le roi lui avait attribué tous les pouvoirs et qu'il savait exactement que faire. Mais il ne savait rien de précis. Othon pas plus que lui. Le connétable leur avait dit d'enlever la reine et de la ramener au château de la Mahomerie en tout honneur. L'honneur était bafoué. Ses pensées incohérentes se bousculaient alors que sa main brûlait au contact de la peau moite d'Eléonore.

— Tu entends, mon oncle ? s'écria la reine.

Raymond de Poitiers n'était ni sourd ni aveugle. Un chevalier du roi Louis et un commandeur du Temple avaient fait irruption dans sa chambre, l'épée à la main. Une crainte le maintenait sur le lit où il avait fauté. Il ne pouvait rien pour sa maîtresse. Reine soumise à son roi, elle avait oublié ses devoirs et sa dignité ; elle risquait la répudiation [1]. Après tout, il n'était pas allé la chercher. C'était elle qui l'avait aguiché, elle qui lui avait fait des avances. Il s'en lavait les mains. Il songeait déjà à faire amende honorable au roi. Demander pardon à Louis était la meilleure solution.

Eléonore comprit. Elle avait aimé un lâche. Sa liaison s'arrêtait là. Fière, elle se vêtit. Elle n'accorda pas un regard à son amant en quittant la chambre.

Les hommes eurent un mouvement de recul lorsqu'elle apparut. Eléonore les toisa un à un comme si elle ne voulait pas oublier leurs visages. Ils quittèrent la citadelle sans rencontrer de résistance.

On lui donna un cheval. Elle attendit d'être en vue de la Mahomerie où résidait son royal époux pour adresser la parole à son ravisseur provençal, ignorant le templier :

— Ton nom, chevalier ?

— Jean d'Agnis.

Elle le devinait tendu, mal à l'aise. Elle montra de l'intérêt pour l'emblème cousu sur le bliaud recouvrant la cotte de mailles : une triple flamme au-dessous d'une croix lunée.

— A quel fief appartiens-tu ?

— Au fief de Signes sur la Sainte-Baume.

— Au fief de la cour d'amour ! J'ai été enlevée par un commandé de la douce dame au cygne ? Honte à toi, chevalier, qui as trahi l'amour. Je saurai me souvenir de ton blason. J'ai brisé des hommes infiniment plus puissants et plus dangereux que toi. Où que tu ailles, il y aura toujours quelqu'un pour t'enfoncer un fer dans le cœur.

— Et moi, me briseras-tu ? demanda Othon. Je suis aussi du fief de Signes.

---

1. Elle sera répudiée en 1152.

Elle n'eut pas le temps de répandre son venin. La haute silhouette du comte de Champagne, Henri, se montra. Le noble compagnon du roi, flanqué de deux archers, demanda à la reine de le suivre, laissant Jean et Othon dans l'expectative.

Le chevalier d'Agnis et le templier avaient fini par oublier Signes et sa cour d'amour. Dix ans pour le premier et moitié moins pour le second les séparaient de leur départ de Provence. Jean se souvenait cependant d'une chose : des fêtes qui avaient duré tout un mois. Cette année-là, on fêtait le dixième anniversaire de la fondation de la cour d'amour et le mariage de Bertrand le dévot avec la toute jeune Bertrane de Solliès. Evénements lointains. Visages estompés. Il avait perdu ses parents et était alors écuyer du vicomte de Marseille Hugues-Geoffroi. En ce temps-là, il rêvait d'exploits guerriers et de titres. Il ne connaîtrait jamais la gloire.

— Crois-tu qu'elle peut me faire assassiner ? demanda-t-il à Othon.

— Oui.

— Faut-il que je quitte la Terre sainte ?

— Il n'y aura nul endroit où tu seras en sécurité. Sauf si tu te convertis à l'islam et que tu pars t'établir à La Mecque... Et encore. Je la sens bien capable d'acheter les services du Vieux de la Montagne qui enverra ses assassins à ta poursuite.

— Que me conseilles-tu alors ?

— Peut-être devrais-tu rejoindre notre Ordre, je te prendrais avec moi. Les frères se protègent entre eux.

— J'y réfléchirai.

19

La marche sur Damas avait été décidée le premier jour de juillet 1148 et on avançait dans la fournaise du désert syrien. Chaque village était l'enjeu d'une bataille et d'un carnage. Comme d'habitude, les templiers se montraient les plus intrépides. L'armée du roi Louis rasait, brûlait, décapitait, empalait, purifiant la terre par le feu et le sang.

Les templiers ne participaient pas à ces tueries d'innocents. Jean d'Agnis enviait les soldats de l'Ordre, mais il ne s'était pas résolu à les rejoindre. Il aspirait à une vie normale avec femme et enfants. Ici, dans le pays du Christ, rien n'était normal. La guerre, ce n'était pas ainsi qu'il l'imaginait : ces cadavres exposés sur les pistes et ces remugles de chairs pourries, ces corps écharpés couverts de charognards lui soulevaient le cœur. Il chercha Othon du regard pour raffermir sa confiance. Le commandeur était hors de vue.

Il contempla les tourbillons de fumée noire au-dessus de la mosquée qu'il venait de dévaster avec ses frères d'armes. Tout le mal de cette religion s'en allait fondre dans le ciel de Dieu ; l'effondrement du minaret le conforta dans sa foi. Des hourras et des cris de victoire montèrent des rangs croisés. Mais il y avait ces morts, guerriers et civils confondus, femmes et hommes avec parfois des enfants couronnant les pyramides de chairs martyrisées.

De grandes charretées de corps ennemis étaient vidées à l'orée du désert. Ordre avait été donné de compter les têtes de Turcs. Les sergents du roi munis de crocs et de haches séparaient les têtes des troncs, traçaient des bâtons sur des tablettes. Un capitaine comptabilisait le tout et se réjouissait d'accumuler les centaines.

— Une belle journée pour le Seigneur !

Jean sursauta.

— N'est-ce pas, Jean ?

Le Signois regarda le chevalier enjoué qui faisait virevolter son destrier. Il s'appelait Michel le Souffleur à cause du grand olifant dont il se servait avant les batailles. Son arme favorite était le fléau ; il le brandissait en ce moment même, menaçant les chiens jaunes et les rats qui venaient disputer les viandes molles aux vautours et aux mouches.

— Il me tarde d'arriver à Damas, répondit Jean. Nous finirons bien par rencontrer l'armée du sultan.

— Tu veux te battre contre un vrai adversaire ? Nous le voulons tous ! brailla le Souffleur en fracassant le crâne d'un chien. J'ai hâte de me mesurer à l'élite turque, mais je ne dédaigne pas ces porcs-là ! ajouta-t-il en désignant de son arme les dépouilles musulmanes. Nous avons juré de précipiter en enfer les infidèles et ce vœu bien modeste est le seul nôtre. S'il le faut, j'irai tuer le dernier de ces mécréants au bord du monde où vivent les dragons !

Jean n'en doutait pas. Il doutait en revanche des vœux prononcés par les barons, prisonniers de leur penchant pour le pouvoir. Quand il croisait parfois le regard de ces nobles, il voyait combien l'abîme de leurs prunelles était plein de noirceurs.

— Demain ! Demain, mon Jean, nous accomplirons la tâche voulue par Dieu en prenant Damas. Aussi, prie pour ton âme et aiguise ton épée.

A cet instant, venant de la route du levant, les templiers au nombre de deux cents déboulèrent. Ils allaient deux par deux, suivis de leurs écuyers. Othon d'Aups les menait. Jean alla à la rencontre de son ami.

— Alors ?

— Alors rien, répondit Othon. Les Turcs ont disparu. C'est peut-être un piège mais la route de Damas nous est ouverte. Ils nous livreront bataille à leur gré, au moment et à l'endroit de leur choix.

Jean avait prié. L'épée était aiguisée, glissée dans le fourreau de cuir qui battait le flanc de sa monture. Le monde qu'il percevait à travers les fentes de son heaume était différent. Etrange casque, nouvellement inventé, dont il était très fier. Lorsqu'on coiffait cette cloche de fer qui descendait sous le menton et serrait la tête de toutes parts, un vertige vous prenait. La vision et l'ouïe s'amenuisaient, mais d'autres sens se développaient, l'odeur du métal décuplant l'instinct puissant de la guerre.

Ils étaient dix mille à se tenir face à l'immuable aridité du paysage. Quelque part derrière les crêtes pierreuses s'étalaient Damas la Blanche et l'armée de Muīn-āl-Dīn Umūr forte de trente mille guerriers. Le nombre des Turcs n'effrayait pas Jean. A l'idée de se battre à un contre trois, il éprouvait une sorte de jouissance. Il n'était pas le seul. Ses hommes, ceux de Michel le Souffleur, retenaient leur envie d'éperonner leurs chevaux afin d'être les premiers à rencontrer l'infidèle. Les templiers à la droite du roi ne partageaient pas l'excitation générale. Ils formaient un bloc noir et blanc d'où montait une caverneuse prière. Une heure auparavant, Othon avait fait part de ses réserves à Jean : « Les Turcs sont sur leur terrain et ne craignent pas la chaleur et la soif. »

Soudain, un écuyer du Castelet et un chevalier de Senlis entamèrent le poème de Guillaume IX d'Aquitaine, cher au cœur de toute la chevalerie chrétienne.

Bientôt m'en irai en exil
En grande peur, en grand péril ;
En guerre laisserai mon fils
Et mal lui feront ses voisins.
En prouesse et en joie je fus
Mais je les quitte l'une et l'autre
Et je m'en irai vers Celui
Où tout pécheur trouve la paix.
Bien ai été joyeux et gai,
Mais Notre-Seigneur ne le veut plus,
Et plus n'en puis souffrir le faix
Tant je m'approche de ma fin.
J'ai tout laissé ce que j'aimais
Et orgueil et chevalerie
Puisqu'il plaît à Dieu, j'accepte tout
Et prie qu'Il me retienne à Lui.

Othon ferma les yeux. Son cœur chavirait. Il pensait à sa fille Aubeline qu'il avait laissée en guerre et au mal que lui feraient ses voisins. Il était trop tard pour les regrets. Beaucoup regardèrent les cieux. Là-haut étaient le meilleur, le délicat et le plus beau. Là-haut, on flottait panse en l'air sur la surface des nuages, et l'ambroisie coulait des rayons des étoiles dans votre gosier. Là-haut, on montait des chevaux ailés et les anges tressaient des guirlandes fleuries autour des lances d'or. Là-haut, dans l'éternité des siècles, les sept péchés capitaux, les secrets et les maladies n'avaient plus leur place ; on vivait dans l'adoration de Dieu et on chantait des louanges à la Vierge.

Chacun avait sa vision du paradis. Jean ne pouvait imaginer la sienne sous ce ciel nu et redoutable parcouru par les vents brûlants. Un galop rapide interrompit les deux poètes chevaliers. Un cavalier arrivait. Il filait droit vers le centre de l'armée, brisant les branches desséchées des arbustes. Jean se dressa sur ses étriers pour reconnaître celui qui éperonnait sa monture. Un Français.

— Ils viennent ! Ils viennent ! cria-t-il en rejoignant la forêt des oriflammes et des drapeaux où se tenaient le roi Louis VII, l'empereur Conrad III, le comte Henri de Champagne, le comte Robert du Perche, Frédéric de Souabe, le duc Welf, l'évêque Othon de Freising, le comte de Toulouse Alphonse-Jourdain et cent autres barons de moindre importance étincelants dans leurs armures.

Peu après, des officiers bannerets s'éparpillèrent le long de la ligne du front. L'un d'eux arriva, porteur de l'ordre royal.

— L'infidèle est à mille trois cents pas, derrière la crête que vous apercevez au sud-est. Nous devons la prendre avant lui. Sire Michel, joue de l'olifant.

Michel s'empara de la corne d'ivoire et de cuivre, et souffla. Le long mugissement anima le flot des hommes et des bêtes. Le son clair d'une trompette lui répondit, le roulement sourd de dix tambours allemands et l'appel d'une multitude de cors enflammèrent l'armée. Cris, fracas, tumulte, les sergents hurlaient des ordres à la piétaille, frappaient, cognaient pour retenir les téméraires. On avait bien insisté sur le danger de se retrouver isolé.

— Dégagez le chemin ! Otez vos culs !

— Place ! Place ! criaient les cavaliers.

Les templiers laissèrent les autres prendre de la distance avant de pousser leurs montures au pas, comme à la parade. Dans un mouvement parfait, ils formèrent un triangle. Les compagnies de Jean et de Michel s'élancèrent. Sur les destriers, les hommes rajustaient leurs casques, d'autres marmottaient des prières ou des malédictions, invoquant le « roi des Derniers Jours », qui n'était autre que Louis VII selon les prédicateurs. Petit à petit, lance par lance, contingent par contingent, l'armée croisée poussa ses vagues. Quatre mille chevaux martelèrent le sol ; ce tonnerre éclatait avec un bruit de rocs roulés sur la surface du monde, les échos retentissaient dans les collines et une poussière opaque voilait le ciel.

La cavalerie monta à l'assaut de la crête qu'elle noya sous les franges de ses drapeaux. Elle apparut dans une lumière de sable aux musulmans qui s'apprêtaient à la gravir. Quelle digue dérisoire comptaient-ils opposer à la chevalerie chrétienne ? Les officiers se tournèrent vers l'émir et ses mollahs. Muīn-āl-Dīn Umūr ne voulait pas écouter les conseils de prudence de ses proches, pas plus qu'il n'écouta son jeune cousin persan Ma'Sud.

— Tu vas faire massacrer nos guerriers en pure perte, et la gloire du Prophète n'y gagnera rien car plus aucun de nous ne sera là pour défendre Damas, lorsque les barbares abattront nos mosquées. A quoi bon gagner sa place auprès de Dieu si l'Islam vient à disparaître. Cousin, renonce à livrer bataille ici.

Umūr contempla sa propre armée, immense, unie en un croissant sous les étendards vert et rouge ; il ne pouvait pas perdre, il avait juré sur le Coran de repousser les croisés à la mer. Il répondit :

— *Wa shamsi wa douhaha !* Par Son soleil et Son rayonnement, Dieu est avec moi où que je sois.

— Par le diable ! Que de cafards réunis ! s'écria Michel le Souffleur en découvrant les troupes d'Umūr.

Il déplia les chaînes de son fléau et plaqua durement l'écu contre sa poitrine, jetant un œil sur Jean à ses côtés, calme, la lance encore relevée.

Jean sentit une saveur âcre envahir sa bouche. La sueur dégoulina de son front, ses joues se creusèrent, les battements de son cœur s'accélérèrent. Nom de Dieu de nom de Dieu ! Tous ces infidèles ! Il voyait miroiter les umbos de milliers de boucliers à travers les fentes de son heaume. Moite et tremblant, dans un mélange de peur et de joie, il attendit la charge.

Elle commença lentement. Une ligne se détacha, puis une autre et encore une autre. Des sabots ferrés jaillissaient les premières étincelles, tandis que dans leur balancement régulier les lances caressaient le ciel. Puis on passa au trot et soudain ce fut le galop. Poussés par le même instinct, hommes et destriers avaient entrepris de forcer le cours du destin.

Jean lâcha un cri. Il était à l'avant d'un groupe vibrant, dévalant la colline, sautant les bosses et ébourrant la terre de ses herbes calcinées. Labourant les flancs de son cheval, Michel tenta de le dépasser. Entre eux ce fut la course. Ils étaient deux points au centre d'un océan de poussière où brillaient les armes.

Jean abaissa sa lance et visa. Il isola sa proie bien avant le choc : un grand Turc à cheval porteur d'un angon barbelé.

Les soldats de l'émir commencèrent à s'affoler. La première volée de flèches n'avait pas ralenti la progression du bloc de fer et de cuir. Les cohortes de Mécherfé, les archers du djebel Aabb al-Aaziz se débandèrent dès le premier choc. La machine médiévale du roi de France et de l'empereur d'Allemagne percuta et fendit le corps de l'armée turque.

— Mort aux infidèles ! hurla Jean d'Agnis.

Il troua son ennemi, sentit le frôlement du dard barbelé au ras de son épaule. Son Turc s'effondra comme s'effondraient en masse ses frères sous les chevaux. Jean abandonna la lance et prit l'épée.

— Bon courage, Jean ! La renommée vole ! lui lança Michel en poussant sa monture écumante dans la mêlée.

Et elle volait entre leurs mains. Le fléau du Souffleur fracassait des têtes et des membres, l'épée du Signois prenait des vies. Les féaux français et provençaux taillaient en pièces les soldats d'Allah qui essayaient d'échapper à cette mâchoire. Au cœur du combat, la bannière royale et l'étendard impérial se frayaient un chemin jusqu'aux drapeaux musulmans. Quand les mollahs tombèrent et que leurs têtes tranchées apparurent au bout de longues piques, l'élite d'Umūr plia et tourna les talons. Une ovation stridente salua cette retraite folle. On vit des Turcs se piétiner, jeter leurs armes. Par essaims entiers, ils fuyaient vers Damas.

Les templiers avaient attendu ce moment. Leur formidable charge sur la route provoqua la mort d'au moins mille musulmans. Othon voulait être le premier à entrer dans la capitale. Il la revendiquerait au nom du Temple.

— Tue ! Tue ! Tue ! criaient les barons.

Ils avaient l'avantage. Ils pouvaient faire tomber le royaume de Syrie et porter un coup fatal à l'Islam. Après, il y aurait Bagdad, puis Téhéran, Le Caire et La Mecque.

— Tue ! Tue ! Tue ! Pour l'amour du Christ !

Ils tuaient. Michel tuait. Othon tuait. Le roi Louis tuait. Jean tuait. Le sang poissait les poitrails des montures. Le sang coulait le long des épées, des angons et des framées. Jean vit le chevalier du Castelet qui avait récité le poème disparaître sous une meute ennemie. Il s'élança à son secours, fendant l'air de son épée flamboyante, décapita un Turc, éventra un officier. En vain... Le chevalier troubadour était déjà mort ; son casque à nasal et sa cagoule de mailles arrachés laissaient à nu le visage blême aux yeux crevés. Jean entendit alors les trompettes royales demandant le regroupement pour la charge finale, mais il était difficile de quitter la cohue où des Turcs encerclés se battaient avec l'énergie du désespoir. Au loin, Umūr et quinze mille hommes gagnaient les faubourgs de Damas. Jean, Michel, cent chevaliers et trois cents fantassins se dégagèrent et suivirent le comte du Perche et le duc de Souabe qui avaient l'intention de se joindre aux templiers.

Les chevaux se remirent au galop. La terre trembla de nouveau. Sous son heaume, Jean avait le visage en feu. Ses yeux fiévreux entrevoyaient à peine le monde extérieur ; son cœur cognait contre la cuirie. Les mailles de la cotte, le fer des protections mettaient ses chairs à vif.

— L'émir nous échappe ! Il va s'enfermer dans sa ville ! dit le comte Robert. Plus vite ! Plus vite, mes amis !

Ça se gâtait, décidément. Les templiers étaient bloqués par une arrière-garde. La bataille menaçait de finir en siège. Au-delà des faubourgs, de hauts murs crénelés protégeaient Damas.

— Pour le Christ ! cria Robert en s'emparant de l'oriflamme à la croix rouge entourée de feuilles d'olivier.

— En enfer les païens ! ajouta le duc Welf.

Il y eut une poussée ; les chevaux semblaient voler au ras du sol. Une cinquantaine de Turcs restés en arrière furent broyés. La jonction entre les croisés et les templiers était enfin établie, mais la charge buta sur les maisons flanquant des ruelles et des impasses. Il y avait là quelques centaines de soldats de l'islam menés par le gouverneur d'Urfa. Une volée de javelots accueillit les attaquants.

— Pied à terre ! ordonna Othon d'Aups à ses chevaliers.

On les imita. Dans le dédale de ce quartier bâti de façon empirique, les chevaux étaient un handicap. Jean se retrouva au milieu des moines guerriers qui ne redoutaient pas la mort. Il avança avec eux dans la mare de sang, marchant sur les cadavres et les blessés. Tous les coups reçus le requinquaient ; les soldats ne sentaient rien, la douleur n'existait plus. Ils perdaient des morceaux de leur corps mais l'ivresse du combat faisait d'eux des surhommes.

Jean vit soudain un fléau mordre la face barbue d'un musulman. Michel le Souffleur était à nouveau près de lui. Côte à côte, coincés dans un périmètre de fer, les deux chevaliers se battirent avec bravoure. Sous la protection des écus en amande, ils écartèrent les nombreuses javelines dardées sur leurs poitrines. De toutes parts, les épées courbes retombaient sur eux.

Le Souffleur ne s'esclaffait plus, un cimeterre venait d'ébrécher méchamment son bouclier. Il riposta. Son fléau telle une comète fit craquer des os. Partout la mort frappait. Un fidèle sergent chargé de la protection rapprochée d'Othon s'effondra, une javeline plantée dans le ventre. Il s'agrippa quelques secondes au commandeur avant de rouler sous les jambes de ses frères. Nul ne faisait attention à ceux qui tombaient. Haletants, les guerriers ne regardaient que l'acier étroit des armes, cet acier qui savait si bien louvoyer entre les boucliers, les armures et les chairs quand on manquait d'attention. Pas à pas, rue après rue, les chrétiens grignotaient du terrain. Vint le moment du face-à-face avec les gardes du gouverneur d'Urfa. L'affrontement tourna court. Pris de folie, un écuyer du duc Welf se jeta entre les rangs musulmans en moulinant de sa hache et atteignit le gouverneur qu'il fendit d'un coup. Leur chef tué, les gardes s'enfuirent.

Jean se mit à courir derrière eux mais ne put en rattraper un seul. Dans sa course effrénée, il distança les siens. Tout autour de lui, les maisons brûlaient. Des courants d'air faisaient tourbillonner des flammes et des colonnes de fumée se répandaient au loin en une cendre collante. Il voulut se dégager de l'étreinte infernale du brouillard empoisonné et alla de l'avant. Il émergea brusquement à l'air pur, eut un choc en découvrant Damas. Devant lui, à moins de cent toises, au sommet d'un empilement de pierres taillées, une catapulte crachait des boulets de feu. C'était une tour géante couronnée de créneaux, bourrée de soldats qui manifestaient leur joie à chaque tir du formidable engin manœuvré par des ingénieurs. Ils le virent soudain derrière son écu frappé de la flamme des Agnis et de la croix. Aussitôt une douzaine d'archers l'arrosèrent de traits et il ne dut son salut qu'à la vitesse de ses jambes et aux feintes de son corps.

Quand il parvint dans le quartier embrasé, Jean enleva son heaume. Des cavaliers chrétiens passèrent en trombe, puis se fondirent dans la tourmente. Comme il se trouvait parmi les poutres effondrées qui crevassaient une vaste bâtisse, il entendit un bruit de ferraille. Un chevalier se matérialisa dans les décombres fumants.

— Michel ! appela Jean en reconnaissant le Souffleur.

Le fléau de son ami était couleur de sang. Son écu, son casque en étaient couverts. Il se tenait à demi fléchi sur ses jambes comme prêt à frapper et il avait l'air d'un démon au sein de ce chaos.

Jean aurait été bien en peine de lire la moindre expression de pitié dans le regard du Souffleur posé sur lui. Quelque chose n'allait pas.

— Tu entends les hurlements des mourants ? dit Michel d'une voix rauque.

Jean comprit. Une coulée de glace descendit sur sa nuque : le Souffleur allait l'attaquer.

Les boules du fléau frappèrent le bouclier de Jean.

— Pourquoi ? s'écria le Signois en repoussant l'imposante masse du guerrier.

— J'appartiens à Eléonore, que tu as grandement offensée !

— Depuis quand sers-tu la reine ?

Jean cherchait à gagner du temps. Il ne voulait pas se battre contre un croisé. Il espérait la venue des soldats du Christ dont on entendait les cris dans les ruines voisines. Pour toute réponse, Michel donna du fléau.

— J'espère pour toi que je vaux cher, dit Jean en se fendant d'un coup d'épée.

Cher assurément. Des solidus d'or, des coupes d'argent, des colliers de pierreries, un titre peut-être ? Il y vit toute l'ignominie de la nouvelle chevalerie franque corrompue par les Lombards, les Pisans, les Vénitiens et les Génois.

Un seul coup fait pour tuer. Un seul à l'interstice des plaques de fer qui protégeaient la poitrine du Souffleur. Le fléau n'était pas une arme réputée rapide. L'épée si. Après deux assauts, Jean allongea le bras. La pointe de la lame s'enfonça de dix pouces, perçant les mailles de la cotte, le cuir et la toile, les muscles et le cœur.

Le Souffleur recula. Son fléau quitta sa main, l'écu accrocha les poutres noirâtres. Il balbutia quelque chose qui ressemblait à « Peste et damnation ! ». Sa respiration sifflait, pareille à celle des brasiers qui çà et là faisaient rage. Il tituba, puis s'effondra aux pieds d'Othon d'Aups qui venait d'apparaître.

— Il y en aura d'autres, fit le commandeur. Pour moi aussi, ajouta-t-il en pensant à la terrible reine Eléonore.

Jean acquiesça. Il était perturbé.

— Allez, quittons cet endroit. Le siège vient de commencer.

L'ignominie de la nouvelle chevalerie, Jean d'Agnis la vérifia quatre jours plus tard. Alors que le siège de Damas devait se prolonger, on murmurait dans le camp des croisés que les musulmans avaient fait distribuer deux cent mille dinars aux barons.

— La délégation ! annonça un sergent de la garde royale.

Dans tous les rangs de l'armée rassemblée autour des tentes royales et impériales se glissèrent la gêne et la honte. Jean se tenait sous la bannière du comte Henri de Champagne. Il vit arriver les Turcs. Un aigrefin vêtu de soie allait en tête ; il montait un cheval bai au col décoré d'une diaprure de pierres semi-précieuses et de clochettes d'argent. Après avoir mis pied à terre et s'être incliné devant les princes, il commença à débiter son boniment flagorneur. Cela fleurait mauvais pour l'honneur. Très mauvais. Il en vint très rapidement aux faits :

— Mon maître, Muīn-āl-Dīn Umūr vous fait savoir que Sayf al-Din, Grand Atabeg de Mossoul, vient à notre secours à la tête d'une armée de trente mille hommes. Si vous ne levez pas le siège, si mon maître se reconnaît trop faible pour défendre la ville contre vous, il la lui livrera ; et vous n'ignorez pas que, du jour où il possédera Damas, il ne vous sera plus possible de vous maintenir en Syrie.

Deux heures plus tard, ordre fut donné de se replier sur Surbeibé, à la frontière du royaume de Jérusalem. La deuxième croisade avait vécu. Jean et les siens rangèrent leurs affaires. Qu'allaient-ils devenir ? La plupart étaient célibataires ; ils ne voulaient pas retourner chez eux déshonorés. Les uns décidèrent d'offrir leurs services aux nobles de la région, les autres reprirent la route de l'errance avec l'idée de multiplier les exploits chevaleresques et de chercher le Saint-Graal. Jean d'Agnis fut de ces derniers, mais auparavant il avait une tâche à accomplir. La veille du départ, alors que le roi avait fait mettre en perce plus de trente tonneaux de vin et que les soldats cherchaient l'oubli dans l'ivresse, il se rendit dans le périmètre royal.

A la lumière d'un feu, Louis et Conrad, taciturnes, écoutaient brailler les seigneurs et ergoter leurs conseillers. Jamais veillée n'avait été aussi longue et triste. Il y avait cependant, non loin du cénacle des grands chevaliers, un endroit où l'on ne cachait pas sa joie. Jean s'y dirigea. Il prit une profonde inspiration avant de pénétrer dans le cercle lumineux des torches.

— ... Bientôt nous serons dans nos fiefs et nos seigneurs lassés de guerroyer, vaincus, nous laisseront gouverner. Les croisades ont du bon, mes amies, elles font de nous des femmes veuves et libres...

Jean ne fut pas surpris en entendant ces propos. Celle qui les tenait n'était autre qu'Eléonore. La reine était allongée sur des coussins avec ses dames de compagnie. Un dais aux lambrequins pourpres prolongeait la vaste tente royale. Autour de cette avancée brillamment éclairée, se trouvaient les épouses, les sœurs, les filles et les concubines des nobles croisés. Et ce monde rêvait au retour, à cette liberté chérie, aux pâturages de la douce France, aux oliviers de Provence, aux ressacs des plages normandes, aux profondes forêts bretonnes, aux troubadours, aux trouvères et aux amants.

La reine Eléonore, à l'imagination fertile servie par un grand charisme, savait communiquer ses idées.

Elle présenta son corps à la flamme d'une torche et ses courtisanes virent combien elle était belle, rayonnante, sincère dans le reflet du feu qui la chauffait. Elle fut prise d'un rire cristallin en voyant la confusion de la comtesse du Perche qu'on savait dévouée à l'Eglise. Elle allait lancer une plaisanterie quand elle aperçut Jean.

D'un mouvement violent, elle repoussa ses dames de compagnie. Aveuglée, comme folle, elle quitta la protection du dais et marcha vers le chevalier.

— Toi... Toi !...

Les mots ne venaient pas. La colère embrumait son cerveau. Elle aurait voulu lui écraser la tête, le faire écarteler et donner ses restes aux chiens. La haine qui la secouait la mena au bord des larmes.

— Si je suis venu à toi, commença Jean d'une voix blanche, ce n'est pas pour t'accuser de forfaiture, mais pour t'apporter ceci.

Il détacha les sangles d'un sac de toile qu'il portait à l'épaule et, le retournant, le vida aux pieds de la reine. Les femmes, curieuses, s'étaient rapprochées ; elles entendirent un cliquetis et demeurèrent surprises à la vue des deux objets sur le sol : un fléau et un olifant de grande taille.

— Nous sommes quittes à présent, continua Jean. Tu m'as soumis à une sorte de jugement de Dieu à outrance contre ton champion et j'en suis sorti vainqueur. Adieu, ma reine. Que la mère de Jésus te vienne en aide.

Il en avait terminé. Il s'inclina devant Eléonore, repartit.

Quelques instants plus tard, on entendit son cheval s'éloigner dans le désert, puis la reine balbutier :

— Oh non, nous ne sommes pas quittes !

Jean était sur la route de Bethléem quand Othon d'Aups le rejoignit.

— Ta sortie de l'armée croisée a été remarquée et remarquable, dit le commandeur. Tu vaux au moins cent pièces d'or à présent. La reine va finir par m'oublier. Je vais bientôt rentrer en France pour une importante mission. Veux-tu venir avec moi ?

— En France ou en Provence ?

— En Provence, chez nous... J'ai là-bas une fille, Aubeline, qu'il me plairait de te présenter.

Jean sourit. Il se souvenait vaguement d'une fille maigre, un vrai garçon manqué. Aubeline, le nom chantait bien.

— Je t'accompagnerai, répondit-il.

20

Sur le cintre était gravé le vingt-troisième article de la cour d'amour :

Moins dort et moins mange celui qu'assiège pensée d'amour.

Il sembla à Bertrane qu'elle le lisait pour la première fois. C'était pourtant elle qui avait fait inscrire ces mots et tant d'autres dans le château. Les visiteuses arrivant à cet endroit trouvaient cet article cocasse car, au-delà du cintre, s'ouvraient les cuisines sous une succession de quatre voûtes.

Ce vaste chaudron s'animait dès l'aube. Il fallait nourrir les cent personnes du château, les voyageurs, les pauvres. Toute une foule d'écorcheurs, d'éplucheurs, de cuisiniers et de valets aux faces rougies disparaissait derrière les monticules de choux et de raves, derrière les jambons accrochés à des cordes, les empilements de volailles. Bertrane détourna son regard. Elle n'aimait pas voir tordre le cou des poulets et des canards. Elle se fit violence en passant devant les hommes qui découpaient les porcs, préparaient les bandes de lard, versaient des pintes et des pintes de sang dans des bassines. Autour de ces diables maniant hachoirs, couteaux et couperets, les servantes aux hanches larges s'agitaient, les bras chargés d'oseille, de carottes, distribuaient du vin chaud, des baisers, des claques parfois. Elles s'abandonnaient à de fugaces étreintes au-dessus des cuisseaux et des fougasses rangés sur des lits de paille et on voyait se confondre leurs poitrines avec la pâleur des tranches de veau et la blondeur des pains de froment.

Bertrane s'avança vers ce joli monde qui se laissait aller tout en travaillant. Personne ne l'avait encore remarquée car elle portait une robe bleue toute simple. Il fut un temps où elle souriait à la vue de ce tapage et de ces galipettes. Plus aujourd'hui. Ses gens étaient heureux. Pas elle. Elle leur en voulait. Elle en était au point de ne plus accepter leur insolence, leurs désirs poissards, la brutalité de ces amours qui naissaient entre les bouquets d'ail et d'oignons et s'achevaient dans le foin des étables.

— La dame ! s'exclama quelqu'un.

Le silence se fit. On n'entendait plus que le crépitement des flammes sous les marmites et le bêlement d'un mouton. Bertrane leur apparaissait comme une créature fantasque. Elle avait pourtant un visage de madone, le plus doux qui fût. Son cœur était d'une droiture absolue. Elle prônait cependant l'indépendance des femmes, revendiquait l'égalité de droit entre les époux. Elle les dérangeait. Depuis son arrivée à Signes, elle avait changé leur existence qui ne se traduisait plus par une succession de peines pour mériter le paradis. Tous lui en étaient reconnaissants, mais les prêtres se chargeaient de leur rappeler que la vie à la cour d'amour était un leurre.

Elle les contempla. Beaucoup formaient des couples. Des lueurs de joie brillaient dans leurs regards. Toutes ces petites flammes dissimulées sous les paupières baissées étaient autant de messages de reconnaissance. Elle aurait tant voulu partager leur bonheur, connaître une fois un réel désir pour un homme.

Elle s'avança comme dans un songe où se réveillaient les interdits. Elle sentait palpiter toutes ces chairs autour d'elle. Alors elle eut envie de fuir, d'échapper aux commandements de ses sens, de se sauver pour toujours, loin de ce bastion d'amour. Elle fit brusquement demi-tour et s'en alla dans l'envol des rubans mêlés à la tresse de ses cheveux. Elle voulait se retrouver à l'air libre, battue par les rafales du mistral qui soufflait depuis quatre jours. Avant d'atteindre les courtines, elle ne put s'empêcher de poser les yeux sur trois des articles que la main du sculpteur avait placés sur son chemin :

XVI. *A la vue de ce qu'on aime, on tremble.*
XVII. *Nouvel amour chasse l'ancien.*
XVIII. *Le mérite seul rend digne d'amour.*

C'en était trop. Elle émergea sous le ciel. Le vent la prit. Son mugissement lourd, son convoi d'odeurs et de poussière, loin de la calmer, lui mirent les nerfs à vif. Il pliait les ramures, charriait les instincts de la terre, parlait de guerre et d'amour. Ses rafales sifflaient entre les fissures des créneaux, prenaient à partie les sages oliviers, les cloches de Saint-Pierre et de Saint-Jean, chassaient les vols d'étourneaux vers le levant et les hommes aux abris. Elle l'affronta du haut d'une tour d'angle. Il plaqua sa robe contre ses jambes. Elle le sentit sur son ventre et sur ses seins. Il lui fit cligner des yeux. Il était fort, libre, égoïste, prenant son plaisir sur les courbes des montagnes et dans les creux ombrés des vallées.

— Mistral ! Mistral ! Dis-moi où se trouve mon bien-aimé.

Aubeline avait posé la même question. Non pas à voix haute, mais dans son cœur. Elle était dans la grand-salle de Meynarguette où ses ancêtres se réunissaient pour des beuveries interminables. Les Aups avaient autrefois été nombreux. De ce vivier dans lequel l'Histoire avait puisé sans compter, il ne subsistait que son père, un oncle, une tante et deux cousins vivant à Aiguilles. La bâtisse craquait, ses membrures éprouvées par la tempête poussaient des plaintes. Aubeline imagina les lieux pleins d'enfants, de rires, de vie. Elle se passa une main sur le ventre ; elle était en âge d'en porter. Mais elle ne pouvait se résoudre à mettre sans amour des enfants au monde. Elle eut un sourire en pensant que Bérarde risquait de se trouver grosse. La coquine était partie rejoindre Jean du Paumier pour quelques heures. Elle reviendrait juste avant leur départ pour la cour d'amour où toutes deux – femmes liges – étaient tenues d'assurer la protection de la dame au cygne. Elle reposa tout bas la question au vent :

— Mistral, mistral, souffle-moi le nom de mon aimé.

Bertrane attendit longtemps une réponse qui ne viendrait jamais. Puis le vent se fit porteur d'un son. L'appel lointain d'un cor. C'était un signe. L'espoir venant, elle laissa errer son regard sur la blancheur de la Sainte-Baume qui étincelait sous le soleil. Elle s'attendait à voir pointer la lance d'un chevalier à l'horizon de cette solitude embrasée.

— Manger à pleine bouche le mistral n'a jamais fait de bien.

La comtesse de Dye. Bertrane pressentit l'inévitable. Elle se détourna du vent. Delphine se tenait à deux pas, les yeux ardemment braqués sur elle. Quelque chose de soupçonneux et de cruel glissait entre ses cils que le vent ne faisait pas battre.

— Avons-nous des messages ? demanda Bertrane.

— Rien qui mérite de réunir les dames en grand conseil. Deux femmes célibataires sont venues se plaindre de l'intérêt trop pressant des moines de Montrieux, un sergent de votre époux, Petit Baudouin, voudrait demander divorce, il en aime une autre. Il espère notre concours.

— Nous verrons cela plus tard…

Bertrane crut prudent d'affecter une certaine indifférence, mais Delphine jugea cette dérobade autrement. La vieille chouette lisait loin dans les pensées. Quand quelqu'un résistait à ses investigations, elle utilisait les services des sorcières de Signes la Noire. Rien ne lui faisait plus plaisir que de mettre à nu les secrets de ses proches et de manipuler les êtres grâce à leurs faiblesses.

— Tu as changé. Ton dévouement à la cour n'est plus le même. Je dirais même qu'il t'est pénible. Peut-être as-tu trop œuvré pour notre cause ? L'enthousiasme s'éteint quand on manque soi-même d'amour.

Delphine marqua un temps d'arrêt. L'ovale du visage de Bertrane ne s'altérait pas. Nul tressaillement n'agita le lait de cette peau. Pas une larme ne perla. Le noir de l'œil garda son mystère de pierre magique. Pourtant la comtesse de Dye savait qu'elle touchait au but. Elle était prête à suer sang et eau pour défaire cette merveilleuse figure.

— Je ne manque de rien, répliqua Bertrane.

— Alors comment se fait-il que ton ventre ne se soit jamais arrondi ?

— Bertrand est vieux.

— Hum… Et tu vieillis à ton tour. Il faut de l'expérience et de la grandeur pour diriger notre cour.

Bertrane sentit monter l'émotion. Si elle ne réagissait pas, Delphine allait prendre le dessus et lui faire avouer le secret de sa virginité, secret qui faisait l'objet de mille ragots mais que personne n'avait jamais percé, pas même son confesseur. De l'expérience, elle en avait à travers les autres. Elle avait fait de longues et courageuses randonnées dans les cœurs de ses confidentes et de ses demoiselles d'honneur. Du sexe, elle connaissait tout ; elle ne blâmait même pas la luxure. Elle riposta.

— Après tant d'années à la cour, Delphine, j'ai passé le temps de l'innocence, ne crois-tu pas ? Et mon expérience vaut bien celle d'une Messaline. Quant à la grandeur, elle peut très vite paraître une exagération de l'être qui fait naître immédiatement en moi l'idée de vide. Je n'ai rien d'une grenouille exagérément gonflée à la saison des amours ; je n'ai rien non plus d'une fille sage et rangée ; il faut de l'humilité pour bien servir notre cause, de la fraternité aussi. Les as-tu, toi qui rêves de me remplacer ? Où est ta lumière ? A Signes la Noire parmi les proscrites qui psalmodient des incantations aux forces des ténèbres au centre des neuf cercles ? En te regardant, je ne vois qu'une femme de soixante-dix ans aigrie par trois mariages, des fausses couches et la perte de deux fils aux croisades.

Bertrane était lancée. Elle allait même trop loin. Elle déballait, crachait sa bile. Nul n'aurait pu la reconnaître. En quelques vérités durement assénées, elle fit pâlir la comtesse de Dye. Delphine en était abasourdie. Des rides s'ajoutaient aux rides. Partout le fard artistiquement plaqué par sa servante se fissurait. Des creux laissaient paraître la peau parcheminée et jaunie. Le regard s'enfonça. Les lèvres se retroussèrent, montrant les chicots noircis. Elle s'apprêtait à lâcher son fiel quand le cor sonna tout près.

Ce n'était pas un chasseur. Ni un messager. Elles reconnurent l'écuyer du chevalier de la tour de Fontfrège. Le jeune homme lancé au galop s'époumonait à souffler. Il dévala le chemin des Côtes au risque de se rompre les os. Sa monture se cabra au pied de la tour où se tenaient Bertrane et Delphine.

— Mes dames ! Par le Seigneur ! Il me faut de l'aide. Un grand malheur vient d'arriver.

Bertrane ne pouvait croire les paroles de l'écuyer. Aucune des femmes de la cour, ni même Bertrand de Signes venu en toute hâte de Château-Vieux, n'y croyait. Il fallait que leurs yeux découvrent ce grand malheur. On s'était préparé en hâte.

Aubeline et Bérarde avaient été averties en temps et en heure car l'écuyer était passé par Meynarguette au moment où la géante revenait de son rendez-vous galant. Les deux guerrières avaient pris une certaine avance et surveillaient de loin la progression des Signois. Dames, soldats, chevaliers en colonne grimpaient le long des flancs de la Taoule. Aubeline et Bérarde se laissèrent rejoindre par la nombreuse troupe sur les terres de la Salomone où des paysans armés de faux et de fourches vinrent offrir leur concours.

Ce fut une véritable petite armée qui arriva sur les lieux du massacre. Il y avait là un vieil archer qui tentait de repousser les corbeaux et les chiens errants attirés par l'odeur de la mort. Il faisait des moulinets avec son arc, mais la pluie de plumes noires et la vague de fourrures jaunes s'abattaient sans cesse sur les cadavres.

Bertrane avait la gorge sèche. Son cœur cognait. Ses tempes bourdonnaient. Elle s'accrochait à la crinière de son cheval. A ses côtés, Jausserande avait la pâleur d'une statue de marbre. Stéphanie les devança, l'épée à la main, en compagnie d'Aubeline et de Bérarde. Elles furent les premières à atteindre le pré Orémus ; les premières à reconnaître les corps.

— Cherche des indices, dit Aubeline à Bérarde en suivant des traces suspectes.

La géante ferma les yeux et s'employa à décrypter les odeurs apportées par le vent. Bertrane arriva à son tour. L'horreur se peignit sur son visage. Au centre d'un cercle de défenseurs aux plaies grandes ouvertes, Hermissende, la dame de Posquières, et deux de ses compagnes gisaient sur une souche.

— Hermissende ! s'écria Alalète.

Ce cri provoqua pleurs et gémissements. Les femmes s'empressèrent autour des victimes, s'agenouillant, guettant des souffles, se signant, puis laissant le médecin de Bertrand faire son constat. Delphine eut les mêmes gestes que le praticien. Elle les toucha, releva les têtes, écouta les cœurs, puis elle se redressa, droite et sévère dans ses jupes.

— Elles appartiennent à Dieu à présent, dit-elle à Bertrane sur qui pesaient désormais toutes les responsabilités.

Dans cette affaire, on attendait peu de chose de Bertrand, à part de belles messes. Bertrane croisa le regard de son époux. Il était déjà en prière avec frère Guillaume, fermé à toute discussion sur le sujet. Qui avait osé ôter la vie d'une dame de la cour d'amour ? La sage Hermissende n'avait pas d'ennemis, aucun intérêt dans les successions de Provence ; elle n'appartenait à aucun des clans féodaux qui, de Dignes à Cassis, se livraient à des guerres larvées depuis l'éclatement des royaumes wisigoth et burgonde. Bertrane pensa au seigneur de Trets. Il fallait que ce soit un seigneur ; le coup avait été bien préparé. Douze soldats et six valets accompagnaient la dame de Posquières qui revenait de sa visite à Auriol où vivait son demi-frère le vicomte Gautier. Apparemment, ils avaient été pris par surprise et n'avaient guère résisté. Il y avait çà et là des traces profondes de sabots. Les fantassins avaient presque tous été blessés par flèches avant de périr sous la charge finale. Stéphanie et Aubeline les examinaient quand Bérarde réapparut sur le pré Orémus. Bertrane se joignit aux trois femmes.

— Des chevaliers lourdement armés, fit la géante.

Aubeline traduisit.

— Nombreux ? demanda la comtesse des Baux.

— Cinq, six, sept peut-être. Mais ils n'étaient pas seuls. Au moins vingt hommes armés d'arcs et de javelines ont tendu une embuscade un peu plus haut au moment où la dame et les siens se reposaient. L'attaque les a fait fuir jusqu'ici où ils ont tenté de s'opposer à leurs agresseurs.

Elles eurent toutes trois la vision du guet-apens, des sifflements soudains des flèches, de la fuite éperdue, des cavaliers hurlants, de la courageuse Hermissende rameutant ses gens et des quatre lances qui l'avaient frappée à la poitrine. On avait dépouillé la dame et deux demoiselles d'honneur de leurs bijoux mais on n'avait pas pris la peine de récupérer les armes des gardes.

— Crois-tu qu'il y ait eu des blessés chez les attaquants ? demanda Bertrane.

— Oui, il y a des traces de sang sur le chemin, répondit Bérarde.

— Alors prenez autant d'hommes qu'il faudra et ramenez-nous ces charognes ! s'exclama Stéphanie.

— Ils sont déjà sur le versant nord de la Sainte-Baume, hors de notre juridiction, intervint Bertrand de Signes qui voyait poindre les pires ennuis.

L'agitation des dames l'avait tiré de ses prières. Il ne désirait pas entreprendre une opération risquée vers Trets ou Aix.

— Le comte a raison, dit Aubeline. Nous allons pister ces assassins, mettre un nom sur leurs visages, remonter jusqu'à leur commanditaire et rapporter au moins la tête de leur chef.

— Nous ? Qui nous ? s'étonna la comtesse de Dye.

— Moi et Bérarde.

— C'est de la folie, s'interposa Bertrane.

— Non, elles peuvent réussir à condition d'emmener Inna avec elles, avança Delphine de Dye.

— Inna la sorcière de Signes la Noire ! Tu ne penses pas réellement ce que tu proposes ?

— Je suis sérieuse. Inna est la plus forte des lavandières de la nuit. Elle ira les chercher en enfer. Inna ! cria-t-elle.

La troupe tétanisée par la peur vit apparaître la chose, le buisson couvert de haillons noirs. Une odeur pestilentielle accompagna l'arrivée de la sorcière dont le visage ressemblait à l'écorce d'un pin. Portait-elle les stigmates d'une maladie honteuse ou des marques infligées par Dieu ? Ses petits yeux froids de lézard allèrent d'une dame à l'autre avant de se planter dans ceux de la fille du templier.

— Sais-tu monter à cheval ? demanda Aubeline à Inna.

La vieille mit deux de ses doigts entre ses lèvres et siffla. Une affreuse mule à demi pelée sortit des buissons.

— Brindille vaut ton destrier, dit la sorcière. Ceux que vous cherchez se sont échappés par le Pas-de-l'Ane. Je doute que vos montures aillent plus vite que la mienne.

— Le Pas-de-l'Ane, dis-tu ? Comment peux-tu le savoir ?

— Je le sais, c'est tout, fit Inna en traçant une flèche et un carré sur le sol avec sa baguette de coudrier.

— C'est possible ? demanda Aubeline à Bérarde.

La géante grimaça.

— Il y a des chances que ces maudits veuillent brouiller les pistes en coupant à travers la crête de la Sainte-Baume.

Bérarde n'aimait pas la compagnie de la lanceuse de sorts.

— On va couper par le clos de l'Héritière, dit Aubeline en empruntant des flèches supplémentaires à un archer.

On regarda disparaître les trois chasseuses d'âmes vers l'à-pic de la montagne. Guillaume leur adressa une vague bénédiction, puis commença à purifier les cadavres comme il pouvait. Des chariots avaient été amenés de la Salomone. Sur le plus vaste, on allongea côte à côte Hermissende et ses deux demoiselles. La question demeurait.

— Je croyais que toutes les routes de notre fief étaient sûres, dit Bertrane en lançant un regard de reproche à Bertrand et à son capitaine des gardes.

Elle contempla le large chemin ouvert treize siècles plus tôt par les légions de César en route pour le siège de Marseille. A toute heure, il y passait des voyageurs. Les pèlerins venant du village de Mazaugues se rendaient à la grotte Sainte-Marie-Madeleine par ce chemin. Les marchands de Gémenos, d'Auriol, de Roquevaire et de Fuveau y croisaient les colporteurs de Draguignan et de Fayence. Il menait aux marchés de Saint-Maximin et de Brignoles. Les dames avaient l'habitude de se rendre dans l'un de ces centres où elles se plaisaient à acheter laines et draps, outils et babioles, animaux de compagnie et bêtes de somme.

— Rien n'est plus sûr dans ce monde de loups, répondit Stéphanie en se relevant. Je ne connais qu'une loi contre ceux qui ont commis ce crime, ajouta-t-elle en caressant la lame de son épée. Le fer et le feu ! J'espère qu'Aubeline saura la faire respecter.

Elle fit quelques pas en regardant la forêt environnante agitée par le mistral. La sylve mystérieuse emplie de bruits détenait de vieux secrets ; elle avait été témoin des meurtres commis par les chevaliers maudits. Ces monstres s'étaient fondus comme des gouttes d'ombre dans les bois séculaires.

Bertrane contempla à nouveau son Bertrand. Extatique, en conversation avec les anges, il paraissait incapable de les défendre. Nous avons plus de cinq cents hommes d'armes sur le comté, enragea-t-elle. Elle espérait un changement. L'arrivée d'un preux de légende, d'un homme qui les délivrerait de tous les maux et de toutes les angoisses. Elle y pensa si fort qu'elle ne sentit pas ses ongles s'enfoncer dans les paumes de ses mains.

La nuit était tombée. La falaise scintillait sous les étoiles. Une lumière tremblotait au centre de cette paroi haute de deux cents toises et longue de dix lieues.

— Les moines blancs prient là-haut, dit Aubeline en observant la lumière de leur maison fortifiée creusée dans la montagne.

— Grand bien leur fasse, maugréa Inna. Ce soir, le diable règne en maître... comme toujours.

Bérarde émit un grognement en fourrageant leur feu de camp sur lequel cuisait une soupe de fayots.

— Tu devrais fermer ton bec, fit-elle.

— Et toi, faire attention aux gestes de tes mains, répondit Inna. Je les comprends.

Sur ces mots, elle se lança dans une incantation. Un langage étrange naquit entre ses lèvres desséchées. Des sons de pierre qu'on roule et de racines piétinées quittèrent sa gorge. Aubeline reconnut quelques expressions latines, mais pas les bribes de ligure et de celte mêlées à un dialecte plus ancien. Au bout d'un moment, Aubeline se sentit bizarre, la géante pareillement. Elles glissèrent peu à peu dans un monde d'ombres floues et se mirent en chemin jusqu'à ce qu'elles rencontrent une troupe dont les visages aux traits imprécis et grossiers semblaient sortir d'un dessin croqué dans les enfers.

— Vous les voyez, vous les voyez, vous sentez leur odeur et celle de leurs crimes, affirma Inna.

— Ce sont eux ?

Aubeline avait posé la question. Mais elle ne reconnaissait pas sa propre voix déformée dans le monde irréel par la sorcière.

— Ce sont eux. Ils campent dans une galerie de mine à Fuveau... Des Champenois. Hugon est derrière eux. Je sens son esprit retors.

Bérarde se leva d'un bond pour se saisir de sa hache.

Elle tremblait du désir ardent de le supplicier à sa manière. De l'écorcher par petits morceaux et de lui travailler les nerfs avec son couteau.

— Où est-il ? fit-elle.

— Je ne sais pas, répondit Inna dont le regard s'agrandissait.

La vision lui échappait. Elle était à un carrefour de l'avenir. Par la route de gauche bordée de peupliers, elle vit surgir un cavalier entouré de flammes. Aubeline le distingua à son tour.

— C'est un archange, balbutia-t-elle.

— Non, mais c'est un tueur de dragons et il te fera du mal.

— Du mal ?

Inna eut un sourire sarcastique.

— Pas dans le sens que tu crois, petite... Je dois refermer les portes à présent. Laissez-moi sceller l'avenir. Je t'exorcise, esprit impur, au nom de Lucifer et de Dieu le Fils ; je te commande de sortir de nos corps, je t'adjure de te retirer au nom de celle qui donna son front à Jésus lorsqu'Il sortit du tombeau, de refermer les chemins sur lesquels tu nous as entraînées. Obéis, maudit démon, à ton Maître en enfer et à ton Dieu dans le ciel ! Obéis, que je puisse faire fondre les plombs sur les serrures des portes interdites !

Ces mots, cette fois prononcés en latin et en provençal, avaient de quoi leur glacer les veines. Il y eut comme un gargouillement. Le temps digéra le chevalier aux flammes qui galopait vers un fleuve paresseux aux rives blondes.

21

Jadis, il lui avait toujours paru que l'homme idéal devait être soldat et poète. Aussi s'était-il exercé à la rime après avoir étudié le théâtre grec à l'abbaye Saint-Victor de Marseille, ce qui s'était révélé plus difficile que l'apprentissage des armes sous le regard sévère de son père, lequel pouvait se vanter de manier quatre sortes de lames à la perfection et de réciter plusieurs pièces de Sophocle par cœur. Après avoir peiné sous le joug de la plume pendant cinq années, il avait décidé de donner un tour différent à sa vie en partant pour la Terre sainte.

A présent, il n'était ni soldat ni poète, mais un insecte écrasé par la chaleur et il lui vint en tête les vers de l'homme déçu et désespéré de Sophocle :

O béance de ce rocher, je te reviens,
Dépouillé, indigent, désireux d'en finir
Seul au fond de ton gîte. Il n'est plus question
D'abattre ni l'oiseau en plein vol ni le fauve.
Non, c'est moi qui serai désormais le gibier
Pour ceux que je chassais.

Jean d'Agnis cheminait le long du djebel Ansariya. Au loin l'Oronte traversait la plaine. Sur ses bords, les tapis acides des herbes jaunies étaient tachés de troupeaux. Depuis des jours, il cherchait l'armée du prince d'Antioche, Raymond. Avant de partir avec le commandeur Othon d'Aups qui s'était vu mandaté d'une mission de première importance auprès des neuf provinces templières par le Grand Maître de l'Ordre, Jean avait fait vœu de se comporter en véritable chevalier du Christ.

Raymond, si l'on exceptait les templiers, les teutoniques, les hospitaliers et les divers ordres guerriers religieux, était le dernier représentant de la vraie chevalerie sur cette terre biblique. Louis VII et Conrad III avaient renoncé à se battre contre les Turcs ; à cette heure ils étaient en route pour l'Occident. Allez savoir... Aucune nouvelle ne parvenait jusqu'ici où quelques poignées de colons survivaient sur les marches du royaume de Dieu.

Jean s'en voulait d'avoir offensé le prince d'Antioche. C'était téméraire mais il s'était juré de faire amende honorable en lui offrant ses services. Il donna un coup de poing sur son heaume.

— L'honneur vaut bien une tête, persifla-t-il. N'est-ce pas, Hercule ?

Il avait décidé d'appeler ainsi son cheval acheté grâce à une bourse d'Othon d'Aups. Sa dernière monture avait rendu l'âme sur une dune de sable après de nombreuses années de loyaux services. La bête avait une force incroyable. Galoper des heures, escalader des falaises, franchir des torrents furieux, supporter des chocs dans les batailles, traverser des feux, rien ne l'arrêtait. Le destrier dressa l'oreille ; le maître lui parlait. Entre eux, pas de mensonges, ils étaient complices. Ils avaient connu la même peur récemment dans la ruine d'une cité antique peuplée de fantômes. Ce pays portait les marques de centaines de guerres, les balafres d'un millier d'invasions. Tous les grands de l'Histoire s'y étaient un jour affrontés. Jean repéra les colonnes d'un temple livré au sable et s'interrogea une fois de plus sur le sens de l'Histoire, sur la violence engendrée par les religions et par l'appétit de pouvoir des hommes.

Comment expliquer qu'une guerre était juste ? Sa guerre, sa croisade, son idéal lui paraissaient justes. Les Turcs et les Arabes n'étaient pas ses prochains mais les serviteurs d'un démon qui se faisait passer pour Dieu. Leur religion était dangereuse pour l'humanité. Il se devait de les tuer, d'en tuer au maximum, jusqu'à la limite de ses forces. Avec des raisonnements simplistes, il se forgeait l'âme d'un preux.

A cet instant, une pensée l'effleura. Quelqu'un l'appelait ; il eut la certitude que c'était une femme à des milliers de lieues de lui. Puis il pesta contre le soleil. L'astre lui ramollissait la cervelle. Ça commençait avec des voix et ça continuait par des visions. Nombreux étaient ceux qui étaient devenus fous sur les routes de Jérusalem et qu'on avait découverts morts de soif dans les déserts.

— Allons ! cria-t-il. Trouvons notre prince.

Le prince, ils le trouvèrent quinze jours plus tard, le 29 juin 1149, à Fons Murez.

— Ils sont là ! dit-il à Hercule.

Jean fut partagé entre la joie et la peine à la vue de tous les pennons oscillant au-dessus des têtes casquées des piqueurs francs couverts de boucliers, des archers ismaéliens empanachés de plumes. Ils étaient mille quatre cents. Une armée dérisoire. Une lieue avant, Jean avait traversé les lignes des coalisés turcs menés par le prince d'Alep, Nur al-Din. Une nuée de sauterelles. Les infidèles étaient au moins trente-cinq mille.

Jean caressa l'encolure de son cheval.

— Je crois que Dieu nous recevra bellement dans Son palais avant le crépuscule. Te sens-tu l'âme légère, mon beau ?

Hercule frissonna. Il avait compris. Quand l'homme le fit avancer vers les troupes chrétiennes, son cœur battit comme un tambour.

Le prince d'Antioche redressa sa haute stature. Raymond était un géant. Il dominait d'une tête tous les chevaliers de sa suite.

— Qui nous vient là ? s'étonna-t-il.

Il vit le bouclier frappé de la croix émergeant des flammes et cela lui rappela quelque chose de désagréable. Quand Jean se présenta, son sang bouillonna. Raymond avait en face de lui l'infâme brigand qui lui avait ravi Eléonore et qui l'avait ridiculisé.

— Qu'on s'empare de lui et qu'on lui tranche la tête sur-le-champ ! hurla-t-il.

— Tu auras besoin de mon épée, messire, dit Jean avec calme.

— Que vaut-elle entre les mains d'un chien ?

— Elle vaut au moins vingt cimeterres turcs et plus encore d'épées arabes. Vous êtes à peine plus de mille et ils sont des dizaines de milliers ! clama Jean en contemplant les seigneurs et leurs chevaliers. Laissez-moi combattre à vos côtés et si Dieu nous prête vie après la bataille, alors vous pourrez disposer de ma tête comme bon vous semble.

Raymond l'observa longuement. Ce chevalier provençal paraissait sincère et courageux.

— Quel combat ce sera ! s'exclama soudain le prince. Quels martyrs nous ferons ! Reste auprès de moi, chevalier, nous réglerons ce différend au paradis ! Ton nom ?

— Jean d'Agnis de Signes.

— Voici mes ordres, Jean. Et cela vaut pour tout le monde : éborgne, écorche, étripe ! Que cette terre ingrate boive les augées de sang que nous répandrons. Mes seigneurs, que Dieu nous protège !

Les deux lieutenants qui l'encadraient, Renaud de Marash et Etienne de Melun, acquiescèrent.

— Prions ! commanda alors Raymond.

Il repoussa la capuche de mailles qui recouvrait son crâne. Son visage avait la patine d'un vieux bronze, avec des traînées plus claires là où des cicatrices rappelaient sa dure vie d'aventurier. Il s'éclaira cependant. Il ressembla à celui d'un anachorète touché par la grâce tout le temps que dura le Notre Père puis le cantique des Philippiens :

Devenu semblable aux hommes,
Reconnu homme à son aspect,
Il s'est abaissé,
Devenant obéissant jusqu'à la mort
Et la mort de la Croix.
C'est pourquoi Dieu l'a exalté :
Il l'a doté d'un Nom
Qui est au-dessus de tout nom,
Afin qu'au nom de Jésus
Tout genou fléchisse
Au ciel, sur terre et aux enfers...

Jean avait prié sans illusions. Il se sentait l'âme lourde de fautes. Il songeait à l'enfer quand la rumeur gonfla.

Les musulmans arrivaient. L'horizon se teinta de fer et de cuivre. Les mamelons se couvrirent d'une impressionnante épaisseur de turbans. Des étendards brodés de lettres arabes et de croissants dansaient autour de Nur al-Din dont l'habit d'or resplendissait.

— Par saint Luc ! s'écria Renaud de Marash.

Il en apparaissait sans cesse. Ils s'étendaient comme des tumeurs. Leurs armes brandies en désordre palpitaient sous les rayons obliques du matin. Ce corps bruyant et mouvant fut traversé de soubresauts quand les trompettes turques retentirent.

Jean et tous les chevaliers du prince d'Antioche ouvraient de grands yeux. Ce n'était pas un mirage mais, bien réelle, une véritable armée de métal ramifiée en lances, cimeterres et haches, qui recouvrait le sol à l'infini.

Les trente-cinq mille Turcs se figèrent. Les trompettes lancèrent un son plus aigu tandis que des cavaliers portant des fanions jaune et bleu s'égaillaient dans la masse.

Les chrétiens restèrent un moment sans comprendre ; ils regardèrent se mouvoir à nouveau les Turcs, puis s'épouvantèrent en saisissant le sens de la manœuvre. L'ennemi les encerclait dans l'intention de les harceler avec des flèches. On attendit l'ordre de repli, mais Raymond se taisait. Quand il coiffa le heaume allemand qui faisait de lui un être sans âme et une machine à tuer, ils surent qu'il fallait vaincre ou mourir.

Ils chargèrent et couchèrent plus de deux mille infidèles au premier choc. Une demi-heure plus tard, environnés de toutes parts, ils firent grand massacre avec leurs épées. Jean se battait avec rage. Il avait terrassé tant d'ennemis qu'il crut la partie gagnée, mais il en venait toujours plus. A un moment, il resta effaré et tremblant en se rendant compte qu'ils n'en viendraient pas à bout.

— Ta garde ! Ta garde ! Jean-foutre !

Les hurlements de Raymond lui firent redresser son épée sur laquelle vint s'embrocher un homme. Le prince passa, tel un tourbillon. Il maniait une hache double. Il disparut dans une écume de sang.

— Le prince est mort ! cria quelqu'un.

Jean recula. Il vit sur sa gauche des chevaliers à la dérive, assaillis par des essaims d'infidèles. L'armée chrétienne s'émiettait. On apportait déjà des têtes à

Nur al-Din. Il y eut un rugissement triomphal quand celle de Raymond d'Antioche fut tranchée.

— Sainte Marie mère de Dieu, balbutia Jean.

Il n'avait pas envie de crever en terre païenne. Il n'avait pas envie d'avoir la tête empaillée. Avec l'énergie du désespoir, il se creusa un passage à coups d'épée. Une dépression s'ouvrait dans le désert. Elle était pleine de morts. Pas un Turc n'y rôdait. Il s'y laissa tomber, abandonnant son écu dans sa course. Il ignorait que l'ange de la mort l'épiait. Une flèche quitta le bouquet poussiéreux de la bataille pour le frapper au milieu du dos.

La brûlure se répandit en lui. Tout son passé, en un clin d'œil évaporé, défila. Sa mère, ses frères, des visages d'autrefois, le sourire édenté de son père, la Sainte-Baume rayonnante vers laquelle, être décharné, il se dirigeait, des paysages et des villes disparurent de sa mémoire. A chaque battement de cœur, le vide grandissait, grandissait, grandissait.

Sa dernière image fut celle de deux femmes opposées en posture de combat. Elles lui sourirent cruellement avant de croiser le fer.

22

Deux, elles en avaient capturé deux… « Capturé » était un mot mal adapté. Elles avaient été obligées de les tuer tant ils se défendaient comme des diables. Aubeline, Bérarde et Inna revenaient avec les têtes de leurs victimes. Auparavant la sorcière avait tenu à se rendre dans la grotte des Dragons. Malgré les réticences des deux guerrières, elle avait obtenu satisfaction, arguant de la nécessité de procéder à des rituels.

« Pourquoi se rendre dans la grotte maudite ? avait demandé Aubeline.

— Pour les faire parler le moment venu.

— Tu as l'intention de questionner des têtes coupées ?

— Je vais y enfermer leurs âmes et leurs esprits, c'est pour cela que je dois me rendre dans la grotte des Dragons. »

Aubeline et la géante avaient réprimé leurs frissons. Cette sorcière leur inspirait une peur viscérale. C'était elle qui avait retrouvé les brigands champenois en projetant son esprit.

Aubeline avait sorti son épée. Bérarde jouait avec sa francisque en étêtant les buissons autour d'elle. Les deux amies avaient tenu à ne pas aller outre la chapelle des Saints-Anges perdue au sommet de la Sainte-Baume. La sorcière avait continué seule son chemin jusqu'à la grotte. Elles attendaient depuis plus d'une heure quand un éclair zébra le ciel et toucha le signal des Béguines.

— Par le Christ ! s'exclama Aubeline.

L'onde fracassante du tonnerre fit trembler la terre. Bérarde abattit sa hache sur le sol comme pour couper cette onde.

— La jeteuse de sorts a ressuscité les têtes ! fit-elle.

— Je préfère ne rien savoir. Quand elle sera de retour, garde un œil sur le sac qui contient les dépouilles. Si tu t'aperçois qu'il se passe quelque chose d'anormal, réduis-le en miettes.

Bérarde grogna son assentiment. Elle était habituée aux sales besognes.

Il y avait eu cet éclair anormal vers l'ouest, le tonnerre, puis le silence. On ne s'en était pas préoccupé. Le bel âge de l'automne habillait de feu les collines. Signes reposait dans la tiède et rousse concavité de sa vallée. Les femmes aimaient l'automne. La saison inspirait toutes sortes de romances langoureuses. Le besoin de jouissance devenait vague ; l'esprit s'élevait. On se sentait pris d'une nostalgie qui conduisait au renoncement des sens.

Bertrane n'échappait pas à la règle. Deux heures après laudes, elle grimpait au sommet du donjon avec Jausserande, Alix et Stéphanie. Un rituel. Elles prenaient leur temps, rassasiant leurs âmes à la vue du paysage paisible, des coulures cuivrées sur les flancs des montagnes, des rangées fauves des vignobles, des embouches livrées au bétail et à la brume. Mais dès que leurs regards remontaient vers Taillane et se perdaient au-delà de l'éperon rocheux du Mourre d'Agnis, une souffrance vive leur serrait le cœur. Elles songeaient à la pauvre Hermissende et à ses gens. La brusque pensée de leur mort leur ôtait tout plaisir.

Une angoisse les torturait à l'idée que les assassins couraient toujours.

La fille du templier, la Burgonde et la sorcière avaient certes rattrapé deux de ces soudards dans l'auberge du Grand-Sambuc près du village de Jouques, derrière la Sainte-Victoire. Encore n'avait-on pas la certitude qu'ils appartenaient à la bande des assassins car elles les avaient tués au combat. Inna assurait que si. La comtesse de Dye lui avait donné l'autorisation de se livrer à des rituels démoniaques sur leurs têtes tranchées afin de découvrir la vérité. Les têtes avaient été emportées dans le gouffre des Morts et déposées sur un autel de pierre ligure. Toutes les nuits, les sorcières de Signes la Noire se relayaient pour torturer les esprits emprisonnés dans ces trophées mais ne parvenaient toujours pas à les plier à leur volonté.

Aussi avait-on peur. On guettait les signes. On multipliait les battues avec les troupes des fiefs voisins. Bertrand avait fait quelques prisonniers : des voleurs de poules, des rançonneurs de voyageurs, des braconniers, un seul véritable brigand soupçonné de viol et de meurtre. Ce dernier avait payé pour les autres. « L'énervation ! » avait clamé Bertrand malgré les protestations des dames. Aucune d'entre elles, sauf Delphine, n'avait assisté à ce spectacle donné sur la place du marché. Après la bénédiction de frère Guillaume, l'homme aux jambes tendues par des cordes avait eu les tendons des jarrets et des genoux brûlés, puis on l'avait relâché rampant et gémissant au sein de la forêt. Les loups s'étaient chargés d'en finir avec lui.

Jausserande quitta l'archère à travers laquelle elle contemplait les bois lugubres flanquant le plateau de Siou-Blanc et se tourna vers les dames qui travaillaient à leurs écritoires.

— Qui a intérêt à nous nuire ? demanda-t-elle à ses aînées.

— Toujours les mêmes, répondit Stéphanie en haussant les épaules. Le comte de Barcelone, les évêques de Marseille, les seigneurs de la Durance, les Génois, mon fils Hugon, finit-elle par laisser tomber d'un air triste.

— Ton fils, tu mêles sans cesse ton fils à nos problèmes. N'y a-t-il donc que péché entre vous ? intervint Bertrane.

— Il me hait, Bertrane, il nous hait...

Stéphanie avait ses propres espions. Elle savait bon nombre de choses sur son Hugon. Il avait décidé de continuer la guerre contre les Catalans. Bertrand et Gilbert, les deux derniers-nés de Stéphanie, venaient d'épouser la cause du rebelle. Elle ne pouvait plus compter que sur son cadet, Guillaume, réfugié dans son fief d'Eygalières.

— Hugon est bon chevalier, dit Bertrane. Tu l'as élevé dans la tradition et le souvenir de son glorieux père. Vous vous êtes battus ensemble, vous avez communié ensemble ; ensemble vous avez juré de défendre l'honneur des Baux. Entre vous, il ne peut y avoir méchanceté et trahison.

— Tu as la mémoire courte, mon amie. Te souviens-tu de sa colère en Arles, de son mépris, de son refus de se rallier à la cause de la paix ? Hugon n'est pas le bon chevalier que tu crois, Bertrane. Je te le dis en toute amitié : ton jugement sur les hommes est faux. Toutes ces femmes battues et violées qui viennent réclamer justice en notre cour ; toutes ces pauvresses condamnées aux fausses couches, à la peur, au rejet de l'Eglise, toutes nos sœurs sont bien moins considérées que les porcs dans les porcheries et les chevaux dans les écuries.

— Mais Hugon n'appartient pas à cette race d'hommes !

— Il en est proche, crois-moi. Quel œil jette Bertrand sur toi ? Te sens-tu aimée, adulée, égale en droits ? Je connais bien les hommes de ce siècle et mon Hugon que j'ai mis au monde. La puissance et le pouvoir, voilà leur but. La seule chose qu'ils désirent sur cette terre est bien le pouvoir tiré de la puissance temporelle. Pour cela, ils sont prêts à se croiser pour s'emparer des richesses de l'Orient ; à vaincre le gardien du Graal ! à tuer père, mère, sœurs et frères. Savoir qu'il y a un être sur terre qui s'oppose à leurs visées les rend fous. Ce qu'il y a de pire chez Hugon et ses semblables, c'est leur conception de l'honneur ; elle passe par l'anéantissement de leur famille et de leurs amis.

Stéphanie reconnut ses propres errances. Elle avait eu ses moments de délire ; elle s'était prise au jeu de la guerre et de la renommée. Elle avait rêvé de mettre la main sur Barcelone, de marcher à travers l'Espagne sur Cordoue et de pourchasser les émirs jusqu'au Caire. Elle frémissait encore ; et il lui arrivait d'échafauder de nouveaux plans qui s'écroulaient bien vite au regard de ce qu'elle était devenue. Elle en parlait parfois à ses amies, racontant des anecdotes de sa vie, les fastes de la seigneurie des Baux, les intrigues politiques. Les dames apprenaient beaucoup à son contact.

Elle se confiait quand elle fut interrompue par l'apparition de l'oiseau du malheur. Delphine de Dye entra dans la salle des manuscrits avec sa suite de demoiselles. Son arrivée jeta un froid. Les joues roses comme si elle venait de fournir un effort, elle lança son mauvais regard sur les trois femmes. Elle imagina un complot ; elle imaginait toujours des complots et se retint de lire le parchemin déroulé sur le pupitre de Bertrane. Que le diable les emporte ! pensa-t-elle.

— J'arrive de Signes la Noire ! dit-elle.

— Alors ? Tes têtes ont-elles parlé ? ironisa Jausserande.

— Pas encore, mais Inna et ses sœurs ont eu la vision d'un rassemblement de forces hostiles à Trets.

— Inutile de converser avec des morts pour savoir que Trets nous traite en ennemi ! poursuivit Jausserande sur le même ton. On ferait mieux de jeter ces têtes au feu puis de répandre leurs cendres dans une eau courante.

Que le diable l'emporte la première ! insista mentalement Delphine en serrant les poings.

Ce vœu allait-il se réaliser ? Elle devint pâle. Un bruit de cavalcade se fit entendre. Il venait de la route de Chibron. Elles sortirent sur le rempart. Un chevalier apparut à la poterne ouest. Derrière lui, les habitantes du château comptèrent vingt lances.

— Aquitaine, dit Stéphanie qui avait la mémoire des emblèmes.

Aquitaine ? L'imagination de ses compagnes s'emballa. Elle les précipita au bord du grand océan qui marquait les limites du monde. De Bordeaux, elles ne connaissaient que les récits des voyageurs. Angoulême, Périgueux, Saint-Sever, le Poitou, la Marche, le Béarn et la Bigorre sonnaient comme des noms de légende associés au puissant duché de Guyenne dont l'Aquitaine était le fleuron.

Le roulement des sabots éveilla le château. Des profondeurs de ses tours élancées surgirent demoiselles, servantes et gardes. Une atmosphère de gaieté accueillit les cavaliers exténués. Ils abandonnèrent leurs montures sur l'aire aux Masques où les attendaient les garçons d'écurie. Les jeunes filles devancèrent les sergents ; elles apportaient eau, vin, pain et fromage. Les soldats d'Aquitaine furent entourés, choyés, questionnés. Cette douce et inhabituelle ambiance effaça leurs fatigues ; ils goûtaient aux inoffensifs plaisirs de cette cour d'amour vantée par les poètes.

Quand Bertrane, Stéphanie, Jausserande et Delphine apparurent, les autres dames entouraient un homme arborant une double tour crénelée sur sa poitrine.

— Notre dame de Signes, s'empressa de révéler la grosse Adalarie en s'écartant devant Bertrane.

— Je suis Bertrane de Signes.

L'homme s'inclina. Son visage respirait la guerre ; sa bouche était une mince plaie horizontale, sa mâchoire encadrée d'une barbe gris fer semblait plus large que le front balafré. Ses yeux, pareils à la froideur bleue d'un lac, cachaient son passé dur et féroce de soldat. Une croix rouge était cousue sur son bliaud, entre l'épaule et le cœur.

Un croisé. Un fier défenseur de la foi. La tête de Jausserande chavira à la vue de ce signe. Elle n'entendit même pas qu'on prononçait son nom. Le chevalier la regarda avec insistance avant de montrer une profonde déférence quand Bertrane présenta Stéphanie des Baux.

— Edmond de Casteljaloux ! martela-t-il.

— Casteljaloux ! s'étonna Adalarie. En voilà un nom !

— « Par la jalousie véritable l'affection d'amour croît toujours », lança avec malice Rostangue, dame de Pierrefeu.

Il y eut des rires étouffés. Le chevalier, qui n'entendait rien aux subtilités des maximes de la cour d'amour, allait en prendre ombrage quand Bertrane intervint :

— Il suffit ! Ce noble sire est notre hôte. Dorénavant, il faut changer de conduite.

Edmond de Casteljaloux eut un battement de paupières et un bref hochement de tête. Il accepta de bonne grâce le hanap d'argent rempli de vin que lui tendit une servante.

— Que nous vaut l'honneur de votre visite ? demanda Stéphanie qui se méfiait de cet homme.

Elle sentait poindre les ennuis. Le chevalier n'était pas un tendre. Il ne ressemblait en rien aux messagers qui parcouraient la Provence. La guerre lui collait à la peau et il gardait en permanence la main à l'épée, preuve d'une habitude héritée des champs de bataille.

— Eléonore, reine de France, m'envoie à vous.

Il y eut un silence. Les femmes saisies par la nouvelle ne pouvaient plus articuler le moindre mot. Elles ne raisonnaient plus, elles rêvaient à Eléonore, la plus émancipée, la plus puissante des femmes de la chrétienté. Sous leurs paupières fiévreuses, la reine vivait, grandissait, étendait son pouvoir sur leurs esprits. L'émotion fermentait. Edmond et ses chevaliers en furent troublés.

Le cercle se resserra autour du sire de Casteljaloux avec un bruit d'étoffes, de bracelets. On voulait en savoir plus. Des légendes couraient sur la jeune reine de France. Aucune des nobles provençales ne l'avait encore rencontrée. On la disait d'une incroyable beauté, passionnée d'arts et de poésie, avide de plaisirs et extrêmement dépensière. Elle tenait ce tempérament de son grand-père, Guillaume le Troubadour, duc d'Aquitaine, qui avait mené grand train en donnant des fêtes somptueuses durant toute son existence. Eléonore et Louis avaient été unis douze ans plus tôt dans la cathédrale Saint-André de Bordeaux. On comparait le mariage royal à un conte de fées. Aux veillées, quand un voyageur venant des bords de la Gironde levait son gobelet d'étain en l'honneur de l'héroïne couronnée en 1137 à l'âge de quinze ans, on avait droit à d'interminables et merveilleuses descriptions des noces, avec leur profusion d'or, les chants montant vers le chœur des anges et la foule des saints entourant le Seigneur bienveillant bénissant le couple. Ainsi perdurait et s'enrichissait la légende.

Il arriva un moment où dames et demoiselles trépignèrent d'impatience face à l'envoyé royal. Pourtant il ne s'était écoulé que quelques battements de cœur depuis qu'il avait déclaré être l'un des hommes liges de la première dame d'Occident. Les esprits s'échauffaient, les regards pressaient le chevalier d'en venir aux faits.

Edmond avait mûrement réfléchi. Les ordres d'Eléonore étaient clairs. Il devait se faire de Bertrane de Signes une alliée. Cette dernière gardait son calme. Etrangement, elle ne semblait pas éprouver la même curiosité que ses sœurs. Elle se contentait d'observer le sire de Casteljaloux. Il portait une sacoche de cuir à la hanche ; elle le vit desserrer les sangles. Le parchemin roulé aux cachets de cire apparut entre ses mains. Il le lui tendit avec respect. En s'en emparant, Bertrane eut un imperceptible tressaillement des lèvres. L'homme ne lui délivrait pas une missive ordinaire. Elle se douta que le long parchemin contenait la requête extraordinaire de la plus turbulente et la plus titrée des femmes de ce monde.

La lettre était officiellement adressée à la cour d'amour de Signes et aux comtesses Bertrane et Delphine. La reine y aurait ajouté le nom de Stéphanie des Baux si elle avait su que cette dernière résidait désormais à Signes. La règle exigeait qu'elle la lise à haute voix. Bertrane demanda au chevalier et aux dames de la suivre dans la salle du conseil, loin des oreilles indiscrètes des habitants et des marchands qui s'étaient rassemblés sur l'aire des Masques.

Chacun s'installa sur les sièges et les banquettes disposées le long des murs armoriés. Bertrane prit son souffle.

Après un étonnant résumé de la croisade qu'elle qualifiait d'échec cuisant pour la chrétienté, Eléonore parlait d'elle et de ses erreurs : « ... Qu'avais-je en tête en prenant part à cette expédition, sinon de garantir le droit à chacun de prier en toute sérénité en Terre sainte, le droit d'anéantir cette peste qu'est l'islam ? Avais-je encore seulement quelque chose à y accomplir quand je compris, et bien avant la défaite d'Alep, que la rapacité et la jalousie de nos seigneurs allaient à l'encontre de nos espérances ? Tout s'écroulait et mon devoir était de défendre au mieux la cause du Christ aux côtés du roi. L'Orient qui vit naître et mourir Jésus allait sombrer dans le chaos. J'avais cette vision en horreur. Tant de vies gaspillées, tant de foi perdue, l'Eglise de Jérusalem livrée aux hordes sauvages des Arabes et des Turcs, le monde appartenant au Malin. Un homme cependant pouvait redresser la situation, mon oncle Raymond de Poitiers, prince d'Antioche, auprès de qui je trouvai refuge. Grand amour et grande passion faisaient de lui le noble et preux chevalier que toute femme est en droit d'espérer et d'aimer. Je mis tout en œuvre pour unir nos forces aux siennes et, au-delà, fédérer les fiefs de la Terre sainte et obtenir l'appui de l'empereur de Constantinople. Mais le roi en prit ombrage. Louis dépêcha deux traîtres infâmes, un chevalier brigand prêt à se damner pour un peu d'or et un commandeur de l'ordre des Templiers dont le but inavoué est de s'emparer du royaume de Jérusalem. Ces hommes honnis me détruisirent en une nuit en m'enlevant à la protection de Raymond. Dame Bertrane de Signes, il vous appartient de punir ces renégats après les avoir jugés au sein de votre cour. Ils s'appellent Jean d'Agnis et Othon d'Aups, et ont appartenu à la maison de votre époux Bertrand avant de se croiser... »

Un bourdonnement accueillit cette révélation. La surprise était de taille : un chevalier signois dont on ne se souvenait guère et Othon, le père d'Aubeline, considéré comme un héros, avaient offensé la reine de France. Par chance, Aubeline d'Aups et la géante n'étaient pas présentes. On les savait à Signes la Noire où elles surveillaient les agissements d'Inna et des sorcières. Il n'était pas possible d'incriminer Othon le templier. On se posa des questions sur ce Jean d'Agnis. Y avait-il seulement une tour, une maison forte, une construction en dur sur le Mourre d'Agnis dominant le village ?

— Du calme ! commanda Stéphanie.

Bertrane continua à déchiffrer l'écriture de la reine. On apprit qu'Edmond de Casteljaloux devait être l'instrument de la vengeance royale. Eléonore demandait à Bertrane de le garder auprès d'elle jusqu'au jour où les chevaliers maudits réapparaîtraient en Provence. Bertrane acheva sa lecture. Elle en était atterrée et elle vit la même consternation chez la plupart des dames. Quel déshonneur pour Signes !

— D'après ce que nous savons, trois commandeurs ont été désignés pour une importante mission. Othon d'Aups est l'un d'eux. Il devrait débarquer à Marseille dans les semaines qui viennent. Jean d'Agnis l'accompagnera. Nous nous saisirons d'eux avec l'aide de vos troupes, dit Edmond.

— Cette affaire dépasse nos compétences ! se récria Mabille. Le devoir en incombe au comte Bertrand ou mieux, aux évêques de Marseille. Le comte peut casser ce qui a été donné par l'adoubement et les évêques ont le pouvoir de juger au nom du pape. Ce Jean d'Agnis de Signes, quoi qu'il ait fait, reste chevalier et il est dit qu'un chevalier ne doit jamais user de son épée pour léser injustement quiconque, mais qu'il s'en serve toujours pour défendre le Juste et le Droit. S'il ne respecte pas la règle sacrée de son rang, il appartient à son seigneur et à lui seul de le punir ! Quant au templier, que Dieu nous préserve de nous attaquer à son ordre.

Edmond de Casteljaloux se tourna vers la bouillante Mabille. La dame d'Yères était rouge de colère. Elle n'admettait pas qu'on se serve de la cour à des fins de vengeance. On leur imposait ce Casteljaloux chargé de punir en leur nom. Elle était dame d'honneur, dame d'amour et ne pouvait se prêter aux caprices d'une femme, fût-elle couronnée, dont on connaissait la rouerie et les fantaisies. L'image de la reine était sérieusement écornée.

— Dois-je vous rappeler que je suis ici par la volonté de la reine ? dit Edmond.

Le ton était doucereux, mais toutes sentirent combien il prenait à cœur cette mission, combien il était investi des pleins pouvoirs de la couronne.

— Qui refusera ici d'obéir à la première dame de la chrétienté ?

La voix claqua. Elle était sèche et basse. Au ton, ces demoiselles surent à quoi s'en tenir. Les dames aussi. Et sous ce ton perçait la menace.

Delphine parut satisfaite. Elle les avait refroidies. Mabille, qui la craignait, baissa les yeux quand elle la contempla en fronçant les sourcils. Restaient Bertrane, Stéphanie et Jausserande que la comtesse de Dye n'impressionnait guère. Elle s'adressa à elles plus diplomatiquement :

— Mes sœurs, on ne peut rejeter la demande d'Eléonore.

— Qui te dit que nous n'allons pas examiner cette requête ? répliqua Bertrane. Encore faudrait-il que ces chevaliers reviennent parmi nous. Nous n'irons pas les arrêter à Marseille. De plus, nous ne connaissons pas ce Jean. D'Agnis, nous ne voyons que cette crête, poursuivit-elle en pointant son doigt vers une archère située au nord de la salle. C'est le domaine des charbonniers et des bergers. Peut-être quelques nobliaux y vécurent-ils en des temps très reculés, mais il ne s'y trouve point de famille titrée depuis 949, année qui vit l'indépendance de ce fief avec l'arrivée d'Arlulf Ier, illustre ancêtre de mon époux.

— Nous vérifierons tout ceci au cartulaire de l'abbaye Saint-Victor, répondit Edmond.

— Comptez sur mon aide ! s'empressa de lancer Delphine. Si ce chevalier réapparaît, nous saurons le juger selon son rang !

Bertrane s'apprêtait à sermonner la dame de Dye qui outrepassait ses droits, mais elle se domina. Elle eut un regard foudroyant qui fit reculer la vieille intrigante. Elle promena ce même regard autour d'elle, et quelques esprits vacillèrent. Bertrane sentit la pression de la main de Stéphanie sur son bras. La comtesse des Baux avait l'intention de reprendre la discussion à son compte afin d'apaiser les tensions. Elle devait faire comprendre au chevalier d'Aquitaine que la cour n'était pas un lieu d'intrigues, mais une véritable juridiction dotée de règles. Elle prit la parole, hautaine :

— Nous réglerons le cas Jean d'Agnis-Othon d'Aups-Eléonore d'Aquitaine, le temps venu, en débat public comme il se doit. Chevalier, il nous plaît de vous savoir parmi nous, mais vous ne pouvez rester dans ce castel. Passé cinquante ans, vous auriez pu dormir dans la tour aux Epis comme le font nos vénérables et nobles visiteurs, mais malgré la grisaille de votre barbe, je doute que vous ayez atteint cet âge. Je vous accompagnerai à Château-Vieux où réside Bertrand de Signes et nous lui rendrons compte de cette première entrevue. N'en doutez pas, il se pliera aux volontés de la reine. Autre chose encore : il vous faudra venir seul ici lors des délibérations ; nous ne sommes pas en guerre et le Sarrasin a depuis longtemps disparu de nos côtes. Désignez un écuyer pour vous servir, nous pourvoirons à votre défense si ces terribles chevaliers Jean et Othon revenaient de l'enfer dont ils semblent issus.

Edmond se rembrunit. La comtesse des Baux se moquait de lui. Il se tourna vers ses hommes et aboya le nom d'Ancelin. Aussitôt un jeune garçon au teint rose de fille quitta le groupe des guerriers. Jausserande eut un sourire pour ce nouvel acteur. En voilà un qu'elle allait croquer. Après le maître, se ravisa-t-elle.

Tout avait été dit. Les hommes avaient bu vingt pintes de vin et dévoré les victuailles apportées par les servantes. On se sépara. Stéphanie, montée sur un alezan, emmena la troupe de Casteljaloux à Château-Vieux.

23

Le silence était retombé sur le village. Dans chaque âtre une soupe fumait, sous chaque toit une femme donnait son lait à un bébé ; le sage automne reprenait ses droits et fondait en une même flamme feuilles et herbes. Cet automne à présent malmenait le cœur de Bertrane ; elle enviait Eléonore dont la vie n'était que printemps et amour. Ce Jean d'Agnis n'était-il pas plutôt un amoureux éconduit par la reine ? C'était une vision romanesque qui lui plaisait. Elle s'inquiéta cependant de la présence du templier Othon d'Aups ; il y avait urgence. Il fallait avertir Aubeline des ennuis auxquels s'exposait son père.

Que penser du templier ? Quel rôle avait-il réellement joué ? Tout était possible. Eléonore savait mentir. Dans le domaine des sentiments, on ne pouvait jamais rien connaître ni prédire, ou même juger, avec un tant soit peu de certitude. L'amour et la politique ne faisaient pas bon ménage. La guerre de Troie en était la parfaite illustration. Ce dont elle était sûre concernait son propre avenir. Une vieillesse solitaire et amère qu'elle passerait à ressasser indéfiniment les histoires des autres et les regrets. Veuve, sans amour, sans enfants, elle deviendrait un être inutile mais choyé, comme le voulaient son rang en Provence et sa fonction au sein de la cour. Née homme ou indépendante comme Aubeline, elle aurait tracé son propre chemin, suivant ses impulsions et son instinct. Autrefois, elle rêvait de se retrouver dans la peau d'un garçon. Elle l'appelait de tous ses vœux en fermant les yeux, elle aurait donné n'importe quoi pour vivre cette expérience. Elle aurait couru vers une Bertrane esseulée pour l'enlever. Oui, elle aurait agi comme ce Jean d'Agnis et cet Othon d'Aups.

La nave roulait, tanguait, gémissait dans les eaux crétoises. Elle était pleine à craquer de templiers et de chevaux. A Rhodes, elle avait fait le plein de vivres. Un seul passager n'appartenant pas à l'ordre du Temple était à son bord : Jean d'Agnis, l'ami du commandeur Othon d'Aups. Les deux hommes scrutaient les horizons écumeux à la recherche de nefs turques ou barbaresques. La prise de cette nave, la *Tibériade*, serait une catastrophe pour le Temple. Elle contenait un trésor fabuleux. Il avait été partagé en trois. Deux autres navires suivant des routes différentes atteindraient Marseille à des dates différentes. Les meilleurs chevaliers avaient été désignés pour ce voyage et ils pouvaient affirmer sans se vanter qu'un seul d'entre eux valait trente Maures au combat. Cinquante coffres remplissaient la cale, mais deux, par leur taille, avaient éveillé la curiosité du chevalier d'Agnis.

— Que contiennent les deux grands coffres ? demanda Jean.

— Je ne suis pas autorisé à te le dire, répondit Othon. Sache que nous rapportons beaucoup d'or, des pierres précieuses et des objets saints et que j'ai pour mission de les mettre à l'abri sous la Sainte-Baume.

— Mais pourquoi ne pas les garder à Jérusalem ?

Othon soupira et posa un regard navré sur son ami.

— Parce que nous ne conserverons pas le royaume de Jérusalem, parce qu'un jour les musulmans nous chasseront de Terre sainte.

— C'est une hérésie !

— Non, c'est un constat né d'une longue réflexion. Le seul moyen serait de nous allier à l'Islam et de fonder une nouvelle religion, mais ni les chrétiens ni les Turcs ni les Arabes ne sont préparés à une telle éventualité.

— C'est un blasphème, Othon.

— Non, un doux rêve.

— Qu'est-ce qui te fait dire que nous serons chassés ?

— Ils sont chez eux, nous pas. Ils sont cent fois plus nombreux que nous et plus motivés. Vois-tu, Jean, le premier devoir du musulman est de propager la religion par les armes. Pour lui la guerre sainte se fait de deux manières : tout d'abord sur le pays de droit, c'est-à-dire sur le territoire déjà soumis au Coran, comme la Palestine et les Etats turcs du nord. Ensuite, sur les pays infidèles qu'il faut réduire au tribut. Le devoir du chrétien est pratiquement le même, à la seule différence qu'il doit défendre la foi par les armes et non pas la propager de cette manière. Ce qui est une faiblesse. Dans ces conditions, nous ne pouvons pas gagner. Ne fais pas cette tête-là. Ce que je prédis n'est pas pour demain… et peut-être se produira-t-il un miracle. Songe plutôt à notre chère Provence. Je vais te présenter ma fille Aubeline. Je suis sûr que si tu parviens à la battre en combat singulier, elle te fera les yeux doux.

Jean se renferma ; il n'était pas d'humeur à conter fleurette à une demoiselle de Signes, fût-elle fille de templier. Il pensait à mourir pour Jérusalem.

Le mistral était au rendez-vous de la fête des Morts. Les sorcières de Signes la Noire avaient reçu des renforts : les jeteuses de sorts de Saint-Zacharie et les masques de Barjols étaient rassemblés à la source du Gapeau. Une trentaine de personnes composait l'assemblée la plus redoutée de la région. La tradition voulait que les détenteurs de pouvoirs magiques se réunissent trois fois par an sous la présidence d'Inna et de Dagon, l'invocateur de Barjols. Deux heures avant minuit, ces enfants du diable prenaient le chemin du gouffre des Morts situé sur le plateau de Siou-Blanc.

Aubeline et Bérarde se demandaient ce qu'elles fichaient là. Bertrane avait insisté pour qu'elles se rendent régulièrement à Signes la Noire afin de surveiller les agissements d'Inna et de Delphine de Dye. Elle soupçonnait Delphine d'avoir mis en place un vaste réseau d'espions par l'entremise des guérisseuses, rebouteux, empoisonneuses et diseuses de bonne aventure contrôlés par Inna. Et il y avait ces deux têtes ratatinées conservées par les femmes de Signes la Noire. Inna et ses sœurs ne doutaient pas de faire parler ces horreurs momifiées. Ce soir, elles les avaient emportées dans un coffre de genévrier. C'était avec ce bois que le roi Salomon avait construit l'arche d'alliance, assurait Inna. Cette essence, il est vrai, était imputrescible ; on en tirait une huile aux vertus miraculeuses.

Le coffre luisait sous la lumière des torches brandies par les sorcières et les magiciens. Les flammes grondaient à chaque coup de vent. Elles griffaient le ciel étoilé qu'Inna avait étudié. La sorcière menait son monde sur les sentiers escarpés, le long des ravins, parmi les pierres levées. Il faisait froid sur le plateau. Ils parvinrent à l'abîme un peu avant minuit et entonnèrent aussitôt des incantations.

— Ce sont des démons ! fit Bérarde qui tenait fermement sa hache, prête à frapper la moindre apparition.

— Il n'y aura pas d'autres nuits, répondit Aubeline. Nous retournerons à Meynarguette dès la fin de cette mascarade. Demain, je rendrai des comptes à Bertrane et j'exigerai notre présence permanente à la cour.

La fille du templier tira lentement son épée et sa dague. Au fond du gouffre des Morts, des lueurs couraient sur les roches. Une très vieille femme de Saint-Zacharie laissa échapper des cris perçants en les apercevant, puis ses cris se muèrent en de brèves phrases faites de mauvais latin et de mots inconnus. La voix d'Inna dominait les autres ; elle appelait les âmes tourmentées tout en tenant les deux têtes coupées au-dessus du vide. Des filaments lumineux montèrent jusqu'à elle puis l'enveloppèrent, et on entendit distinctement chuchoter des hommes et des femmes du fond de l'abîme.

La géante se prépara à bondir. Elle avait l'intention d'abattre Inna et de la jeter dans le gouffre. Les abattre tous et les envoyer en enfer. Aubeline devina son amie. Elle dut remettre ses armes au fourreau pour l'apaiser. Ses mains s'exprimèrent devant le visage déterminé de Bérarde pour que personne ne comprenne.

— Tu n'as aucune chance, elle te tuera avant que tu la touches.

— Elle n'est pas armée ! Ils ont des couteaux, des bâtons et des baguettes ! Je peux les faucher comme de la mauvaise herbe.

— Ecoute-moi, Bérarde. Ces gens ne sont pas comme toi et moi. Leurs armes sont invisibles. Peut-être parviendras-tu à tous les tuer, mais tu mourras à ton tour même si tu ne saignes pas. Ils t'atteindront dans tes rêves dans un mois ou un an et tu crèveras dans d'atroces souffrances.

Le souffle de la mort passa sur les deux guerrières. Elles sentirent les haleines glacées des spectres, des revenants qui de leur vivant avaient été précipités dans ce trou insondable lors de séances de sacrifice. Elles se raidirent, s'adressèrent au Seigneur. Aubeline contra leur peur à haute voix :

— *C'est à Toi, mon Dieu, qu'appartiennent le règne, la puissance et la gloire, pour les siècles des siècles ! C'est à Toi que nous remettons nos âmes. Protège-nous des forces des ténèbres !*

Aubeline tressaillit. Bérarde tendit sa hache. L'ombre noire d'Inna venait de surgir devant elles. Les têtes se balançaient au bout des bras de l'affreuse chouette.

— Dieu n'est pas ici, fit la sorcière. Tu pourras dire à dame Bertrane et Stéphanie des Baux qu'Hugon des Baux a envoyé les criminels et qu'il en enverra d'autres.

Sur ces mots, elle prit son élan et lança les têtes au cœur de l'abîme. Des cris de détresse et de colère leur parvinrent. La terre trembla.

— Je n'ai plus besoin de vous, dit Inna.

Aubeline tira par le bras Bérarde toujours prête à se battre.

— A cheval ! cria-t-elle. On rentre à Meynarguette.

Bérarde obtempéra de mauvaise grâce. Jusqu'au dernier moment, elle avait eu l'intention d'envoyer Inna en enfer.

Le mistral. Quelle misère. Le jour de la fête des Morts rendait ses plaintes plus lugubres encore. Surtout à Château-Vieux perché sur son piton. Il s'était levé lors de la première messe. Il avait précédé le *Veni Creator* chanté par les fidèles. Ce souffle allait-il ranimer les âmes des défunts ? Il se frayait un chemin entre les dalles disjointes des tombes, il éparpillait les fleurs fraîches déposées sur les pierres monumentales. Bertrane et Bertrand, comme chaque année à la même heure, s'étaient rendus dans la minuscule crypte où reposaient les ancêtres de Signes. Le vent pénétrait même au fond de ce trou maçonné. Les flammes des torches tremblaient et tout un relief d'anges et de roses s'animait autour des caveaux. Comme Bertrand priait et pleurait en silence, s'imaginant déjà dans l'un de ces puits noirs et humides, Bertrane n'eut qu'une envie, le quitter sur-le-champ. Elle détestait cette période de l'année qui l'obligeait à demeurer quelques jours dans le château comtal. Elle se mit à tousser, dérangeant son époux dans son repentir, et s'autorisa à remonter à l'air libre. Bertrand ne la rappela pas ; il songeait trop à sauver son âme.

Bertrane retrouva l'ivresse que lui procurait le mistral. En une rafale, il chassa les miasmes accumulés sous terre. Il la libéra de son époux dont l'odeur âcre imprégnait ses vêtements. En fait, elle avait une petite idée en tête.

Elle avait envisagé la chose le lendemain de l'arrivée de Casteljaloux. Ce Jean d'Agnis, elle l'espérait vivant, avec un passé et un avenir. Des messagers envoyés à l'abbaye Saint-Victor de Marseille avaient confirmé qu'il possédait des terres et une ferme sur les hauteurs de Signes, qu'il tenait son titre d'un ancêtre ayant servi dans les rangs de Guigo de Signes, le légendaire croisé ayant rapporté les reliques de saint Jean. Si, ainsi qu'elle le croyait, il aimait la reine, elle saurait le convaincre de faire amende honorable et d'entrer à nouveau dans les faveurs d'Eléonore. Encore fallait-il – Stéphanie le répétait assez – qu'il n'ait pas une âme de félon. La comtesse des Baux pensait que toute cette histoire avait été échafaudée pour discréditer le roi Louis VII. Il y avait maintenant au cœur des puissants fiefs de la Sainte-Baume un espion nommé Edmond de Casteljaloux et on savait combien l'Aquitaine et la Catalogne voulaient se rapprocher pour contrôler la Provence et établir leur frontière sur une ligne allant de Briançon à Gênes. C'était le point de vue de Stéphanie. Bertrane réfutait ces idées extravagantes. L'empereur Conrad ne permettrait jamais qu'on empiète sur les terres de ses alliés. Jusqu'à présent, le chevalier Edmond n'avait soudoyé personne. Il passait son temps à enquêter, et à chasser les sangliers et les loups. Il avait rassemblé quelques éléments sur Jean d'Agnis, retrouvé la ferme en ruine de ce dernier, mais il n'avait pas encore daigné rencontrer Aubeline d'Aups, comme s'il se désintéressait d'Othon d'Aups. Les dames n'hésitaient pas à dire qu'il craignait l'ordre du Temple et avait choisi de s'attaquer à la plus faible des deux proies en désignant Jean d'Agnis, responsable des mésaventures de la reine. Aubeline d'Aups, cantonnée depuis des semaines à Signes la Noire, ignorait tout de la venue de cet « ennemi » de son père. C'était mieux ainsi. La fille du templier était bien capable de défier Edmond pour laver l'honneur de son nom.

Parvenue au sommet du donjon, Bertrane s'accrocha à la hampe de la bannière de Signes qui claquait au vent. Elle était déterminée à prouver l'innocence de Jean d'Agnis. Qui était ce chevalier en vérité ? Mue par une curiosité dévorante, elle quitta le château et se rendit au minuscule cimetière tout en longueur. Dans un temps très reculé, on avait creusé des tombes au fond du ravin de Masseboeuf. Ce n'était pas le seul lieu de repos des morts. Il y en avait d'autres, près de la source du Figaret, sous le coteau du Paradis, à la Croix, dans le vallon de La Panouse, à Cancerille et près de la léproserie. Ceux-là, elle les connaissait pour les avoir approchés lors de ses chevauchées avec Stéphanie, Jausserande et Alix. Mais elle ignorait tout des cimetières abandonnés, des tombes isolées, des anciens lieux de culte funéraire si nombreux sur le vaste territoire de Signes.

Jusqu'à ce jour, elle ne s'était guère intéressée aux morts, contrairement à la comtesse de Dye. Qui habitait ces sépultures ? Elle se mit en quête de noms. Elle espérait trouver celui de la famille d'Agnis.

Elle erra. Une poignée d'hommes et de femmes échangeaient des propos avec les êtres aimés couchés sous vingt pans de terre. Parfois, ils caressaient les pierres avec des gestes tendres, les yeux mouillés de larmes, un vague sourire aux lèvres, ayant l'impression de frôler les âmes chéries de leurs parents, de l'enfant enlevé trop tôt, du frère tombé à la guerre, de la mère morte en couches. Dans un coin délaissé, des marmots échappés des jupes paysannes jouaient à la caverne, un jeu qui consistait à se cacher. A sa vue, ils s'égaillèrent dans les buissons alentour. Le cimetière, le ravin, le monde leur appartenaient, la garrigue retentissait du tapage de leurs galoches sur les cailloux et de leurs rires emportés par le vent.

Bertrane écouta s'éloigner cette joyeuse marmaille. Quand le silence retomba, relatif au regard des monologues du mistral, elle chercha des indices sur les dalles et les stèles. Du latin et du provençal mêlaient leurs lettres romaines en de courtes épitaphes. Les mêmes mots glorifiaient les chers disparus, à croire qu'ils étaient tous bons, tous vaillants, tous honnêtes, tous regrettés et qu'ils dormaient *in pace* du même sommeil des justes. Dans cette suite d'éloges, le nom des Agnis n'apparaissait pas. Elle s'en doutait. Il fallait chercher plus haut.

Abandonnant la nécropole, elle contourna la colline du château et entreprit la longue ascension du Mourre d'Agnis, regrettant très vite son cheval qui lui aurait fait gagner du temps et lui aurait épargné de la fatigue. Le chemin était large. Les charbonniers et les bûcherons l'empruntaient et l'entretenaient. Leurs cahutes de branches entrelacées et d'argile séchée poussaient çà et là entre les chênes et les aulnes. Les fours à bois avaient été bâtis par dizaines sur le plateau qu'elle atteignit au bout d'une heure de marche. Elle vit les hommes noirs au travail sous les cônes de pierres sèches qui crachaient une fumée blanche aussitôt dissipée par le mistral.

— *La Damo ! La Damo !* cria l'un d'eux en l'apercevant.

Ils se détachèrent un à un des fours, les bras ballants, confus de paraître sales et pouilleux devant la dame au cygne. C'était un grand honneur qu'elle leur faisait en venant seule et à pied. L'un d'eux s'agenouilla.

— Que le bonheur des saints t'advienne, dit-il avec une ferveur qui traduisait l'adoration que le peuple lui portait.

Bertrane n'aimait pas voir ses sujets se rabaisser ; elle le prit sous le bras et l'obligea à se relever.

— Allons, allons, tu n'es pas à confesse et je ne suis pas une sainte. Ai-je l'air de ce bon chapelain Guillaume ?

Ils se mirent à rire en pensant au gros prieur de Château-Vieux qui avait fini par remplacer l'ancien confesseur, François, devenu amnésique. Et comme elle contemplait les fours, le plus vieux des charbonniers, qui devinait ses craintes, s'empressa de la rassurer.

— La terre est bien humectée, elle a eu sa part de pluie en octobre. Tu n'as rien à craindre du feu, nous sommes des hommes d'expérience et nous tenons le mistral à distance de nos foyers.

Il disait vrai. Leurs visages de cuir roussi, leurs mains cendrées, les marques des brûlures étaient les meilleures garanties de leur maîtrise du feu.

— Tu cherches la tombe ? dit soudain le vieux charbonnier.

Bertrane fut saisie. Comment pouvait-il savoir ? Elle se méfia. Les hommes des montagnes avaient des pouvoirs presque aussi grands que les sorcières de Signes la Noire. Lisait-il dans les pensées ? Interprétait-il les fumées qui se diluaient dans le ciel ou le vol des aigles au-dessus des crêtes du Mourre ?

Elle l'observa avec attention. Il n'émanait aucune méchanceté de cet être fruste à la figure fripée par la misère.

— Dame Delphine et le chevalier Jaloux sont passés par ici à l'aube, révéla l'homme.

— Le Jaloux, on le porte pas dans notre cœur ! ajouta un autre qui n'osa pas y associer le nom de Delphine de Dye.

— C'est un estranger de malheur ! On sait qu'il est venu pour un Signois, un d'Agnis qu'il veut capturer comme le désire la Chouette. Le laisseras-tu faire ?

Les langues se déliaient. Casteljaloux était devenu le Jaloux. Dame Delphine avait été surnommée dame Chouette. Les veillées s'animaient aux noms de ces deux-là et de leurs alliées les sorcières. Il se disait des choses fielleuses sur la reine Eléonore, sur le roi de France. La présence du chevalier Edmond avait réveillé les vieilles haines remontant au partage de l'empire de Charlemagne, quand le roi de Provence Boson devait lutter contre les Francs, les Bourguignons, les Germains et les Espagnols.

— La Chouette et le Jaloux ne dénicheront jamais la pierre des Agnis. Nous les avons envoyés du côté de Mazaugues.

— Vous savez où elle se trouve ?

Les hommes devinrent silencieux. C'était leur secret. Cependant, ils ne pouvaient rien refuser à la dame qui les protégeait. Le vieux soupira.

— Il existe une terre, au-delà du Cros Négadis, on l'appelle « les Loins Sons » parce qu'on y entend les nuits de pleine lune le chant magique d'une fée. Il y a longtemps, du temps du grand-père de mon grand-père, le vicomte de Marseille, Guillaume le Majeur, venait y chasser. Un jour, il blessa un sanglier. La bête furieuse l'aurait éventré s'il n'y avait eu Jean, un berger. Jean tua d'un coup de couteau l'animal qui chargeait le vicomte tombé à terre. Dame ! Quel bel exploit... Guillaume donna les Loins Sons à son sauveur et prit son fils dans sa suite. La famille d'Agnis était née, une belle ferme fut bâtie ; il n'en reste aujourd'hui qu'une ruine depuis que les Agnis se sont éparpillés dans le monde. Cette famille est notre honneur. Si ce chevalier Jean revient parmi nous, nous le défendrons.

Tous les hommes se signèrent. La croix les liait au serment qu'ils avaient prononcé tout bas.

— Je vais te conduire, dit le vieux charbonnier en s'armant d'un long bâton pour la marche.

Il l'entraîna à travers une garrigue sauvage, puis au sein d'une forêt séculaire qui s'étendait sur des lieues. Les feuilles ruisselaient, dansaient sous les assauts du vent. Au-dessus de Bertrane, les arbres mêlaient la rouille de leurs branches mouvantes, sous ses pieds les taches de soleil vivifiaient le sang des feuilles mortes. Une lumière changeante caressait la jeune femme qui communiait avec la nature. La terre était trop belle. L'amour naissait là avec la forêt, le vent, l'humus et les fougères.

Au croisement de deux sentiers, son guide lui fit signe d'être prudente. Il lui montra un monceau de ronces. Au milieu de l'enlacement des épines, il y avait une statue. Malgré les craintes du charbonnier, Bertrane s'en approcha. Le temps et les intempéries avaient usé et raboté les traits de ce dieu païen de pierre. On lui avait cassé le bras. Un bélier et des flammes sculptés sur le socle qui le supportait surmontaient un texte en latin qu'elle eut du mal à traduire. Au bout d'un moment, elle prononça à haute voix des mots qui la troublèrent :

— *A Agnis, le protecteur, au ciel comme au soleil, dans l'air comme l'éclair et sur terre comme le feu.*

— Dame Bertrane, il ne faut pas s'attarder ici, je sens rôder *lou banaru.*

Le charbonnier sentait l'« encorné ». Le diable était peut-être dans les parages, mais dans ce cas c'était un bon diable car Bertrane était pénétrée d'une paix qui lui faisait oublier le but de cette expédition.

— La maison et la tombe des Agnis ne sont plus très loin ! lança le vieil homme qui s'éloignait en piochant avec son bâton.

Un quart d'heure plus tard, Bertrane visitait les ruines. Quatre pans de mur, vestiges de la modeste demeure de la famille disparue. Puis elle découvrit la tombe où le nom d'Agnis et son emblème avaient été profondément gravés. Alors elle se mit à prier avec ferveur, demandant à Dieu le retour du chevalier Jean.

24

Comment puis-je l'atteindre ? Comment le puis-je ? La blancheur était à la fois essentielle et inaccessible. Elle diffusait une paix, un bien-être infinis. Jean avait essayé de monter vers elle, ou du moins de voler, car il en était sûr : il n'avait plus ni bras ni jambes. Son corps terrestre était quelque part… Où ? Il l'avait oublié. Il se souvenait d'une guerre contre les mécréants, d'un roi, d'une reine, d'un bateau, d'un templier. La blancheur s'intensifia. Une chaleur gagna l'esprit qu'il était devenu. Il sentit qu'il était proche de la vérité, d'un absolu qu'il avait désiré sa vie durant, de l'incommensurable amour de Dieu. Cette communion avec la blancheur était une sorte de rédemption, un merveilleux retour au commencement du monde. Puis il les vit se détacher de la neige qui emplissait sa vision. Pour la troisième fois, ils venaient à lui. D'eux, il ne connaissait que les visages aux yeux ardents, aux joues creuses, aux bouches exsangues. Il aurait voulu plaider son innocence, mais il n'avait aucune possibilité de s'exprimer.

Parti dans la violence, l'âme chargée de cent mensonges et de quelques crimes, il savait que d'un moment à l'autre il pouvait être précipité en enfer. Une fois de plus, il les entendit prier. Leurs voix accordées, monotones, lançaient des appels à la pitié. Cela lui fit du bien ; les saints demandaient au

Seigneur de le sauver, ils Lui disaient combien il avait été brave en Orient, qu'il s'était battu pour la juste cause.

Il y eut un amen et ils repartirent se fondre dans la pureté.

Un an ou un siècle passa. Jean ignorait tout de la marche du temps dans cet univers suspendu entre paradis et enfer. Cette sensation que l'enfer existait quelque part au-dessous de lui, il la devait au froid qui parfois l'envahissait. L'enfer n'était pas ce qu'on racontait ; il était désert de glace, noirceur et tristesse. Cette impression était d'autant plus terrible que la source de chaleur semblait s'éloigner.

Je dois lutter, je dois remonter à la surface...

Ils arrivèrent enfin. Ils glissèrent jusqu'à lui et il s'aperçut qu'ils étaient vêtus de blanc, qu'ils avaient des mains. Leurs figures se précisèrent. L'une d'elles surtout dont il sentait le souffle sur son esprit. Elle était impressionnante de dureté. Les stigmates de la passion s'étoilaient en une myriade de cicatrices. Il se souvint du visage d'un brûlé.

— Je crois qu'il revient, dit ce saint.

— Il a mérité nos prières.

— Il a résisté aux potions de frère Gaspard.

— Frères, il a froid, couvrez-le.

Jean vit soudain la main du saint brûlé étendre ses doigts. Cette main le toucha. C'était fini. Il tomba, il cria. Il chuta vers l'enfer.

Un goût amer. Le froid s'immisçait en lui. Il avait retrouvé un corps pour mieux subir l'éternité des tourments. S'il faisait noir, c'était parce qu'il avait les yeux fermés. A l'idée de battre des paupières, un frisson s'ajouta aux autres frissons, le glaçant jusqu'à la moelle. Ses nouveaux sens perçurent des choses bizarres : une odeur froide d'encens, un tintement de clochette, des chuchotements. Son environnement proche grouillait d'une vie qui ne correspondait pas à sa vision de l'enfer.

Il comprit. Il était au purgatoire. Son nouveau cœur s'emballa. Tout n'était pas perdu. Il compta comme autrefois quand il vivait sur terre. A cinq, il ouvrirait les yeux.

— Trois... quatre... cinq !

La frayeur agrandit son regard neuf. La face brûlée du saint était toute proche de la sienne. Elle lui souffla son haleine fétide au nez. Il eut un gémissement de désespoir.

— A la bonne heure ! s'écria l'apparition. Nous voilà revenu parmi les vivants.

Jean ne comprenait rien à ce qui lui arrivait. Il pencha la tête sur le côté. Il y avait quelqu'un allongé sur la paille à côté de lui. Une colonne s'élevait un peu plus loin. Il en suivit la ligne, puis la courbe au-dessus du chapiteau qui se confondait avec une voûte peinte à l'image du Jugement dernier. De l'or se concentrait là. Mille rayons partaient d'un Dieu de Gloire appelant à lui les vivants et les morts. Une légion d'anges sillonnait une mosaïque de nuages. Des rubans et des spirales peints magnifiaient les dix commandements écrits en latin sous l'arc d'une chapelle où brûlait une forêt de cierges. Les lumières lui firent mal aux yeux ; il détourna son regard et retrouva les traits torturés de l'inconnu. Ce dernier souriait. Il portait les habits de l'ordre du Temple.

— Tu es dans l'église Saint-Cassien.

Jean essaya de se souvenir. Cassien... Des bulles éclatèrent dans sa tête et des bribes de souvenirs s'y répandirent. Il les regroupa. Autrefois, dans son apprentissage du latin, un clerc lui avait fait lire l'*Institution des monastères* et les *Conférences* du fondateur de l'abbaye Saint-Victor à Marseille, l'écrivain-moine Cassien. Il se sentit rassuré. Puis la douleur vint, se propagea en lui, prenant sa source où la flèche l'avait transpercé. Alors il se revit à la poupe de la nave avec Othon d'Aups, repoussant l'abordage des Turcs. Ils avaient été attaqués par une galère rapide. Il fit un effort pour se souvenir de la bataille et retomba dans l'inconscience.

Jean frappait sans relâche le mannequin. D'autres guerriers en convalescence s'affrontaient afin de retrouver les automatismes du combat. Les Vénitiens ne voyaient pas d'un bon œil cette soldatesque en mal de bosses et de plaies, mais la toléraient dans la mesure où elle ne cherchait pas bagarre en ville. Un mois s'était écoulé depuis son retour à la vie. Sa première surprise avait été de découvrir qu'il se trouvait à Venise. Saint-Cassien était occupé par des soldats qui revenaient de Jérusalem. Des templiers, eux aussi blessés pendant l'abordage, lui apprirent qu'après sa victoire sur mer Othon d'Aups avait décidé de faire route sur la cité lacustre et d'y déposer les blessés avant de continuer son voyage par la voie terrestre. Non sans rancœur, Jean se remémora le désastre et la mort du prince d'Antioche, Raymond. Il avait tout perdu, n'avait rien gagné, pas même des indulgences. Son aventure en Terre sainte était un échec total.

Il était resté trois semaines inanimé sur sa paillasse, soigné par les moines. Il regrettait presque de n'avoir pas été rappelé par Dieu. Cela n'avait tenu qu'à la volonté d'Othon. Lors de la traversée de l'Adriatique, on avait failli le balancer par-dessus bord tant il puait la mort, mais le commandeur s'était fermement opposé à se séparer des moribonds, arguant qu'on ne jetait point aux poissons des chevaliers chrétiens qui s'étaient si bien battus contre les infidèles. L'homme au visage couvert de cicatrices n'était autre que frère Pierre de Lanleff, maréchal de l'Ordre, titre qui lui conférait une grande autorité. Les brûlures de son visage témoignaient de son courage lors d'un siège. L'huile bouillante ne l'avait pas arrêté sur l'échelle qu'il gravissait en portant le gonfanon.

Pierre l'avait soigné, aidé à recouvrer ses forces, à s'entraîner. Entre eux l'amitié était née.

— Jean ! appela Pierre.

Le chevalier de Signes abaissa son épée. Il se tourna vers le maréchal qui sortait de l'église avec cinq autres templiers. C'était une délégation, il s'y attendait. Revêtus du manteau blanc frappé de la croix pattée rouge, ils s'approchèrent solennellement. Il se dégageait d'eux une force qui faisait l'admiration de Jean et inquiétait les Vénitiens. On craignait leur foi, leur âpreté en affaires, leur passion pour la guerre.

— Ton bras est-il à nouveau vaillant ? demanda Pierre en contemplant l'épée de Jean qui avait frappé le mannequin de paille sur lequel s'entraînaient les soldats.

— Il se fatigue vite, répondit le Signois.

Depuis qu'il tenait sur ses jambes, il se livrait à ces exercices deux fois par jour après laudes et avant vêpres. Les forces lui faisaient toujours défaut, il s'en était rendu compte en croisant le fer avec le maréchal. A deux reprises, le templier l'avait désarmé.

— Tu es solide ! Et d'une bonne lignée. N'est-ce pas, mes frères ?

Les cinq hommes acquiescèrent en silence. Tour à tour, ils s'étaient penchés sur la carcasse de Jean. Tour à tour, ils avaient épuré son corps par les soins et préservé son âme par les prières. Ce chevalier méritait d'appartenir à l'Ordre ; ils le souhaitaient. Othon d'Aups, avant de partir pour la Provence, leur avait demandé de tout mettre en œuvre pour que Jean d'Agnis rejoigne leurs rangs si le Seigneur lui prêtait vie.

— As-tu réfléchi à notre proposition ? s'enquit Pierre avec gravité.

— J'y songe, il faut me laisser encore une nuit.

— Je t'accorde ce délai. Nous repartons demain pour Malte. Ton adhésion à l'Ordre nous honorerait et ce serait grande joie pour moi de t'enseigner notre règle.

Ils le quittèrent pour se rendre au port où les attendait la grosse nave frappée de la croix rouge qu'ils finiraient d'affréter. Elle était amarrée au bout d'une avancée sur pilotis, comme perdue dans la poussière soulevée par les sandales des ouvriers du port. Jean se décida à faire quelques pas dans la cité. Venise grouillait. Des foules s'agitaient, s'entrecroisaient sur les quais et les ponts. Les canaux retentissaient des cris des marchands. A tout moment, des barques lourdes de marbre, de tonneaux, de caisses et de bétail accostaient. L'eau vaseuse battue par les rames bouillonnait le long des coques ; les esquifs se frôlaient dans les canaux étroits. Il s'en échappait des chants. Ces voix se mêlaient à celles des charpentiers, des forgerons et des sculpteurs qui, jour après jour, venaient grossir les rangs des bâtisseurs. La cité s'embellissait d'heure en heure, s'agrandissait, gagnait de l'espace sur la lagune. Jean partageait cette passion rythmée par les coups de boutoir des machines enfonçant les pilotis et les milliers d'outils façonnant le bois et la pierre. C'était un appel. Il avait sa place parmi ces gens. Les nobles marchands de Venise recrutaient. Un homme de sa trempe pouvait prétendre au grade de capitaine dans l'une des nombreuses troupes servant les grandes familles.

Il était à la croisée des chemins. Partout dans le monde, des chevaliers transfuges se taillaient des fiefs, amassaient des fortunes. Il avait le choix. Personne ne l'attendait en Provence. En ce mois de novembre, la nuit tombait rapidement, un brouillard naissait de ses entrailles, effaçant en quelques instants les îles alentour. Jean redoutait ce passage de la lumière aux ténèbres. Dans les lagunes proches, ce n'étaient que feulements et plaintes. Les odeurs et les relents se faisaient plus forts ; des monstres marins pouvaient surgir de la fétidité des marais qui cernaient la ville flottante, des pillards attendaient l'heure propice pour s'approcher des entrepôts. Sortir de Venise la nuit était impossible.

Plus que d'habitude, Jean s'y sentit perclus. Pourtant, tout autour de lui, la vie continuait avec ses marins ivres, ses mendiants loqueteux et scrofuleux, ses diseuses de bonne aventure et ses femmes aux chairs offertes. Depuis qu'il était rétabli, il n'avait jamais osé goûter aux plaisirs empoisonnés de la cité.

L'une de ces créatures, dont la bouche était un fruit éclatant à la lueur d'une torche, l'appela :

— Viens, viens, bel étranger, j'aurai pour toi les caresses d'une esclave africaine. Ma bouche est toute chaude, ma langue…

Il l'ignora et poursuivit son chemin dans le dédale des canaux. Il marchait sous des enchevêtrements de poutres soutenant les façades, sans apercevoir le clignotement d'une bonne étoile au-delà du resserrement des toits. Le brouillard comblait les vides, glissait sur les eaux glauques de la cité, masquait les visages. Pour la dernière fois, il écouta les cris et les râles d'amour, le crépitement de l'or sur les tables, le pas des gardes réveillés par les coups que la grosse cloche de la nouvelle église Saint-Marc lâchait toutes les deux heures au cœur des ténèbres.

Il prit conscience que son destin n'était pas de vivre ici, pas plus qu'il n'était parmi les templiers. Il s'était

SERVICE ELAGAGE
M. TUMBACH
AVEC NACELLE
DEVIS GRATUIT
DÉPLACEMENT TOUTES DISTANCES
• Débroussaillage
• Tonte
• Abattage • Élagage
• Taille de haies • Ététage
• Arbres à risques et difficiles
• Entretien Parcs et jardins
• Évacuation des déchets
06.98.71.05.51
84210 ALTHEN DES PALUDS
Ne pas jeter sur la voie publique

déjà battu pour Dieu. Quand l'aube se leva, il sut qu'il ne prononcerait jamais la formule sacrée :

Je me donne, je donne mon corps et mon âme à Dieu, à Notre-Dame et aux frères de la milice du Temple, ainsi que mes biens et honneurs.

Comme ils l'avaient dit, les frères l'attendaient à bord de la nave. Jean s'y rendit, menant son cheval par la bride. Pierre se tenait à la coupée près du capitaine, veillant à la bonne marche des ultimes manœuvres dont la plus délicate était l'embarquement des destriers. A la vue de Jean, il quitta son poste d'observation pour l'accueillir à bras ouverts.

— Mon ami ! J'ai cru que tu ne viendrais pas !

— Je ne pars pas avec vous.

Le maréchal du Temple ne put masquer sa déception.

— Pourquoi ? Pourquoi ? Jean...

— Ma place n'est pas parmi vous, j'ai perdu la foi, là-bas, dans le désert. Je n'ai rien ressenti en priant dans le Saint-Sépulcre, ni au mont des Oliviers. Jérusalem s'est fermée à mon cœur. Pierre, il ne faut pas m'en vouloir. Je serais un piètre chevalier du Christ.

— Nous défendons le royaume de Dieu ! Nous sommes le grain de sénevé des Evangiles. Après nous, après la guerre, le royaume deviendra arbre et les oiseaux du ciel s'abriteront dans ses ramures, les hommes vivront heureux. Tout ne sera qu'amour et paix. Tu ne peux ignorer cela.

— Je ne crois pas que l'amour puisse être conquis à la pointe de l'épée. Je te l'ai dit, j'ai perdu la foi.

Pierre ne se tenait pas pour battu. Il changea d'argument en prenant Jean par les épaules.

— Si tu ne t'engages pas dans nos rangs, je ne pourrai rien pour ta foi et tu perdras bien plus encore. *Omne datum optimum*, sais-tu ce que cachent ces mots ?

Jean n'en avait aucune idée.

— C'est la bulle du pape Innocent II accordée au maître Robert de Craon à Latran, le 29 mars 1139, continua le maréchal. Elle dit : « Nous vous exhortons de combattre avec ardeur les ennemis de la Croix, et en signe de récompense nous vous permettons de garder pour vous tout le butin que vous prendrez aux Sarrasins, sans que quiconque ait le droit de vous en réclamer une part, et nous déclarons que votre maison, avec toutes ses possessions acquises par la libéralité des princes, des aumônes, ou de n'importe quelle autre manière, demeure sous la tutelle et la protection du Saint-Siège. » Te rends-tu compte, Jean, de l'indépendance tant spirituelle que temporelle ? Elle fait de nous des surhommes au-dessus des lois de ce monde ; elle pourrait faire de toi l'égal des plus grands.

Pierre ne cherchait plus à séduire. Ses mains longues et pâles trituraient les épaules du Signois. Sous le front ravagé et violacé, son regard sans paupières, un regard froid et rapace, tentait de pénétrer l'esprit de Jean. Il parlait des avantages ; il traçait des plans de conquête avec avidité. La vraie foi qui l'habitait s'était dissipée et c'était avec les viscères que ses paroles tentaient de convaincre. Il arriva un moment où, à court d'haleine et de mots, il regarda anxieusement son disciple dans l'espoir que ce dernier dise : « Oui, prends-moi dans ta troupe », mais il y avait trop de tristesse dans les yeux de Jean.

— Tu me promets gloire, honneur, Pierre... Cependant, il y a de la souffrance dans tes propos. Cette douleur, je la connais, ce n'est pas celle de Notre-Seigneur Jésus-Christ. Je l'ai côtoyée en Orient ; la soif de l'argent et du pouvoir la provoque. J'ai vu les hommes mentir, s'entre-tuer pour quelques arpents de sable. Cette douleur m'empêcherait d'être heureux parmi vous. Tu m'as rendu à la vie, Pierre, et je t'en remercie. Rends-moi à mon destin à présent. Bénis-moi, mon frère.

Jean s'agenouilla. Pierre en avait la gorge nouée. Il fit le signe de croix.

— Que Dieu te garde !

Ce furent les dernières paroles qu'il prononça avant de remonter à bord. Longtemps après la disparition de la voile latine sur l'horizon, Jean sembla s'éveiller d'un interminable sommeil. Hercule lui léchait le visage. Son cheval s'impatientait.

— Tu as raison ! Quittons au plus vite ce pays de brumes ! s'exclama Jean en l'entraînant vers le nord de la cité.

Une heure plus tard, ils abordaient le continent. Le village de huttes et de masures qu'était Mestre abritait des milliers de colons rêvant de Venise. Au-delà du marécage qu'elle traversait, la route se séparait en deux tronçons. A l'ouest, il y avait Padoue et plus loin encore la Provence ; à l'est Trieste marquait la frontière entre les empires. Pendant un bref instant, il fut tenté par le levant ; puis il claqua la croupe d'Hercule.

— Nous allons suivre le soleil dans sa course ! Allez ! Va ! Et arrête-toi lorsque l'odeur des thyms et des romarins te chatouillera les naseaux. Le pays nous rappelle, il y a là-bas des belles à conquérir !

Le destrier emporta le chevalier. La vitesse les exaltait. La vie était si extraordinaire, si pleine, si grisante ! L'amour de l'aventure les guidait. Ardents, ils retrouvaient le chemin du Graal. Peu importait ce qui les attendait au bout de la route poudreuse, ils étaient prêts à affronter mille dangers.

25

Othon d'Aups et sa troupe encadraient les onze lourds chariots chargés de coffres. La Sainte-Baume se dressait fière devant eux. Ses flancs bosselés étaient battus par la pluie violente. Les nuages drainés par le vent d'est s'étaient accumulés à ses sommets, la couvrant d'une tiare noire et maléfique. Il neigeait là-haut ; décembre s'annonçait froid. Cette tourmente rassura le commandeur qui, dans sa grande prudence, avait attendu le moment propice pour cacher le trésor dans les entrailles de la montagne sacrée. Les trésors du Temple répartis dans des lieux secrets constitueraient des réserves en prévoyance de temps plus difficiles. Les endroits avaient été judicieusement choisis par le Grand Maître du Temple et les maîtres des Provinces. On avait juré sur la croix de ne point révéler l'existence de ces cachettes, fût-ce sous la torture. Othon observa ses hommes : il était confiant. Leur loyauté et leur attachement à l'Ordre n'avaient d'égaux que leur foi et leur amour en Jésus-Christ.

Othon poussa son cheval à grimper sur un tertre. De cette position, il pouvait voir les cabanes des bergers de Riboux, mais pas au-delà, le rideau oblique de la pluie était trop dense. Le paysage noyé sous les eaux s'était dilué dans la tempête. Il essaya d'apercevoir la tour de Meynarguette où il avait laissé sa fille et la géante. Il sentit son cœur battre plus fort, ses sentiments pour Aubeline s'étaient révélés quand il l'avait retrouvée après toutes ces années. Elle s'était épanouie, elle était d'une beauté sauvage et farouche ; elle avait beaucoup pleuré entre ses bras avant de lui adresser des regards de reproche. Un jour, elle l'avait défié à l'épée et il avait répondu à son attente en acceptant le duel. Le combat avait duré longtemps. Il avait fini par l'emporter, mais il se doutait qu'elle l'avait laissé gagner pour qu'il ne perdît pas la face devant ses hommes.

Une larme se forma au coin de son œil. Ce n'était pas digne d'un templier. Il offrit son visage basané à la pluie qui lava ses remords. Derrière lui, les chariots peinaient sur le chemin pentu et caillouteux. Bientôt, on allait devoir les abandonner et continuer à pied en portant les coffres. Il estima qu'il leur faudrait deux heures pour atteindre la minuscule entrée de la grotte située à droite du col menant à la chapelle des Saints-Anges. La grotte communiquait avec le dédale souterrain qui étendait ses ramifications jusqu'à la mer entre Cassis et La Ciotat. A l'adolescence, il avait découvert ce passage, puis exploré une infime partie des souterrains de la Sainte-Baume où grondaient des torrents furieux. Il se remémora, non sans effroi, cette descente aux enfers. Il s'était muni d'une croix, d'un talisman des sorcières de Signes la Noire et de la médaille de la Vierge ayant appartenu à sa défunte mère. D'un geste superstitieux, il porta la main à son cou, où sous la cotte de mailles pendait la vieille médaille consacrée à Rome. Puis il se fit violence, reprit la tête de la colonne.

Un éclair zébra le ciel.

Aubeline et Bérarde rentrèrent instinctivement la tête dans leurs épaules quand le tonnerre claqua. Le bruit effrayant se perdit en un roulement sur les crêtes de la Sainte-Baume.

— Si ton père nous surprend, il nous tue ! dit la géante.

— J'en doute, répondit la jeune femme. Il nous fera jurer sur la croix de ne rien révéler.

Aubeline plissa des yeux pour repérer la troupe qui progressait péniblement.

— Tu crois que c'est un trésor ?

— J'en suis sûre. Pourquoi sinon père prendrait-il autant de précautions ? Il a fait garder les coffres jour et nuit. Nous n'avons pas pu les approcher. Souviens-toi des lances des templiers.

Bérarde s'en souvenait. Toutes les deux, elles avaient tenté d'amadouer les gardes aux croix rouges afin de découvrir ce que contenait l'un des plus gros coffres. Elles s'étaient retrouvées plaquées au mur, une pointe de lance sur le ventre. Aubeline avait usé de tous ses pouvoirs de fille aimante pour faire parler son père. Ce dernier s'était contenté de répondre : « Ces choses que nous protégeons appartiennent au Christ et je ne suis pas autorisé à te les montrer. »

Aubeline serra les mâchoires. Elle s'était mis en tête d'ouvrir ces maudits coffres et rien ni personne ne l'en empêcherait.

Longue et périlleuse avait été la descente dans le labyrinthe. On avait consumé plusieurs torches. Othon avait fait un plan du trajet. Au-delà d'une arche enjambant une rivière, ils avaient trouvé l'endroit idéal pour entreposer le trésor, une vaste caverne où stalagmites et stalactites formaient des colonnes gigantesques. Une prière fervente avait suffi pour sanctifier les lieux.

A présent, ils étaient à l'air libre. L'intensité de la tempête avait augmenté. L'orage libérait ses foudres qui s'abattaient en de tonitruantes clameurs. Othon s'inquiéta. C'était un ciel d'apocalypse. Avaient-ils eu raison d'emporter des objets sacrés si loin de Jérusalem ? Un éclair foudroya un chêne à quelques pas.

— Seigneur ! s'écria un templier.

Othon devait reprendre les hommes en main. Alors que l'assourdissant fracas du tonnerre les rendait sourds, il hurla :

— Mes frères ! Ressaisissez-vous !

Ils le contemplèrent, hébétés. Il les harangua.

— C'est Dieu qui dans Sa clairvoyance nous a envoyé ces nuées afin de nous dissimuler aux yeux des hommes. Nous devons achever notre mission. Avec moi, templiers ! Obturons cette entrée que nul ne doit violer.

Ils avaient emporté des pics et des pioches en prévision de ce travail. Othon s'empara d'un outil, grimpa au-dessus de la grotte et entreprit de desceller un rocher. Tous virent ce géant à la poitrine protégée par la croix rouge pattée ; il leur parut indestructible, guidé par la main de Dieu. Les quarante chevaliers et écuyers se jetèrent à l'assaut de la montagne et unirent leurs forces à celle du commandeur. Des rochers se détachèrent de la gangue qui les emprisonnait, provoquèrent une avalanche qui rivalisa avec l'orage. L'entrée de la grotte disparut, les blocs s'empilèrent, la terre coula par milliers de quintaux, des arbres déracinés dégringolèrent et achevèrent de dresser un obstacle infranchissable.

Othon soupira. Son tiers de trésor était hors de portée des prédateurs de ce monde. Il se signa avant de redescendre sur le chemin. A Meynarguette l'attendait sa fille. La séparation allait être difficile, mais il ne pouvait rester une nuit de plus à Signes. Il s'était voué à la cause du Christ. Son devoir était de retourner en Terre sainte et de mourir pour la défense de Jérusalem.

— Qu'est-ce qu'on fait maintenant ? demanda Bérarde.

— On rentre, répondit Aubeline.

La grotte était condamnée. Pour le moment. En enfourchant sa monture, elle jura tout bas qu'elle prendrait sa part du magot. Le Temple qui lui avait ravi son père et sa fortune le lui devait.

26

— Cent deux morts, annonça le moine au buste sanglé de fer et de cuir.

Hugon des Baux ne broncha pas. Il savourait. L'embuscade avait payé. Cent deux Catalans de moins. Ces chiens ferraillaient pour le compte d'un seigneur de l'Aude allié à Raymond Bérenger de Barcelone, à présent ils grillaient en enfer. Hugon ne doutait pas un seul instant que Dieu était de son côté.

— Nous avons des prisonniers : cinq chevaliers espagnols, ajouta le moine guerrier.

La nuit arrivait. Tout autour d'Hugon, les soldats épuisés se rassemblaient, les bras chargés d'armes prises sur le champ de bataille, d'autres s'accroupissaient encore parmi les cadavres qu'ils dépouillaient de leur or.

— Qu'on les pende ! répondit Hugon.

— Messire ! La rançon…

Le moine se tut, effrayé. Un dernier rayon frappait le visage du comte des Baux. D'une rougeur de feu, il accusait l'inhumanité des traits. Un démon avait pris possession du comte, pensait le moine en prenant ses distances. Hugon avait maigri. Une fièvre perpétuelle brillait au fond de ses orbites, les os saillaient à travers la barbe naissante. Ses hommes regardaient cette face, fascinés et soumis, et ils voyaient, comme le moine en cet instant de crépuscule, vivante et horrible, une figure en flammes surgie du royaume de Satan.

Hugon poussa Ravage vers le charnier. Le cheval ressemblait au maître. Son œil était gorgé du sang des soldats qu'il avait mordus et écrasés.

Le maître et sa bête firent le tour du vallon où gémissaient les blessés. Le plaisir d'Hugon diminua. Cette petite guerre ne le satisfaisait plus. Si au moins il avait eu le pouvoir ! Sa mère morte, il aurait pu fédérer les nobles provençaux derrière la bannière des Baux, mais la garce vivait. Elle se barricadait à Signes avec les vipères de sa race. La cour d'amour se dessina comme un mirage à l'horizon, au-delà de la fureur et de la vaine haine qui agitaient Hugon. Il y avait entre eux la Sainte-Baume, la montagne inviolable, patrie des anges et de Marie Madeleine, forteresse naturelle tenue par les Signois et leurs alliés. Il y projeta son esprit et eut un tremblement de tout le corps ; les tours de la cour étaient là, droites et immuables, élevées à jamais dans le paysage, quels que fussent ses efforts pour les atteindre et les mettre à bas. Tuer Stéphanie, tuer Bertrane et Jausserande, les tuer toutes. Le plaisir de voir leurs dépouilles pendues à des crocs serait incommensurable. Il prit à témoin Ravage et jura une fois de plus d'en finir avec les dames. Il ne se soumettrait jamais aux lois Gombette et salique, ni aux règles de la chevalerie pour parvenir à ses fins.

Quand on exécuta les Catalans, il retrouva son calme. Il en avait grand besoin. Huit démons l'attendaient sur la route de Ganges et il devait s'y rendre seul car nul ne connaissait le pacte qui le liait à eux.

Le comte des Baux suivait la rivière tortueuse. L'Hérault bruissait faiblement. La lueur argentée d'un croissant de lune éclairait les arbres sans feuilles.

Le réseau compliqué des ombres striait le chemin sur lequel nul ne se risquait après vêpres. Il était seul avec sa haine. Pas un souffle, aucun animal ne troublait la nuit. Le pas de Ravage avait une sonorité dure et glaciale qui se répercutait sur les falaises. Hugon se fiait à l'instinct de son cheval ; il sentait battre le gros cœur du destrier qui roulait des yeux et rejetait de la vapeur par les naseaux.

Hugon fixait son regard sur un point invisible devant lui. Son but. Chevalier effrayant, il était fait pour détruire ceux qui l'aimaient, ceux qui le haïssaient. Qui voyait les seize rayons de l'étoile des Baux sur sa poitrine et sur son écu voyait la mort en face.

Il doubla le fort de bois qui protégeait Ganges et se dirigea vers les rochers de la Tude. Il n'eut pas à aller loin. Une ancienne borne milliaire qui résistait au temps apparut dans la pâleur lunaire. Ravage eut une réaction nerveuse ; il rechignait à avancer. Il humait les laissées, les bouses et le crottin près de la borne qui devait être un lieu de halte. Quelque chose le troublait. Des présences mauvaises qu'il percevait à une centaine de pas en avant. Hugon tira son épée du fourreau. Il savait pourtant ne pas être menacé.

— Ils sont là, tu les sens, tu es le meilleur.

Il y eut un mouvement à peine perceptible dans la pénombre, puis Hugon entendit le lent déplacement des chevaux. Enfin, ils apparurent. Ils avaient tous les huit leurs lourdes lances à l'épaule et se protégeaient derrière leurs boucliers. Hugon calma Ravage.

— Ce sont des amis.

Ce n'étaient pas des amis ordinaires. La lune découpa leurs silhouettes massives, leurs heaumes rivetés et bosselés. Hugon reconnut leurs blasons et mit un nom sur chacun d'eux. Liénard d'Ouches, Conan de Montfort, Othe d'Auxerre, Gilbert de Bouville, Etienne de Borron, Robert de Béthune, Bonneval du Pont et Beraud le Lion formèrent un arc de cercle face au comte des Baux et lui rendirent une sorte d'hommage en abaissant leurs lances.

Hugon les contempla un à un, et un à un ils évitèrent le regard terrible que la nuit ne parvenait pas à cacher.

— Vous avez failli ! leur dit-il soudain en s'approchant de leur chef, Liénard d'Ouches.

Ce dernier gardait le silence. Hugon heurta l'écu à la rose noire avec son gantelet.

— Je vous avais pourtant largement payés, il me semble ! Vous avez soudoyé une troupe mal aguerrie pour exécuter le travail à votre place. Tout ce temps perdu pour la mort d'une dame sans importance. Qu'as-tu à dire pour ta défense ?

— Que tu aurais dû tripler la prime ! répondit Liénard. Avec beaucoup plus d'or, nous aurions engagé plus de mercenaires. Signes est un fief bien défendu ; il compte plus de trente chevaliers et cinq cents hommes d'armes et je n'y ajoute pas les soldats de Méounes, de Belgentier, de Cuges, de Mazaugues et d'Evenos dont les châteaux sont à moins d'une demi-journée de marche de la cour d'amour. On y a vu même des templiers ces dernières semaines, quarante lances commandées par Othon d'Aups, le père d'Aubeline d'Aups qui tient fermement la bastide fortifiée de Meynarguette.

Hugon plissa les yeux. Les templiers étaient partout depuis l'échec de la deuxième croisade. Ses espions lui avaient signalé dans le Razès wisigoth au sud de Carcassonne la venue de deux cents lances menées par un maître de l'Ordre. Il avait craint que les templiers ne s'allient avec le comte de Barcelone, mais les chevaliers à la croix pattée s'étaient installés dans la plaine de Couiza pendant dix jours avant de repartir pour Narbonne. Il tirerait au clair ces histoires de templiers plus tard et écouta Liénard qui tentait de se justifier :

— … difficile de s'aventurer sur la Sainte-Baume sans être vu. La montagne et les collines alentour grouillent de manants, de bergers, de charbonniers, de cadiers et de tailleurs de pierre à la solde de Bertrand de Signes. La chance a été avec nous quand la dame de Posquières s'est rendue à Auriol, nous… Je dis nous parce que nous y étions tous contrairement à ce que tu crois ! Nous l'avons mise en pièces avec ses gens avant de nous replier sur Aix. Certes, quelques-uns des imbéciles que nous avions recrutés se sont fait surprendre vers Fuveau après s'être séparés de nous, mais ils ignoraient tout de toi. A présent, les dames se déplacent avec moult gardes et les seigneurs de la région ont fait vœu de défendre la cour d'amour. Ne t'en déplaise, ta mère peut à tout moment lever une armée contre laquelle toutes tes forces réunies ne pourraient rien.

— Ma mère n'a aucune raison de marcher contre moi ! tempêta Hugon.

Cette idée l'avait déjà traversé. Cependant, il n'avait rien à redouter. Sa mère, cette truie acariâtre, ignorait tout des sombres desseins qu'il nourrissait. Sur ce point, il était naïf. Il avait oublié que sa mère avait été élevée dans une atmosphère de complots et de trahisons et qu'elle s'y était adaptée, usant à son tour des méthodes tordues de ses ancêtres. La mort de dame Hermissende, il s'en était réjoui, même si cette disparition n'affectait guère les forces de Signes. Il l'avait fêtée jusqu'à l'ivresse. Il aurait donné cent chevaux et mille deniers d'or aux braves capables de lui apporter les têtes des huit autres dames. Il sonda Liénard jusqu'à l'âme. Le chevalier à la rose noire n'avait peur de rien ; il descendait d'une lignée franque venue des brumes du Nord. En lui coulait toujours le sang des Barbares qui avaient franchi le Rhin, écrasé les derniers Romains, les Wisigoths et les

Burgondes. Certes, il se disait chrétien, mais son âme n'était qu'épines et noirceur.

Hugon avait devant lui un ilote en armes. Tout être avait un prix et il était prêt à payer pour s'enchaîner celui-ci jusqu'en enfer.

— J'en conviens. J'ai mésestimé les dangers de votre mission. La cour d'amour est bien défendue. Pour parvenir à nos fins, il faudrait d'abord prendre Château-Vieux et éliminer Bertrand de Signes.

Les huit chevaliers ne purent cacher leur réticence. Othe d'Auxerre menaça de rompre le contrat sur-le-champ : Bonneval du Pont cria à la déraison ; Conan de Montfort demanda à Liénard de prendre la route d'Espagne et de se mettre au service d'un seigneur en guerre contre les Arabes. Robert de Béthune renforça leurs intentions en concluant :

— Nous t'avions prêté serment jusqu'à la Toussaint ; ce délai est largement dépassé. Nous reprenons donc naturellement notre liberté. Pour ma part, je vais en Grèce. On dit qu'il y a là-bas fortune à amasser pour une bonne épée ! Je ne veux pas crever sous les murs de Château-Vieux.

Hugon les avait laissés s'épuiser en vaines paroles. Les braillards étaient légion en ce siècle de violences et de bravades gratuites. Il sut les calmer.

— Allons, chevaliers ! Laissez-moi achever. Il n'est pas question de mettre le siège devant le château de Bertrand qui demeure en théorie mon allié. Il existe un autre moyen…

Il fit un tour de magicien. Dans sa main ouverte apparut soudain une grosse bourse de cuir. Huit paires d'yeux s'amenuisèrent et pesèrent cette panse, l'estimant à deux bonnes livres. Hugon ne les déçut pas en précisant :

— Deux cents pièces d'or.

La tension augmenta. Conan de Montfort fit volter son destrier avant de se rapprocher du comte des Baux qui lui souffla :

— Des solidus d'or.

Un chevalier eut un rire nerveux. On ne tentait pas sans danger des hommes de leur trempe. Une épée glissa hors de son fourreau ; une hache fut détachée d'un sac.

— Tout doux, mes seigneurs, dit Hugon en lançant la bourse à Liénard. Gardez vos lames au chaud pour de tendres chairs, vous en aurez besoin cet hiver au tournoi de Noël.

— Quel tournoi ?

— Le grand tournoi de Signes. Bertrand honore chaque année la mémoire de Guigo et Geoffroy, deux chevaliers signois qui participèrent à la prise de Jérusalem en 1099 et rapportèrent les reliques de saint Jean. On vient de loin pour se battre en champ clos car le prix des victoires est élevé. Nous y serons et nous frapperons ! Cet or est votre second acompte. Vous en recevrez cinq fois plus quand les dames reposeront en terre. En outre, je vous ferai don de vingt manses de terre à chacun ; les actes seront passés à l'abbaye Saint-Victor à Marseille. D'autres soldats mêlés à la foule interviendront le moment venu, si cela peut vous rassurer. De votre côté, préparez-vous ! Prenez des écuyers et des valets, engagez deux douzaines de mercenaires français ou allemands qui porteront vos blasons et rendez-vous à Château-Vieux, c'est là que je vous rejoindrai le dimanche de l'Avent.

L'or et la voix persuasive d'Hugon firent leur œuvre. Les huit chevaliers brigands étaient à nouveau unis derrière le mauvais ange des Baux. Il leur tardait maintenant de voir les dames allongées dans leurs cercueils, les paupières closes et les lèvres amincies. Vingt manses de terre feraient d'eux des seigneurs.

— Nous y serons ! Que Dieu te garde ! dit Liénard.

— Qu'Il vous garde aussi, répondit Hugon en houspillant Ravage d'un coup de talon.

Le comte des Baux se détacha du groupe. Les chevaliers brigands le virent s'éloigner. La nuit l'avala et Othe d'Auxerre lâcha des paroles qu'ils n'auraient pas voulu entendre : « Que Dieu nous pardonne de nous être soumis aux puissances du mal, que Dieu nous pardonne… »

27

Padoue, Vérone, Parme où il avait payé des taxes, Gênes où il s'était embarqué, ces villes peuplées de marchands avides, Jean d'Agnis les oublia dès qu'il fut en vue de Marseille. Il empoigna Hercule par la crinière. Le cheval avait de la mémoire et il percevait les effluves de sa terre natale ; il piaffait d'impatience et tirait sur les cordes qui le maintenaient.

— C'est chez nous, chez nous... balbutia Jean.

La ville reposait dans l'encoignure des collines grises, bien à l'abri derrière ses îles, derrière ses tours où claquaient les oriflammes, derrière les balistes et les scorpions qui défendaient l'entrée de la passe, sous la protection de l'abbaye Saint-Victor dont la massive silhouette surmontée de quarante-quatre croix s'élevait en aval du port.

Marseille était née du soleil qui roussissait les tuiles brunes des toits, elle dispensait sa chaleur à quarante mille âmes. Jean s'écorchait les yeux aux flèches des églises. La cité n'avait guère changé depuis des années. Seul le faubourg à l'est du ruisseau de la canebière s'était agrandi. Au loin, l'éperon pétrifié de la Sainte-Baume fendait une écume de nuages. Il suivit du regard la crête aride de la montagne jusqu'à l'endroit où il supposait qu'était Signes. Il essaya de retrouver l'image du village, mais trop de temps s'était écoulé depuis l'installation de sa famille à Marseille.

Les siens avaient quitté les terres peu rentables d'Agnis quand l'évêque de Marseille avait offert un poste de capitaine à son père. Il avait sept ans quand ses parents moururent de la fièvre quarte, dix quand son frère aîné disparut en mer, quinze lorsque sa sœur se maria avec un bourgeois de Montpellier, seize quand on le nomma écuyer au service d'un vieux chevalier, Astaulf de Saint-Chamas, qui assurait la sécurité des routes et des chemins.

Comme le navire pénétrait dans le goulet séparant la haute mer de la rade, la Sainte-Baume disparut, masquée par la colline au pied de laquelle les fortifications montraient la toute-puissance de la ville en arborant les drapeaux de Provence, du Saint-Siège, du Saint Empire romain germanique, de la maison de Toulouse et de celle de Barcelone. Marseille se partageait entre tous les camps, ce qui lui assurait indépendance et prospérité.

Il fallut une bonne heure de manœuvre avant d'aborder l'un des quais de bois. Cinquante autres bateaux de fort tonnage et une multitude de barcasses étaient amarrés aux centaines de pilotis plantés dans le fond vaseux. Le port était comme un grand cœur auquel affluait le sang de l'Orient et de l'Afrique ; il nourrissait toute la Provence de Valence à Fréjus et son influence commerciale s'étendait bien au-delà de Lyon et de Perpignan.

Jean détacha Hercule dont l'œil rond roulait sur la marée humaine transportant des montagnes de ballots et de tonneaux.

On attendait les nouveaux arrivants. Un bateau génois était toujours promesse de bonnes affaires. On fit des signes à Jean ; il y avait là des femmes joliment fardées. Elles lui rappelèrent ses escapades d'adolescent quand il se rendait rue Trou-de-Moustier ou rue des Trompeurs. Une chaleur se répandit en lui. Les belles montraient quelques parcelles de peau malgré la fraîcheur de l'air. Jeunes, âgées, elles s'étaient regroupées par clans. Au milieu de ces chairs et des gorges secouées par les rires, des hommes jaugeaient les passagers un à un. Jean devait s'en méfier. Il arrima ses bagages sur la croupe d'Hercule, glissa son argent sous la cuirie et prit la file des voyageurs. Quand il mit le pied sur le quai, on l'entoura aussitôt. Une paysanne lui plaqua un poulet plumé et un chou-fleur contre la poitrine. Un coutelier agita sous ses yeux un éventail de lames. Un clerc lui proposa quelques feuillets en peau de chèvre.

— Monseigneur ! Deux sous melgoriens le feuillet pour vos contrats ; les moines de Saint-Victor en font grand usage pour leurs écrits !

— Un demi-raymondin le poulet !

— Et mes couteaux ? Les meilleurs de Marseille ! Forgés et trempés à la façon de Durandal. Le petit pointu pour saigner les lapins, le recourbé qui écorche, pèle, cinq sous le tout !... Quatre sous !

Le bel accent enchantait Jean. Il lui rappela l'enfance, les années heureuses où il fouinait dans le ventre gras de la cité avec une bande de morveux. La foule le soûlait de mots graveleux et d'odeurs. La sardine et la lavande mêlaient leurs effluves à la puanteur du goudron fondu que les calfats versaient au fond des coques. Jean repoussait gentiment toutes les propositions, écartait les mains un peu trop vives qui frôlaient son torse. Les malins n'ignoraient pas qu'il cachait ses deniers sous ses vêtements. Son argent, il l'avait chèrement gagné en enlevant Eléonore d'Aquitaine et il comptait bien s'en servir. Plus tard. A Signes. Pour rebâtir la maison de ses ancêtres et acheter du bétail.

Il forçait le passage à travers le flot humain quand une matrone l'arrêta. Brune, bouclée, charnue, presque aussi grande que lui, elle ressemblait à une reine empâtée. Elle était alourdie de bijoux byzantins de bronze. Trois colliers aux chaînons pareils à des olives reposaient sur sa poitrine opulente et crémeuse dont les mamelons étaient prêts à jaillir hors du décolleté d'hermine.

— Un survivant de la croisade voudra-t-il goûter à mes appas ?

Cette voix, cette stature imposante lui rappelèrent vaguement quelque chose. La femme se rapprocha, colla son visage au sien et lui souffla au nez son haleine acide. Elle empestait l'oignon cru, l'ail et la vinasse.

— J'ai ce qu'il te faut, beau chevalier.

Jean en doutait. Elle allait l'étouffer. Il fit un pas de côté. Elle ne désarma pas.

— Je connais les mœurs des croisés. L'Orient vous a révélé des plaisirs subtils et interdits. Tu peux les retrouver dans notre bonne ville de Marseille ouverte à tous les vices.

De quels plaisirs parlait-elle ? Pendant ses années de campagne en Judée, il n'avait connu que les prostituées arabes et arméniennes qui suivaient les armées, les catins tatares et mongoles échouées dans les bordels de Saint-Jean-d'Acre, de Naplouse et d'Antioche. Les étreintes rapides lui avaient laissé une saveur amère.

— Elise ! appela la matrone.

Une très jeune fille vint vers eux. Elle était rose, cueillie à l'orée de l'adolescence, vêtue d'une cape rouge qui dissimulait entièrement son corps.

— Si tu veux du plaisir, elle t'en fournira abondamment.

La reine maquerelle empâtée se fit gourmande. Ses lèvres s'arrondirent pour lancer un baiser. Puis elle le dévisagea comme un sergent cherche à reconnaître une canaille dont la tête est mise à prix. Hochant du menton, elle poussa un soupir de satisfaction avant de susurrer :

— N'aie pas peur de ce brave chevalier, Elise. Viens plus près. C'est un vieil ami. N'est-ce pas, Jean ?

Jean contempla avec sévérité la maquerelle. D'où le connaissait-elle ? Il ne se rappelait pas l'avoir rencontrée autrefois.

— Jean, te souviens-tu de la Maison Rouge, rue du Foie-de-Bœuf ?

Le bordel des évêques ! Bien sûr qu'il s'en souvenait. Il y avait perdu son pucelage et ses illusions. Soudain, il mit un nom sur cette tour de Babel fardée qui lui souriait de toutes ses dents jaunes.

— Aicarde Rajade la Joueuse !

— Eh oui, mon beau, la joueuse de dés. Je tiens toujours mon rôle dans l'alcôve des perdants quand il faut les consoler, mais les joueurs se font rares lorsque Noël approche. C'est pourquoi tu me vois en compagnie de ma nièce sur le port. Allez, zou, montre-toi un peu à notre ami ! ordonna-t-elle à Elise.

La jeune fille eut un mouvement bref des bras qu'elle cachait sous la cape. Elle écarta les pans du vêtement, révélant la fraîcheur de ses douze ou treize ans. Ainsi offerte, nue, elle eut un frisson.

— Alors, Jean d'Agnis, la brebis est-elle à ton goût ?

Jean avait à peine regardé Elise. Aicarde venait d'ajouter d'Agnis à son prénom. Il était impossible qu'elle connût son nom. Dans cet endroit sordide qu'était la Maison Rouge, on respectait la règle de l'anonymat. Il n'avait jamais joué contre Aicarde ; elle vidait les bourses en quelques coups de dés. Il s'était toujours tenu à l'écart de cette grosse femme quand il attendait son tour avec les filles de joie.

— Qui t'a dit mon nom ?

— Tu veux ce tendron, oui ou non ?

— Je t'en donne un marc d'argent ! lança une voix.

Jean fit face à l'intrus. L'homme était un marchand italien qu'il reconnut aussitôt à son habit noir aux manches de soie et à la grosse médaille frappée des sigles de sa corporation. Ils avaient fait la traversée ensemble ; l'un caressant son cheval, l'autre gardant avec ses deux commis plusieurs malles cadenassées. Avec son visage osseux et pâle, ses cheveux blancs coupés très court, il avait l'air d'un père supérieur. Ses yeux démentaient cependant cette apparence austère. Ils brillaient d'un appétit féroce. Le marchand dévorait déjà la petite qui avait refermé sa cape.

— Toi, tu décampes ! gronda Jean en dégainant son épée.

La pointe piqua le cou de l'Italien. Il recula, terrifié. En un instant, il perdit sa solennité d'officiant et détala comme un feu follet chassé par le vent.

— Vaurien ! Tu m'as fait perdre ma journée ! hurla Aicarde. Je vais te crever les yeux.

Elle lança ses griffes vers le visage de Jean. L'épée changea immédiatement de cap et la maquerelle se coupa légèrement deux doigts sur le fil tranchant de la lame.

— Seigneur ! Il m'a tuée ! gémit-elle en montrant sa main blessée aux badauds hilares qui en redemandaient.

— Est-ce que deux deniers te ressusciteraient ? ironisa Jean.

— Des génois ? bégaya-t-elle adoucie tout en suçant ses doigts.

— Frappés dans les ateliers mêmes de la République. Deux belles pièces de bon aloi toutes neuves.

— Montre.

Il les tira d'une autre bourse qu'il utilisait pour les dépenses courantes. Les sous d'argent brillaient. Aicarde les lui subtilisa prestement et les enfouit dans les plis de sa robe cousue de poches invisibles.

— Tu as entendu, toi ? Ce bon chevalier nous fait la grâce de te choisir pour la nuit. Montre-lui le chemin ; tu lui serviras du vin chaud et tu lui laveras les pieds.

Elise prit Jean par la main. Elle le conduisit à travers le dédale des ruelles montantes du Panier. Elle lui désigna l'écurie où il pouvait laisser son cheval en toute sécurité moyennant quelques piécettes de bronze. Elle habitait au fond d'une impasse si étroite que le ciel n'était plus qu'un mince trait bleu au-dessus de leurs têtes. Cette entaille crasseuse donnait sur la rue de l'Eperon peuplée de ferblantiers et d'étameurs.

— Nom de Dieu ! s'exclama Jean.

C'était pire que les quartiers pourris d'Antioche. La puanteur était atroce. Ordures et excréments accumulés montaient presque à hauteur d'homme. Des tranchées coupaient à travers ces strates suintantes et brunes. L'une d'elles menait au taudis de cinq étages où vivait Elise.

— Les municipaux nettoient au printemps, dit-elle sans paraître choquée par la présence de ces immondices.

Jean n'avait jamais vécu dans les retranchements où s'entassaient les pauvres. Dans les quartiers qu'autrefois il fréquentait, des contrats en « fâcherie » passés entre la ville et les particuliers prévoyaient un assainissement des rues chaque samedi. Jamais les ouvriers munis de racles et de curettes ne viendraient à bout de la pourriture qui collait aux murs croulants des immeubles du Panier.

Un escalier de bois entrecoupé de passerelles menait au nid d'Elise. On n'y voyait pas grand-chose. Sauf lorsqu'on passait devant une porte grande ouverte. Les pièces aux fenêtres obturées par des chiffons et des planches amovibles étaient noires, enfumées. Les pleurs d'un bébé et la toux grasse d'un grabataire troublaient le silence.

La vie reprenait entre vêpres et complies quand les adultes dans la force de l'âge revenaient du travail. Mais, Jean l'imaginait, c'était une vie de violence, d'inceste et de peur.

— C'est tout en haut, dit la petite.

Jean eut envie de repartir. Il se sentait piégé, misérable, en rupture totale avec les règles de la chevalerie. Au quatrième étage, il s'apprêtait à redescendre quand la trogne d'un homme apparut à la lucarne d'une porte.

— Qui va là ?

— C'est moi, Elise. J'ai quelqu'un.

La trogne grimaça. On entendit un cliquetis de clefs.

— Aicarde habite ici avec son frère, murmura Elise.

La porte s'ouvrit. La face émaciée et jaune appartenait à une piteuse créature vêtue d'un long bliaud informe de laine mitée. Un relent âcre émanait du frère d'Aicarde qui n'avait pas dû se laver depuis des années. Il tenait une lampe à huile qu'il fit monter et descendre pour examiner le visage et l'allure du client. La vue de l'épée et des poignards l'inquiéta. A la lueur orangée de la flamme, Jean vit le regard fiévreux, les centaines de poux dans la tignasse et les furoncles sur le cou.

— Croisé ? fit l'être abject.

— Et chevalier de Provence ! ajouta sèchement Jean.

— Faut payer avant de grimper.

— Il a payé deux deniers génois. Aicarde a l'argent, intervint Elise qui percevait la haine sourde que les deux hommes éprouvaient l'un pour l'autre.

Cette nouvelle n'enchanta pas le frérot qui pensa à sa salope de sœur dépensant l'argent.

— Où est-elle ? gronda-t-il.

— Chez le marchand de vin, répondit Elise qui connaissait les habitudes de sa maîtresse.

Du sang rougit les yeux de l'homme. Jean comprit qu'il était alcoolique. Une soif de l'âme et du corps. Cette soif inextinguible provoqua chez cet être perdu un tremblement des lèvres, des mouvements de la pomme d'Adam. Il ravalait sa salive, imaginait Aicarde se rinçant le gosier avec du résiné.

— Venez, dit Elise à Jean.

Ils abandonnèrent le pauvre hère pensif qui rêvait d'un demi-tonnelet de vin. Sous le faîte, dans un espace de cinq pas sur quatre, il y avait un coffre usé, une paillasse et un tian. Des rais de lumière tombaient des tuiles disjointes du toit à la charpente vermoulue. Il y faisait froid, il y faisait misère. La couche sur laquelle s'allongea Elise après avoir ôté sa cape n'appelait pas au voyage voluptueux.

Jean s'enfonçait plus loin sur le mauvais chemin. Il avait échoué à Marseille avec ses illusions perdues et il aurait donné plusieurs années de sa vie pour les retrouver. La pauvre fille frissonnait. Elle eut un appel muet des yeux. Il s'accroupit près d'elle et ramena les pans du vêtement sur le corps malingre. Elle en fut effrayée, c'était peut-être un drôle qui allait lui demander de faire des choses sales. Pourtant il n'avait pas l'air d'un méchant ; son regard était loyal.

— Je ne veux pas te faire de mal.

— Mais vous avez payé !

— J'ai payé, il est vrai, et tu peux me contenter.

Le minois d'Elise se plissa. Cette inquiétude à fleur de peau, Jean la chassa d'une caresse sur la joue.

— Pas comme tu le crois, dit-il.

— Et que dois-je faire alors ?

— Répondre à mes questions.

— Des questions ? s'étonna-t-elle.

— Par exemple, comment Aicarde a-t-elle appris mon nom ?

Une autre anxiété troubla les jolis yeux pervenche de l'adolescente. Ce regard alla se perdre vers l'entrée, sans porte ni tenture. Jean se tourna vers la découpure sombre et écouta attentivement. Il n'y avait personne sur le palier ; les bruits et les odeurs familiers mouraient sur le seuil.

— J'ai mon épée, dit-il.

Elise se rassura ; elle aurait reconnu le pas lourd d'Aicarde. Même ivre, la maquerelle serait montée pour voir où en étaient les ébats et demander un denier de plus si l'affaire prenait un tour anormal.

— A la Maison Rouge... La Joueuse m'y emmène quand les affaires sont mauvaises sur le port, murmura Elise.

Elle réprima une grimace. Elle se souvenait du chevalier qui avait fait irruption dans le bordel avec la pluie en pleine nuit. Il avait les traits durs, le mépris des prédicateurs qui rêvent de brûler les lieux de perdition. On voyait bien qu'il n'était pas venu chercher du plaisir à la façon dont il serrait la poignée de la grande épée qu'il portait à la hanche.

— Un chevalier a décrit votre blason, dit-elle en touchant du bout des doigts les flammes et la croix sur la poitrine de Jean.

— Un chevalier ? fit Jean, surpris par cette révélation. Son blason... Décris-moi son blason.

— Deux tours crénelées d'or... Il avait l'accent des gens de Toulouse.

Jean chercha dans ses souvenirs. Deux tours crénelées d'or, cette représentation n'éveillait rien en lui.

— Il a promis un ducat d'or à qui lui donnerait des renseignements sur toi et dix à celui qui te ramènerait prisonnier à Signes. Aicarde pourrait bien faire le voyage jusqu'à ce village perdu ou s'acoquiner avec des truands pour empocher une part du magot.

— Signes, marmonna Jean sans comprendre.

Signes où il n'avait ni parents, ni amis, ni ennemis. Les Agnis avaient dû être oubliés depuis le temps. Quel était ce nouveau coup du destin ?

— Son nom, tu t'en souviens ?

— Oh oui, l'affreux nom ! Casteljaloux.

Je ne connais pas cet homme, se dit Jean avec dépit.

Soudain, Elise s'accrocha à lui.

— Elle arrive... Elle arrive...

Il lut la peur dans ses grands yeux affolés. Jean tendit l'oreille. Quelque part dans le ventre de la maison, les marches de bois gémissaient sous le poids d'Aicarde.

— Elle n'est pas seule, ajouta Elise.

Jean retrouva ses réflexes de soldat. L'errance, les guets-apens, les guerres d'Orient, les déserts et les villes avec leurs pièges l'avaient doté peu à peu d'un don d'ubiquité. Le danger était palpable ; il s'insinuait en lui, telle une lame glacée. Il en connaissait les signes avant-coureurs qui se manifestaient par un excès de salive et une sorte de jubilation intérieure pour celui qui aimait se battre. La Joueuse arrivait avec ses dés pipés, mais il n'était pas homme à se laisser avoir.

Il eut un sourire pour Elise.

— Ton temps à Marseille est fini.

— Fini ?

— Oui, j'ai besoin d'un écuyer. Habille-toi pour la route. Fais ton baluchon, je t'achèterai des vêtements d'homme à Aubagne. Je t'emmène avec moi, dit-il en lui mettant une main sur la bouche.

Elle le regarda avec des yeux de biche effrayée.

— Plus tard, je ferai de toi une femme libre. Comprends-tu ?

Non, elle ne comprenait pas. « Libre » était bien plus difficile à prononcer que Dieu, Jésus, Sainte Vierge, saint Lazare... Ce mot n'existait pas même dans son esprit. Elle sentit pourtant la joie, l'immense joie qui montait, l'envahissait et faisait naître un fol espoir et des larmes. Et elle fit ce que le noble chevalier lui demandait. Elle jeta la cape de son servage, enfila une robe de grosse toile, une tunique de laine, de lourds brodequins de Barjols et un mantelet brun. Elle fourra une miche de pain et un morceau de fromage dans son baluchon. Ainsi parée, elle se tint derrière Jean qui avait pris position sur le palier. L'épée à la main, il sondait du regard les profondeurs enfumées. La voie paraissait franche. Des enfants jouaient au rez-de-chaussée. On ne les apercevait pas mais on entendait leurs braillements. Pas d'Aicarde dans les étages. Des habitants de l'immeuble avaient dû rentrer chez eux.

— On y va, dit-il.

Ils y allèrent prudemment, sur la pointe des pieds ; malgré leurs précautions le bois des marches craquetait comme le sel dans le feu. Au quatrième, ils glissèrent le long du mur. Soudain, Elise se crispa. Jean sentit ses ongles sur son coude.

La face marbrée de rougeurs, la maquerelle les observait par la lucarne.

— Alors, les tourtereaux, on file sans dire un mot à la bonne Aicarde !

Il y avait quelque chose de démoniaque dans les yeux de la Joueuse dont les billes noires rétrécies à l'extrême se perdaient sous les paupières gonflées. Elle beugla brusquement un juron, puis la porte s'ouvrit sur son frère et deux écorcheurs armés de poignards arabes.

— Vivant ! Vivant, il me le faut !

Jean n'eut aucune pitié. Il recula, se donna de l'espace. L'épée décrivit un arc ; le frère tomba en se tenant la poitrine. La lame imparable fouetta l'air ; Elise vit s'effondrer les deux autres en même temps, la gorge tranchée. Aicarde chargea à son tour avec un poinçon ; elle était en furie. Son arme chercha à percer le front du chevalier, mais dans le bond qu'elle fit pour atteindre sa cible, sa gueule rencontra le poing qui tenait l'épée. Jean y avait mis toute sa force. Les os entre les deux yeux craquèrent. La Joueuse chavira et dégringola les marches. Elise était atterrée.

— On quitte la ville avant l'arrivée de la milice de l'évêché ! cria Jean en tirant la petite par la main.

Elise frémit de peur en enjambant le corps d'Aicarde ; sa peur augmenta quand elle se retrouva à l'air libre, elle eut peur toujours en franchissant la porte d'Italie où une compagnie de gardes peu zélés les laissa sortir. Ils formaient un étrange couple sur le cheval. Ce ne fut qu'après les fermes de Saint-Marcel que son cœur battit à la mesure du pas d'Hercule. Alors elle se laissa bercer par le lent mouvement de la croupe, la joue contre le dos de son sauveur.

A Aubagne, village étape où affluaient tous les convois venant de Toulon et d'Aix, ils n'eurent aucune difficulté à trouver un fripier qui offrait une vaste variété de vêtements usagés. Il y avait même quelques robes d'apparat devant lesquelles Elise s'extasia. Jean la ramena à la réalité en lui rappelant qu'elle était désormais son jeune écuyer.

— Il y va de ta sécurité. Tu me serviras à Signes, le temps que je reprenne en main mes terres. Plus tard, j'adresserai une requête aux dames de la cour d'amour afin que tu puisses devenir une demoiselle d'honneur au sein de cette noble assemblée.

— Et mes cheveux ? Tout le monde va voir que je suis une fille.

Jean sourit. La question des cheveux fut réglée dans l'heure. Il les coupa lui-même en les égalisant à l'aide d'un bol. Elise pleura, puis eut un petit rire quand il lui acheta un ceinturon et une courte épée qu'elle fixa à sa taille. Il lui acheta aussi une vieille carne docile et lui enseigna les rudiments de la monte. Elle était douée. Elle réussit à trotter en brandissant l'épée. Elle était dans la peau d'un écuyer. Elle apprendrait à se servir des armes. Jamais plus une Aicarde ne la réduirait en esclavage.

28

La nuit les rattrapa à Gémenos alors qu'ils venaient juste de quitter Aubagne. Ils dormirent dans une auberge avec un groupe de pèlerins. Elise ne put fermer l'œil. Ce ne fut pas les ronflements des hommes et des femmes entassés dans la longue salle, ni les courses des rats sur les poutres qui l'empêchèrent de sombrer dans le monde des rêves, mais l'inquiétude qui la taraudait.

Son brave chevalier courait au danger. Pourquoi se rendre à Signes ? Pourquoi tenait-il tant à ses terres ? Quelques arpents arides abandonnés par son père, des rochers et des vipères, des ruines valaient-ils la peine de risquer sa vie ? Il y avait là-haut dans les montagnes peuplées de bêtes féroces un méchant qui l'attendait.

Jusqu'à l'aube, la face de fer, grise et carrée du sire de Casteljaloux hanta ses pensées. Elle se rassura un peu en priant à la messe de prime dans l'église du village. Elle eut des mots secrets pour la Vierge qui la contemplait tendrement : « Dame du ciel, j'ai peur de ce qui va advenir. Mon âme en moi tressaille tout entière pour le bon chevalier Jean. Je demande grâce et protection pour lui qui s'est battu pour Ton Fils en Palestine. Je sens le mal sur notre chemin. Toi qui es amour et justice, Toi qui repousses les ténèbres avec Ta couronne de gloire, étends Tes mains sur sa vie.

Détourne les épées, les flèches et les lances, envoie Tes anges à ses côtés et fais que je devienne très vite un bon écuyer afin que je puisse parer les coups qui lui sont destinés. »

La messe achevée, les pèlerins reprirent la piste du col de l'Espigoulier, escortés par une douzaine de soldats de Gémenos car la Sainte-Baume n'était plus à l'abri des brigands ces derniers temps. Jean et Elise entamèrent la route du col de l'Ange beaucoup plus sûre jusqu'à Cuges. Les adieux furent brefs. Chaque fois on se quittait comme si on ne devait plus se revoir en ce monde. Ce qui souvent était le cas. Le vent et la pluie effaçaient les pas, emportaient les rires et les peines.

Jean et Elise avaient déjà oublié les visages de leurs compagnons quand deux heures plus tard, après avoir contourné le village de Riboux en gravissant le flanc sud de la Sainte-Baume, ils atteignirent des bergeries perdues, puis une ruine remontant au temps des Grecs. Les deux pans de mur et les morceaux de colonne de cet ancien temple dédié à un dieu inconnu n'abritaient plus que des ronces et des corbeaux. Au moment où ils le dépassaient, il y eut un envol d'ailes noires. Elise y vit un mauvais signe qu'elle conjura en traçant une croix devant elle. Les oiseaux filèrent vers la montagne sacrée. Dans la vigueur de ses roches cyclopéennes, la Sainte-Baume semblait être l'assise de l'univers. Des forces terrifiantes demeuraient là depuis la nuit des temps. L'âpreté de ce corps dépouillé qui défiait le ciel l'exaspéra.

— Chevalier, il ne faut pas y aller.

— Je le dois, petite, je le dois.

— Mais on va vous meurtrir !

— L'honneur de mon nom l'exige. Mes aïeux ont reçu une terre. Ils se sont sacrifiés pour défendre leur titre. Il est de mon devoir de redonner vie à ces valeurs oubliées.

— C'est donc cela l'honneur : se faire tuer, dit Elise d'un air triste.

— Se faire tuer ! Non ! J'ai échappé aux hordes turques, aux embuscades arabes, à la peste, au choléra, à la soif, aux démons de l'islam. Je ne crois pas que le Tout-Puissant m'ait soumis à toutes ces épreuves pour me faire périr de mort violente chez moi… Non, si quelque chose m'attend au bout de ce long voyage, ce sera une récompense.

Il y croyait depuis son départ de Venise. Il contempla à son tour la Sainte-Baume. Contrairement à Elise, il la voyait sous de bons augures. Il avait été élevé dans le culte de sainte Marie Madeleine et de saint Maximin, et ces aimés de Dieu étaient synonymes d'espoir et de paix. Maintes fois, il avait accompagné ses parents, ses amis d'autrefois, des évêques, des prêtres et des clercs jusqu'à la grotte de la sainte. Il avait conçu de l'amour pour ces lieux saints tout en les craignant un peu. Quand le mistral soufflait sur ses flancs, des chants enflaient à chaque rafale. Il se souvenait de ces tempêtes ; elles emportaient les élans de son cœur sur les voies menant au ciel. Il était l'enfant de ce vent orgueilleux et de cette légendaire montagne. Rien ni personne ici-bas, entre Riboux et l'aven de la Solitude, ne pouvait le terrasser. Il se sentait de taille à affronter un dragon, à mettre en fuite une légion de goules, à terroriser une meute de loups-garous.

La soif de justice et de reconnaissance le poussait vers Signes. Si on l'accusait de forfaiture ou de crime, il saurait prouver son innocence par tous les moyens ; il était même prêt à se soumettre au jugement de Dieu dans un combat à mort contre le chevalier de Casteljaloux.

— Nous ferons une halte à la maison forte de Meynarguette, dit-il pour faire diversion. C'est un petit fief tenu par la fille de mon ami, le templier Othon d'Aups.

Il eut un sourire au souvenir de ses discussions avec le commandeur. Ce dernier – il l'avait deviné – l'aurait bien pris pour gendre. Aubeline, elle s'appelait. Joli prénom. Il avait hâte de voir à quoi ressemblait cette jeune femme dont le père avait vanté les vertus chevaleresques, ce qui était plutôt étrange pour une personne de son sexe.

Elise ne reprit cependant pas confiance. La nature lui parut plus hostile que jamais.

Le premier jugement ne fut pas celui de Dieu, mais celui du diable. Jean s'en rendit compte au dernier moment en se souvenant de l'endroit et de toutes les sombres histoires qui y étaient rattachées.

— Si tu dois prier, c'est le moment, dit-il à Elise. Nous sommes en vue du pont du Diable.

Blêmissante, Elise serra fermement ses cuisses sur les flancs de sa monture et empoigna courageusement le manche de sa courte épée. Elle n'apercevait pas encore le vieux pont qui franchissait le Latay. Elle n'avait d'yeux que pour la tour de Paneyrolle, ancienne tour de guet romaine assez vaste pour contenir une compagnie d'archers. Une oriflamme noire y flottait. Jean avait évité l'édifice à la réputation sulfureuse. Cette tour maudite n'avait jamais été attaquée et détruite par les seigneurs de Signes par crainte d'une malédiction proférée par un ermite en l'an mille : « Qui abattra la tour de Paneyrolle verra sa lignée s'éteindre. » Quelque chose de diabolique vivait à cet endroit, il le sentait, Elise le sentait, les chevaux le sentaient et se montraient nerveux. Des millénaires les séparaient des premiers hommes qui tremblaient à l'idée de s'approcher de ce lieu interdit.

Leur angoisse augmenta. Jean avait pris les devants. A vingt pas du pont, Hercule ne voulut plus avancer.

— Qu'as-tu ? lui demanda Jean en lui flattant l'encolure.

Le cheval battit des antérieurs, renâcla, communiquant sa nervosité à la monture d'Elise. La jeune écuyère ne parvenait pas à maîtriser sa jument qui tournait bride.

— Par tous les saints ! jura Jean.

Il déboucha soudain de l'autre côté du pont. Noir sur un cheval noir. Noir aussi le heaume allemand qui lui couvrait le visage. Noir le blason frappé d'une tête rouge de loup. Une quinzaine de porteurs de lance, eux aussi vêtus de noir, apparurent à leur tour.

Ce chevalier sombre était bien plus grand que le prince d'Antioche. Des écailles d'airain couvraient le poitrail du solide destrier qu'il menait fermement.

— Qui est-il ? bégaya Elise qui tirait de toutes ses forces sur les rênes.

— Dieu seul le sait, je ne connais pas son blason.

Il poussa un Hercule rétif vers le pont. Le fidèle compagnon humait l'odeur de l'autre bête. Il voulut partir au galop mais Jean le retint.

— Es-tu le sire de la tour de Paneyrolle ? demanda Jean.

— Oui... et le maître de ce pont. Tous deux ont été donnés à mon grand-père par l'évêque de Toulon.

— Je m'appelle Jean d'Agnis et je reviens de Terre sainte pour reprendre possession de mon pagus sur les hauteurs de Signes. Je te saurai gré de nous laisser passer.

— Les Agnis n'existent plus. Tu es un imposteur.

Hercule s'ébroua comme avant une bataille. Son instinct ne le trompait jamais. Celui de Jean non plus. Un picotement derrière la nuque, une sensation de froid dans tout le corps, il connaissait les symptômes qui précédaient la charge.

— Je suis le dernier, il est vrai, et un Agnis n'accepte pas les insultes. Je comptais me rendre à Signes sans dommage, je pense m'être trompé.

— Tu vois juste. Tu n'iras pas plus loin. Il y avait d'autres routes. Celle-ci est mienne. En temps normal, je t'aurais fait payer la dîme, mais aujourd'hui le prix du passage a changé.

— Oui, répondit Jean d'un ton ironique. Tu vas me devoir dix deniers.

— Et toi ton sang ! répliqua le gardien du pont du Diable.

Le chevalier noir mit pied à terre et tira du fourreau accroché au flanc de son cheval une longue épée d'acier mat. Ses hommes ne bronchèrent pas. Ce n'étaient pas à proprement parler des brigands. Jean descendit de selle et fit signe à Elise de reculer. La petite, muette d'horreur, avait abandonné toute idée de se servir de son arme d'apparat. La frayeur la paralysait. La prière qu'elle tentait de tirer de sa gorge ne franchissait pas ses lèvres exsangues. Jean baisa la croix que faisait son épée et dit :

— Mon sang est pour Jésus, pas pour ce démon ! Aie confiance ! De beaux jours nous attendent. *Là veyo de nouè faren sant creba.*

« La veille de Noël, nous mangerons à en crever. » Ces dernières paroles n'apaisèrent pas Elise. Elle était sous le sortilège de la créature qui attendait l'affrontement. Jean soupira. Il dégaina son épée, dédaignant de se coiffer du heaume rangé dans un sac, et marcha vers le guerrier immobile.

Le poids de l'arme le ramena à la réalité. Que valait l'adversaire ? Il allait en avoir le cœur net. Il attaqua. C'était un coup à fendre un roc. Il n'atteignit pas son but. Sa lame rencontra l'acier mat de la longue épée. Son bras vibra sous le choc.

Le chevalier noir eut un ricanement terrifiant avant de se ruer sur Jean. Il porta plusieurs attaques, toutes parées. Sur la rive du Latay, Elise n'avait pas même la force de prier. Elle écarquillait les yeux ; elle vit éclater les pierres sèches du parapet, naître des étincelles sous le choc des armes. Les deux hommes se battaient avec des « han » de bûcheron. Elle se mordit le poing jusqu'au sang quand l'épée du chevalier noir, coupant les mailles, entama l'épaule de Jean, et ce même poing monta en triomphe vers le ciel lorsque son champion entailla le ventre de l'adversaire. A un moment, ils reculèrent pour reprendre leur souffle. Elise crut que le duel s'achevait et qu'entre nobles combattants ils allaient reconnaître la valeur de l'autre. Il n'en fut rien. Ils repartirent à l'assaut en hurlant.

Plus d'une demi-heure s'écoula avant qu'ils tombent d'épuisement. Ils s'étaient blessés mutuellement. Ils perdaient beaucoup de sang. Jean fut le premier à sombrer dans l'inconscience. Le chevalier noir marcha d'un pas titubant vers le corps étendu avec l'intention d'en finir. Il ne vit pas venir Elise. La petite avait sauté de sa monture, dégainé son épée. Elle l'abattit sur le heaume avec une force inouïe. Assommé, il s'écroula sur Jean. Elle fut aussitôt entourée des soldats menaçants, mais elle ne soucia pas des lances qui pointaient de toutes parts. La troupe n'osa pas prendre la vie de cet écuyer au visage enfantin qui s'était si bellement comporté.

— Jean ! Jean ! Mon chevalier ! cria-t-elle en prenant le visage de Jean entre ses mains tandis que les soldats déplaçaient le corps de leur maître.

Il était froid, il ne réagissait pas. Elle colla son oreille sur sa poitrine et reprit espoir : sous la cotte de mailles, le cœur battait. Il lui fallait trouver du secours. Sans hésiter, elle se remit en selle, franchit le pont et parvint au premier moulin appartenant à l'évêché de Marseille ; le bâtiment protégé par une milice de moines était entouré de huttes. A son arrivée, il se forma un attroupement. On la regarda avec curiosité. Il y avait bien là une cinquantaine de paysans et une vingtaine de moines qu'elle apostropha en masquant au mieux sa voix de fille :

— Je suis écuyer ! Il y a sur le pont deux chevaliers mourants ! J'ai besoin de bras ! Au nom de Jésus, suivez-moi !

Un moine vénérable qui s'était détaché du groupe demanda :

— L'un des deux porte-t-il l'emblème rouge du loup ?

— Oui, répondit Elise.

Des femmes poussèrent des cris de détresse ; des hommes s'armèrent de fourches et de bâtons. Les soldats du chevalier noir, convaincus par les arguments du vieux moine qui semblait le chef, ne s'opposèrent pas à eux car ils n'avaient rien pour soigner leur maître. Ils accompagnèrent les paysans et les religieux.

Moins d'un quart d'heure plus tard, les deux chevaliers étaient entre les mains d'une guérisseuse du Latay et d'un praticien en robe de bure.

— Après-demain, ils trinqueront ensemble, affirma la femme après les avoir examinés.

— Où te rendais-tu avec ton chevalier ? demanda le vieux moine.

Elise eut la présence d'esprit de mentir par omission.

— A Meynarguette. Mon chevalier qui revient de croisade avait promis à un templier de rencontrer sa fille.

— Comme c'est étrange, répondit le moine. Othon d'Aups et ses templiers étaient à Meynarguette il y a un mois. Je vais dépêcher un messager à Aubeline d'Aups pour lui dire qu'un ami de son père est au moulin.

— Merci, mon père.

Le moine médecin confirma que les deux bougres étaient solides et corrobora le diagnostic de la guérisseuse. Le petit écuyer rayonnait de bonheur. La Vierge de Gémenos l'avait écouté. Les anges descendus du ciel protégeaient son bon chevalier.

Elise retrouva le chemin de la prière et s'agenouilla entre les blessés. Elle chercha les mots qu'elle avait entendu prononcer maintes fois dans les églises de Marseille par les prêtres lors des sermons ou sur les embarcadères par les prêcheurs en partance pour Jérusalem ; elle y mêla les siens : « Dieu des pauvres et des malheureux, Tu as tiré Jésus du gouffre de la mort et Tu as mis en sa bouche le chant pascal qui retentit dans le cœur de Ta croyante. Donne-moi d'aimer comme lui Ta loi ; fais pour ces chevaliers ce que Tu as fait pour Lui, et j'annoncerai Ton amour et Ta vérité jusqu'à mon dernier souffle. »

29

Aubeline et Bérarde pénétrèrent dans le moulin où les meules broyaient le grain dans un bruit d'enfer. Un moine les conduisit dans une salle annexe où étaient entreposés les sacs de farine. Quand on leur avait dit qu'un ami d'Othon d'Aups et le chevalier noir de Paneyrolle se trouvaient au moulin, elles s'étaient armées. Elles se présentèrent l'épée et la hache à la main, prêtes à découper le chevalier noir en rondelles.

— Holà, demoiselles ! Qui voulez-vous tuer ? leur demanda le père supérieur.

Elles demeurèrent pantoises. Les chevaliers couverts de bandages buvaient du vin en devisant comme de vieux amis sous le regard bienveillant d'un page au visage de fille. Les deux hommes levèrent leurs gobelets en direction des nouvelles venues.

— Est-ce toi, Aubeline, la fille de mon ami Othon ? s'enquit le chevalier au noble visage.

Jean s'était naturellement adressé à celle qui ressemblait à Othon. La belle aux traits énergiques, dans un geste tout féminin, rejeta sa chevelure bouclée en arrière.

— Oui, et toi, tu es Jean d'Agnis qui a mis toute la chrétienté en émoi à Antioche ?

Ils se mesurèrent du regard, s'apprécièrent. Jean était heureux. Aubeline était telle que l'avait décrite son père... mieux encore. Il n'aurait su dire pourquoi, mais il lui prêtait des qualités qu'Othon n'avait pas mises en valeur. Son cœur battit un peu plus vite.

— Il faut oublier Antioche, dit-il tandis que ses yeux se voilaient de tristesse.

— C'est chose impossible, répondit Aubeline en réfrénant son émoi. Ta renommée te précède et je dois avouer qu'elle ne joue pas en ta faveur. Mon père est reparti pour la Terre sainte. Rejoins-le, je t'en conjure.

— Et s'il me plaît de rester ici ?

— Alors il faudra plus qu'un miracle pour sauver ta vie.

— Disons un demi-miracle si je lui apporte mon aide, intervint le chevalier noir.

— Par le Christ ! s'écria Aubeline. Toi, chevalier de Paneyrolle, tu n'es pas en odeur de sainteté à Signes. Je parie que le seigneur Bertrand te ferait pendre si tu osais descendre dans la vallée. Et toi, Jean d'Agnis, ton sort ne vaut pas mieux ! Le sire de Casteljaloux et ses hommes envoyés par Eléonore d'Aquitaine veulent se saisir de toi et te torturer !

Elise était devenue toute blanche. Ce qu'elle entendait la terrifiait.

— Bon chevalier, écoutez-la. Partons pour Toulon, nous trouverons bien un bateau pour l'Orient !

— Qui est ce jeune garçon ? demanda Aubeline.

— Mon écuyer, répondit Jean.

Aubeline et Bérarde trouvèrent la réponse cocasse. C'était la première fois qu'elles voyaient un écuyer si frêle.

— Ton écuyer ne semble pas fait pour devenir chevalier, mais il est plus sensé que toi, dit Aubeline qui commençait à être envoûtée par cette bourrique de croisé qui la couvait d'un regard chaleureux.

Envoûtée au point d'ajouter :

— Je veux bien te loger à Meynarguette, le temps de convaincre quelques dames de ton bon droit... Si tu me promets de ne pas t'aventurer jusqu'à Signes.

— J'accepte avec joie, dit Jean.

Cette conclusion mit Bérarde en colère. Quant à Elise, elle retint ses larmes. Ses prières n'avaient pas suffi à arrêter la grande roue du destin.

Dès qu'Edmond de Casteljaloux et son écuyer Ancelin de Gabarret se montrèrent au bas de la rue aux Juifs, les conversations cessèrent et les enfants se cachèrent dans les jupes de leurs mères. A Signes, on se méfiait de ces deux fouineurs. La rue tortueuse, encaissée entre ses maisons en bois, était pleine du bruit et des chants des chaudronniers. Du matin au soir, des équipes mixtes de chrétiens et de juifs se relayaient aux forges. A coups de marteau, ils formaient et écrouissaient des lingots de cuivre. Bassines, gobelets, chaudrons naissaient entre la corne de leurs mains et on venait de cinquante lieues à la ronde pour acheter les objets qu'ils façonnaient avec amour. La rue aux Juifs donnait sur une place autrement plus colorée avec ses deux fontaines où les femmes venues prendre leur eau se racontaient les derniers potins du village, sa grande taverne où les hommes buvaient du vin chaud, son rectangle de marché le long du Figaret.

Edmond s'immobilisa et contempla quelques instants l'hypnotique mouvement de la roue à aubes d'un moulin avant d'observer les gens qui allaient et venaient sur la place. C'était là que se déliaient les langues ; les moindres événements y étaient commentés du matin au soir ; on y parlait de l'avancement des travaux des champs, du braconnage, des étrangers de passage, des secrets des dames, de tout et de rien.

Hélas pour lui, Edmond n'y avait jamais rien appris. On lui souriait, on lui vendait deux grives, un canard, un pâté, des pommes et de la confiture de coings, on se plaignait du froid à venir et on le plaignait d'être si loin de sa famille. Edmond n'était pas dupe ; il était toléré par la grâce de Bertrane et la protection de Bertrand.

— Chiens de paysans ! grommela tout bas le sire d'Aquitaine.

Autour des fontaines, tout un bouquet de femmes et de jeunes filles portant des cruches pataugeaient dans la boue. Des porcs se vautraient à leurs pieds. Ce spectacle n'éveilla aucun désir chez les deux hommes. Sur la rive droite du Figaret, il y avait foule. Le nouveau marché était à l'image de la nouvelle Signes, aussi prospère que la bourgade. Sa jeunesse, son dynamisme, sa reconnaissance par l'épiscopat le plaçaient parmi les tout premiers entre Marseille et Toulon. Tous les produits des terres, des vergers, des potagers et des mines y affluaient. Il était le premier fournisseur de safran en Provence. On y entendait sonner les pièces d'argent, les raymondins, les melgoriens, les solidus, les deniers d'Italie, les marcs allemands. Des changeurs avaient installé leurs comptoirs dans les constructions neuves. Le négoce ne s'arrêtait jamais, même au cœur de l'hiver.

— Allons aux nouvelles, dit Edmond à son écuyer.

Ancelin suivit son chef entre les monticules de châtaignes et d'olives devant lesquels les prix se discutaient âprement. Les boisseaux et les pelles plongeaient dans cette mer de fruits bruns. Des enfants triaient les charretées qui arrivaient des collines, écartant la mauvaise olive, cherchant le trou de ver sur l'écorce de la châtaigne.

Tout en déambulant d'un pas lent, Edmond écouta ce qui s'y disait. Quand il le pouvait. Certains parlaient un patois incompréhensible. C'était le cas des plâtriers et des charbonniers habitant les montagnes. Les rudes bonshommes attendaient le chaland entre la blancheur du gypse réduit en poudre et la noirceur des pyramides de charbon. Ils se lançaient dans de courts monologues quand un œil intéressé se posait sur leurs marchandises. Lorsque Edmond et Ancelin s'approchèrent d'eux, les visages se fermèrent. Il y eut cependant un homme pour lancer : « Vous n'aurez jamais Jean d'Agnis. »

Casteljaloux avait l'habitude. La première fois, à la suite d'une provocation semblable, il avait dégainé l'épée ; aussitôt une dizaine de pics et de couteaux étaient apparus entre les mains sales de ces sauvages. L'emploi de la force était inutile ; il y perdrait la vie.

— Nous n'en tirerons jamais rien, dit Ancelin. Ta prime, pardonne-moi de te le dire, a eu un effet contraire. Regarde-les, ils rêvent de nous voir au gibet. Peut-être vaudrait-il mieux que ce Jean d'Agnis ne réapparaisse pas.

— Tais-toi ! Es-tu devenu couard ? Sais-tu ce qu'il t'en coûterait si tu ne remplissais pas la mission que t'a confiée la reine ?

Ancelin ravala sa salive. Elle passa dans sa gorge que le bourreau d'Eléonore se chargerait de couper ou de serrer. Il tenait à devenir chevalier et cette nomination passait par une obéissance absolue. C'était bon de vivre, même en terre hostile. C'était bon et rassurant de voir tourner les saisons, de sentir le froid, le chaud, l'humide et les caresses des vents. Ancelin prenait plaisir à être ici, parmi les paysans qui tressaient les tiges de genêt et offraient de longues toiles pour une poignée de sous, dans la chaleur des chevaux qui foulaient le sumac utilisé pour le tannage des cuirs, à sentir les baies de myrte avec lesquelles on assaisonnait poissons et viandes. Son cœur battit avec allégresse quand il vit les demoiselles de la cour.

Elles étaient six et assaillaient les chariots des colporteurs devant lesquels s'agglutinaient les femmes de toutes conditions. Jausserande de Claustral, Adalarie d'Avignon et Alix Gonter de Dardanus accompagnées de trois jeunes servantes, menaient le négoce. Ancelin avait le regard d'un mâle qui s'éveille au désir. Les pupilles de ses yeux bleus s'attachèrent aux frisons d'une nuque blonde. Il avait déjà rencontré cette jeune fille gracile qui lui tournait le dos.

Alix Gonter de Dardanus, pensa-t-il très fort. Ce nom sonnait comme celui d'une héroïne de l'Antiquité romaine. Alix avait un fort caractère ; elle remettait souvent en cause les décisions de dame Bertrane de Signes qu'elle servait loyalement. Par une alchimie secrète, alors qu'il ne lui avait jamais adressé la parole, il en était tombé amoureux. Ce secret, il le gardait pour lui ; il ne l'avait jamais confié à son confesseur de l'église Saint-Pierre.

Un soir, dans la chapelle Saint-Jean, agenouillé devant les reliques rapportées par Guigo et Geoffroy de Signes, il avait fait vœu de défendre, de servir et d'aimer la demoiselle Alix en l'honorant. Il aspirait à porter ses couleurs ; il se voyait se battre en tournoi avec les rubans de la belle noués au cimier de son heaume. Mais comment lui avouer ses sentiments ? Il n'était pas libre de ses mouvements. Casteljaloux exigeait sa présence constante. Et puis il n'avait aucune expérience des femmes, rien d'un amant ; il ne pouvait pas s'exprimer comme un troubadour. Son impuissance le mettait en rage.

Les habitantes de la cour étaient bien plus hardies que leurs sœurs d'Aquitaine, surtout cette Jausserande qui le considérait comme un niais. Jausserande se disputait avec un marchand. Un attroupement se forma. On se serrait à étouffer, maintenus par les culs et les ventres, gobant les mots qu'échangeaient l'habile colporteur et la noble connue pour ses frasques.

Ancelin joua des coudes et se retrouva contre Alix qui écoutait la Claustral se fâcher.

— Quoi ? Trois raymondins d'argent pour une toise de cette soie ? Un demi-marc d'argent pour ce carré d'étoffe des Flandres ? Un solidus d'or ce vase prétendument d'Egypte ? C'est du vol ! J'ai l'œil et le toucher ; les étoffes qui ont de l'apprêt bouffent ! Pas celle-là. Elle a bien cinq ans d'âge ! On connaît bien vos méthodes, messires les marchands. La qualité pour les villes, les invendus pour les villages !

— C'est faux ! C'est faux ! répliqua le colporteur. Je réserve toujours mes plus belles pièces à la cour d'amour. Vois ce vase et estime-le à son âge. Il a trois mille ans et a été trouvé dans l'un de ces immenses tombeaux qui faisaient l'admiration des voyageurs grecs. En vérité, il est inestimable.

Jausserande considéra l'objet avec dégoût. Un Horus, un Anubis et un Thot entourés de hiéroglyphes le décoraient.

— En plus tu voudrais nous vendre cette abomination volée dans une tombe ! Dieu me damnerait si j'acquérais ce vase peint de figures démoniaques et de signes magiques. Me prends-tu pour une sorcière de Signes la Noire ? Peut-être aurais-tu plus de chance avec Delphine de Dye, ajouta perfidement Jausserande. La vieille chouette a de l'intérêt pour les choses païennes.

— Eh bien, va donc voir les marchandises de mes confrères ! s'écria le colporteur.

L'homme juché sur son banc était cramoisi. Cette rougeur tranchait avec la blancheur de sa barbe en pointe. Comme les dames ne levaient pas le siège de son étal, il farfouilla sous la bâche de son long chariot et en tira des coupons d'Orient aux motifs compliqués, des étoffes moirées, des tissus brochés, cloqués, côtelés, le meilleur de la production des Flandres, d'Allemagne et d'Angleterre. Il ouvrit un coffret où miroitaient des perles et de l'ambre, soulevant et enfiévrant la gent féminine. Puis comme il voyait s'adoucir les traits de Jausserande, il descendit ses prix.

Jausserande et Adalarie, penchées l'une vers l'autre, se chuchotèrent quelque chose à l'oreille. Elles hésitaient. Le choix était difficile. L'œil ne parvenait pas à se poser parmi le dégorgement des tissages et des objets précieux éparpillés. Leur échange ne dura pas, Jausserande venait d'apercevoir Edmond.

— Il est là, murmura-t-elle.

— Qui ?

— Ne te retourne pas... Derrière toi, le Casteljaloux et son butor d'écuyer.

Souriante, Adalarie se fit complice. Les demoiselles eurent un mouvement discret de la tête et Alix rougit en découvrant Ancelin si près d'elle. Si près qu'elle sentit son souffle sur son visage. Confus, l'écuyer recula. C'était peut-être l'occasion rêvée de prendre une initiative, de lui offrir une perle ou des boucles d'oreilles vénitiennes, mais la panique s'empara de lui. Il avait peur de l'offenser en manifestant son désir de la courtiser devant tant de témoins. Il mesura soudain combien sa bourse était maigre. Avec ce que lui comptait chaque quinzaine Casteljaloux, il pouvait tout juste nourrir son cheval et boire quelques hanaps de vin. L'argent se gagnait à la guerre, les fortunes se bâtissaient lors des pillages et il n'avait jamais guerroyé. L'Aquitaine était en paix avec ses voisins. Il envia les colporteurs qui remplissaient leurs cassettes de monnaie. De toute façon, il avait laissé passer l'occasion. A présent, l'intérêt d'Alix Gonter de Dardanus était ailleurs. Les jeunes femmes observaient le manège de Jausserande. Cette dernière parlait à voix basse avec le marchand.

— J'en ai toujours, répondit le rusé bonhomme.

— J'en veux un.

— Ce sera un quart de marc.

Ce n'était pas donné, mais elle en avait assez de marchander. Elle tira une piécette de sa bourse et la glissa dans la main du colporteur. En échange, il lui donna ce qu'elle désirait : un citron. Un fruit si rare qu'on l'enfermait dans son coffre avec ses bijoux.

Jausserande tira une épingle de sa chevelure et piqua le fruit qu'elle pressa. Une goutte se forma. Elle la déposa sur son index et l'étala sur ses lèvres. L'acidité l'irrita. Le sang afflua. Les lèvres gonflèrent. On procédait toujours ainsi avant un rendez-vous galant.

Absorbé par sa quête de renseignements, Edmond de Casteljaloux n'avait rien remarqué. Lorsqu'elle l'aborda, la bouche pulpeuse et le regard brillant, il s'inclina avec respect.

— Tu viens dépenser l'argent de ta reine ? demanda-t-elle avec une pointe d'ironie.

Elle avait le don de le désarmer à chaque rencontre ; elle n'y mettait aucune malice, croyait-il. Tant de naïveté le perturbait. Elle était sans cesse sur son chemin, l'agaçant par ses cocasseries, ses pitreries et ses excès de gaieté, et lui qui était un rude guerrier acceptait avec gravité que ce feu follet troublât son existence.

A l'évidence, elle lui plaisait. Etait-ce dû à l'atmosphère de la cour d'amour ? A ses longues conversations avec les dames qui vivaient dans le luxe et le confort ? Aux concours de poésie auxquels il assistait ?... Il n'était plus tout à fait le même homme. Certes, il n'avait rien d'un félibre, mais ses mœurs s'étaient adoucies. Il apprécia l'artifice auquel elle avait eu recours pour rendre ses lèvres encore plus gourmandes. Pour le reste, aucun changement. A quoi bon ? Elle était la perfection incarnée. La peau laiteuse, le nez mutin, les taches de son et le feu de ses cheveux faisaient de ce visage le plus attirant de tous les visages de femme dont il se souvenait.

Il se racla la gorge. Il avait même rêvé d'elle à plusieurs reprises. Elle lui apparaissait dévêtue dans un palais où chantaient des fontaines et des oiseaux multicolores. Les seins petits, les jambes minces, le ventre ferme, elle le contemplait sans détour de ses grands yeux gris-vert avant de l'inviter à le suivre. Mais quand il faisait l'effort de la rejoindre, il se retrouvait dans la tour froide où il dormait et pensait alors à Bertrand de Signes couchant dans le donjon voisin, à l'affreuse tristesse d'une vie sans tendresse, sans désir, toute vouée à la prière et à la cause de Dieu.

— Je le dépenserai à juste raison quand un homme d'honneur ou une femme de bien me dira où se trouve le chevalier d'Agnis.

Jausserande se mit à rire de bon cœur avec ses amies. La rigueur et l'opiniâtreté de Casteljaloux finissaient par amuser tout le comté. Il poursuivait le vent, un fantôme.

— Attrape-t-on une ombre avec de l'or ? lui demanda-t-elle.

— Imaginons qu'il soit mort, dit Adalarie.

— Il me faudrait alors retrouver sa dépouille.

— O chevalier ! Brave chevalier, ne t'a-t-on point dit que les morts dérangés dans leur tombe se vengent toujours ?

— S'il faut mener la guerre contre les morts, je la mènerai ! clama Edmond.

Les gens s'écartèrent avec effroi. Cette rodomontade ne plaisait pas à Ancelin qui remercia secrètement Alix et les demoiselles de se signer. Il regarda le ciel, à l'affût d'une nuée. Son seigneur allait trop loin dans son désir de servir la reine Eléonore. Il avait mieux à faire avec la troublante Jausserande qui chassait les mauvais propos du chevalier d'Aquitaine d'une voix enfantine.

— On te pardonne ton inconscience... Quand ouvriras-tu les yeux, Edmond ? Il est temps d'oublier les vaines querelles... Je ne comprends pas... Je ne comprends rien... Je n'aime pas la guerre, je n'aime pas la violence... « Personne sans raison plus que suffisante ne doit être privé de son droit en amour. »

Avec l'article huit de la règle d'amour, Jausserande venait de lancer son grappin ; elle y ajouta son sourire et :

— Tu porteras mes couleurs au tournoi de Noël, le rouge de la chance et le gris du verseau.

Edmond mit la main sur son cœur.

— Je jure que la quintefeuille ne mordra pas la poussière sans que mon sang coule.

C'était un engagement sans concession. Il venait de faire siens l'honneur des Claustral et la fleur grise à cinq pétales de leur blason. Pourtant, il ne songeait pas au tournoi. Son cœur battait contre sa paume. Il songeait aux baisers, aux caresses, aux murmures, à la douce peau de Jausserande, à ses jambes mêlées aux siennes.

Et sa mission ? A supposer qu'elle puisse être en quelque façon supérieure, en quoi cela allait-il à l'encontre de l'amour ? La réalité de sa situation l'emporta. Il était à des centaines de lieues de sa reine ; entre les caprices d'Eléonore et la magie d'une aventure avec Jausserande, il n'y avait pas à hésiter. Il préférait le tendre asservissement à la jeune dame de la cour.

Pendant tout ce temps, Ancelin espéra un signe d'Alix, un battement de cils, un frémissement des lèvres, un regard appuyé, une pensée effleurant son esprit. Elle n'en fit rien. L'espoir de l'écuyer se transforma en un sentiment de détresse d'autant plus fort que le chevalier de Casteljaloux rayonnait de bonheur.

Lorsqu'ils regagnèrent Château-Vieux, Edmond ne fit aucune allusion à la longueur inaccoutumée du silence de son écuyer. Il ne lança aucune de ses remarques amères habituelles ; il ne donna aucun ordre. On ne parlait plus de Jean d'Agnis.

La solitude, Ancelin le sentait, il n'allait pas la supporter longtemps. Il se rendit à la chapelle de Notre-Dame-l'Eloignée et s'allongea les bras en croix sur les dalles froides face à l'autel. Il n'était pas au soir de son adoubement, il n'était qu'un homme amoureux et fragile qui demandait de l'aide à la Dame du ciel.

30

Le temps de l'observation et de la trêve amicale était terminé. Il avait duré deux jours. Il leur avait été pourtant facile de se parler, de trinquer. Ils étaient comme deux acteurs d'une tragédie voulant achever le dernier acte. Aubeline, aidée d'Elise, avait évité le pire. A peine remis de leur fatigue, Jean et Robert avaient réclamé leurs armes que les moines avaient pris soin de leur enlever. Se battre. Se surpasser. Remettre ça à coups de hache, de poignard, avec n'importe quoi de coupant et de tranchant. Il y allait de leur honneur, beuglaient-ils. Alors qu'ils se montaient la tête en s'insultant copieusement en provençal et en latin, Aubeline se fâcha.

— Ça se dit chevalier ! Quelle honte ! Seuls les hommes stupides et cruels placent leur honneur dans leur ventre et ils deviennent alors pires que des bêtes sauvages. Bérarde, ajouta-t-elle en désignant la géante, en sait quelque chose pour les avoir subis dans son ventre avant qu'ils ne lui coupent la langue et la laissent pour morte sur les bords du Jourdain. Vous n'êtes pas dignes de vos vœux ! Malepeste ! Je n'ai que faire de manants tels que vous. Etripez-vous ! Saignez-vous ! Allez ! Qu'attendez-vous ? Vous voulez des armes ? En voici !

Furieuse, la fille du templier alla à la cheminée, se saisit d'un tisonnier et d'un crochet à chaudron qu'elle jeta aux pieds des deux hommes sous le regard effrayé d'Elise. Cette dernière balbutia :

— Si vous vous entre-tuez, je ne serai jamais adoubée.

Ni l'un ni l'autre ne s'en emparèrent. Manants, c'était ainsi qu'ils apparaissaient aux yeux des vaillantes guerrières et du jeune écuyer, de vulgaires roturiers au service d'un seigneur sans foi ni loi, des vilains qu'un peu de vinasse rendait hargneux. Piqués dans leur orgueil, ils clamèrent leur nom, leurs titres et leurs exploits comme l'aurait fait un héraut à la cour d'un roi. C'était ridicule, ils en prirent conscience et éclatèrent d'un grand rire en se saisissant d'Aubeline et de Bérarde. Ils les firent tourner et tourner jusqu'à ce que le plancher se mette à tanguer.

Jamais rire n'avait retenti dans le moulin du Latay avant l'arrivée de Jean et de Robert. Ce dernier, depuis la mort de sa jeune épouse dix ans plus tôt, n'avait pas desserré les dents, ne sortant de sa tour que pour chasser le gibier, rançonner les voyageurs ou défier les téméraires pénétrant sur son territoire par le pont du Diable. Apaisé, le chevalier noir expliqua à ses nouveaux amis que sa terre, il la tenait de son grand-père, féal d'un lointain baron bavarois. Elle formait une enclave en Provence. Il ne devait rien au seigneur de Signes, rien aux évêques de Marseille, rien aux Baux, rien à personne. Il était libre et libres étaient les hommes et les femmes nés à l'ombre de sa tour. Ses paysans l'adoraient, il les défendait. Quelques-uns d'entre eux formaient sa garde à tour de rôle ; tous, femmes comprises, prenaient les armes quand Paneyrolle était menacée, mais cela ne s'était plus produit depuis longtemps.

— Ils sont braves, dit Robert avec fierté. Il y a sept ans, nous avons mis la main sur une bande d'écorcheurs venue du Piémont. Ils arrivaient de Mazaugues où ils avaient brûlé trois fermes et massacré des gens.

Trente-deux, ils étaient ! On les a surpris à la Salomone, près de la source du Latay. Pas un n'en a réchappé. J'ai défendu les intérêts de la cour d'amour bien malgré moi !

— Et le seigneur de Signes ? demanda Jean.

— Il était en retraite au couvent de Saint-Maximin.

— Ce dévot entraînera notre perte, dit Aubeline.

Robert cracha avec mépris avant d'ajouter :

— Si tous sont comme lui, je comprends pourquoi les Barcelonais ont battu les Provençaux ! Il prie tant pour son âme qu'il en oublie d'être chevalier et homme.

Aubeline acquiesça et coula un regard plein d'allusions sur Jean. Elle songeait à un épisode que Robert avait tu mais que tous les habitants du comté connaissaient et embellissaient lors des veillées. Le chevalier noir avait enlevé son amoureuse à Toulon et, après avoir chevauché jusqu'à la basilique de Saint-Maximin, il avait demandé à un prêtre de les marier. Aubeline rêvait d'être enlevée par Jean d'Agnis... Certes, elle se défendrait pour la forme.

Elise pensait à la jeune épouse morte trop tôt. Elle aurait voulu consoler Robert dont elle sentait l'immense peine, mais elle était écuyer. Elle s'imagina en robe dans la grosse tour percée de petites fenêtres taillées dans la pierre, aux solides planchers jonchés de paille fraîche, dans la salle haute où flambaient de lourds chandeliers en bronze quand tombait la nuit. Elle y mettrait de l'ordre, des bouquets de thym et de romarin, rangerait les coussins et le grand lit aujourd'hui si froid. On l'apercevrait à toute heure de la journée au bord du Latay ; elle en reviendrait avec une palanche sur les épaules, toute courbée par le poids de deux seaux d'eau. Robert n'admettrait pas qu'elle s'épuise à ces tâches domestiques.

Soudain, n'en pouvant plus, elle dit :

— Je suis une fille, je m'appelle Elise.

— Nom de Dieu ! jura Jean.

Les trois autres en restèrent bouche bée. Elle continua :

— Le brave chevalier Jean m'a sauvé la vie à Marseille et je l'ai suivi en acceptant de me faire passer pour son écuyer.

— Je me disais aussi qu'avec un pareil minois tu aurais pu être un mignon d'un seigneur aux mœurs dépravées, observa Aubeline. Mais si tu veux apprendre le métier des armes, nous te l'enseignerons, Bérarde et moi.

— Je ne crois pas avoir cette vocation, répondit Elise en plantant son regard dans celui de Robert.

Ce dernier en fut troublé. Aubeline et Jean comprirent que la petite avait du sentiment pour le chevalier noir. Jean se taisait. Elise méritait d'être aimée. Il faudrait du temps, de la patience et beaucoup de tendresse pour qu'elle nettoie son corps et son esprit de toutes les saletés accumulées à la Maison Rouge. Il pria tout bas que Robert fût l'homme de la situation.

— Messires, vous sentez-vous en forme pour vous rendre à Meynarguette ? demanda Aubeline qui désirait avoir Jean dans son antre.

— Nous le sommes, répondit Jean.

— Alors en route.

Au septième jour, malgré les récriminations d'Aubeline, Jean et Robert scellèrent leur alliance par une chevauchée qui les mena au hameau hanté des Croupatières. Plus personne depuis les Romains ne s'aventurait au-delà des ruines. Le chemin se perdait vers Siou-Blanc. Le chevalier noir arrêta sa monture près d'une stèle couverte de lettres latines et grecques si usées qu'il était impossible de donner un sens à cette inscription.

— Nous sommes dans une position délicate, dit-il.

— Quelle position ? Je ne vois rien d'inquiétant à part cette étrange pierre, répondit Jean.

— Non, c'est au sujet d'Aubeline et Elise. La fille du templier t'a choisi, ça crève les yeux, et tu n'es pas indifférent à ses regards et à ses sous-entendus.

— Et Elise ? demanda Jean qui rougissait.

— La petite fait tout pour me charmer. Elle m'a avoué hier qu'elle me plaignait d'avoir perdu si tôt mon épouse Sixtine, mais qu'il n'était pas bon pour un homme de mon âge de demeurer sans compagne.

— Elle t'a dit ça !

— Oui, et je dois avouer que je ne suis pas insensible à sa présence. Par bien des côtés, elle me rappelle Sixtine, mais je ne peux me résoudre à la courtiser, elle n'a que treize ans. Sixtine en avait dix-sept lorsque je l'ai enlevée.

— Eh bien, attends encore quatre ans et si ton cœur est véritablement pris alors déclare-toi.

— Nous verrons. Conseil pour conseil, tu devrais forcer le seuil de la chambre d'Aubeline. Elle est en âge d'avoir un amant.

— Tu veux dire que je dois d'abord me battre avec la géante qui veille sur son amie comme une louve sur sa portée.

Robert éclata d'un rire que partagea Jean. Puis ce dernier poussa son cheval en avant.

— On ne va pas plus loin ! s'écria Robert.

— Crains-tu les guetteurs de Bertrand et les patrouilles de Casteljaloux ?

— Il n'y a pas de soldats sur le plateau... Les suicidés viennent y danser les nuits de pleine lune et les sorcières de Signes la Noire se réunissent sur les bords des gouffres. Je ne voudrais pas les rencontrer.

Jean se mit à rire. Ces sorcières, sa mère menaçait de les appeler lorsque enfant il n'était pas sage.

— Ne te moque pas !

— Ce sont des histoires pour...

— Des histoires ! Mon pauvre Jean. Les suicidés sont nombreux par ici. Quant aux sorcières, leur communauté est si puissante et si redoutée qu'aucun évêque ni baron n'ose s'y attaquer. Elles ont leur bourg fortifié près des sources du Gapeau, leurs hommes à tout faire, leurs troupeaux de chèvres et de moutons, leurs moulins, leurs forges en association avec les sorcières de Saint-Zacharie, de Tourves et de la Sainte-Victoire, et une clientèle qui paie très cher leurs services. Je ne plaisante pas, on peut les croiser à tout moment car elles se rendent sur ses solitudes pour récolter des plantes.

— Peut-être pourraient-elles nous aider après tout.

— Tu es fou. Oublie cette idée si tu ne veux pas aller en enfer. Tu vas finir par attirer ces maudites femmes...

Robert avait baissé la voix alors que son regard glissait des rochers de la Paillette aux bois épais de la Guicharde. Il devinait des présences sous le ciel vif et clair d'où tombait un jour blanc de gelée. Pas un souffle n'agitait les cades et les chênes chétifs. Pas un animal ne se manifestait dans les fourrés. Pourtant il y avait foison de loups et de rapaces au sein de ces étendues sauvages. Il désigna un point situé derrière une ligne de rochers semblables à des dents tordues.

— ... C'est là-bas qu'elles invoquent les forces du mal, près de l'abîme des Morts et du trou du Sarcophage. Elles tirent leurs pouvoirs des avens et des labyrinthes. Vois-tu, il y a la montagne sacrée tournée vers le ciel et les entrailles de la terre menant au royaume de Satan. La seule à les avoir combattues est Marie Madeleine. La sainte les a repoussées dans les plaines et les vallées. On le sait tous ici et tu ne l'ignores pas non plus : Dieu leur a abandonné de vastes domaines. Je te le répète, Dieu a la Sainte-Baume et le diable règne à Siou-Blanc. Le chevalier noir doit te paraître bien craintif, mais j'ai mes raisons. Sixtine avait...

Robert ne confia pas son secret. Il changea de sujet.

— ... Tu devrais t'interroger sur les événements qui t'ont obligé à revenir ici. C'est à Signes qu'on prend la mesure de son destin. C'est à Signes que t'attendent les plus dures épreuves de ton existence, le bonheur ou le malheur.

— Je suis chez moi ! Je suis naturellement revenu là où je suis né, là où je peux servir au mieux la Provence, terre de mes ancêtres.

— Chez toi, ces quelques manses envahies par les ronces... Viens par là !

Tandis qu'ils discutaient, le chevalier noir l'avait entraîné vers le sud, s'éloignant des gouffres et des ravins qu'il craignait. Il dirigea son destrier à travers un dédale de rocaille et de troncs tourmentés. Soudain, la plaine de Signes apparut en contrebas.

— A la bonne heure ! s'écria Jean en découvrant le village blotti au pied de ses deux collines.

L'émotion le gagna. Des larmes coulèrent sur ses joues froides. Ses racines étaient là. Ses parents, ses arrière-grands-parents et toute la lignée des Agnis dont l'origine se perdait dans la nuit des temps avaient bu l'eau du Figaret, taillé les oliviers, sarclé les champs, mené les troupeaux en pâture. Tout ce qu'il avait désiré sans en prendre véritablement conscience tournait dans sa tête. Le visage d'Aubeline d'Aups s'inscrivit dans ce paysage. Il l'aimait. Il l'épouserait. Tout lui parut simple : Aubeline, une ferme, du bétail, un champ de blé, quelques centaines d'oliviers... et des enfants. Il lui semblait qu'il pouvait tout avoir d'un claquement de doigts. Et cependant Robert avait raison. En regardant la grande barre d'Agnis qui longeait la plaine sur trois lieues, il mesura la difficulté de s'y établir. Cinq à dix ans seraient nécessaires pour reconquérir et bâtir un petit fief sur ces hauteurs et, à vingt-six ans, Jean était déjà sur la pente descendante de son existence. Il se sentit vieux et démuni. A quoi bon entreprendre des projets d'envergure quand l'espérance de vie était d'à peine plus de quarante ans.

Robert qui l'observait devina ses pensées.

— Si tu t'en sors, je t'aiderai à remettre à neuf ton héritage. Nous utiliserons les pierres taillées de l'ancienne forteresse ligure et mes paysans se feront un plaisir de redonner vie à tes champs.

Ces paroles lui firent du bien. Jean regarda mieux Agnis. Des fumerolles tachaient les crêtes de la montagne. La vie s'accrochait aux pentes vertigineuses avec ses charbonniers, ses plâtriers, ses cadiers et ses bergers ; il voulait s'y accrocher aussi, il en avait fait secrètement le vœu en y associant Aubeline.

— C'est la trêve ! s'exclama Robert. C'est la trêve de Noël, je n'y avais pas pensé. Tu vas pouvoir te rendre à la cour d'amour et demander justice. Regarde, on hisse les trois bannières de la dame de Signes

Robert pointait l'index vers le château de Bertrane. A cette distance, il semblait peint sur une page de la Bible. Posé au ras des tuiles, il était pareil à une blanche nef ancrée dans une anse aux eaux ocre. Ses tours étaient élancées ; la plus haute portait à présent les symboles de la paix : les trois cygnes. L'un était or sur fond blanc, l'autre blanc sur or, le troisième rouge sur azur. Chaque année, ces drapeaux flottaient du 7 décembre jusqu'au 8 janvier. Il était alors interdit de se battre sauf lors des tournois, interdit d'exécuter des sentences, interdit de lever l'impôt ; le pays entrait en sainteté en l'honneur de l'arrivée du Sauveur. On voyait les riches donner aux pauvres et les moines quêter pour les lépreux de Beaupré. Dès l'aube, les prieurs de Saint-Jean et de Saint-Pierre parcouraient les rues des villages et les collines environnantes en clamant les paroles d'Isaïe : « Préparez le chemin du Seigneur, aplanissez Ses sentiers ! »

— Je m'y rendrai après-demain, dit Jean.

— Je t'accompagnerai.

Aubeline ne lui avait pas dit non quand Jean s'était proposé de l'accompagner jusqu'à Chibron, extrême limite des terres de Meynarguette où les paysans creusaient un canal d'irrigation. En les voyant partir ensemble, Bérarde n'avait pas trop maugréé. Sa propre journée serait bien remplie : Jean du Paumier l'attendait dans son château-tannerie construit de bric et de broc sur les bords du Gapeau. Elise s'occuperait de Robert. A chacune son histoire, à chacune son rêve.

La fille du templier était une cavalière émérite. Jean la comparait à l'une de ces légendaires amazones décrites dans les récits grecs que traduisaient les moines et chantaient les conteurs. Il avait rencontré quelques femmes lui ressemblant en Terre sainte. Toutes étaient des descendantes des Normandes de Sicile et toutes rivalisaient d'audace quand il s'agissait de croiser le fer avec les infidèles.

Par le Seigneur ! Elle était plus fière que son père. Elle mit un point d'honneur à le devancer dans la plaine de Chibron, alors que pris au jeu de la compétition, ils s'étaient lancés dans un galop à se rompre le cou. Elle l'avait emporté en franchissant deux troncs d'arbre que venait d'abattre la paysandaille construisant le canal.

— Ah ! Quelle belle course ! s'exclama-t-elle tout essoufflée. Tu es galant homme, chevalier, tu aurais pu aussi sauter l'obstacle.

— Et finir sur un grabat avec la colonne cassée, répondit-il. Très peu pour moi ! Je veux vivre pleinement et sainement les quelques années qui me restent.

— Je n'avais pas remarqué que tu étais si vieux.

— J'ai vingt-six ans.

Elle pouffa, puis elle dirigea son cheval au pas le long du canal où les hommes s'échinaient en chantant.

— Beaucoup ont le double de ton âge, lui fit-elle remarquer.

Il y avait là des vieillards de plus de cinquante ans noués à leurs pioches, à leurs masses et leurs pics, les reins cassés, la face creusée de rides. Ils n'avaient rien connu d'autre que ce terroir cerné de montagnes. Leurs pas ne les avaient jamais portés au-delà de ces sommets blanchis par les premières neiges et ils ne se souciaient guère de découvrir le vaste monde car Dieu allait les accueillir dans le paradis merveilleux où les attendaient de chers disparus. Ils peinaient et ils souriaient au passage de la demoiselle et du chevalier. Aubeline s'adressa aux uns et aux autres, demanda des nouvelles de leurs familles. A un moment, elle descendit de cheval pour aider deux hommes qui tentaient de déplacer un rocher. Jean joignit ses forces aux leurs et ils parvinrent à faire rouler la masse.

— Que le Seigneur te prête une longue vie, dit l'un des journaliers en baisant la main d'Aubeline.

— Qu'Il vous bénisse tous, répondit-elle, vous, vos femmes et vos enfants.

— Nous ne souhaitons qu'une seule chose, dit timidement le second homme qui avait de longs cheveux blancs et un regard fiévreux. Que tes fils et tes filles soient à ta ressemblance, et qu'ils protègent et aident nos descendants comme tu le fais.

— Alius, je ne suis pas encore mariée, remarqua-t-elle.

— Tu le seras bientôt et ce jour-là nous te tresserons une couronne de fleurs sauvages et nous offrirons des bouquets à Notre-Dame-l'Eloignée et à sainte Marie Madeleine. Je dois t'avouer que nous prions souvent Dieu pour qu'Il mette sur ton chemin un noble et juste chevalier.

Alius avait posé un regard appuyé sur Jean d'Agnis comme pour lui demander « Es-tu noble et juste ? ». Jean hocha instinctivement la tête. Ce qui n'échappa pas à Aubeline qui se sentit rougir. Il devait s'en dire sur leur compte dans les campagnes ! Ce qui la rassurait c'était qu'aucun de ces pauvres hères n'avaient dénoncé Jean à Casteljaloux. Ils le protégeaient, l'acceptaient ; il était de leur sang. Il avait vu le jour sur une paillasse à Agnis, berceau des Ligures et des Celtes dont ils étaient les descendants.

— Merci, mon Alius.

Ce fut les seuls mots qu'Aubeline put prononcer. Ses gens l'avaient mise à nu en perçant les secrets de son cœur.

— Viens, dit-elle à Jean.

Ils remontèrent à cheval et suivirent le canal jusqu'au point où il devait faire sa jonction avec la rivière.

— Qui est cet Alius qui s'exprime si bien ? s'enquit Jean.

— Un ancien clerc de Marseille qui a abandonné son étude par amour. Un jour, alors qu'il se rendait à Signes pour établir un contrat d'héritage, il a rencontré Marthe, une lavandière habitant à Meynarguette. Frappé d'amour, il n'est jamais reparti, a épousé la belle et lui a fait six enfants.

— Ce sont des choses qui arrivent, répondit Jean en écoutant son cœur battre tambour.

— Oui, fit-elle du bout des lèvres alors que son propre cœur s'emballait.

Ils dépassèrent le trou d'eau verte dans lequel tombait une cascade et atteignirent une borie. Aubeline mit pied à terre, prit le sac à provisions accroché à sa selle et entra dans l'édifice de pierres sèches qui servait d'abri aux bergers. Le sol était couvert de paille. Dans un coin un âtre sommaire avait été construit. Elle repéra le tas de bois, le silex et l'amadou.

Jean entra à son tour.

— J'ai du pain, du vin et du fromage, dit Aubeline. On va allumer un feu.

Il l'aida à réunir les brindilles, à frapper le silex, à entretenir le feu fragile et naissant. L'âtre s'embrasa quand Aubeline plaça un fagot de sarments. Lorsque les hautes flammes léchèrent les pierres noircies, elle étendit les bras et offrit sa poitrine à la chaleur.

— Tu as froid ? lui demanda-t-il.

— Oui...

— Viens contre moi.

Il l'avait prise de court. Elle se retrouva entre ses bras, non pas tremblante de froid, mais d'amour. Ils restèrent ainsi une longue minute, se respirant l'un l'autre ; puis la main de Jean se mit à caresser les cheveux d'Aubeline. Elle redressa la tête, chercha ses lèvres et les goûta. Dès cet instant, les dernières barrières tombèrent ; elle n'attendrait pas le jour du mariage pour lui appartenir. Elle le força à s'allonger...

Elle l'avait chevauché, dompté, mené au plaisir par deux fois. A présent, elle était sous lui, touchée au plus profond de ses chairs à chacun de ses coups de reins. Son sang avait coulé, sa jouissance se répandait entre ses cuisses et son cœur s'emplissait d'un amour ardent. Aubeline aurait voulu que ça ne finisse jamais. Aussi le retenait-elle, les ongles enfoncés dans son dos ; elle happait ses lèvres, le mordait. A un moment, vidé, il n'eut plus la force de continuer ; il se laissa tomber sur elle, le souffle court.

Le feu mourait ; le jour aussi. L'humanité entière était peut-être morte car aucun son ne leur parvenait de l'extérieur. Ils ne se souciaient pas de la fin du monde. Ils s'étaient trouvés et ils s'aimaient.

31

Elise avait pleuré. Elle ne croyait pas à la trêve. Elle ne connaissait même pas ce mot avant d'arriver à Meynarguette. Robert lui en avait expliqué le sens. A Marseille, il n'y avait ni trêve ni paix. La loi était celle des évêques complices des marchands. Le port brassait truands et voleurs tout au long de l'année et la période de Noël n'y changeait rien. Les religieux, les nobles et les bourgeois continuaient à faire bombance dans les bordels tandis que dans les venelles du Panier les larrons dépouillaient joyeusement les passants isolés. Pourquoi en serait-il autrement à Signes ? La proximité de la Sainte-Baume n'était pas une garantie de neutralité et Elise ne croyait pas que des anges descendraient du ciel pour se mêler des sales affaires des humains. On allait tuer ses chevaliers. Elle eut un regard de reproche pour Aubeline qui se taisait tout en triturant nerveusement ses mains. Puis elle s'adressa rudement aux deux hommes qui s'équipaient comme s'ils partaient en croisade :

— Les dames sont des menteuses !

— Les dames ne mentent jamais, répondit Robert. Demande donc à Aubeline qui sert la cour d'amour.

— C'est vrai, dit la fille du templier. Nous avons toujours respecté la trêve de Noël, mais je ne peux m'engager pour Casteljaloux et ses hommes. Acceptez que Bérarde vous accompagne.

— J'y vais aussi ! s'écria Elise.

— Non ! trancha Jean en frappant son écu du poing.

Elise en resta bouche bée. Elle contempla Jean d'un œil navré et suppliant. Le jeune homme demeura ferme. Elise se sentit abandonnée. Elle imagina les deux chevaliers emmenés sous bonne garde à Château-Vieux pour subir le supplice dans les geôles du donjon. Sa vue se brouilla ; elle se revit enfermée à la Maison Rouge avec d'autres femmes battues puis offertes aux vices de la clientèle. Qu'allait-elle devenir si ses protecteurs disparaissaient ? Quand Robert la prit par la main, elle pensait au suicide.

— Crois-tu que nous allons t'abandonner ? Crois-tu que la noble Aubeline te chassera de sa demeure si par malheur il nous arrivait quelque chose ? J'en ai longuement discuté avec Jean. Ici, tu es en sécurité, tu es considérée, tu es libre. Personne au village ne sait d'où tu viens : tout le monde croira que tu es une parente d'Aubeline. Quand cette page sera tournée, je t'emmènerai à Paneyrolle où chacun respectera ton corps et tes idées, et je réengagerai le maître qui avait appris à lire, à écrire et à jouer de la musique à ma pauvre épouse. Aubeline, ajouta le chevalier noir en s'adressant à la jeune femme, garde-la bien.

— Elle ne quittera pas mon ombre, je te le promets.

— C'est pour ton bien, comprends-tu ? dit Robert en caressant la joue mouillée de l'adolescente. Laisse-nous agir. Quand nous aurons fait triompher le droit, tu deviendras la reine de Paneyrolle.

Elise planta son regard désespéré dans le sien. Elle écoutait son propre cœur ; elle l'écoutait clamer son amour pour cet homme.

— Mais… je… je ne suis rien… Je n'ai pas de nom… pas de fortune. Personne ne me respectera…

— Depuis hier, intervint Aubeline, comme l'a laissé entendre Robert, j'ai une petite cousine du nom d'Elise d'Aups dont les parents ont péri durant la guerre contre les Catalans. Pour ta fortune, j'ai ma petite idée.

Aubeline lança un vague regard du côté de la Sainte-Baume, là où son père avait caché le trésor du Temple. Cette allusion ne fut pas du goût de Bérarde qui montra son mécontentement en grognant comme un ours.

— Tu auras aussi ta part d'héritage, ma Bérarde, continua Aubeline. A la condition que tu me ramènes ces deux-là vivants.

Elise voulut retirer sa main. Elle doutait du chevalier, elle doutait d'Aubeline d'Aups. Toute sa vie elle avait été trompée, malmenée ; Dieu seul savait si ces nobles étaient de parole.

— Je les approuve et je t'aiderai également à t'établir sur ces terres, dit Jean.

Il s'approcha d'Aubeline et lui déposa un baiser dans le cou. Elise fut saisie par cette tendre intention ; elle en oublia ses doutes. Jean venait de déclarer officiellement qu'il aimait Aubeline et la petite en fut transportée de joie. Elle abandonna sa main au chevalier noir. Ce dernier la pressa, la retourna et, à son tour, il déposa un baiser dans la paume ouverte. Elise était cramoisie.

— Aie confiance, Elise. Chevaliers nous sommes et nous te donnons notre parole : nous te protégerons, Elise d'Aups, et si Dieu le veut, un jour tu ajouteras « de Paneyrolle » à ton nom, nous te protégerons des barbares, nous te protégerons du dragon, nous protégerons ton honneur. Tu es désormais la demoiselle de la Tour et je porterai tes couleurs lors des tournois de Noël.

Non, Elise ne rêvait pas. Elle avait le visage en feu, les oreilles bourdonnantes. Ses mains tremblaient. Les larmes glissaient au coin de ses lèvres et elle goûtait le sel d'un bonheur absolu. Elle mourait d'envie de se jeter dans les bras de Robert et de rester là à jamais.

— Porte ce que j'ai de plus cher, ce sera ton bouclier, murmura-t-elle.

Elle défit une chaîne de cuivre de son cou. Trois petites croix de fer y pendaient. C'était tout ce qu'on avait trouvé près d'elle un soir de Pâques dans les chiffons qui l'emmaillotaient. Elle la lui passa autour du cou, Robert sut alors qu'elle était sa promise.

Quand ils partirent, Elise et Aubeline montèrent au sommet de l'une des deux tours de la bastide. Elles les virent traverser les sillons des champs, le bois du Latay, puis disparaître au creux d'un ravin. Elles cheminèrent en pensée avec eux. Quand Aubeline s'en alla aux écuries s'occuper des chevaux, Elise perdit confiance. Elle tendit alors la coupe de ses mains vers la Sainte-Baume. Il y avait là-haut sous la couronne froide de la brume l'esprit de Marie Madeleine. Elle l'appela. La sainte saurait veiller sur les deux chevaliers.

Aide nos chevaliers, sainte Marie Madeleine,
Que par tes pouvoirs ils ne craignent
[ni les terreurs de la nuit,
Ni la flèche qui vole au grand jour,
Ni la peste qui rôde dans le noir,
Ni le fléau qui frappe à midi.
Qu'il en tombe mille à leurs côtés,
Qu'il en tombe dix mille devant eux,
Qu'il tombe enfin Casteljaloux,
Mais que Jean et Robert restent hors d'atteinte.
Je te bénis, sainte Marie Madeleine...

Tout était calme aux abords de Signes quand Jean, Robert et Bérarde sortirent du ravin du Latay. La Burgonde huma l'air en fermant les yeux, puis elle leur fit comprendre qu'il n'y avait pas de danger à poursuivre leur chemin. Des Rigaudelles à Pracabat, la très riche plaine avait été retournée par les bêchards. Des centaines d'hommes étaient à l'ouvrage. Ils aéraient la terre. Par groupes de quatre, ils poussaient des charretées de pierres qu'ils allaient déverser sur les rives du torrent. Jean oublia qu'il était proscrit, qu'il avait passé trois ans à guerroyer. La lance lui parut soudain lourde au poignet. Il avait cherché la paix à Jérusalem et la paix s'offrait à présent à son regard.

Le cor sonna. Il jeta une longue note lugubre. Au donjon des Dames, les sentinelles venaient de les repérer. L'appel glissa sur la plaine, soulevant les têtes des sillons tandis que des profondeurs des maisons surgissaient femmes, vieillards et enfants.

— On ne risque rien, c'est la trêve.

Robert se rassurait avec le mot « trêve ». Il l'avait prononcé une bonne vingtaine de fois depuis leur départ. Il perdait de sa valeur au fur et à mesure que les minutes s'écoulaient. Il n'en avait aucune pour la géante qui avait détaché sa hache de son dos et la laissait balancer au bout de son bras. Jean s'en inquiéta et demanda :

— Bérarde n'a pas l'air de ton avis. Comme sais-tu qu'elle sera respectée ?

— La rompre constituerait un crime ; les dames l'ont établie, Bertrand de Signes l'a ratifiée sur un parchemin déposé dans l'église Saint-Pierre. Qui oserait s'opposer au comte et à la comtesse du fief ?

— Dis-moi, depuis combien de temps n'es-tu pas venu au village ?

— Mais c'est la première fois que je m'y rends ! Il y a huit ans j'ai tué un neveu de Bertrand en combat singulier au pont du Diable. Le comte ne m'a pas fait arrêter car il y avait des témoins. J'ai toujours battu mes adversaires sans leur ôter à tous la vie, loin de là. Ces victoires ont bâti ma légende mais je ne suis pas en odeur de sainteté dans le coin, aussi dois-je me rendre avec mes paysans à Cuges, à Gémenos et Aubagne pour acheter du sel et vendre de la chaux, de l'huile d'olive et du marbre que nous produisons en quantité. Ha, ha ! Il court même le bruit que je sers les sorcières de Signes la Noire.

Jean était abasourdi par ce qu'il venait d'entendre. Un picotement le parcourut, signe avant-coureur des pires ennuis. Le mot « trêve » ne pesa plus rien dans sa tête. Il en était banni. Le poids de la lance se révéla rassurant. Il le fut d'autant plus que les paysans accouraient avec fourches et faux. Les drôles les accompagnèrent jusqu'à l'entrée ouest du village sans se montrer menaçants.

Les deux chevaliers pénétrèrent dans la rue de Marseille bordée de constructions neuves grouillantes d'habitants. Leur passage souleva un murmure de crainte et d'admiration mêlées. Le terrible chevalier de Paneyrolle fut immédiatement reconnu ; il y avait ceux qui l'avaient vu, gardant son pont maudit ; ceux qui entretenaient leurs peurs en écoutant les aventures de ce noir personnage aux veillées. Un nombre plus réduit se félicitait de ses exploits. Par sa présence, il rabattait la superbe des chevaliers du fief qui tremblaient à l'idée de l'affronter, et il tenait tête au comte enlisé dans ses bondieuseries et ses actes de contrition.

— Le messager des sorcières, souffla une femme.

— L'envoyé du diable, murmura quelqu'un.

— Le dernier des hommes libres…

Sur son destrier moreau, son habit de mailles couvert par un camail noir, le visage dissimulé sous le heaume d'acier sombre, il les pétrifiait. Celui qui l'accompagnait n'en paraissait pas moins terrible avec les triples flammes sur son écu. Ces deux hommes sortaient de l'enfer, admit une majorité de Signois. Ils ne pouvaient leur associer Bérarde connue pour sa grande loyauté envers les dames. Pourquoi accompagnait-elle ces scélérats ?

Un enfant se mit à pleurer en voyant la gueule de loup rouge peinte sur le bouclier de Robert. Des gens se signèrent, d'autres poussèrent les femmes enceintes à l'intérieur des maisons. Ils avaient peur du mauvais œil des deux intrus ; les enfants risquaient de naître difformes, porteurs de tares qui les condamneraient à l'enfermement, à l'exil, à la mort par noyade dès leur premier cri.

— *Aquel home es tout mal-an*, il est le soldat du diable !

— Oui, cet homme est tout malheur, répéta l'épouse d'un tonnelier en le défiant du regard. C'est un damné !

La rumeur de malédiction, de diablerie et de mort s'enfla. Les voix montaient, se brisaient sur les façades ; un écho naquit et se répercuta de rue en rue, s'élevant à l'assaut de la colline où était bâti le château des dames. Les Signois s'enhardissaient peu à peu. Ils finirent par lancer des jurons pour allumer l'incendie. Un tanneur qui brandissait son couteau à écorcher cria :

— Le chevalier d'Agnis est avec ce démon !

Le brouhaha et les criailleries se prolongèrent quelques instants avant de s'achever dans un sanglot collectif. Les gorges s'étaient serrées en même temps. C'était bien la croix surgissant d'un bouquet de flammes sur l'écu du compagnon de Paneyrolle. Il y avait une forte prime offerte pour sa capture. De l'or... On entendait sonner les sabots des deux montures. Hercule reniflait et percevait l'hostilité de la foule ; ses oreilles pivotaient. Il détectait les mauvaises intentions que son maître ne semblait pas craindre. Mais il n'y avait pas que de la méchanceté. Les hommes étaient partagés ; il y avait ceux qui serraient les poings sur leurs outils, ceux qui avaient envie de s'engager à ses côtés contre le chevalier d'Aquitaine, et ceux enfin qui étaient tentés de se réfugier dans la chapelle Saint-Jean toute proche.

Un moine de Montrieux fendit la foule et se campa face aux chevaliers. Son regard brûlait d'une passion mystique. En découvrant ce faciès ascétique de prédicateur, Jean sut immédiatement que les ennuis commençaient. Bérarde se fit plus menaçante ; sa hache fendait l'air méthodiquement et, à la vue de cette arme de bourreau qui paraissait animée d'une vie propre, beaucoup reculaient en désordre en se rappelant que la géante et la fille du templier avaient tué la Bête. Le moine leva les bras et prit les villageois à témoin :

— Signois, prenez garde au Malin ! Il est embusqué partout ! Je le vois traînant ses sabots et sa fourche derrière ces deux hommes.

— Place, moine ! ordonna Robert.

Les villageois reculèrent. Pas le monial. Il y avait toujours la même foi ardente au fond de ses pupilles.

— Voyez, bonnes gens, comme il vous guette à travers les fentes de leurs casques ! Qui nous dit qu'il y a des visages d'homme derrière ces masques de fer ? Et que fait cette muette avec eux ? Le Malin est parmi nous ! Toutes ses ruses sont tendues, toutes ses perfidies préparées ! Je vous le dis, mes amis, si vous laissez ceux-là monter à la cour d'amour, de grands malheurs s'abattront sur Signes, la grêle ravagera vos champs, les loups dévoreront vos troupeaux, la peste et le choléra achèveront le désastre et vous serez précipités dans les flammes de l'enfer pour l'éternité !

Exalté par son discours, le moine commit l'imprudence de saisir brusquement Hercule par la bride. Le cheval de bataille entraîné à défendre son maître le mordit cruellement au bras.

— Démon ! Démon ! hurla le religieux en bondissant en arrière.

— Démon toi-même ! répliqua Jean. Jusqu'à ce jour, mon destrier n'avait mordu que des Sarrasins et des Turcs. Passons ! jeta-t-il à Robert.

— Prenons la traverse, répondit calmement Robert.

Un passage courait entre les maisons. Un raidillon aux larges marches menait directement au château des dames. Mais là encore les masures plus anciennes qui le flanquaient avaient déversé des chapelets de curieux qui barraient le chemin. Bérarde prit la tête du trio et poussa des grognements. La géante était effrayante. La masse se sépara en deux vagues. Derrière les chevaliers, le moine au bras saignant appelait à la vengeance.

— Sacrilège ! Sacrilège ! Maudits ! A moi les Signois ! Sus à ces pécheurs ! Qu'attendez-vous ? Ils sont trois et vous êtes mille !

Il se baissa, ramassa une pierre et montra l'exemple en la lançant sur Robert. Le projectile manqua sa cible, mais fit son effet. Un grand tumulte monta et ébranla les rues. Le flot s'élança à la poursuite des chevaliers et de Bérarde qui houspillaient leurs coursiers. Coutelas, marteaux, serpettes, bêches et battoirs s'élevèrent au-dessus des têtes. Les enfants cherchaient des pierres, les femmes poussaient des hurlements.

— Place ! Place ! criaient Jean et Robert tandis que Bérarde n'hésitait pas à donner de violents coups de pied à ceux qui s'approchaient d'elle.

— Bérarde ! lança Jean. Pour l'amour de Dieu, ne verse pas de sang ou nous sommes perdus.

Ils ne voulaient pas se servir de leurs armes, ils laissaient faire les chevaux. Les bêtes bousculaient les téméraires ; elles forçaient sur leurs jarrets, grimpant de plus en plus vite.

Au bout du raidillon se dressait une muraille fortifiée. Les dames se tenaient derrières ses créneaux. Elles observaient, ébahies et inquiètes, Bérarde et les deux chevaliers poursuivis par la meute des villageois. A leurs côtés, les vieux archers tendaient les cordes de leurs arcs. Stéphanie s'était emparée de son épée dès la sonnerie du cor. Puis, en entendant les clameurs, elle avait exigé que toutes les dames et les demoiselles s'arment. Bertrane tenait une large et lourde épée mais elle se sentait incapable d'en user.

— Le chevalier noir du pont du Diable ! s'écria un garde en voyant la tête rouge du loup.

L'égarement passa dans les regards. Les dames contemplèrent le chevalier maudit. Il jaillissait d'ailleurs ; il venait ravir leurs âmes ; il fouettait son formidable destrier avec la hampe de la lance. Le soleil n'avait pas de prise sur cette sombre apparition. Tous les archers ajustèrent la pointe de leurs dards sur les deux hommes en pestant contre Bérarde qui caracolait au-devant d'eux. Ils s'apprêtaient à tirer sur ordre quand Alalète d'Ongle s'exclama :

— Le chevalier d'Agnis est avec lui !

C'était lui, c'était son blason, c'était Jean, c'était le félon tant décrié par Casteljaloux. Bérarde arrêta sa monture au pied de la muraille et communiqua par signes avec Bertrane, Stéphanie et Alix, les seules à comprendre le langage de la muette.

— Ils viennent en paix. N'oubliez pas que la trêve est proclamée. Il déplairait au Christ de voir mourir des hommes à la veille de Noël.

— Que dit cette Barbare ? demanda Delphine de Dye qui ne savait pas encore comment exploiter cette situation à son profit.

Alix Gonter de Dardanus lui traduisit le message de la géante. Delphine haussa les épaules ; elle ne respecterait pas la trêve si les événements se précipitaient. Elle avait passé un accord secret avec Hugon des Baux et les sorcières de Signes la Noire la servaient fidèlement en préparant des poisons et en adressant des incantations aux forces infernales en sa faveur. La vieille femme était prête à tous les compromis pour s'emparer du pouvoir à la cour d'amour. Elle prit soudain le parti de ne pas lier son destin à ces deux bravaches qui ne représentaient pas grand-chose sur l'échiquier politique : un renégat et un bandit. Depuis des semaines, la comtesse faisait tout pour se rendre agréable auprès de Casteljaloux ; elle espérait la reconnaissance de la reine Eléonore. Elle avait même pris l'initiative d'offrir une prime supplémentaire pour tout renseignement concernant le chevalier d'Agnis. A présent, on tenait ce chien, ce n'était pas le moment de détruire le travail accompli. Il fallait les larder de traits, couper leurs têtes et emporter leurs dépouilles à Château-Vieux.

Jean d'Agnis ! Le cœur de Bertrane s'arrêta de battre. Elle vit soudain les bras tendus des archers, les flèches menaçantes. Elle cria :

— C'est la trêve ! Baissez vos armes !

— Tu es devenue folle ! lança Delphine. Tuez-les !

Les archers hésitaient. Ils baissèrent leurs arcs quand ils croisèrent le regard impérieux de la dame au cygne. Bertrane n'admettait pas qu'on discute ses ordres, elle le fit sentir à Delphine qui ravala sa bile et se mit en retrait. Bertrane lança un appel au calme :

— Mes amis, nous n'avons aucune raison d'user de la force en cette période de Noël. La trêve est sacrée. Nous l'avons décrétée à l'unanimité avec mon époux et tous les nobles du fief réunis dans l'église Saint-Pierre. Nous l'avons fait en toute conscience devant la Croix.

Sa voix était forte et déterminée. Elle s'adressait également aux chevaliers et aux Signois rassemblés.

Elle laissa tomber l'épée et décida de sortir du château ; elle irait dignement et sans crainte à la rencontre de la tempête. Stéphanie désirait l'accompagner ; elle refusa la présence de la comtesse des Baux, toujours prompte à en venir aux armes.

— Laisse-moi y aller seule. C'est de paix et d'amour qu'il s'agit. Apaiser les cœurs et les esprits est ce que je sais faire de mieux. Demeure auprès de nos sœurs et ne quitte pas Delphine d'un cheveu. J'ai peur que cette femme rongée par l'ambition ne nous cause de sérieux ennuis.

— N'aie crainte, je l'aurai à l'œil.

32

Bertrane parut au pied de la muraille et échangea quelques paroles avec Bérarde. La Burgonde descendit de cheval et se plaça à sa droite après avoir détaché sa rondache de la selle.

— Mon bouclier te protégera et ma hache les tiendra à distance, fit-elle.

Bertrane lui adressa un sourire bienveillant. Derrière les chevaliers, la foule en bout de course s'était rassemblée et figée. A la vue de la comtesse, grognements et cris de haine cessèrent.

— La dame ! La dame ! La dame !

Le titre roulait de bouche en bouche. L'apparition de la Vierge aurait eu le même effet. Les Signois la respectaient tant qu'ils eurent honte quand elle lança :

— La trêve ne peut être rompue lorsque l'étoile sainte est en route pour Bethléem. Et je vois là des êtres emplis de haine ! Et j'entends battre les mauvais cœurs ! Lequel d'entre vous veut faire de la peine à Jésus ?... Qu'il s'avance !

On s'évertuait à cacher les armes de fortune ; on lâchait les pierres ; on regardait son voisin ; on se mit à chercher le coupable de toute cette agitation. Il y eut un murmure et on se sépara en une double haie pour mieux le désigner : le moine.

Lui n'avait pas lâché sa pierre. Il la serrait dans son poing valide. Elle était coupante et dure, pareille à son visage osseux et hargneux. La douleur de son bras entretenait sa rancœur. Il essaya de lutter avec l'esprit de Bertrane, mais sa volonté n'était pas de taille. La dame le contemplait sans indulgence. Il sentit la force qui se dégageait de ce regard noir et pur, et fut contraint d'abandonner. Il poussa un cri de rage et jeta sa pierre contre le mur du château avant de s'enfuir.

Pendant ce temps, Jean s'inquiétait pour la jeune comtesse malgré la présence de Bérarde. Il se méfiait de la réaction des populaces. Les Signois devaient être aussi versatiles que les peuplades de Palestine. Il avait assisté à des retournements spectaculaires, à des révoltes spontanées, à des bousculades sanglantes au cœur même des lieux saints. Cette femme s'exposait dangereusement et il louait le courage dont elle faisait preuve. Bertrane sourit aux chevaliers.

— Pardonnez-leur, messires ; ils se sont laissé emporter, mais cela ne se reproduira plus : vous êtes sous ma protection.

C'était bien la première fois qu'une femme leur garantissait la vie. Et quelle femme ! Robert la croyait descendue du ciel ; il y avait sûrement une cohorte d'anges cachée quelque part prête à fondre sur Signes. Elle était bien plus belle que ce qu'en disaient les paysans et les voyageurs. Jean partageait cet avis en silence. S'il n'avait eu le cœur pris par Aubeline, il se serait fait homme lige de cette comtesse. On ne pouvait qu'être captivé par sa présence.

Elle portait un cercle d'or sur la tête. C'était son seul bijou. Cet or et sa double robe de laine blanche au col et aux manchettes couverts d'une fourrure argentée s'accordaient avec sa beauté éclatante. Dieu l'avait voulu ainsi, la nature l'avait dotée d'une grâce incomparable. Le heaume permettait toutes les indiscrétions. Par les fentes étroites que l'outil d'un armurier avait ouvertes au niveau de ses yeux, Jean laissa couler son regard sur Bertrane, l'enveloppa d'une caresse. Elle vint d'abord vers lui, flatta Hercule de la main. Le cheval ne broncha pas, mais Jean sentit le frémissement de ses muscles. L'animal éprouvait du plaisir ; la peau de l'humaine avait une odeur rassurante de plantes apaisantes et ses vêtements sentaient la lavande.

— Est-ce que nos célèbres visiteurs ont un visage ? s'enquit-elle en regardant intensément Jean.

Penchées au-dessus des créneaux, les femmes de la cour retenaient leur souffle. L'instant était crucial. Elles craignaient aussi pour Bertrane : leur inquiétude n'était pas due à la foule des paysans et des artisans, mais à la présence du chevalier noir dont la réputation n'était plus à faire. De plus, il y avait ce Jean d'Agnis ; pouvait-on faire confiance à un homme qui avait enlevé la reine de France ? Et la muette, que faisait-elle avec eux ? Aubeline d'Aups n'aurait jamais permis à son amie d'escorter ces deux drôles sans raison. Et ce n'était pas dans les habitudes de la fille du templier de laisser Bérarde affronter seule le danger. Des tas de questions leur traversaient l'esprit et elles montraient des signes de nervosité. Seule Delphine de Dye demeurait calme, ruminant sa vengeance. La vieille chouette profita de la diversion provoquée par la hardiesse de Bertrane pour s'éclipser, laissant ces idiotes qui ne savaient pas à qui se vouer. Jausserande était absente ; Stéphanie restait en retrait ; elle dissimulait un arc dans lequel elle avait encoché une flèche barbelée.

La tension monta. Les chevaliers plantèrent leur lance dans le sol et descendirent de cheval. Ils posèrent leur écu et portèrent les mains à leur heaume.

Le métal était froid sous ses doigts ; Jean retira lentement le casque qui le séparait de la réalité. Quand son visage fut à nu, Bertrane ne put s'empêcher de hoqueter de surprise. Sa poitrine se gonfla.

Le chevalier ressemblait aux preux des poèmes et des légendes. Son front était haut, ses cheveux longs légèrement bouclés encadraient un visage aux traits bien dessinés et volontaires, le regard brun pétillait d'intelligence et de franchise, la bouche à la lèvre inférieure renflée trahissait une sensualité animale. Son sang se souleva en une vague qui la roula dans des délices charnelles.

— Je viens demander justice pour mon ami, dit Robert.

L'intervention du chevalier de Paneyrolle tira Bertrane d'embarras. Elle fit face à ce dernier. Elle s'attendait à voir un monstre. Elle fut surprise. Le guerrier, aussi roux que Jausserande, était viril, d'une beauté tourmentée, mais il y avait quelque chose de joyeux dans le vert profond de ses yeux. Elle ne pouvait pas savoir qu'une demoiselle prénommée Elise occupait déjà ses pensées.

— Il ne m'appartient pas de défendre les intérêts du chevalier d'Agnis, répondit-elle. Cependant j'ai le pouvoir de le protéger tant qu'il demeurera sur ce comté et que durera la trêve.

— Et quand la trêve s'achèvera ? demanda Robert.

— Mon époux décidera de son sort. Peut-être consentira-t-il aux dames de cette cour de le juger en toute équité... C'est ce que je souhaite de tout mon cœur.

— Que me reproche-t-on ? s'enquit Jean en haussant le ton.

— D'avoir enlevé la reine de France à Antioche.

— Mais j'ai agi sur l'ordre du roi Louis ! s'écria-t-il.

— Tais-toi, ce n'est pas le moment de te justifier ! Suivez-moi, chevaliers.

Delphine exultait. L'espion chargé de suivre les faits et gestes de Casteljaloux l'avait renseignée. Le chevalier d'Aquitaine n'était pas à Château-Vieux. Malgré son grand âge et ses rhumatismes, elle montait encore bien. Son cheval avala au galop la demi-lieue qui la séparait de son but. La joie la rendait héroïque. Un fossé entravait sa course ? Un tronc barrait sa trajectoire ? Un ruisseau coupait son chemin ? Elle les sautait. Pour gagner du temps, elle avait choisi la ligne droite. Un vieux moulin fortifié enjambait le Gapeau non loin de la léproserie de Beaupré. Il lui apparut soudain alors qu'elle passait en force à travers un bosquet de genêts.

Un jeune homme accroupi au bord de la rivière essayait d'attraper des truites à la main. Il se releva brusquement quand il la vit débouler. Delphine méprisait ce gringalet d'Ancelin. Elle estimait que le sire de Casteljaloux était bien mal secondé.

— Que viens-tu faire ici ? cria l'écuyer qui ne portait guère dans son cœur cette mégère ridée.

— Où est ton maître ?

Elle fit cabrer son cheval et sauta à terre. Elle se sentait des jambes de vingt ans.

— Il est très occupé...

Ancelin paraissait gêné.

— Cela ne peut attendre ! répliqua-t-elle en dépassant le jeune niais. Je suppose qu'il est là-dedans.

Ancelin ne répondit pas. Delphine se dirigea d'un pas décidé vers le moulin désaffecté où le chevalier d'Aquitaine s'était rendu. Ce bien appartenait à un lointain parent de Jausserande de Claustral, mais à sa connaissance, il n'était pas habité. Quel intérêt y trouvait Casteljaloux ? Elle eut un mauvais pressentiment. Le moulin était à quelques centaines de toises du vaste domaine des sorcières de Signes la Noire. Le chevalier complotait-il avec les jeteuses de sorts ? Derrière son dos ? Elle réprima un frisson. Les sorcières étaient ses amies, elle les achetait avec de l'or et des présents. Cette pensée la rassura un peu. Casteljaloux était moins riche qu'elle.

Une main la saisit à l'épaule et la força à s'arrêter.

— Je te dis qu'il est très occupé ! Personne ne peut le déranger !

Delphine étouffa un juron. Cet Ancelin, ce maraud impudent et grossier osait la toucher. Elle se dégagea. Il la devança et s'interposa bras en croix pour lui barrer le passage. Elle dégaina la courte dague qu'elle cachait sous sa pelisse d'ours. La lame était empoisonnée. Elle n'eut pas le temps de frapper. Ancelin lui avait saisi le poignet ; il le tordit et la désarma. Delphine riposta de sa main gauche, lui assénant une violente gifle. Puis elle l'écarta d'un coup d'épaule.

— Je ne veux plus te voir, lui dit-elle en poursuivant son chemin.

Déconfit et désemparé, Ancelin la vit soulever le loquet de la porte.

Tu es trop en colère, ma fille, calme-toi, se dit Delphine en pénétrant dans la bâtisse enfumée où de grosses poutres de chêne soutenaient le plancher supérieur.

L'œil de la comtesse alla de l'antique *trapetum* aux meules figées dans des toiles d'araignée. Le sol était constellé de fientes. Dans un coin, un grand coffre vermoulu mêlait la sciure de son bois à un tas de noyaux grisâtres. Il y avait au moins cent ans que l'endroit ne servait plus à broyer les olives ; quant à la cheminée bâtie comme une borie archaïque, on avait oublié de nettoyer le conduit au-dessus de l'âtre. Elle crachait un nuage épais qui lui piquait la gorge. La fumée trouvait malgré tout son chemin en suivant un courant d'air provoqué par l'ouverture d'une trappe au plafond. Quelle idée d'allumer un feu dans un taudis pareil ! se dit Delphine. Plus que jamais se posait la question de la présence de Casteljaloux dans ce moulin.

Elle dressa la tête. Le chevalier d'Aquitaine était sûrement là-haut. Avec qui ? Delphine hésita, mais sa curiosité était trop forte, et il était impératif qu'il apprenne l'arrivée de Jean d'Agnis. Elle se dirigea vers l'échelle qui menait à la trappe et empoigna les barreaux. Elle n'entendait rien si ce n'était le feu crépiter. Peut-être le sire dormait-il ? Elle passa la tête par la trappe. La pièce supérieure baignait dans un brouillard âcre et la pénombre régnait. Un autre feu avait été allumé, il rougeoyait dans un angle. Tout d'abord, elle ne vit que la danse des flammes, puis elle remarqua quelque chose qui bougeait. Delphine émergea complètement et s'avança. Ses yeux s'agrandirent et elle se figea sur place, n'osant plus respirer.

Le sire d'Aquitaine était à moitié allongé sur une femme dont elle ne distinguait pas le visage. Il allait et venait lentement entre les cuisses largement ouvertes. Des mains délicates aux doigts bagués faisaient pression sur ses épaules puissantes. Delphine était fascinée. A chaque enfoncement, les omoplates saillaient, les muscles se gonflaient sous la peau. La sueur perlait le long de la colonne vertébrale, le cul se durcissait et Edmond poussait de légers gémissements auxquels répondaient ceux de l'inconnue.

Une bouffée de chaleur monta au visage de Delphine. Elle n'avait pas oublié le temps béni où elle se livrait aux hommes qu'elle aimait. Elle possédait le tempérament de la reine Eléonore... Elle avait encore la possibilité de quitter cet endroit. Mais aiguillonnée par l'impérieuse nécessité de sa mission, elle resta.

Ces deux-là allaient en finir. Dans son souvenir, l'acte ne durait jamais bien longtemps. Elle crut l'instant arrivé : les jambes blanches se nouèrent autour des reins de Casteljaloux, la femme haletait et poussait de petits cris. Elle sentit elle-même du désir dans son ventre. Son pouls s'accélérait. Elle s'imaginait à la place de la femelle pilonnée par le chevalier.

— Plus fort ! Plus vite ! exigea la femme en griffant le dos d'Edmond.

Quand elle reconnut cette voix, Delphine crut qu'elle allait défaillir. La rage et la jalousie l'emportèrent sur sa faiblesse.

— Jausserande ! s'écria-t-elle.

Le couple s'immobilisa. Casteljaloux s'écarta de sa maîtresse. Dans un bruit d'étoffes et de lourdes chaussures, Delphine, haletante, se rapprocha d'eux, foudroyant du regard la jeune Claustral qui ne cachait pas sa fureur.

— Que fais-tu ici ? aboya Jausserande en bondissant sur ses pieds. Tu vas me répondre, vieille truie ?

Delphine la gifla.

— Du respect, petite putain !

Elle y avait mis de la force. La jeune femme chancela et recula, muette de stupeur. La question Claustral réglée, la comtesse de Dye se tourna vers le chevalier qui avait promptement enfilé ses braies.

— C'est ainsi que tu passes ton temps ? demanda-t-elle en le toisant.

Son regard resta appuyé sur la bosse que dessinait le sexe. Cette insistance ne gêna pas Edmond : il avait été élevé par un père paillard et une mère lubrique qui, le jour de ses treize ans, lui avaient offert une nuit avec une courtisane de Bordeaux. L'irruption de cette grande femme sèche et ridée ne l'indisposait guère. Elle avait toujours été de son côté depuis son arrivée à Signes. Mais il n'aimait pas qu'on empiète sur son espace vital. Et Delphine de Dye occupait une sacrée place dans ce nid d'amour. Elle se tenait face à lui dans son grand manteau à poils fauves, ses longues tresses blanches baguées de bronze, dégageant l'odeur presque écœurante de l'ail dont elle se gavait à chaque repas et celle d'une essence de jasmin répandue sur sa peau.

— Tu me fais donc espionner, dit-il avec calme.

Ce n'était pas une question. Il avait ses propres sources. Des manants du village le renseignaient pour quelques piécettes de cuivre. Il la jaugea. Si elle n'avait pas été la puissante dame de Dye, cousine du baron de Digne, Pierre Ismidon, et marraine de l'évêque de Vaison, Béranger de Mornas, il l'aurait fichue dehors à coups de pied au cul, voire étranglée et jetée dans le Gapeau.

Delphine la finaude fit semblant de croire qu'il lui demandait des comptes.

— T'espionner ! Moi ? Je n'ai que faire de tes escapades avec cette traînée !

— Mesure tes paroles ! intervint Jausserande remise de ses émotions. Tu ne vaux pas mieux que moi ! Sans les sorcières de Signes la Noire, tu serais morte de la vérole.

Delphine se précipita sur elle. Jausserande lui bloqua les mains, la faisant plier. Edmond les sépara brutalement.

— Suffit, vous deux !

Puis, s'adressant à la vieille femme courroucée, il gronda :

— Dis ce que tu as à dire et va-t'en !

— Je suis venue en amie. Un événement considérable vient de se produire. Un événement que tu attendais avec impatience.

— Jean d'Agnis est là ? en déduisit Casteljaloux.

— Oui, le chevalier d'Agnis est à la cour d'amour sous la protection de Bertrane.

Son sang ne faisant qu'un tour, Edmond se mit à hurler :

— Ancelin ! Ancelin !

Il se précipita à la fenêtre dont il repoussa le gros volet d'un coup de poing.

— Nom de Dieu ! Foutre ! Ancelin !

L'écuyer se montra.

— Amène les chevaux ! lui ordonna le sire d'Aquitaine.

Edmond ne voyait plus les deux femmes ; il ne s'en souciait plus ; elles pouvaient se déchirer, il ne s'en mêlerait plus. Il s'habilla à la hâte, ceignit son épée et son poignard. La nouvelle avait frappé Jausserande de stupeur ; elle ne parvenait pas à réagir. Ce fut la jubilation mal contenue de Delphine qui la poussa à intervenir :

— C'est la trêve de Noël ! Tu ne peux te battre contre qui que ce soit sur le territoire de Signes, sauf en tout honneur pendant les jours du tournoi. Renonce !

— C'est son devoir de chrétien, dit Delphine.

— Edmond, je t'en supplie ! Ne romps pas la trêve !

Jausserande parlait dans le vide. Delphine eut le dernier mot.

— Tue ce chien, mon brave, et je préparerai moi-même les huiles pour conserver sa tête que tu apporteras à notre reine bien-aimée. Ne te soucie pas de la trêve. Dieu te pardonnera.

Jausserande regarda la comtesse avec horreur. La dame de Dye était abîme et ténèbres, irradiant des forces mauvaises que lui auraient enviées les sorcières.

Edmond n'eut pas un coup d'œil pour sa jeune maîtresse. Il sortit du moulin avec la ferme intention de rapporter la tête du félon à Eléonore. Il en éprouvait une sorte de vertige comme s'il n'avait pas mangé depuis la veille. Il avait faim de combat, soif de sang. Jean d'Agnis n'était plus un fantôme obsédant, mais un être de chair qu'il allait percer de son épée sans plus tarder.

— Notre homme est de retour ! dit-il simplement à Ancelin qui l'attendait avec les chevaux.

L'écuyer n'éprouva pas la joie de son chevalier. Il pensa à la trêve. Que dire, que faire ? Il était impossible de raisonner un Casteljaloux. Il songea avec tristesse à demoiselle Alix. Il ne s'était pas déclaré. Tout était perdu. Et l'amour. Et l'honneur. Edmond l'entraînait vers un noir destin.

Jean et Robert n'étaient plus sur terre. On leur avait ouvert une porte de l'Eden. Par la volonté des dizaines de fées qui peuplaient ce château, des centaines de cierges et de lampes avaient été allumés dans les couloirs et les salles. Sous ce scintillement, les pierres et les statues paraissaient vivantes. Frôlés par les robes, enivrés par les parfums, charmés par les luths et les harpes, les deux chevaliers se laissèrent conduire jusqu'à la vaste pièce ronde d'un donjon percé d'archères couvertes de pâte de verre. Ils allaient d'étonnement en étonnement. Les murs parlaient d'amour. Ici des lettres d'or s'étalaient sur un bandeau de marbre blanc : *N'a pas de saveur ce que l'amant prend de force à l'autre amant.* Là elles brillaient dans une niche où avaient été déposés un rameau d'olivier et des tiges de bruyère : *Il ne convient pas d'aimer celle qu'on aurait honte de désirer en mariage.* La bruyère exaltait les sentiments d'amour, mais Jean ignorait tout des symboles chers aux femmes de Provence. Pas Robert. Sa jeune et regrettée épouse lui avait enseigné ces choses.

Elise les apprendra, pensa-t-il. Pour plaire à sa jeune amoureuse, il embellirait la tour de Paneyrolle.

Robert clignait des yeux. Tout était trop beau. Il n'avait pas l'expérience orientale d'un Jean qui avait vu des merveilles à Byzance, à Antioche et à Tripoli. Sa tour était un taudis en comparaison de ce château. L'hiver, l'humidité suintait à travers les pierres disjointes, les rats n'hésitaient pas à prendre leurs quartiers dans les cuisines, les feux de cheminée ravivaient des odeurs d'urine. Le donjon des Dames offrait un confort inouï. Une épaisse couche de chaux le purifiait des caves au grenier. Des tentures de cuir, de solides portes et des peaux de bête l'isolaient du froid et de l'humidité.

Ils parvinrent dans une salle où d'antiques statues païennes dévoilaient leur nudité. Le long des murs, des bannières déployaient les armes de Stéphanie, d'Adalarie, d'Alalète, d'Hermissende, de Bertrane, de Mabille, de Delphine, de Rostangue et de Jausserande, mais c'était le cygne d'or sur fond blanc de Bertrane de Signes qui l'emportait par sa taille et sa magnificence sur les étoiles, les cœurs, les roses et les licornes. La lueur des flammes animait l'œil de l'oiseau où des doigts habiles avaient cousu des éclats de diamants et de saphirs.

— Vous êtes ici chez vous, dit Bertrane. Bérarde, tu peux nous laisser à présent. Rassure Aubeline. Dis-lui que les chevaliers sont sous ma protection.

La géante obtempéra de mauvaise grâce. Elle ne doutait pas des paroles de la comtesse, mais elle aurait préféré protéger les deux chevaliers avec sa hache.

— Comme tu voudras, fit-elle avant de tourner les talons.

Bertrane prit la main de Jean pour le guider vers un fauteuil tandis que Stéphanie s'emparait de celle de Robert. Aussitôt de jeunes servantes retirèrent les bottes des chevaliers.

Jean n'avait jamais été aussi choyé. Les deux demoiselles agenouillées enlevèrent le bas de ses chausses et recouvrirent ses pieds de linges chauds et parfumés. Cependant, il n'appréciait pas ces délicatesses. Bertrane le contemplait intensément et ce regard le mettait mal à l'aise. Il envia Robert qui souriait et s'abandonnait aux mains des servantes peu farouches.

Dans la tête de Bertrane, c'était le chaos. Elle vivait des instants d'impardonnable faiblesse. Mabille d'Yères et Alix Gonter de Dardanus s'étaient aperçues du changement qui s'était opéré chez leur amie. Quand Mabille se pencha pour signaler le fait à Adalarie, Bertrane rompit le charme en demandant qu'on serve du vin chaud et qu'on apporte des pâtisseries.

Je ne peux l'aimer, se disait-elle, c'est impossible... Je ne le connais pas... Je suis folle... Mabille et Alix se sont rendu compte de quelque chose... Seigneur ! Si un tel bruit se répandait, Bertrand me ferait châtier... Que vais-je devenir ?

Jean remercia Alix qui lui apportait une coupe de vin chaud. Cette dernière l'observa d'un drôle d'œil. Etrangement, il ne se sentait pas en sécurité au milieu de toutes ces femmes habituées à comploter. Il eut une pensée très forte pour Aubeline. Il aurait donné beaucoup pour être entre les bras de la femme qu'il aimait. Il était ici pour rétablir son honneur et non pour se compromettre avec des dames en mal d'aventures.

— Je bois au retour de Jean d'Agnis ! dit Robert en levant sa propre coupe.

Les dames se joignirent à l'hommage. Elles ne craignaient plus le chevalier noir qui paraissait honnête homme et elles avaient de la sympathie pour ce Jean d'Agnis aux nobles traits. Ce beau chevalier avait enlevé la reine Eléonore ; il leur tardait d'en connaître tous les détails.

Jean quitta son siège et alla se placer au centre de la pièce, devenant la cible des femmes rassemblées sous les bannières. Les unes restaient sagement assises sur les banquettes, les autres s'étaient allongées sur les fourrures jonchant le sol. Plus de trente demoiselles au service des dames le dévisageaient. Dans leurs prunelles s'allumaient des passions, sur leurs lèvres se formaient des baisers. Elles buvaient du vin miellé dans de délicats gobelets d'argent et leurs bracelets cliquetaient lorsqu'elles trinquaient avec leurs voisines en se chuchotant des propos grivois. La statue de Vénus posée près de la grande cheminée lui parut bien plus sage que ces jeunes filles.

Jean se sentait mis à l'épreuve. L'instant aurait pu être délicieux ; il était loin des horreurs de la guerre. Il avait un auditoire acquis à sa cause, pourtant la menace n'avait jamais été aussi présente et il regretta le départ de Bérarde et ainsi que l'absence d'Aubeline. Il se mit à parler :

— Nobles dames et demoiselles, femmes et filles de Provence, comtesse Bertrane, je ne sais comment vous remercier de l'accueil que vous me faites. S'il est vrai que j'appartiens à une vieille famille de la Sainte-Baume, je ne suis cependant pas l'égal de votre seigneur Bertrand de Signes, ni même de Robert de Paneyrolle dont les riches terres s'étendent du pont du Diable à Riboux. J'arrive à vous avec mes peines, l'échec de la croisade et le fardeau d'une mauvaise renommée. J'espère que vous pardonnerez au soldat qui a défendu Jérusalem en combattant les infidèles. Je n'en suis pas sorti indemne, d'où je viens la mort avec sa faux ne fait grâce à personne, ainsi que les sujets, les rois elle moissonne. Je l'ai vue, j'ai senti son souffle sur moi, et elle a frappé bon nombre de mes courageux compagnons. Lorsque je me suis croisé à Marseille, nous étions deux cents ; moins de cent étaient encore en vie lorsque j'ai quitté la Terre sainte. Là-bas, j'ai chevauché dans la grande armée du roi de France et des régiments de l'empereur d'Allemagne à travers le pays du Christ, et j'ai cru que le temps était venu de me livrer au courant tumultueux de la foi initiée par le pape Urbain au siècle dernier, au souffle puissant des archanges qui m'entraînerait vers un monde de gloire, vers l'aube d'une paix universelle... La foi, nobles dames, ne vous pose pas de questions et ne vous demande pas votre accord, on la suit sans faillir jusqu'au moment où les hommes se chargent de vous la faire perdre. Cette guerre qu'on dit sainte n'a été que trahison, prévarication, malversation, simonie, péculat et j'en passe. Nous avons pactisé avec les ennemis de Dieu, nous nous sommes laissé berner par les marchands lombards et génois, faisant passer les intérêts commerciaux avant ceux de l'Eglise, et j'ai été pris au jeu des intrigues en croyant sauver l'honneur de la reine Eléonore et du roi Louis. La leçon que je tire de cette lutte tragique est une leçon d'humilité. L'expérience m'a prouvé que nous devons renouer avec les règles de la chevalerie et devenir des preux défendant les justes causes si nous ne voulons pas succomber aux forces du mal. Je cherchais à établir la paix par le fer au royaume de Dieu et je m'aperçois à présent que vous y êtes parvenues sans verser le sang. Ici tout est paix et amour. J'ai tout à apprendre de votre cour et si tu le veux, dame Bertrane, je servirai ta cause sous la bannière du cygne.

Bertrane et ses amies en furent toutes remuées. Ce n'était pas simplement une voix, mais un miracle. Jean avait subjugué son auditoire. Il avait parlé en provençal, mais la sonorité pure de chaque syllabe en faisait comme une langue nouvelle qu'elles entendaient pour la première fois. C'était la voix d'un paladin. La franchise qu'exprimait cette bouche ne pouvait être mise en doute. Il était de la race des Guigo et Geoffroy de Signes qui s'étaient illustrés en prenant Jérusalem et en rapportant de saintes reliques. Il était de la famille d'Agnis et quoi qu'il en dît, son sang était celui des guerriers ligures qui avaient tenu tête aux Romains durant des siècles. Agnis, le feu...

Ce feu couvait maintenant dans la plupart des esprits des femmes qui l'encerclaient. Toutes auraient voulu nouer leur ruban à sa lance, mais elles ignoraient qu'il avait choisi de porter les couleurs d'Aubeline d'Aups. Elles crurent cependant que son choix était fait quand il mit un genou en terre pour se mettre au service de la dame au cygne. Elles frémirent car il prenait des risques. Bertrand de Signes, qui refusait d'approcher son épouse, était d'une jalousie féroce.

— Tu combattras pour moi lors du tournoi de Noël, dit-elle.

— Je ne puis accepter, je me suis déjà engagé, répondit-il.

— Engagé !... Envers qui ?

— Aubeline d'Aups.

Aubeline d'Aups. La tête de Bertrane se mit à tourner. Tout s'effondrait et elle allait perdre conscience lorsque la porte s'ouvrit brutalement en claquant contre le mur.

— Jean d'Agnis !

Casteljaloux avait hurlé le nom du Signois. Il brandissait l'épée. Derrière lui, Delphine lançait un regard de méchanceté triomphale sur la touchante réunion de la pairie.

— Qu'on en finisse ! ordonna-t-elle au chevalier d'Aquitaine.

Edmond n'avait nul besoin d'être encouragé. Il haïssait l'homme qui avait insulté sa reine. Il courut vers Jean au milieu d'un envol de robes et de cris d'effroi. Jamais arme n'avait répandu le sang dans le sanctuaire de la cour d'amour. Bertrane était paralysée par l'horreur. Le vengeur bouscula Stéphanie et Alix qui cherchaient à s'interposer.

— Mordieu ! jura-t-il. Laissez-moi passer ! Cette affaire ne vous concerne en rien !

Il leva son épée et rencontra la lame de Robert.

— Mais cela me concerne ! s'exclama ce dernier. On ne touche pas à mes amis.

L'épée du chevalier noir était plus longue que celle de Casteljaloux, plus lourde de trois livres. Revenu de sa surprise, Jean dégaina à son tour. Ancelin vint soutenir son seigneur. Il allait y avoir mort d'homme. A cet instant, Bertrane s'interposa. Les épées se dressaient au-dessus d'elle mais elle n'avait pas peur. Elle ne permettrait pas à ces barbares de réduire à néant tous les efforts de paix et d'amour encouragés par la cour depuis des années. La violence était partout, elle la retrouvait continuellement sur son chemin, même à Signes. Le moine fanatique n'avait-il pas jeté une pierre sur le mur du château ? Elle défia tour à tour les bouillants adversaires qui crispaient leurs poings sur le manche des épées.

— Qu'attendez-vous pour abattre vos armes ? Mon sang sera le premier versé et vous le regretterez toute votre vie. Est-ce ainsi que vous respectez le droit à l'hospitalité, la charité chrétienne, les règles de la chevalerie ? Je m'adresse particulièrement à toi, Casteljaloux. Tu n'es pas digne de ton rang. Depuis Charlemagne, les Signois réfrènent leurs passions lors de la trêve de Noël. Mon époux et moi l'avons déclarée sacrée.

Elle s'adressa à nouveau à tous :

— Si vous voulez vous battre loyalement sans offenser le Seigneur, faites-le les jours de sainte Lucie et de sainte Odile, quand les trompettes des tournois appelleront les chevaliers à montrer leur vaillance.

Casteljaloux regimba.

— J'agis au nom de la reine !

— Ici, la reine, c'est moi ! La Provence, dois-je te le rappeler, n'est pas dépendante du royaume de France et encore moins du duché d'Aquitaine. Tu es ici parce que je le tolère, Edmond.

Le chevalier d'Aquitaine en fut interloqué. Lui, le grand capitaine, était traité comme un banal sujet. Sa colère tomba. A bien considérer la situation, Bertrane était bien la souveraine incontestée de cette région. La Provence était réellement indépendante et la question de la succession entre la maison de Barcelone et celle des Baux n'était pas réglée. Même Stéphanie, la plus élevée en rang, était inféodée à la dame de Signes chez qui elle s'était réfugiée. Il ne désirait pas se mettre à dos toutes ces femmes puissantes qui édictaient des codes et des lois. Delphine de Dye, son alliée du moment, ne suffisait pas à compenser son infériorité. Il devait se soumettre. Il laissa retomber son épée.

— Nous nous reverrons à la Sainte-Lucie, dit-il à Jean.

— A la Sainte-Lucie donc, répondit Jean. Dieu choisira Son champion.

Bertrane ne se faisait aucune illusion ; ces deux-là allaient s'affronter à mort. Elle se donnait les quelques jours qui la séparaient du tournoi pour trouver un compromis. Elle profita de la situation explosive pour dicter sa volonté.

— Etant donné les circonstances exceptionnelles, le chevalier Jean d'Agnis restera à la cour d'amour jusqu'à la fin des festivités de Noël. Nous le logerons dans la tour du Dragon.

Les dames s'y attendaient. Pourtant elles en eurent le souffle coupé. Pas même les troubadours Jaufré Rudel et Marcabrun n'avaient eu cet honneur. Mabille et Alix en étaient à présent convaincues : Bertrane venait de succomber au charme du chevalier d'Agnis. L'aspect sentimental de la situation échappait totalement à Delphine. Le fiel qui l'envahissait l'empêchait même de parler et on s'étonna qu'elle n'intervînt pas contre la décision de la dame de Signes. Puis il y eut cet effet de surprise, des paroles de Jean qui semèrent le trouble dans les esprits et anéantirent les espoirs de Bertrane.

— J’accepte volontiers de rester dans ces murs à la condition qu’Aubeline d’Aups, Bérarde et notre protégée Elise me rejoignent.

— Accordé, répondit Bertrane d’une voix sourde.

— Si tu le veux bien, je prendrai Elise sous mon aile. Dans la tour de Paneyrolle, elle ne courra aucun risque, dit Robert.

— Prends Elise avec toi et protège-la, répondit Jean.

— Merci, mon ami.

Là encore, Delphine n’en tira pas de conclusions ; elle jura tout bas qu’après les festivités et au cas où le chevalier s’en sortirait vivant, elle ferait appel aux services des sorcières.

Delphine de Dye était mûre pour vendre son âme au diable.

33

Les huit chevaliers français se méfiaient d'Hugon des Baux. Depuis leur dernière rencontre, ils l'avaient suivi de loin, évitant d'être au contact des bandes armées qui lui obéissaient. Liénard d'Ouches avait tenu à garder un œil sur le seigneur des Baux. « C'est un tordu, disait-il d'Hugon. Un fils qui veut la mort de sa mère est un scélérat... Ouais, il a parfois les yeux ponceau du diable, et j'ai pas envie de griller avec lui. »

Ses compagnons acquiesçaient bien qu'ils n'eussent pas hésité à tuer leur mère pour une bourse bien garnie. Chaque jour les confortait dans l'idée que le seigneur des Baux pouvait les trahir en les sacrifiant. Cet homme n'était pas humain. En ce moment même, des cohortes dépenaillées arborant l'étoile des Baux allaient et venaient d'un bout à l'autre des coteaux bordant la Durance, et se comportaient comme les Barbares burgondes et wisigoths des temps anciens. Leur maître leur autorisait tout. Au loin, Lourmarin et Cadenet brûlaient. Les fermes et les forêts brûlaient, le pont de Pertuis brûlait.

Il y eut un cri gigantesque quand les soudards brandirent leurs torches en l'honneur d'Hugon et de ses lieutenants qui apparurent au milieu de la troupe couverte de sang et de suie.

Le cheval d'Hugon piétinait des cadavres. Cette bête ressemblait bien à son maître, les chevaux normaux détestaient marcher sur les corps. Hugon estima qu'ils étaient un peu plus de cent cinquante hors de combat, tous affreusement mutilés.

— Qu'on les enterre avec les morts ! hurla-t-il aux hommes qui s'acharnaient sur les blessés avec des masses et des tranchelards.

Les soldats râlèrent. Creuser un trou pour cette racaille de Catalans leur paraissait inutile. Une longue et épuisante tâche alors que les chiens errants et les loups pouvaient se charger de bouffer cette viande. Cependant ils obéirent, de peur de subir le sort de leurs ennemis.

Contrairement à ce que croyaient les huit Français, Hugon avait l'âme lourde. Lourde de dégoût. Lourde d'inutiles tueries. Ces embuscades ne changeaient rien à l'issue de la guerre. Elles n'entamaient pas la puissance du comte de Barcelone. Sans une armée forte de dix mille soldats bien entraînés et une véritable cavalerie, il ne pouvait espérer vaincre Raymond Bérenger. Une vague d'incommensurable tristesse balaya le chaos de ses pensées quand il vit l'étoile des Baux souillée du sang des victimes. La bannière qui avait fait la gloire de ses ancêtres flottait au milieu des braillards. Il n'y avait pas un chevalier digne de ce nom parmi cette meute. La noblesse provençale ne le suivait plus ; il était servi par des bandes de truands de Montpellier, d'Avignon, de Marseille et par des mercenaires venus d'Allemagne et d'Italie. Il avait devant lui quatre cents charognards qui réclamaient le droit au pillage pour dépenser leur argent dans les bordels. Où qu'il portât son regard, il rencontrait les mêmes trognes stupides et sales. Cette fange, il la devait à sa mère et à Bertrane qui avaient choisi la reddition.

— Chiennes ! cria-t-il en éperonnant son cheval.

Ravage partit d'un trait, arrachant des armes et des casques aux corps étendus entre les vignes. Son maître ne le guidait pas mais il savait où se rendre.

— Sainte Marie ! s'exclama Liénard d'Ouches en le voyant venir droit vers la haie derrière laquelle il se dissimulait avec ses sept compagnons.

Ce juron ne lui seyait guère. Il tourna sa vilaine figure maigre vers Conan de Montfort. Le chevalier au sanglier semblait fasciné par le galop d'Hugon.

— Partons ! ordonna Liénard en frappant l'écu de Conan avec sa lance.

Au moment où ils faisaient demi-tour, la voix d'Hugon les rattrapa :

— Inutile de fuir, tristes sires !

Les huit se figèrent. Ils eurent l'impression que les sabots de Ravage martelaient le sol, provoquant un bruit de rocs roulant sur du métal. La haie se fendit en deux et le comte des Baux leur apparut tel un cavalier de l'Apocalypse. Il portait les marques du combat. Sa joue avait été entaillée, son bouclier troué, sa cotte démaillée à hauteur de l'épaule droite.

— Vous me croyez dupe ? lança-t-il.

Liénard, en fieffé menteur qu'il était, voulut se justifier. Il n'en eut pas le temps.

— Vous m'avez suivi à la trace depuis notre dernière rencontre ! Nous étions convenus de nous retrouver à Signes. Dois-je en déduire que vous m'espionnez ? Vous êtes bien du genre à trahir et à vous balancer au bout d'une corde.

— Dieu nous garde d'une telle intention ! s'écria Bonneval du Pont. Tu ne trouveras pas plus fidèles que nous à cent lieues à la ronde.

— Dieu ? Ha ! Ha ! Comme il sonne bien dans ta bouche de charognard, ce Dieu, Bonneval. Tu dois parler de l'Allah des Maures je suppose ? Tu crois pouvoir te réclamer du Père du Christ ? Et vous aussi je pense ? Vous vous croyez parvenus au-delà des plus dures souffrances pour l'invoquer ainsi ? Même si vous portiez la croix rouge des croisés, vous ne seriez pas en droit de lui demander de l'aide. Vos âmes sont comme des morceaux de charbon et vous savez à quoi sert cette pierre...

Ils déglutirent. Ils s'imaginèrent flamber comme le charbon que les mineurs extrayaient à grand-peine des entrailles de la terre. L'enfer était fait de charbon. Hugon ne les laissa pas respirer, il continua sur sa lancée de sa voix d'orateur, les accablant.

— ... Tous les évangiles que vous avez gobés étant enfants, toutes les prières que vous avez dites et celles que vous aurez encore le courage de prononcer ne suffiront pas à vous sauver quand la mort viendra. Les vers dévorent indifféremment les saints et les assassins, telle est la vérité ! Nous sommes tous des pécheurs ! Jamais ne s'est apaisé le désir de fauter des saints et jamais désormais, parce que nous sommes incapables de défendre le royaume de Jérusalem, il ne s'apaisera dans le Corps du Christ, son Eglise, jusqu'à la consommation des siècles, jusqu'au Jugement dernier. Je ne serai pas plus à l'abri que vous et j'irai rôtir un certain temps sur la broche de Satan ; alors inutile de flatter la Vierge et les saints, vivez vos vices bellement et continuez à me servir sans détour.

Ce maudit seigneur des Baux leur avait fait prendre conscience de leur état de péché mortel et des peines horribles qui en découleraient. Et ils le suivirent quand il ordonna :

— A Signes !

A Signes, les jours s'écoulaient dans l'effervescence. On se préparait aux fêtes. Sur le plan où pâtureraient vaches et moutons le printemps revenu, charpentiers et manouvriers installaient les barrières, dressaient le podium et les gradins, plantaient des tentes colorées, damaient le sol. Les Signois rafraîchissaient les crépis écaillés des maisons, suspendaient des rubans et des oriflammes entre les façades, cousaient à la hâte les robes et les bliauds de fête.

Bertrand était le grand ordonnateur de ces travaux qu'il finançait en grande partie. Dans sa fièvre d'embellir le fief pour la venue du Sauveur, il ne se préoccupait pas du cas Jean d'Agnis. Contrairement à ce qu'on avait pu croire, il n'était pas entré en colère, n'avait pas demandé des comptes à son épouse malgré les conseils du chapelain Guillaume et des prêtres de sa paroisse. « Je ne veux pas, disait-il, intervenir dans une affaire concernant la cour de ces dames. » Sa position était jugée lâche par ses proches. Il n'en avait cure. Ce chevalier ne lui devait pas allégeance tant qu'il ne rebâtirait pas sa maison sur le plateau d'Agnis. Il était l'invité de Bertrane, le prisonnier des dames ; Bertrand pensait que ces dernières ne l'épargneraient pas. Elles s'étaient souvent montrées féroces et cruelles dans le passé ; cela suffisait à apaiser sa conscience. Priorité au tournoi et aux processions. Priorité aux messes solennelles. Acheter des coussins moelleux pour les évêques de Marseille et de Toulon, engraisser des poulardes, des chapons et des oies, préparer des pâtés et des jambons, se procurer les meilleurs vins et les plus fines épices, renouveler tous les cierges des églises et des chapelles, restaurer les statues des saints, veiller à que les Vierges de marbre et de bois peint soient fleuries et prier cinq heures par jour suffisaient à occuper tout son temps.

Bertrand avait refusé d'écouter Delphine de Dye. Il savait ce qu'elle lui dirait : qu'un homme en pleine possession de ses « moyens » habitait en permanence le château de la cour d'amour, que les dames ne respectaient plus les règles. Bertrand n'ignorait pas que cet homme logeait dans la tour du Dragon, et qu'il n'était pas seul. Aubeline d'Aups, apparemment sa promise, Bérarde et une jeune fille du nom d'Elise l'accompagnaient. Il n'y voyait pas malice. Plus grave à ses yeux était la position des dames vis-à-vis du chevalier du pont du Diable. Ces folles défendaient Robert de Paneyrolle. Aussi avait-il écrit au marquis de Malemort, baron d'Aubagne et de Signes, évêque de Marseille, le tout-puissant Pierre II, de sermonner les dames lors de sa venue. Il s'occuperait personnellement du cas du chevalier noir après la trêve.

Il aurait fallu plus qu'un long sermon à Bertrane pour chasser le désir et la jalousie. Baiser la bague de Pierre II lui brûlerait les lèvres. La nuit, elle passait des heures à lutter contre la tentation de se rendre dans la tour du Dragon et de chasser Aubeline d'Aups. Jean d'Agnis et la fille du templier ne dissimulaient pas leurs sentiments. On les voyait se promener main dans main sur les courtines, se donner des baisers dans les recoins. C'était insupportable.

L'irritation de la comtesse n'avait pas échappé à Alix. La demoiselle de Dardanus veillait sur son amie, guettant ses moindres soupirs, ses marmonnements, ses colères rentrées. Alix dormait dans la pièce voisine. Au cours de la sixième nuit, elle entendit la clef cliqueter. Elle se leva d'un bond et ouvrit la porte donnant sur le couloir. Bertrane rejoignait l'escalier en colimaçon. Alix la retint.

— N'y va pas !

Saisie, Bertrane bafouilla :

— Mais où crois-tu que je me rende ?

— Dans la tour du Dragon provoquer un scandale.

— Quelle idée... Tu déraisonnes.

— Non, je suis lucide et je ne suis pas la seule dans ce château. Ne te défends pas, tu caches mal ton intérêt pour le chevalier et ta jalousie envers Aubeline. Tes regards, tes gestes, ta voix te trahissent dès que tu es en leur présence. Tu vas devenir comme la comtesse de Dye si tu continues ainsi. Jean et Aubeline se sont choisis, tu n'y peux rien. Je t'en conjure, retourne dans ta chambre.

Bertrane couvrit les quelques pas qui la séparaient du battant et s'y adossa, les larmes aux yeux. Son sang pulsait à ses tempes ; elle aurait voulu mourir.

— Alix... Si tu savais, Alix... comme c'est dur.

— Je suis là pour t'aider.

Alix s'approcha de Bertrane et lui serra chaleureusement les mains.

— Dis-moi tout.

— Je... je l'aime. C'est un tourment de chaque instant. J'aurais tant voulu qu'il soit mien. J'ai quelquefois des envies de meurtre... Je pense à des poisons que me vendraient les sorcières et que je verserais dans la coupe d'Aubeline. Que Dieu me pardonne ! Mon amour pour cet homme est impossible, j'en suis consciente. Il y a Aubeline dans son cœur et je suis la dame de Signes, l'exemple même de la fidélité et de la chasteté.

— Tu es encore jeune et le comte Bertrand ne vivra pas éternellement. Il le sait. Il se prépare en conséquence en priant plus que de raison. Viendra le jour de ta délivrance, puis celui de l'amour. Les prétendants assiégeront ce château quand tu seras veuve.

— C'est Jean que j'aime ! Sans Aubeline, je me le marierais !

— *Que si maido per amoura boueno nucch et marri jour.*

Ce « Qui se marie par amour a bonne nuit et mauvais jour » laissa Bertrane songeuse. A l'inverse, ce dicton disait vrai. Elle ne s'était pas mariée par amour avec Bertrand. Depuis cette union, elle se lamentait d'être seule la nuit alors que le jour elle rayonnait à la cour.

— Il est bizarre que j'aie pu prononcer un « oui » devant un prêtre ; je ne m'en souviens pas ! Mon mariage avec Bertrand n'a aucune valeur puisqu'il n'est pas consommé. Je considère que je suis libre.

— Il reste des écrits !

— Ça se brûle !

— Et des témoins !

Bertrane n'osa pas répondre « ça se tue ». Elle le pensa. Si fort que la jeune Alix le devina.

— Tu l'aimes réellement ; c'est indiscutable. Pourtant il te faudra l'oublier.

Les larmes coulèrent à nouveau. Tout était clair. Elle devait s'effacer devant Aubeline. Jean d'Agnis avait fait son choix et elle le respecterait. Alix avait raison : un autre homme viendrait et lui chavirerait les sens, mais elle n'attendrait pas d'être veuve pour se donner à lui. Sa décision était prise.

— Viens avec moi, dit-elle à son amie.

Sous le regard perplexe d'Alix, Bertrane entra dans sa chambre, ouvrit un coffre et le fouilla jusqu'à ce qu'elle trouve une bourse de cuir.

— La voilà. Je veux que tu jettes cette bourse dans le trou de Maramoye, elle contient ma bague de fiançailles et deux bracelets que m'a offerts Bertrand.

— Le trou de Maramoye ? Là où se font et se défont les serments ? demanda Alix avec appréhension.

— Oui, tu iras demain...

— L'endroit n'est pas sûr.

— Tu t'y rendras avec cet Ancelin qui te suit partout, mais surtout promets-moi de ne pas trahir mon secret. Personne ne doit savoir ce que contient cette bourse.

— Je te le promets.

C'était au tour d'Alix Gonter de Dardanus de s'interroger sur l'amour. Les attentions de l'écuyer avaient fini par porter leurs fruits, elle n'était pas indifférente à la cour chaste qu'il lui faisait avec maladresse.

L'horizon blanchissait lentement. L'aube hivernale était porteuse d'événements terribles, ainsi que l'annonçait la brume se tordant sur les collines.

— On croirait des serpents, dit Alix à Ancelin.

Ancelin regarda le disque blanc du soleil qui tentait de percer les nuées. Il trouvait le spectacle fascinant. Le paysage était d'une beauté inquiétante, mais il se sentait dans la peau d'un preux chevalier : il avait Alix à ses côtés. Il ne lui avait posé aucune question quand elle s'était présentée à Château-Vieux pour lui demander assistance. La surprise passée, la joie l'envahissant, il l'avait suivie sans se soucier de la démarche à une heure où la nuit régnait encore sur le monde des loups, des voleurs et des revenants.

— Vois ce rocher, on dirait une faux, ajouta-t-elle.

Il eut un gentil sourire ; lire l'avenir dans la forme d'un rocher ou dans les caprices de la brume le dépassait. Il venait d'une contrée pacifiée où l'on ne parlait que de vignes et de femmes. Comme tous les Provençaux, Alix interprétait les moindres signes. Lui croyait au paradis, aux saints et à l'enfer. Cela suffisait à régler sa vie. Il ne doutait de rien. Prononcer le nom d'Alix et le conjuguer avec le verbe « aimer », c'était suffisant pour repousser toutes les superstitions et les diableries inventées par les hommes.

Il ne la quittait pas des yeux. Menant hardiment sa jument grise, elle avait le regard dardé sur les hauteurs de Siou-Blanc. Ses cheveux clairs battaient sur ses épaules couvertes d'une fourrure. Ce front lisse et bombé, ce nez un peu busqué, cette bouche soufflant une buée bleutée, ce menton, ce cou, il aurait pu les peindre grain par grain. Il s'inquiéta soudain quand ce visage se durcit.

— Tu as vu quelque chose ?

— On vient par là !

Elle montrait le large chemin qui menait sur la route de Marseille au Castelet. Ancelin mit du temps avant de percevoir le bruit. Une troupe arrivait. Il l'estima à une dizaine de chevaux. Quand elle se montra à travers le voile brumeux, il tira son épée. Les cavaliers ressemblaient à des fantômes. Un écu à la rose noire émergea du nuage d'eau accroché aux bouquets de genévriers. Le chevalier qui le portait cachait son visage sous un casque à nasal. Ceux qui le suivaient étaient tout aussi menaçants derrière leurs grands boucliers et dans leurs armures de guerre.

— Sire ! aboya l'homme à la rose noire. *Haute chose es branc d'acier, bien la garder qui l'a, ne puet faillir a honor, onques ire contre vous ne bui. Ami, sommes-nous Signes en l'estrée ?*

Alix contemplait ce drôle avec suspicion ; elle ne put s'empêcher de dire à haute voix :

— Ancelin, je ne comprends guère le jargon des Francs.

— C'est bien un Français. Il me dit de ranger mon épée, car il n'a rien contre moi et cherche la grand-route de Signes. Je vais lui répondre que bientôt et promptement ils apercevront Signes.

— *Onques envers vous ne pensai folie*, leur lança-t-il. *Se briefment et temprement, vous vesrez Signes !*

Il leur montra le creux où nichait le village. Ce fut alors qu'il vit le dernier chevalier de la file sur un énorme destrier recouvert d'un drap noir.

— Jésus-Christ, dit-il tout bas.

Alix ne fit aucun commentaire bien qu'elle pensât à Notre-Dame-l'Eloignée. Les mots ne venaient pas. Elle était effrayée par l'apparition de ce guerrier dont elle sentait peser le regard. Ce regard brillait, brûlait, consumait. Il la perçait à travers les fentes triangulaires du heaume. Il distillait peur et haine malgré la distance qui les séparait. Elle reconnut soudain l'étoile des Baux sur le bouclier et elle comprit qu'il était l'un des fils de Stéphanie. Cependant elle n'osa pas prononcer le nom d'Hugon qui lui vint immédiatement à l'esprit. Le sombre chevalier et ses acolytes disparurent dans les brumes. Plus que jamais, elle crut aux signes néfastes qui l'entouraient. Pas Ancelin qui exprima joyeusement sa pensée :

— Le tournoi va être rude.

Pêle-mêle, au hasard des chemins, chevaliers, marchands, amuseurs publics, jongleurs, cracheurs de feu, diseuses de bonne aventure, prostituées et paysans s'étaient rendus à Signes. Toulon, Marseille, Aix et les fiefs alentour avaient largué le meilleur et le pire. Le village était bourré d'étrangers. Putains, voleurs, moines, boumians et mendiants baragouinaient des tas de promesses aux carrefours et sur les places. C'était la période de l'année où l'on voyait le plus de sébiles et de chapelets, d'ongles peints et de visages fardés. Les évêques aux bonnes têtes joufflues côtoyaient les charbonniers aux gueules noires et émaciées. Des miséreux se traînaient sur leurs moignons et on se demandait comment ils avaient pu grimper jusqu'ici.

Noël et l'argent de Bertrand y étaient pour beaucoup. Le seigneur de Signes avait fait des miracles. Les années passant, il se prenait de plus en plus pour un saint et on s'attendait à le voir guérir les paralytiques et les lépreux. A chacune de ses apparitions, il touchait les meurtrissures, les bubons et les membres raidis des pauvres diables qu'on lui présentait.

Le jour du tournoi, à l'église Saint-Pierre, un flot de soleil tombant du nouveau vitrail serti dans une barbotière forgée en Alsace vint allumer les pierreries du collier de Bertrand. A genoux, face à l'autel, le seigneur était nimbé par le reflet des opales, des ambres et des rubis, un Christ en argent finement sculpté brillait sur sa poitrine. Les pauvres entouraient ce Roi mage accompagné de son épouse Bertrane, une sainte parmi les saintes. Ils priaient avec ferveur, et plus ils invoquaient Dieu, plus Bertrane suppliait la Vierge de protéger Jean d'Agnis. Elle s'était faite à l'idée qu'il appartenait à Aubeline. Elle n'osait pas cependant demander à la Dame du ciel de lui envoyer un homme digne d'amour. Il n'y en avait pas parmi les soixante-deux chevaliers qui s'étaient présentés à Signes. Plusieurs même ne méritaient pas de porter l'épée. Surtout Hugon et ses Français. Non seulement Hugon n'avait pas embrassé sa mère, mais il l'avait insultée en public. Mortifiée, Stéphanie s'était retirée au Castelet avec vingt hommes d'armes et on ne l'avait plus revue.

« Douce Mère, faites que tous ces chevaliers combattent loyalement. Faites en sorte que les cœurs purs sortent vainqueurs et indemnes de ce tournoi. Je vous demande de veiller particulièrement sur Jean d'Agnis. Notre Père l'a épargné en Judée pour qu'il témoigne des injustices commises là-bas par les grands et des sacrilèges perpétrés par les musulmans. Permettez qu'il vive encore longtemps en Provence et qu'il voie grandir ses enfants aux côtés de son aimée Aubeline. J'ai… »

Le « moi-même j'ai une requête à vous adresser » ne passa pas la barrière de son esprit. Les mots moururent dans les méandres de son cerveau où fermentaient toutes sortes de péchés de chair. Elle attendrait le décès de Bertrand ; il lui était interdit d'en faire le souhait là, dans l'odeur de l'encens et sous les yeux indulgents de la statue. Elle se savait observée par les saints en extase sur leurs socles et par les anges invisibles dont les ailes faisaient trembler les flammes des cierges. Plus incisifs étaient les regards des femmes de la noblesse en mal de scandale. Les comtesses des fiefs avoisinants étaient venues en nombre pour assister aux fêtes de Signes.

Au moment de la communion, elle eut un remords oppressant et elle faillit refuser l'hostie que lui tendait l'évêque. Fouettée par l'œil incisif du redoutable prélat de Marseille, elle avala le corps du Christ. Elle ne fut pas foudroyée sur place, elle n'éprouva aucune douleur, elle ne ressentit aucun poids. Là-haut, on considérait qu'elle n'avait pas péché. En retournant à sa place, elle croisa Aubeline d'Aups, Bérarde et la jeune Elise qui s'avançaient vers l'autel. Jean d'Agnis et le chevalier de Paneyrolle n'étaient pas avec elles. Les deux hommes avaient choisi de se recueillir dans la chapelle Saint-Jean.

Aubeline d'Aups, bien que mauvaise pratiquante, s'était confessée à un prêtre de passage avant de communier. Elise l'avait suivie. Bérarde s'était contentée de prier. Aucun homme d'Eglise ne comprenait son langage de muette. La géante se fichait bien d'avoir l'âme un peu sale. Comme ses deux amies, elle avala l'hostie. La messe s'acheva sur un chant fervent et des vivats quand l'évêque habillé d'or et de pierreries quitta solennellement l'église.

En sortant de la maison de Dieu, Bertrane était presque heureuse. Alors que Bertrand prenait le chemin du nouveau cimetière dont la terre devait être consacrée, elle entraîna sa cour, Alix, Jausserande et toutes celles qui avaient recommandé leurs champions aux cieux. Aubeline, Bérarde et Elise en faisaient partie. Bérarde avait demandé à Jean du Paumier de la représenter ; quant à Elise qui venait d'être admise au gynécée dans la suite de la dame d'Ongle, Robert de Paneyrolle jouterait pour elle. Elle serait bientôt digne de porter un titre. En quelques jours, Aubeline lui avait appris l'alphabet et elle savait écrire son prénom ainsi que celui de Robert.

Une heure plus tard, après avoir dégusté des friandises et bu sur la place de l'église, on s'achemina vers le plan où flottaient cent bannières. Dans un tourbillon de poussière, des lances, des boucliers et des chevaux apparurent. C'était un long ruban de chevaliers, d'écuyers et de valets qui revenaient des chapelles et de la chartreuse de Montrieux. Ils avaient purifié leur corps et leur âme en récitant des *Gloria Patri* en compagnie des convers. Avant qu'ils quittent les différents lieux de prière, les moines engagés par Bertrand leur avaient fait prendre un breuvage de styrax et de lierre blanc. « Pour le courage », avait dit le responsable de l'herbularius médicinal.

Du courage, ils en avaient à revendre. Il fut décuplé par la vue des femmes et le son des cloches carillonnant à toute volée. Jean laissa son cœur s'étendre. La joie l'emplit quand son regard rencontra celui d'Aubeline. L'air vif du matin était plein du bonheur et de l'excitation des milliers de spectateurs massés derrière les barrières et sur les gradins hormis à l'endroit où se tenaient les sorcières de Signes et de Saint-Zacharie. Ce groupe de femmes en noir était toléré, il arrivait qu'on fît appel à leurs services quand les médecins se révélaient incapables de soigner les combattants.

Les chevaliers ne portaient pas encore le heaume et le froid de décembre rendait leurs visages aussi beaux et sévères que ceux des anges exterminateurs. Celui de Robert n'inspirait plus la terreur. La volonté de vaincre le chevalier d'Agnis qu'il ne quittait pas des yeux marquait les traits d'Edmond. Quant à Hugon, il affichait tant de haine qu'on pouvait le croire envoyé des enfers.

— Prends garde à celui-ci, dit Jean, si tu dois croiser le fer avec lui.

Le chevalier du pont du Diable observa Hugon. En effet, le seigneur des Baux avait de quoi impressionner. Comme on allait se battre à la mêlée, sans tirage au sort, il y avait des chances qu'il l'affronte. Chacun cherchait un guerrier à sa mesure.

— Il ira mordre l'herbe ! A Signes, point ne recule ! lança-t-il à la ronde.

La foule l'acclama. Il répéta cette devise qu'il venait d'inventer et fit galoper son cheval le long des lices. Ce fut un triomphe. La foule versatile l'adoptait après avoir tremblé durant des années à la seule évocation de son nom. Jean s'élança à son tour, suivi des Français et d'un trio d'Aixois. Le plan était vaste, clos, cerné de toutes parts par des soldats de l'évêché, de Bertrand et des barons voisins. Malgré leur nombre, les gardes avaient du mal à contenir les excités. Ils subissaient les insultes, recevaient des coups et des crachats. Quelques contribuables se vengeaient enfin après tous ces mois à payer dîme, gabelle, taille et capitation. Et il en venait toujours d'autres par les routes du Beausset et de Méounes pour grossir les rangs des mécontents. Les trompettes les appelaient. Ils pressaient leurs mulets, flagellaient les culs des bœufs, poussaient les charrettes, houspillaient leur marmaille. La terre trop malmenée par les sabots et les roues se creusait et rendait la progression difficile. Les musiciens ambulants rythmaient les piétinements ; on entendait les lancinantes vielles à roue, les douces mandores, les flûtes joyeuses, les tristes rebecs, les tambourins et les tambours se disputer les branles, les gaillardes et les pavanes. On se battit pour les meilleures places. Une odeur fauve se dégageait de cette masse d'hommes et de bêtes qui s'offrait à la vue des dames assises à la tribune d'honneur. Delphine en fit la remarque en pinçant les ailes de son nez quand la très riche vicomtesse

Adalarie d'Avignon fit répandre un parfum d'Orient sur les coussins.

— Je ne veux pas de cela ! se récria Bertrand. C'est faire offense au peuple ! C'est de la luxure !

Il était trop tard. Une fragrance sucrée et poivrée monta aux narines. Bertrand, furieux, se tut. Le seigneur de Signes n'était pas au bout de ses surprises. Les demoiselles d'honneur déroulèrent la banderole de velours pourpre le long du podium, il demanda alors pardon à saint Antoine en découvrant les lettres brodées de fil d'or :

Le succès trop facile ôte bientôt son charme à l'amour : les obstacles lui donnent du prix.

La quatorzième maxime de la cour d'amour s'adressait directement aux chevaliers qui attendaient sur deux lignes face à face. Jean d'Agnis, Robert de Paneyrolle, Jean du Paumier, Edmond de Casteljaloux et quelques autres s'étaient approchés de la tribune et offraient le fer de leur lance auquel les belles avaient noué leurs couleurs. Aubeline avait fermé les yeux et transmis toute sa force à Jean. Elise avait tremblé. Bérarde souriait et Jausserande lança un baiser à Edmond. Ils lurent la banderole. Ces mots étaient essentiels pour la quête qu'ils menaient depuis leur adoubement. On vit arriver un retardataire : Ancelin. Il était devenu chevalier la veille après deux jours de jeûne et une nuit de retraite dans la chapelle de Notre-Dame-l'Eloignée. Casteljaloux lui avait asséné une gifle sur la nuque selon la coutume après l'avoir ceint d'une nouvelle épée offerte par le prieur des chartreux. Il alla droit vers Alix Gonter de Dardanus qui, rougissante, attacha les rubans noir, jaune et vermeil de ses couleurs.

Il y eut des applaudissements.

Mais ce nouvel arrivant ennuyait Bertrand. Ancelin était le soixante-troisième chevalier à vouloir rompre les lances. On ne pouvait engager les hostilités sur un chiffre impair.

— Trente-deux chevaliers contre trente-un ! Nous demandons au jeune Ancelin de se retirer ! cria le héraut d'armes chargé de la bonne tenue du tournoi.

Le héraut maugréa tout bas. C'était déjà bien assez ardu d'organiser une joute simple. Cette année, il avait eu les pires difficultés à se faire entendre. Tous avaient refusé le tirage au sort. Hugon et les Français voulaient être ensemble. Les Aixois tempêtaient parce qu'il y avait un Marseillais dans leurs rangs. Les vieilles haines se réveillaient. Tel avait eu un ancêtre tué par un Revestois, tel autre avait vu ses terres ravagées par un voisin. On se reprochait des mésalliances. Le héraut sentit peser des menaces sur lui.

— Ecoute, dit-il à Ancelin. Ne prends pas ma demande en mauvaise part, mais je dois équilibrer la bataille. Je représente le seigneur de Signes et c'est lui qui parle par ma bouche. Aussi, n'y vois pas de la suffisance. Il faut te retirer.

Ancelin rougit. C'était un grand affront. Il guetta la réaction de Casteljaloux. Ce dernier était trop préoccupé. Depuis leur arrivée sur le plan, il veillait à ce que personne ne désignât de sa lance le chevalier d'Agnis. Il le voulait pour lui seul. Il l'avait demandé à Dieu !

— Tout s'arrange ! lâcha un Ollioulais.

Ancelin ne comprit pas tout de suite. Les chevaux lui cachaient la vue. Un murmure montait de la foule. Puis il le vit. Tout de blanc, de pourpre et de fer vêtu avec sur l'écu blanc un aigle rouge aux ailes déployées. Il pénétra dans le champ clos du plan et s'avança résolument vers Bertrane, inclinant sa lance.

— Si tu le veux bien, je serai ton champion.

Elle en perdit la respiration. Bertrand, qui avait loué l'archange saint Michel de leur avoir envoyé ce chevalier, s'empourpra. Jausserande, Alix et Rostangue poussèrent un « Non ! » qui sema le trouble dans l'esprit des spectateurs qui n'avaient pas entendu la voix. C'était celle de Stéphanie des Baux dont on ne devinait pas le visage sous le casque teutonique. L'aigle rouge de son blason appartenait à un de ses ancêtres chevaliers qui avait combattu aux côtés de Roland et de Charlemagne. Dans le plus grand secret, elle avait fait broder son justaucorps et peindre ce blason à Belgentier.

— Stéphanie... finit par balbutier Bertrand.

— Laisse-moi prendre ta place ! demanda Aubeline qui avait des démangeaisons.

La fille du templier désirait partager cette gloire avec ces hommes bardés de ferraille, venger la pauvre Hermissende de Posquières et ses demoiselles lâchement assassinées sur le pré Orémus. L'envie de percer la poitrine d'Hugon d'un formidable coup de lance la tenaillait car il ne faisait aucun doute que ce noble indigne était le commanditaire du meurtre. On aurait dû l'arrêter, le charger de chaînes, le juger sommairement et lui faire subir le supplice du pal, cette torture que pratiquaient les anciens celto-ligures de Provence. Aubeline défia du regard l'assistance ; il y avait une autre raison à son envie de faire justice : protéger l'homme qu'elle aimait, galoper sur le flanc droit de Jean d'Agnis et parer les mauvais coups de Casteljaloux.

Le chapelain Guillaume, écarlate d'indignation et de colère, s'était levé. Une dame dans le tournoi ! Cette chienne d'Aubeline d'Aups qui se vautrait dans le péché en toute impudeur et au mépris des lois de la chrétienté avec un félon ne devait pas entrer en lice. Cette putain enfantée par un templier et une pécheresse risquait d'accomplir des exploits. On racontait qu'elle était capable de tenir tête au chien Cerbère, au dragon de l'Apocalypse et au démon Bélial depuis qu'elle avait vaincu la Bête de la Sainte-Baume. Honte sur la chevalerie si elle parvenait à mettre à terre l'un des preux engagés dans le tournoi.

— Ta place n'est pas parmi ces hommes qui ont été justement adoubés ! s'écria Guillaume. Pas plus que la tienne, Stéphanie, ajouta-t-il en baissant le ton.

Guillaume se savait en état d'infériorité. Il avait été des années durant le confesseur de Stéphanie avant de devenir celui de Bertrand de Signes. La dame des Baux aurait toujours le dernier mot. Guillaume se tourna vers l'évêque, le seul capable de faire fléchir la comtesse. L'évêque voyait plus loin que le chapelain dont les intérêts ne concordaient pas avec les siens. Il y avait là une occasion à saisir. Une Stéphanie morte arrangerait ses desseins. Monseigneur Pierre de Marseille avait des ambitions. L'idéal serait que Dieu dans Sa clairvoyance envoie Hugon au purgatoire. Lui, l'évêque le plus puissant du Sud, pourrait étendre son influence sur toute la Provence, voire au-delà. Tout se mettait en place pour favoriser son ascension dans le monde temporel.

— J'autorise la dame des Baux à croiser le fer en champ clos, mes fils et mes filles. Dieu jugera. Quant à toi, Aubeline d'Aups, qui brûles d'en découdre avec la terre entière, je te donnerai une croix rouge comme le fit Sa Sainteté Urbain et tu pourras me représenter en Palestine et te couvrir de gloire auprès de ton père en tuant des infidèles.

Aubeline en eut le bec cloué. Jean d'Agnis était en rage. Ce jean-foutre d'évêque distillait du poison.

— Mais…

Le « mais » de Bertrand de Signes fut étouffé par les paroles du prélat.

— J'ai ouï dire que beaucoup de femmes prenaient les armes à l'exemple des Normandes de Sicile et des aventurières en Terre sainte. Nous ne pouvons en tirer que du bénéfice à un moment de notre histoire où tant de braves ont disparu en défendant la cause de la sainte Eglise. Souvenez-vous de sainte Marthe tuant la Tarasque !

Bertrand et la noblesse en demeurèrent pantois. Quelque chose leur échappait. La comtesse des Baux allait se faire étriper et l'Eglise semblait y trouver son intérêt.

Stéphanie soupira d'aise. Après tous les affronts que lui avait fait subir Hugon, elle allait enfin pouvoir laver son honneur. Certes, elle ne désirait pas lui ôter la vie, mais elle voulait lui faire mordre la poussière avant de le traîner devant l'évêque. Lui faire avouer ses fautes en public et demander pardon était son but. Bertrane était désemparée. Elle n'était plus en mesure de dévier la grand-roue du destin qui broyait les existences. Elle serra les dents et se composa un masque de marbre. Ce n'était pas le moment de se montrer faible et de verser des larmes.

Les murmures se turent. Stéphanie des Baux alla au cœur du groupe des chevaliers, là où se tenait son fils, et frappa du bout de sa lance l'écu d'Hugon.

— Pour l'honneur du nom et de la race, je briserai cet écu. Pour la gloire du Messie, je briserai cette lance et s'il le faut, Dieu m'entende, je briserai cette épée que tu n'es pas digne de porter !

Ainsi parla Stéphanie. Hugon, comme pétrifié par le sort d'un magicien, la contemplait. Cette femme quelque part dans le temps avait été sa mère ; cette femme, aujourd'hui sa plus farouche ennemie, était la part de lui-même qui devait mourir, la mauvaise racine qui nuisait à la croissance de la maison des Baux. Il ne pouvait espérer une meilleure occasion. Il eut un bref mouvement de tête pour Liénard d'Ouches.

Le Français comprit. Il fallait impérativement saigner la dame. Pas facile à réaliser sans faire de sérieuses entorses aux règles de la chevalerie. Liénard estima la force de leur groupe auquel s'étaient associés les chevaliers d'Aquitaine et d'autres fiefs des confins de la Provence. Elle lui paraissait supérieure malgré la présence dans le camp adverse d'un géant caparaçonné de noir, celui-là même que la foule avait acclamé. Le plan initial d'Hugon ne lui semblait plus applicable. Il doutait même de la présence de soldats déguisés en paysans. Une attaque générale était vouée à l'échec tant il y avait de gardes et d'archers protégeant l'évêque et la noblesse locale. Tout se jouerait à l'intérieur de ce champ clos.

Les trompettes percèrent les brouhahas de la foule surchauffée. A cet appel, un grand « Ah » monta jusqu'aux cieux. Puis le silence retomba, lourd, oppressant, troublé par les sorcières qui agitaient des calebasses remplies d'os. Les horribles femmes regroupées en un bouquet de fleurs vénéneuses appelaient la mort en scandant une inaudible mélopée entre leurs lèvres serrées. Elles avaient reçu beaucoup d'or de Delphine de Dye pour influencer le cours des affrontements et il fallait posséder leurs dons pour apercevoir les spectres qui flottaient entre les lices.

Dans les lignes des guerriers, on ne voyait plus que l'adversaire. Tout s'effaçait. Les bruits des calebasses, les regards énamourés, les milliers de têtes, les oriflammes ondoyantes, les collines lumineuses, le ciel sans tache. Plus rien.

Jean banda ses muscles. Là-bas à trois cents pas, la silhouette de Casteljaloux était tel un mannequin à la quintaine. Il l'isola. Quand les roulements de tambours suivis des éclats des trompettes donnèrent le signal de la charge, chacun s'élança vers son adversaire.

Aubeline cessa de respirer, Elise détourna la tête, Alix se mordit le poing et Bertrane invoqua la Vierge pour qu'il n'y ait point de morts. Seules Jausserande et Delphine éprouvaient pour des raisons différentes un véritable plaisir à voir ces deux masses se rapprocher l'une de l'autre.

Les chevaux étaient plus rapides que les yeux. Il était difficile de repérer son favori au sein des deux troupes qui faisaient un boucan d'enfer. Les corps des chevaliers s'inclinèrent un peu sur les encolures des montures. Les écus couvrirent leurs poitrines. Les lances s'affermirent dans les poings gantés de cuir épais. Quelques instants avant le choc, les destriers étirèrent leurs jambes, pointant leurs naseaux.

La terre tremblait. Les jambes des spectateurs tremblaient. Les chocs des sabots se répercutaient dans toutes les poitrines. La main de Stéphanie ne tremblait pas. Son fils paraissait venir d'infiniment loin. Ce ne fut d'abord qu'un minuscule point sombre, puis à une vitesse folle il se transforma en un gigantesque guerrier, un démon moitié cheval, moitié humain. Elle vit que la lance d'Hugon ne cherchait pas à atteindre son écu mais sa gorge. Elle eut juste le temps de se protéger. Le choc fut terrible, les deux lances se brisèrent sur les boucliers. Aucun des deux cavaliers ne tomba. Il en fut de même pour Jean et Edmond. Ancelin eut moins de chance ; il se sentit décoller de selle. Le sol était dur. La douleur à l'épaule lui arracha un cri. Avant de s'évanouir, il vit Robert désarçonner le Français Bonneval du Pont.

— Ancelin ! hurla Alix.

Quatre notes de trompette ramenèrent les cavaliers vainqueurs sur leurs lignes de départ où valets et écuyers se précipitèrent pour les préparer à un nouvel assaut. On dénombra sept blessés.

— Belle empoignade, dit Jean à Robert.

— Bah ! Le Français avait les cuisses faibles.

Jean pensa que des cuisses fortes ne suffiraient pas à vaincre Robert. Sa propre passe avec Edmond n'avait rien donné. Il n'avait pas décelé de points faibles chez le sire d'Aquitaine.

— Ils ont l'avantage, constata Robert.

Du côté des adversaires, seuls Ancelin et Bonneval étaient tombés. Le tout nouveau chevalier d'Aquitaine était déjà entre les mains de l'archiatre et des médecins de l'évêché. Alix arriva sous la tente au moment où son galant rouvrait les yeux.

— Ancelin !

— Il s'en remettra, dit l'archiatre. Nous n'aurons même pas besoin de prier.

Rassérénée, Alix céda à la joie. Elle oublia le tournoi, les galops, la mêlée, la terre éventrée, les charges furieuses, les exploits, la venue de Jésus et les commérages. Dehors le tonnerre des vivats éclata à plusieurs reprises. De brusques cris de déception annonçaient parfois la chute d'un favori. Après avoir été bandé, Ancelin demanda à Alix de le soutenir. Elle accepta à contrecœur. Les médecins estimèrent qu'il pouvait marcher. Ce têtu d'Ancelin voulait assister à la fin des joutes. Ce qu'il découvrit l'étonna. On venait de suspendre le tournoi. Il en demanda les raisons à un sergent de l'évêque.

— Il y a trois morts, commenta l'homme. Le chevalier du pont du Diable a eu les Français. Ces infâmes agissaient en traîtres ; ils en voulaient à la dame des Baux. Cette félonie ne lui avait pas échappé. Deux d'un coup qu'il a renversés ; un de la lance en pleine gorge, l'autre avec l'épée. Il l'a fendu du sommet du crâne à la jointure des sourcils. Ils sont là-bas avec le troisième, derrière les prêtres.

Son doigt se tendit. Les trois cadavres étaient en travers d'une table à tréteaux insuffisamment large et leurs têtes pendaient dans le vide comme celles des volailles à l'étal d'un boucher.

— Sainte Marie, murmura Alix.

Ancelin se signa. La mère de Dieu devait être très triste dans le ciel. Le tournoi à la gloire du Christ tournait au triomphe de Satan.

Dans la tribune, on s'agitait. On fit mander Hugon, Stéphanie, Edmond et Jean. Ces quatre-là étaient responsables de la tension qui régnait et des fâcheux événements qui en découlaient. Par sa bravoure, Robert était absous. L'évêque le félicita et Bertrand lui offrit deux manses de terre à la Salomone.

Quand Stéphanie dégagea son visage du casque, Bertrane comprit à quel point elle souffrait. La comtesse des Baux venait de prendre dix ans en tenant tête à ce fils indigne qui avait tout tenté pour lui ôter la vie. Des rides taillaient son visage couvert de sueur, de poussière et de larmes. Son regard était privé de vie. Elle avait brisé deux lances de son fils, elle avait brisé l'écu de son fils. Restait l'épée. Le combat devait se poursuivre, elle n'avait pas le choix.

— Je demande le jugement de Dieu ! Epée contre épée !

Sa voix tonna. L'évêque Pierre ne chercha même pas à user de diplomatie. Il coupa la parole à Bertrane :

— Que Dieu juge !

— Et vous deux ? demanda le comte Bertrand à Jean et Edmond.

— Epée contre épée ! clama Casteljaloux.

— Qu'il en soit ainsi, dit l'évêque.

— Je m'y oppose !

Aubeline avait crié. Elle devint le centre de toutes les interrogations. L'évêque en fut fâché.

— De quel droit interviens-tu dans les affaires du ciel ? demanda-t-il d'une voix sévère.

— Du droit d'amour !

Cet aveu aurait dû lui valoir le mépris du ministre de Dieu, mais il y avait une telle force et une telle dignité dans son attitude que le prélat n'osa se récrier.

Son expression de froide pureté ne révélait rien de malsain ; elle n'avait pas agi sous l'influence du Malin.

— C'est un juste droit, dit à son tour Bertrane. L'amour doit l'emporter sur la mort, monseigneur. Nous sommes tous en demande d'amour.

L'évêque qui savait percer les secrets des âmes parut dérouté. Il quitta son siège, s'approcha d'Aubeline d'Aups et lui prit la main. La fille du templier ne fit aucun effort pour la lui abandonner. Nul tremblement, nulle incertitude dans le regard clair de la farouche jeune femme. Aucun péché. L'évêque réfléchissait vite. Comme il l'avait dit, il l'autorisait à se rendre en Terre sainte afin de bouter les Turcs et les Arabes hors de Palestine et de Judée. En échange et pour son salut, elle lui donnerait une partie de ses terres comme l'avait fait son père. Il avait tout à gagner en se montrant conciliant. Il jeta un œil vers cet idiot de Bertrand qui désirait être canonisé. Il ne voyait pas qu'il avait perdu son épouse. Là encore, l'évêque se lança dans des calculs, songeant à trouver un bon parti pour Bertrane quand le vieux de Château-Vieux trépasserait. Un parti favorable aux évêques de Marseille. Décidément, à Signes, il y avait une fortune à amasser. L'intervention de Jean mit fin à ses réflexions.

— Monseigneur ! Mes dames ! Souffrez que je règle mes comptes avec le représentant de la reine. Je suis le champion d'Aubeline d'Aups et le représentant de la Provence. Je ne peux renier ces titres sans bafouer mon honneur. Ce serait un grand renoncement. J'aime Aubeline, dit-il en se tournant vers la jeune femme. Parce que je l'aime je ne peux pas mourir. Je veux vivre à ses côtés pleinement et non pas à moitié. Nous irons à Jérusalem puisque c'est le souhait de notre évêque, mais avant, je ferai mon devoir de chevalier. J'accepte le jugement de Dieu !

— Finissons-en, chevalier !

Casteljaloux n'avait pas été ébranlé par cette confession publique. Cette certitude dans la voix de Jean d'Agnis, la rectitude de son regard ne l'impressionnaient pas. Mais le chevalier avait bellement parlé en ouvrant son cœur. Ce n'était pas l'homme qu'on lui avait dépeint sous un jour sombre. Edmond se mit à douter. Il vit l'inquiétude d'Aubeline, le désir de Jausserande, la jubilation de Delphine, l'espoir de Bertrane, la satisfaction de l'évêque, la neutralité de Bertrand et il pensa à la reine Eléonore qui l'avait envoyé dans ce fief perdu pour défendre son honneur. Mais quel honneur ? La reine était une dévoyée, il n'ignorait rien de ses nombreux ébats amoureux, elle n'était pas digne du titre qu'elle portait ; le roi à n'en pas douter allait la répudier. Sa mission lui parut soudain injuste. Il prit la décision de ne pas se battre.

— Je ne croiserai pas le fer avec toi. J'ai été trompé. Tu es loyal et bon. J'ai lu cette phrase gravée dans le château des dames : « Personne sans raison plus que suffisante ne doit être privé de son droit en amour. » Je ne te priverai pas de ce droit avec Aubeline. Demeurons amis car j'ai l'intention de rester ici, avoua-t-il en se tournant vers Jausserande.

Jean accepta la main et l'accolade d'Edmond. La foule cria « Noël ! Noël ! » jusqu'au moment où, sur un signe du héraut, le roulement lugubre des tambours annonça le duel à mort entre Stéphanie et son fils. C'était un spectacle poignant. Stéphanie s'était donnée à fond dans le tournoi. On voyait qu'elle puisait dans ses dernières ressources pour parer les premiers coups que lui porta Hugon. Les dames pleuraient. On huait Hugon. On montrait le poing à l'évêque. Un paysan lança : « Honte à nous ! Honte à Signes ! Honte à l'Eglise ! » L'évêque en fut contrarié. D'autant plus que toutes les bouches s'ouvrirent pour demander l'application de la trêve au nom de Jésus. Ça tournait mal. Très mal. Et il ne connaissait pas la parade. On n'arrêtait pas un jugement de Dieu.

Stéphanie manquait d'air. Un voile noir allait et venait devant ses yeux. Sa pauvre carcasse n'était que douleur. Féroce, Hugon ébréchait peu à peu l'écu de sa mère. Son épée fendit le heaume sans atteindre le crâne, mais Stéphanie était sonnée. On la vit perdue. Elle abandonna son bouclier pour tenir son arme à deux mains. Quand il attaqua, elle mit toutes ses forces dans la parade et réussit à le faire reculer. Elle doubla son coup avec plus d'énergie.

— Noël ! Noël ! hurla à nouveau la foule.

Le miracle s'était produit. L'épée d'Hugon s'était brisée contre la lame de Stéphanie. Son troisième vœu venait de se réaliser. Hugon n'attendit pas qu'elle achève le combat en le blessant. Il courut vers un garde armé d'une longue double hache dont il s'empara. Puis il marcha résolument vers sa mère. Il avait l'air d'un bourreau. La dame des Baux à bout de ressources se résigna à périr. La hache décrivit une courbe. Elle allait atteindre le cou de Stéphanie lorsqu'une épée la bloqua dans sa course. Hugon lâcha un juron.

— Je prends ta cause ! dit Aubeline qui avait sauté dans la lice avec l'arme que lui avait remise Bertrand de Signes.

Jean d'Agnis voulut s'interposer. Robert l'arrêta.

— Laisse-la se battre. Hugon est fatigué et c'est une guerrière redoutable.

De tous côtés on encourageait la fille du templier. Stéphanie vit Aubeline comme dans un rêve. Elle eut cependant la force de lui dire :

— Ne me le tue pas !

Aubeline ne pouvait faire cette promesse. La rage transforma Hugon en bête fauve. Sa hache volait en tous sens. Dans son aveuglement, il eut un geste maladroit et ne put éviter la pointe de l'épée qui força sa cuirasse.

Dans un jaillissement d'étincelles, le fer pénétra l'acier d'une plaque avant de rencontrer le cuir de la broigne, puis la peau fragile du ventre. Quand Hugon tomba, Stéphanie voulut le secourir, mais on l'en empêcha. Conan de Montfort et Othe d'Auxerre emportèrent le corps du seigneur des Baux. Il était venu avec les Français ; il repartirait en enfer avec eux.

Noël arriva. On fêta le Messie. Puis, au matin de la Saint-Etienne, on se quitta. Le mistral soufflait, apportant son lot de glace et de misères. Les bannières claquaient au bout des hampes. Pas toutes. Il en manquait une. Celle d'Aubeline d'Aups. La jeune femme l'avait pliée dans une étoffe brodée d'or. Elle voulait qu'elle flottât sur les murs de Jérusalem. Quand elle donna les clefs du domaine de Meynarguette à Robert et Elise, Jean, Bérarde et Jean du Paumier étaient déjà en selle. Ils l'attendaient dans l'aube naissante. Jean d'Agnis souriait. Le mistral la poussa vers lui, multiplia ses rafales, secoua les grands chênes. Elle enfourcha son cheval et ils galopèrent côte à côte vers le soleil, vers l'amour et la gloire.

— C'est loin, Jérusalem ? demanda-t-elle.

— Pas si loin que ça, répondit Jean.

Bérarde mit un doigt sur sa tempe et se mit à visser. Tous éclatèrent de rire. Derrière eux, le monde des hommes s'effaça sous les premières neiges. Pas la destinée...

Epilogue

Durant des années, la guerre se poursuivit entre le comte de Barcelone et la comtesse Etiennette-Stéphanie des Baux qui, réconciliée avec ses fils dont Hugon remis de sa blessure, lutta pour l'indépendance de la Provence. En 1162, la guerre fut définitivement perdue et le château des Baux rasé disparut de la mémoire des hommes de ce temps.

Des dizaines d'années s'écoulèrent encore. A Saint-Jean-d'Acre, celle qu'on appelait « la Guerrière verte » et sa fille « la Ramasseuse de flèches », futur chevalier du Temple, se battirent aux côtés de Richard Cœur de Lion. Toutes deux étaient les descendantes d'Aubeline d'Aups et de Jean d'Agnis. Elles participèrent à la quête des « trois églises de l'Apocalypse ». Mais ceci est une autre histoire…

Romans « Terres de France »

Jean Anglade
Un parrain de cendre
Le Jardin de Mercure
Y a pas d'bon Dieu
La Soupe à la fourchette
Un lit d'aubépine
La Maîtresse au piquet
Le Saintier
Le Grillon vert
La Fille aux orages
Un souper de neige
Les Puysatiers
Dans le secret des roseaux
La Rose et le Lilas
Avec le temps…
L'Ecureuil des vignes
Une étrange entreprise
Le Temps et la paille
Les Ventres jaunes
Le Semeur d'alphabets
La Bonne Rosée
Un cœur étranger
Les Permissions de mai
Les Délices d'Alexandrine
Le Voleur de coloquintes
Sylvie Anne
Mélie de Sept-Vents
Le Secret des chênes
La Couze
Ciel d'orage sur Donzenac
La Maîtresse du corroyeur
Un horloger bien tranquille
Un été à Vignols
La Lavandière de Saint-Léger
L'Orpheline de Meyssac
Le Pain des Cantelou
Victorine, le pain d'une vie
Jean-Jacques Antier
Tempête sur Armen
La Fille du carillonneur
Marie-Paul Armand
Le Vent de la haine
Louise
Benoît
La Maîtresse d'école
La Cense aux alouettes
L'Enfance perdue
Un bouquet de dentelle
Au bonheur du matin
Le Cri du héron
Le Pain rouge
La Poussière des corons
Nouvelles du Nord
La Courée
Victor Bastien
Retour au Letsing
Henriette Bernier
L'Enfant de l'autre
L'Or blanc des pâturages
L'Enfant de la dernière chance
Le Choix de Pauline
La Petite Louison
Petite Mère
Le Rêveur de l'écluse
Une femme empêchée
Odile Bouhier
Le Sang des bistanclaques
Françoise Bourdon
La Forge au Loup
La Cour aux paons
Le Bois de lune
Le Maître ardoisier
Les Tisserands de la Licorne
Le Vent de l'aube
Les Chemins de garance
La Figuière en héritage
La Nuit de l'amandier
La Combe aux Oliviers
Patrick Breuzé
Le Silence des glaces
La Grande Avalanche
La Malpeur
La Lumière des cimes
Nathalie de Broc
Le Patriarche du Bélon
La Dame des Forges
La Tresse de Jeanne
Loin de la rivière
La Rivière retrouvée
La Sorcière de Locronan

Annie Bruel
Le Mas des oliviers
Les Géants de pierre
Marie-Marseille
Michel Bussi
Nymphéas noirs
Michel Caffier
Le Hameau des mirabelliers
La Péniche Saint-Nicolas
Les Enfants du Flot
La Berline du roi Stanislas
La Plume d'or du drapier
L'Héritage du mirabellier
Marghareta la huguenote
Le Jardinier aux fleurs de verre
Porte-plumes au vent
Daniel Cario
La Miaulemort
Jean-Pierre Chabrol
La Banquise
Claire Chazal
L'Institutrice
Martine Alix Coppier et Jean-Michel Thibaux
Le Trésor de la Nore
Didier Cornaille
Les Labours d'hiver
Les Terres abandonnées
Etrangers à la terre
L'Héritage de Ludovic Grollier
L'Alambic
Adam en héritage
Georges Coulonges
Les Terres gelées
La Madelon de l'an 40
L'Enfant sous les étoiles
Les Flammes de la Liberté
Les blés deviennent paille
L'Eté du grand bonheur
Des amants de porcelaine
Le Pays des tomates plates
La Terre et le Moulin
Les Sabots de Paris
Les Sabots d'Angèle
La Liberté sur la montagne
Les Boulets rouges de la Commune
Pause-Café
La Fête des écoles
Anne Courtillé
Les Dames de Clermont
Florine
Dieu le veult
Les Messieurs de Clermont
L'Arbre des dames
Le Secret du chat-huant
L'Orfèvre de Saint-Séverin
La Chambre aux pipistrelles
Paul Couturiau
En passant par la Lorraine
L'Abbaye aux loups
Les Silences de Margaret
Annie Degroote
La Kermesse du diable
Le Cœur en Flandre
L'Oubliée de Salperwick
Les Filles du Houtland
Le Moulin de la Dérobade
Les Silences du maître drapier
Le Colporteur d'étoiles
La Splendeur des Vaneyck
Les Amants de la petite reine
Un palais dans les dunes
Renelde, fille des Flandres
Les Jardins du vent
Alain Dubos
Les Seigneurs de la haute lande
La Palombe noire
La Sève et la Cendre
Le Secret du docteur Lescat
Constance et la Ville d'Hiver
Marie-Bernadette Dupuy
L'Orpheline du bois des Loups
Les Enfants du Pas du Loup
La Demoiselle des Bories
Le Chant de l'Océan
Le Moulin du Loup
Le Chemin des Falaises
Les Tristes Noces
La Grotte aux fées
Elise Fischer
Trois Reines pour une couronne
Les Alliances de cristal
Mystérieuse Manon
Le Soleil des mineurs
Les cigognes savaient
Confession d'Adrien le colporteur
Le Secret du pressoir

Sous les mirabelliers
Le Rêve de la Grenouille
Laurence Fritsch
La Faïencière de Saint-Jean
Alain Gandy
Adieu capitaine
Un sombre été à Chaluzac
L'Enigme de Ravejouls
Les Frères Delgayroux
Les Corneilles de Toulonjac
L'Affaire Combes
Les Polonaises de Cransac
Le Nœud d'anguilles
L'Agence Combes et Cie
Suicide sans préméditation
Fatale Randonnée
Une famille assassinée
Le piège se referme
Gérard Georges
La Promesse d'un jour d'été
Les Bœufs de la Saint-Jean
L'Ecole en héritage
Le Piocheur des terres gelées
Les Amants du chanvre
La Demoiselle aux fleurs sauvages
Jeanne la brodeuse au fil d'or
Les Chemins d'améthyste
Denis Humbert
La Malvialle
Un si joli village
La Rouvraie
L'Arbre à poules
Les Demi-Frères
La Dernière Vague
Yves Jacob
Marie sans terre
Les Anges maudits de Tourlaville
Les blés seront coupés
Une mère en partage
Un homme bien tranquille
Le Fils du terre-neuvas
Hervé Jaouen
Que ma terre demeure
Au-dessous du calvaire
Les Ciels de la baie d'Audierne
Les Filles de Roz-Kelenn
Ceux de Ker-Askol
Les Sœurs Gwenan
Michel Jeury
Au cabaret des oiseaux
Marie Kuhlmann
Le Puits Amélie
Passeurs d'ombre
Les Filles du pasteur Muller
Guillemette de La Borie
Les Dames de Tarnhac
Le Marchand de Bergerac
La Cousette de Commagnac
Le Double Secret de Bigaroque
Gilles Laporte
Le Loup de Métendal
La Fontaine de Gérémoy
Jean-Pierre Leclerc
Les Années de pierre
La Rouge Batelière
L'Eau et les jours
Les Sentinelles du printemps
Un amour naguère
Julien ou l'Impossible Rêve
A l'heure de la première étoile
Les Héritiers de Font-Alagé
De longues fiançailles
Hélène Legrais
Le Destin des jumeaux Fabrègues
La Transbordeuse d'oranges
Les Herbes de la Saint-Jean
Les Enfants d'Elisabeth
Les Deux Vies d'Anna
Les Ombres du pays de la Mée
Eric Le Nabour
Les Ombres de Kervadec
Louis-Jacques Liandier
Les Gens de Bois-sur-Lyre
Les Racines de l'espérance
Jean-Paul Malaval
Le Domaine de Rocheveyre
Les Vignerons de Chantegrêle
Jours de colère à Malpertuis
Les Compagnons de Maletaverne
Le Carnaval des loups
Les Césarines
Grand-mère Antonia
Une maison dans les arbres
Une reine de trop
Une famille française
Le Crépuscule des patriarches
La Rosée blanche
L'Homme qui rêvait d'un village

L'Auberge des Diligences
Le Notaire de Pradeloup
Quai des Chartrons
Dominique Marny
A l'ombre des amandiers
La Rose des Vents
Et tout me parle de vous
Jouez cœur et gagnez
Il nous reste si peu de temps
La Conquérante
Pascal Martin
Le Trésor du Magounia
Le Bonsaï de Brocéliande
Les Fantômes du mur païen
La Malédiction de Tévennec
L'Archange du Médoc
Hubert de Maximy
Le Destin d'Honorine
Louis Muron
Le Chant des canuts
Henry Noullet
La Falourde
La Destalounade
Bonencontre
Le Destin de Bérengère Fayol
Le Mensonge d'Adeline
L'Evadé de Salvetat
Les Sortilèges d'Agnès d'Ayrac
Le Dernier Train de Salignac
Michel Peyramaure
Un château rose en Corrèze
Les Grandes Falaises
Frédéric Pons
Les Troupeaux du diable
Les Soleils de l'Adour
Passeurs de nuit
Jean Siccardi
Le Bois des Malines
Les Roses rouges de décembre
Le Bâtisseur de chapelles
Le Moulin de Siagne
Un parfum de rose
La Symphonie des loups
La Cour de récré
Les Hauts de Cabrières
Les Brumes du Mercantour
La Chênaie de Seignerolle
Bernard Simonay
La Fille de la pierre
La Louve de Cornouaille
Jean-Michel Thibaux
La Bastide blanche
La Fille de la garrigue
La Colère du mistral
L'Homme qui habillait les mariées
La Gasparine
L'Or des collines
Le Chanteur de sérénades
La Pénitente
L'Enfant du mistral
L'Or du forgeron
Jean-Max Tixier
Le Crime des Hautes Terres
La Fiancée du santonnier
Le Maître des roseaux
Marion des salins
Le Mas des terres rouges
L'Aîné des Gallian
L'Ombre de la Sainte-Victoire
Brigitte Varel
Un village pourtant si tranquille
Les Yeux de Manon
Emma
L'Enfant traqué
Le Chemin de Jean
L'Enfant du Trièves
Le Déshonneur d'un père
Blessure d'enfance
Mémoire enfouie
Une vérité de trop
Louis-Olivier Vitté
La Rivière engloutie
L'Enfant des terres sauvages
L'Inconnue de la Maison-Haute
Le Secret des trois sœurs
Colette Vlérick
La Fille du goémonier
Le Brodeur de Pont-l'Abbé
La Marée du soir
Le Blé noir
Les Terres chaudes

Cet ouvrage a été imprimé en France par

CPI
BUSSIÈRE

à Saint-Amand-Montrond (Cher)
en mars 2011

Composition et mise en pages : FACOMPO, LISIEUX

Sources Mixtes
Groupe de produits issu de forêts bien gérées
et d'autres sources contrôlées

FSC
www.fsc.org Cert no. BV-COC-070810
© 1996 Forest Stewardship Council

N° d'édition : 07896/01 – N° d'impression : 110930/1
Dépôt légal : mars 2011